문학과지성 소설 명작선

이 소설 총서는
초판 간행 이후 시간의 벽을 넘어 끊임없이
독자와 평자들의 애호와 평가를 끌어 열고 있는
말의 바른 의미에서의 '스테디 셀러'들을
충실한 원본 검증을 거쳐 다시 찍어낸,
새로운 감각의 판형과 새로운 깊이의 해설로
그 의미를 더욱 풍요롭게 만든,
우리 시대 명작 소설들이 펼치는
문학적 축제의 자리입니다.

◇ 문학과지성사에서 펴낸 지은이의 책들

열명길(소설집, 1986)
칠조어론 1(장편소설, 1990)
칠조어론 2(장편소설, 1991)
칠조어론 3(장편소설, 1992)
칠조어론 4(장편소설, 1994)

죽음의 한 연구

박상륭

문학과지성사
1997

문학과지성 소설 명작선 11
죽음의 한 연구 ㊤

초판 1쇄 발행__1986년 8월 16일
초판 21쇄 발행__1997년 3월 25일
재판 1쇄 발행__1997년 7월 15일
재판 26쇄 발행__2019년 11월 22일

지 은 이__박상륭
펴 낸 이__이광호
펴 낸 곳__㈜문학과지성사

등록번호__제1993-000098호
주   소__04034 서울 마포구 잔다리로7길 18(서교동 377-20)
전   화__02)338-7224
팩   스__02)323-4180(편집) 02)338-7221(영업)
전자우편__moonji@moonji.com
홈페이지__www.moonji.com

ⓒ 박상륭, 1997. Printed in Seoul, Korea

ISBN 89-320-0934-6 03810
ISBN 89-320-0933-3 (전2권)

이 책의 판권은 지은이와 ㈜문학과지성사에 있습니다.
양측의 서면 동의 없는 무단 전재 및 복제를 금합니다.

죽음의 한 연구
ⓢ

차 례

제1장
제1일 *9*
제2일 *35*
제3일 *104*
제4일 *141*
제5일 *155*
제6일 *167*
제7일 *178*
제8일 *182*
제9일 *187*

제2장
제10일 *194*
제11일 *206*

제12일 *234*
제13일 *252*
제14일 *262*

제3장
제15일 *263*
제16일 *316*

제 1 장

제 1 일

1

　공문(空門)의 안뜰에 있는 것도 아니고 그렇다고 바깥뜰에 있는 것도 아니어서, 수도도 정도에 들어선 것도 아니고 그렇다고 세상살이의 정도에 들어선 것도 아니어서, 중도 아니고 그렇다고 속중(俗衆)도 아니어서, 그냥 걸사(乞士)라거나 돌팔이중이라고 해야 할 것들 중의 어떤 것들은, 그 영봉을 구름에 머리 감기는 동녘 운산으로나, 사철 눈에 덮여 천년 동정스런 북녘 눈뫼로나, 미친 년 오줌 누듯 여덟 달간이나 비가 내리지만 겨울 또한 혹독한 법 없는 서녘 비골로도 찾아가지만, 별로 찌는 듯한 더위는 아니라도 갈증이 계속되며 그늘도 또한 없고 해가 떠 있어도 그렇게 눈부신 법 없는데다, 우계에는 안개비나 조금 오다 그친다는 남녘 유리(羑里)로도 모인다.
　유리에서는 그러나, 가슴에 불을 지피고는, 누구라도 사십 일을 살기가 용이치는 않다. 사십 일을 살기 위해서는 아무튼 누구라도, 가슴의 불을 끄고, 헤매려는 미친 혼을 바랑 속에 처넣어, 일단은 노랗게 곰을 띄워내든가, 아니면 일단은 장례를 치러놓고 홀아비로 지나지 않으면 안 될지도 모른다. 또 아니면, 사막을 사는 약대나, 바다밑을 천년 한하고 사는 거북이나처럼, 업(業) 속에 유리를 사는 힘과 인내를 갖지 않으면 안 될지도 모른다. 그러나 유리를 사는 힘과 인내로써, 운산이나 눈뫼나 비골을 또한 이겨낼 수 있는 것은 아닌 것인데, 이리의 무리는 눈벌판에서 짖으며 사는 것이고, 지렁이는 흙 밑 습습한 곳에서라야 세상은 안온하다고 하는 것이고, 신들은 그렇지, 그들은 어째도 구름 한자락 휘감아 덮지 않으면 잠을 설피는 것이다 ― 처음에는, 자기에게 마땅스럴 장소를 물색하겠다고 여기저기로 싸돌아다니다가, 찾기는커녕 마음에 진공만 키워버린 뒤, 타성에 의해서 그 진공 속 몸 가지고 밖으로 한없이 구르고 있는 듯이 보이는, 아흔 살은 되었음직한 그 중의 얘기대로 하자면, 그러하다, 즉슨, 무슨 고장들이 다 그곳대로의 아름다움과 그곳대로의 고통을 지니고 있었다.

"토생원에게는 풍류인 여산의 새벽달이며 무릉의 가을 바람도 별주부에게는 고통일 뿐인 것이지."

그 늙은 중의 이야기는 그렇게 시작되고 있었다.

늙었다는 것 모두 빼놓고 소탈히 계산해도, 그 중은 보통키도 못되게 형편없이 작았고, 다리도 몹시 깡마른데다 빈약해서, 대체 그런 체신으로 어떻게 그 먼 거리며 그 많은 고장들을 좁히고 다닐 수 있었는가 그런 의심부터 일으켰는데도, 그래도 그의 이야기엔, 밤늦게 돌아와 제놈의 신방 빼꼼히 열어보고 눈치챈 처용이놈만큼은 뭣엔가 통해져 있는 것도 같았고, 또 눈에는, 할멈 무덤 옆에 자기 누울 헛묘 봉분 만들어놓고, 자기 무덤 위에 요요히 앉아 한 대의 골통 담배를 태우는, 저 촌로의 눈에 담긴 흥그렁함 같은 것을 또 담아놓고도 있었다. 그의 목소리에서는 그리고 저 담배통 끓는 소리가 섞여나고 있었다.
"그러나저러나 말이지, 만약에 말이지, 그것도 수도라고 한다면 말이지, 나는 걷는 것으로, 그 고행으로, 수도하는 중이라고 해야겠습지."
그 중은 떠나는 길이었고, 나는 떠들어가는 길이었는데, 그래서 우리는 유리의 동구에서 만났던 것이다.
"뜨거운 여름 한낮, 모두 서늘한 그늘에 누워 더위를 피하는 그럴 때라도 말이지, 수확을 기다리고 들이 누렇게 익은 저 정밀스런 가을 석양판에라도 말이지, 북풍이 으르렁거리고 눈발이 세상을 세차게 휘몰아치는 그런 캄캄한 밤에라도 말이지, 그리고 여보시구랴, 나는 말이지 모든 봄날마다, 들을 그저 목선모양 흘러가는 상여밖에 본 것이 없는 듯한데 말이지, 그런 상여들이 혼을 가시덤불에 조금씩 조금씩 찢어 붙여놓고 흘러간 그런 고단스런 봄날 길에라도 말이지, 글쎄 나는 그저 걷는 것이란 말이지."
이만쯤에서 그 늙은이는, 숨이 가빠 쌕쌕거리는 목구멍에서 피가래를 한솜뭉터기가 뜯어 쏴던지더니, 들을 건너고 건너서, 한 봉우리 보이는 산꼭대기 위, 또 그 가래만큼이나 되게 한솜뭉터기 피어 있는 구름에로 혼째 보내버린 비인 눈을 하더니, 오랜 후에사 또 혼째 돌아와서 조금 웃었다.
"동행인이 있을 리나 있어야 말이지. 어쩌다 문둥이패며 쇠장

수들과 어울리기도 하지만 말이지, 그들 따라 걷다 보면 허기는 나도, 다음 장에 무슨 볼일이라도 있는 듯한 생각이 들고도 했지만 말이지, 헛헛헛, 파장 때마다 그런데 나는, 글쎄 갈 곳이 없더라구. 또 걷는 거지. 저 장터의 환한 불빛을 등뒤로 하고 걸을 땐 왠지 서럽기도 서럽더구랴. 걷는 게야. 그 장터에서 조금 얻어먹은 걸 쓰게 토해내서 씹으면서, 백팔염주 헤아리듯, 발걸음을 세며 걷는 게야. 전에는 걸으며 열심히 염불을 했댔소. 그러나 어느 날 보니, 그늠의 염불도 무겁더란 말이지. 헛헛헛. 내 아직도 이늠의 삿갓이며 도롱이며, 이늠의 바랑은 갖고도 다니지만 말이지, 그래도 염불보다는 덜 무거웠기에 그랬겠지엥? 젊었을 때는 울기도 더러 울었었수다. 하다못해 길바닥에 구멍을 파고, 한스러운 것, 청승스러운 것, 다 토해내서 묻어놓기도 했었다니껜 그랴. 다시 지나는 길에, 어디 그만쯤에 내 울음 묻어놓았던 데 찾을라 작정이면, 거기 없던 도랑이 건너가거나, 어쩌다 보면 쇠똥 한무더기가 덮여 있거나 했지 그려. 훗훗훗, 그랬으면서도, 이보셔 젊은 스님네, 글쎄 어쩐 일로 주저앉지를 못했구랴. 어쩌다 열병에라도 걸려설랑, 어떤 인정 많은 과택네서 병구완이라도 받자고 있으면, 그 과택 눈짓 은근한 것 내 다 알겠으면서도 말이지, 어쩐지 길이 보이고, 그 길들에서 무슨 꽃 같은, 이승의 것은 아닌 무슨 옌네 같은, 그런 손들이 돋아올라와, 날 부르는 겨, 날 부르는 거라구. 그래 떨치고 일어나면, 속으로 짜안스러운 정 열 섬 소금 무게보다 더하지, 하긴. 하면서도 어쨌든, 염불 입으로 말고 마음으로 무거워, 여기서라면 주저앉아 못 떠나지 싶으다, 그런 데를 찾으려던 것이라구, 헛헛, 내가 그러려구 했었더라구. 이거 좀 우습지 않게?"

그는 그리고 또 쐑쐑 소리를 내며, 별 옘병허겄다고 혼자 웃어 쌓더니, 또 한 번 더 피가래를 뜯어내 뱉고는, 이번엔 아주 은근 스러이, "허기는 말이지, 어디서나 당분간은 지낼 만허드라구" 하고 이어나갔다. "헌데 가만 있어보자구, 아 그렇지, 맨 처음 찾아간 곳이, 그렇지, 눈뫼의 어느 기슭이었댔군, 이었댔어. 사실 거긴 사철 눈에 덮여 있어서, 아주 무균(無菌)스러이 여겨졌었다구. 글쎄 무균스러이 여겨졌더라니께는. 헌데도 정착 못하고 서성거려야 되는 병균을 거기서 얻었다면 이 또한 우습지 않게? 그래서 떠나버린 게야."

이번엔 그는, 몸 실어 상여 보내버리고, 혼적(魂跡)이라고 창호지쪽만 가시덤불에 얽힌 모양이더니, 아주 오랜 후에야 관 속에서 몸 빼어 돌아와 말을 이었다.

"내가 얘기했던가, 왜 떠나버렸던가 그 얘기 말이지? 아 그렇지 그랴, 그 대답을 난 아직 오늘까지 생각해왔어도 분명하게 할 수가 없는데, 말이시 말여, 글쎄 이렇지, 투박하게 나 말해서 말여, 거기선 춥더라구, 늘 춥더라구. 밤 하나를 새우는 데 삼 년씩은 걸리게 추웠더라니껜."

그는 그리고 언짢은 듯 진저리를 한번 쳤는데, 그러고 보니 그는 아직도 하긴 추워하고 있는 얼굴이었다. 그 추워함은, 짙은 피로 위에 얼음처럼 덮여 있었던 것이고, 그것은 퇴색해 더러운 갈색이었다.

"글쎄 무균스런 고장이었어. 나는 때로, 목숨까지도 살집 속에 살고 있는 무슨 균이거나 벌레 같은 것일지도 모른다는 생각을 하곤 했는데 말이지, 글쎄 움직인다는 것도 안 움직이는 어떤 것 속의 균으로까지 생각하곤 했는데 말이지. 그러나 눈뫼에서는,

저 균들이 처음에 조금 살다가는 얼어서는, 죽지는 않고 소롯이 잠들어버리더군. 한 백년쯤이나 안 잘라는가 몰라. 그러다 어쩌다 봄날 하루쯤 따끈한 햇볕이 피었다고 해보란 말이지, 그럼 저 균들이 다시 살아나지는 않을까, 않을까 몰라. 그러니 말이지, 눈뫼의 나의 밖에서는, 아직도 무엇들이 살고 움직이고 균스럽고 있는데, 나의 눈뫼의 안에서는, 아무것도 살지를 않더란 말야, 죽지도 않더란 말야. 나는 떠났지, 균스러이 일어선 것이라구."

그는 한숨을 쉬고, 그러나 내게는 대단히 무균스러이 보이는 눈으로 내 균스러운 눈을 바라보며, 무균스러이 웃더니, "떠났구료" 하고 반복하고, 그리고 계속했다. "듣자니, 눈뫼를 떠난 수도자들은, 길을 동으로 들어 운산으로 가거나, 서쪽으로 향해 비골로도 간다고 합니다. 나는 걸음을 동으로 돌렸댔구료이. 허지만 운산 영봉을 본 사람은 없다고들 과장해서 말하지. 그럴 것이, 가을 같은 청명한 철에도 말이지, 그 끝에는 뭔지 푸르스름하기도 하고, 연기 허리내고 둘러쳐져 있는 것도 같아서 그 봉우리가 글쎄 확연히 드러나 보이는 일이란 거의 없더라니껜. 그렇지, 대개의 새벽으론, 그 산의 발뿌리까지 안개가 덮여 내려와 있다간, 해가 차차로 떠오르며, 그 안개를 거둬, 그 산의 정강이로, 무릎으로, 사타구니로 올라가는데, 나중에 그것은 구름이 되어, 그 산의 허리에 그냥 떠돌아버리는 것이지. 그러나 그런 안개의 혼돈, 그런 구름의 폐쇄는 절대로 추운 것은 아니었지. 그것은 차라리 부드럽고 아늑해서, 사실 말이지 속살이 두터워질 것이었더라구. 훗훗훗, 저 산자락 포개덮고 누워 벽자색 산수국 피었겠다고 생각하고 있으면, 어느덧 알밤 구르는 소리에 잠이 설펴지는 것이오."

영감태기는 이 대목에서 또 지랄 떨듯 몸을 흔들며 낄낄댔다.
"거기서 나는, 한 손가락에 한 달씩 잉아 걸어, 대개 다섯 손가락쯤 살고, 또 몇 손가락쯤 더 핥아 살다가, 그렇지 또 떠났지. 그만큼 살며, 구름의, 안개의, 산의, 젖에 알이 배고 나면, 세상 바람이 또 쏘이고 싶어지는 것이오."

이때쯤엔, 조금씩 기진해가는 듯, 말에서 모서리가 뒤 모퉁이씩 달아나버리고 없어서 늙은탱이는, 혀 굳은 소리를 뻑뻑 짜내느라 애를 쓰기 시작하고 있었다. "풍문이 내 길잡이였소"가, "푸무니 내 기자비여소"로 둔갑되어지는 투였다.

"바다가 있고, 산이 거기로 내려가다 발목만 잠그고 멈춰서버린 저 비골에서는, 늘 젖고, 늘 울었지. 술에도 젖고, 생선 비린내에도 젖고, 계집 흘린 눈물에도 젖었더라구. 거기는 글쎄, 여덟 달간이나 비가 온다고 하잖던가? 남는 넉 달 중에서도, 청명한 날 찾기는 어려운데, 어쩌다 끼어드는 청명한 날은, 무슨 염병이나 간질병 같은 것이지. 그 여덟 달 동안의 젖은 바람은, 뼈마디마디에다 해풍과 습기와 관절염만을 불어넣는 것만은 아니라구 글쎄. 어떤 청명한 다음날에, 사람들은 자살을 해버리지. 글쎄 어떤 사람들은, 무참히도 자기 목숨을 끊어버리더라구. 비가 내리지만 그렇다고 한 번도 줄기찬 법 없는, 저 습습하며 어두컴컴하고, 뼛속에 곰팡이가 피어가는 저 모든 것을 상상해보시란 말이지. 글쎄 겨울이란대도 혹독히 추운 법 없어, 노숙 끝엔 가벼운 감기나 걸릴 정도인 것이며, 여름이란대도 무참히 더운 법 없어, 노숙 끝엔 한번 더 감기나 걸릴, 그런 고장의 저 음산한 거리며, 낮은 추녀 밑에는, 언제나 웅숭그리고 있는, 썩는 듯한 어두움이며, 헌 가구의 냄새며, 개까지도 웅숭그리고 지나며, 나뭇가지도 뼈를 아파해쌓는, 글쎄 그런 고장을 상상해 보란 말이지. 그런 어떤 날, 느닷없이, 하늘이 그냥, 푸르게 엎질러져버리고, 길이며 지붕 꼭대기들이 아주 낯설게 뻔적이는 것이오. 거기서 또 떠났구료 나는 엥, 그것도 자살은 아니었을까 몰라. 젠장 떠난 건 떠난 거니껜."

해는 중천을 치달려 올라가고 있었다. 그러나 그을음에라도 덮인 듯한, 저 이상스런 하늘을 통해 보이는 해는, 거의 갈색을 띠고 붉으나, 그 볕에는 그을릴 것 같지도 않으며, 산소가 희박한 듯한 분위기여서, 나도 숨이 가빠지고 있었다. 이것은 어쩌면, 호흡 장애로 쐑쐑거리는 저 늙은탱이로부터의 전염인지도 몰랐다.

"여보시오 젊은 스님네, 허지만 저 유리에 관해서는 내가 무슨 이야기를 할 수 있겠소? 스님께서 거기로 가는 길이 아니시오? 해도 이 풍문은 일러주었으면 싶으구만, 싶어. 어쨌든 나는 내 체신보다도 아마 두 배는 더 큰 풍문 주머니를 넣어놓고 있으니 말이지."

그는 그리고, 그 심정을 짐작해볼 수 없는 눈으로, 유리라고 여겨지는 곳을 멀거니 건너다만 보며, 좀체 말을 이으려 들지를 않았다. 그것이 무엇이든, 자기의 체신보다도 두 배도 더 큰 것을 그 체신 속에 넣어두고도, 살져 보이는 구석이라곤 없는 늙은네는, 더욱더 지쳐 보였다. 하기는 여러 곳에서 나는, 삼천대천세계를 다 삼키고도 배가 고파 허리가 휘인, 그런 늙은네들을 많이도 보아온 터이긴 했다.

"글쎄 그렇다고 하지." 그는 아마도, 이 칠월도 한낮에, 어디 모통이쯤 돌다가 그만, 봄날 낮꿈 살폿 한소끔 꾸고, 칠월로 돌아와, 깨인 것이었다. "처음에 유리에서는 수사자(水死者)들 빠뜨린 혼령들 몇 개가 모여서 살았더라는 얘기지, 처음엔 글쎄 바다가 넘실댔더라니, 우리도 그때쯤 만나 이렇게 앉아 있는다면, 한 열 길 물 밑에나 앉아 도란거리고 있는 게 아닐지 모르지. 거 아늑했을 법하잖게? 어쩌다 운이 좋아서 소달구지 편이라도 얻어 타보면 말이지, 읍내서 오는 길엔 소가 거의 뛰기라도 하는 듯이 달리고도 별로 힘들어하질 않는데 말이지, 읍내로 가는 길엔 그게 바뀐단 말야. 소가 힘들어하며, 진땀을 흘린단 말야. 허나 눈으로 보기에 이 길이야 뭐 평평해 보이잖냐구. 허긴 읍까지 닿으려면 한 사오십 리길이나 될라는가, 오륙십 리길이나 될라는가, 것두 제법 왼밤 거리는 되지. 그 읍의 북쪽으로는 그리고, 그 한 고개 넘기가 그렇게도 힘든 거악들이 한도 끝도 없이 이어져 있는데, 초생달 휘어진 데 걸터앉아서라도 유리를 내려다본다면, 글쎄 그것은, 날 같은 늙은탱이가 식은 화로를 껴안고 있는 형국이라고나 해야 할랑가 몰라. 흐흐흐, 하필이면 왜 늙은탱이에 비유했느냐고 내게 묻는 눈치인데, 비록 거악들이 죽림(竹林)해서 있단대도 말야, 그 산의 줄기들에 굳센 이음매가 없어서 말이지, 산기(山氣)가 굳세게 이어져 있지를 못한 때문이라구. 흐흐홋, 그러나저러나, 내가 무슨 얘기를 하다가 이렇게 됐더라? 그렇지, 바다 얘기를 했었던 것이지, 그랬었다고. 헌데 말야, 한번 물이 떠나더니, 영 돌아오지 않더라지, 거 변괴 아니게? 그러자니 소금에 찌들린 뻘만, 삼백 예순 날 삼백 예순 해 퍼붓는 햇볕 아래 쪼들려온 것인데, 그러자니, 고기 낚아 살던 몇 가구 어부네들도 그러자니, 대처 찾아 떠나버렸을 터, 그도 그랬을 것이, 어부짓들 그만두고 농부짓이나 해보자고 작정을 그 어부들이 했단 대도, 소금물에 찌든 흙이 풀 한 포기라도 키워낼 만했구료? 떠난 조수 못 따라 떠나고 남았던 송사리며, 게 새끼들 죽은 시체만 질펀하게 깔려 누워 있는데, 그래서 그 어부네 자기네들끼리 소문 만들어 속닥여 퍼뜨렸다는 말로는, 촌장이 늙은데다 근에 창병까지 든 탓이라고, 그 까닭을 촌장께 돌렸더라는 것이지. 그러자니 그 불쌍한 늙은네 몸에 삼베옷을 걸치고, 저 뻘밭 가운데 어디 바위 조그만 것 하나 있는 그늘 밑에 가 앉아, 죽을 때까지 식음을 전폐하고, 그 변괴로 하여 통곡하다 그만 죽었다는 것이구만. 그를 일조(一祖) 촌장으로 치지만, 이조라는 미친 늙은탱이가 나타났을 땐 수백 년이 흐른 뒤라지. 허나 그런 변괴가, 저 일조 늙은탱이의 몹쓸 병 때문에 비롯되었다는 말은 좀 우습잖게? 거 좀 우습다구. 달리 하는 말로는, 그때 삼재팔난이라든가 천지개벽이라든가, 세상 날씨가 이상스러웠다든가 그래서 덥던 고장엔 눈이 내리고, 눈 내리고 춥던 고장엔 삼동에도 꽃이 피었다든가, 징조가 영 심상치 않았다든가, 뭐해서는 말이지, 물이며 뭍이며가 조화를 잃었다든가, 뭐해서는 말이지, 그 기슭에 뽕나무 푸르던 언덕엔 바닷물이 뽕잎으로 우거지고, 애비 눈 띄우겠다고 시악씨 하나 빠져 죽은 바다 밑에서는, 늙은 애비 눈 뜨고 앉아 딸내미 무덤 풀을 깎아주고 있더라지. 변괴라, 변괴여. 흐흐흐, 허긴 그만쯤 말이 만들어질 법도 하기도 할 것이, 어쩌다 오는 칠팔월 안개비 좀 두터운 것을 빼놓으면, 사철 그저 건조하기만 한데다. 흙에 진짜로 염분이 과하다는 탓으로, 글쎄 수십 리를 두고도 잡초 한 포기 잘 자라지를 못하고, 언덕 하나 높은 법 없이, 그저 황폐해 있으니, 그만쯤한 얘기도 꾸며질 법하잖냐 말야. 허나 모를 일이지, 산천이란 예나 지금이나 의구한 듯해도 땅이란 게 그저 그럭저럭 우리 나이 또래래야 말이지. 글쎄 땅을 두고 천 년이니 이천 년이니 하고 말해본댔자, 그거 수유에 지나지 않을 나이 한 만 년이나 십만 년쯤으로 잡고 본다면 내가 좀 과하게 미쳤을랑가? 허나 사소한 인연 하나를 놓고도 십만 아유다〔阿由多=百亥〕며, 겁(劫)으로 따지지 않느냐 이 말이야. 흐흐흐, 헌데 나도 늙은 게야. 젊었을 땐 말이지, 그렇지, 오늘 정도 청명하면, 저 무변스러운 듯해도, 그 남녘 끝에 뭔지 푸르스름한 이내가 낀 듯해 보면, 그게 산인 듯했더라고. 허나 요 몇 년래, 아무리 눈 닦고 보려 해도 안 보인다 말야. 어쨌든 유리의 육칠팔월은 그중 풍성한 철이라구. 여러 도문에서 날 같은 중들이 와서 머물다 그렇지, 구월에 접어들면 대개는 떠나버리지. 아, 그러구 보니 이거 아직 구월은 못되었어도 또 좀 일어설 때겠구먼."

그는 그러나 일어서지는 않고, 한 사오륙십 리길 저쪽에 있다는, 아마도 그 읍으로 이어진, 구불탕구불탕한 길을 넋놓고 바라보고만 있다. 그래서 나도, 그 푸석거리는 길을 보고 있자니, 어쩐지 길이 내게도 젖은 손을 흔들고 있는 듯이도 여겨졌고, 그래서 이 늙은네가 조금 부러워도 졌다. 그러다 나는 그러나, 그 길에서 종내 하나의 의문만을 얻어내고, 고개를 떨구니, 내 벗은 발등이 보였다. 조금 헤매느라고 하다 보니, 하긴 길 위에서 신발은 모지라져, 그 어떤 길의 한 옆 구렁창에 던져버리고 말았다. 하긴 발이 시렸었다. 이 중은 그런 길에서 늙어온 것인데, 하지만 오늘 내가 한눈에 본 길은, 왠지 무세월로 보였다. 우리가 앉은 쪽에서 보이는, 저 길의 끝까지 닿으려면, 이 늙은이는 다른 새 미투리로 바꿔 신어야 될지도 모르며, 눈곱만큼쯤 더 늙어 질지 모르는데도, 그러나 길은, 전혀 그런 시간 관계 위에 놓여져 있는 것처럼은 보이지 않았고, 그럼에도 그것이 흐름과 따져질 것이란다면, 모든 찰나 위에 길 자신의 모든 것을 노출해 버리는, 그것은 차라리 하나의 점(點) 같은 것이었다. 그것은 수륙 육만 리의 길로 감아진 한 늙은 꾸리와 꼭 같은 것이었는데도, 그러나 그것을 통과해 나간다고 할 때 그것이 신발에 구멍을 내 버린다는 일은, 그것이 공시성(共時性)을 잃는다는 의미인지도 몰랐다. 그러나 이러한 수수께끼를 푼다는 일은 나의 일은 아닌지도 모른다. 다만 산(山)독수리의 눈으로 지렁이의 고뇌는 헤아리지 말 것이다. 아, 말 것이다.

"난 말이지, 이상스럽게도 말이지 내 자신으로부터설랑 늘 배반을 당한단 말이거덩." 늙은이는 계속하고 있었다. 나는 그의 이야기에 넌더리를 내고 있는 자신을 발견했는데, 그것은 길로부터서 하나의 의문을 얻은 뒤부터였다. "안개비만 내리지 않는다면 천년 건조스러운 여기, 내가 이렇게 말라보타져가고 있자닌깐두루, 저 비골의 관절염이며, 눈뫼의 추위가 자꾸 그리워진단 말야. 아, 그렇지 유리에서는 습기를 그리워하기 시작하면 병이라, 그 병이 시작되면 이제 유리를 참기 어렵게 되는 거라구."

그리고 그는 조금 꾸물거려 감발을 매기 시작하며, 밭은기침을 캑캑 해댔다.

"헌데도 말이라, 이 집념 하나는 여태껏 여의지를 못하고 있는데, 글쎄 어디에다가든, 하나쯤, 흙 이겨 암자를 짓고, 내 여생을 한 번은 단단히 붙들어매기는 해야겠다는 이것이지, 이것이라. 내, 흘러다니느라 사유시방으로 펴느렸던 혼들을 한 번은 다 긁

어모아, 흙집 속에 처넣어놓고 졸면서 지냅시나, 글매 그럽시나, 어쩌다 내 암자 곁을 지나는 초부라도 하나 있다면, 그를 붙들어 토방에 앉혀놓고, 내 헤맨 것 그냥 옛애기삼아 들려주고, 그러다 저러다 눈감고 싶은 것이지. 목이 타고 관절이 아프고, 발이 천 번도 더 불어터졌다. 잡육(雜肉)으로 우거진 길을 염병을 앓으면서도 걸었던, 배고픈, 동행 없는, 길들, 길, 쓸쓸한 길들, 길, 부르는 손들, 그 길들을 걸으며 그 길에서 피어난 손들을 꺾어 한 다발씩으로 엮었다 버린 애기들을, 들려주고, 그리고 그 길들이 무엇을 성취해주며, 무엇을 빼앗아가버렸는가를, 아 그렇지, 어떻게도 거부할 수 없는 길들로부터, 아 그렇겠소, 이젠 정작으로 떠나봐야겠구먼. 헌데 스님은 몇 살이나 되셨댔소? 계집 좀 보채겠구먼. 설마 환속행(還俗行)은 아니겠지맹? 흐흐흐, 안, 안렝히, 자 안렝히, 성불협시우."

그리고 그는, 내 대답 같은 건 들으려고도 하지 않고, 삿갓 쓰고 바랑 멘 어깨에 도롱이 걸친 뒤, 내게 합장해 보였다. 뼈 무너지는 소리를 우둑여 내면서도 그러나 그는 표표히 떠났다. 그가 머리 둘러 가고 있는 그 길의 어느 끝쯤에, 장이 서는 곳은 있을 것이고, 그 장의 끝에 서면 그는 다시 길 앞에 마주 서 있게 될 것이었다. 읍이나 촌락들은, 뱀이 삼킨 통계란 모양으로, 그의 길들의 중간중간 토막에, 한 번씩 불쑥불쑥 솟은 기형적인 굽이 같은 것일지도 모르는데, 어쨌든 산다고 말되어지는 것들의 노른자위는 그런 속에 있는 것은 확실하다. 그 보이지 않는 장에 닿기까지는 큰 숲이 하나 보일 뿐이고, 다른 곳은 송두리째 비어 있는 곳을, 헌데 저 늙은 중이 채우며 가고 있는 것이다. 그러나 사실에 있어, 그가 길을 꾸리 감아 가고 있는 것으로는 보이지가 않았고, 차라리 그가 풀려나가는 것으로나 보였다. 길이 그를 삼켜, 길 속으로 어디로 뚫려진 곳으로 음험스런 데로 구덩이 속으로 자꾸 끌어넣어가는 것처럼만 보였다. 그는 비틀거리며, 거부치 못하고 왜소스러이, 자꾸만 끌려들어가는데, 저승 열나흘 길 하매 아흔 해를 걷고도 못다 걸었나보다. 윤회는 고리는 꿰미는, 괴롭도다.

그리하여서사 내게는 드디어 한숨이 괴어 올라오고, 아직도 내가 살아보지 않은 유리를 수락하기 시작하고 있다는 생각이 또한 돋아났다. 저 늙은, 길에 얽매인 바람은, 길에서 길로 정처도 없이 불어가며, 어디론가 정처를 정해 떠나고 있는 모든 중들에게마다 같은 얘기를 했었을 것이다. 한번 꿰어져 윤내진 백팔염주 모양으로, 그래서 그의 이야기에도 그런 윤기가 있었다. 같은 얘기를 들은 자들은, 나, 서투른 한 돌중처럼, 뒤에 처져앉아, 바람이면서 들로는 불어가지 못하고, 길신[路神]의 해묵은 구레나룻에나 불어가는 저 늙은 바람을 바라보며, 그러면서, 자기가 아직도 살아보지 않은 정처가 관 뚜껑을 열고 기다리는 것을 망연히 보았었을 것이었다. 그래 하기는, 어디에서나 누구든, 죽치고 앉아 조금 늙으려면, 저런 늙은 바람을 불어내버리고 시작하지 않으면 안 될지도 모른다. 나는 한숨이나 썩어질녀러 폭폭 열두 발 삭아져라 쉬어대며, 이제는 일어서서 유리로 향해야겠다고 생각은 해대면서도, 푸석푸석이 죽은 땅을, 뼈 소리로 깨우며 시들어지고 있는, 늙은 바람을 놓치고 싶지가 않아, 자꾸 그의 등을 보고 있었더니 나중에 그는 뿌리 잃은 한 가시덤불 작은 뭉터기가 부는 바람에 거역하여 경련하듯, 그렇게 구르고 있었다. 그는 아마도 달리는 모양이었다. 하지만 그것은 멈춰져버렸는데, 내가 더 기다리고 있자니까 한번 더 일어나는 것이었다. 그리고 이번에는, 정작으로 폭풍에 불리우듯, 마구잡이로 뒹굴어가더니, 다시 한번 소롯해졌다. 가슴엔 진공을 지니고, 제 가슴속으로 구르는 그것은, 그래도 멈추지는 못하리라. 나는, 그가 또 불려가기를 기다리며, 조금은 달콤한 슬픔을 느꼈다. 기다렸으나 그는, 그러나 다시 일어나지는 않았고, 저 그을음 덮인 듯한 탁한 양광이, 그의 위에로 파리떼처럼 운집해드는 것이나 보였다. 그렇게 시간이 흐를수록, 내게는 아주 지겨운 느낌이 들어, 손가락을 써서 두 눈을 눌러 감았더니, 내 속에서 빛이 꿈틀거리며 빠져나가며, 스산한 불똥을 흩뜨렸다. 그는 죽었을 것이라고, 그리고 나는 생각했다. 어쩌면 일종의 마멸일 것이라고도 생각했다. 뼈의 마멸, 살의 마멸 — 그래도 혼만이라도 걸어가고 있지는 않을까? 그래서 내가 다시 눈을 뜨고 길을 내어다보았으나, 그는 정착해버리고 있었다. 육실헐녀러, 어째서 하필이면 나는, 어제도 말고 내일도 말고, 오늘 여기를 들어서느라 저런 죽음을 만나야 되었는가? 인연일랑가, 글쎄 인연일랑가?

나는 그로부터 빨리 도망쳐버리고 싶은 심정으로, 그래서는, 도대체 우발이라고밖에는 생각되어지지 않는 이 인연의 줄을 빨리 끊어버리기 위해서, 그래서 오히려 그의 곁으로 뛰어가보았다. 보니 그는 무척도 색골스럽게, 쭈그러진 삿갓 아래 또아리쳐버리고 있었다. 하긴 어쩌면 그것도, 바람들이 하는 수도일는지도 몰랐다. 사유시방으로 흩어진 기를 그런 자세로 하여 일점에 모은 뒤, 불두덩으로부터든, 손톱 끝으로부터든, 조금씩 회복해내어, 저 뼈무더기에 모닥불을 지피어내려는, 바람들의 와선(臥禪)인지도 몰랐다. 그래도 그는 죽었을 것이다.

너무 그를 내려다보았더니, 나중에는 그가, 개미만한 한 흑사병으로 보였기에 나는, 한 이파리라도 구름은 없는가 하늘을 올려다보았다. 구름은 없고 그러나, 그 빛에서 싸아한 냄새를 풍기는 한 덩이의 갈색 해가, 모가지 아래를 끊긴 누에모양 하늘을 뜯어삼키며, 서켠으로 가고 있었다. 그리고는 모든 곳이 다 적막하고, 고요하고, 그리고 어쩐지 컴커므레했다. 난 나태를 느끼면서도 이것은 대단히 일진이 나쁜 날이라고 간신히 생각했다. 왠지 내가, 타의에 의해서 그의 문하생이라도 되어진 듯한 불쾌감은, 그런 뒤에 일어났다. 그러고 보니 그는 글쎄, 산 채 걸어가지를 않고, 임종을 내게 보여준 것이었다. 그의 죽음에, 나도 어쩐지 얼마쯤은 가담되어져 있는 듯하다는 생각이 드는 것은, 그는 글쎄 그의 길을 뒤로 뒤로 풀어내어 내게 보여주지를 않고, 그 길들을 한 꾸리에 감아, 한 점으로 내 앞에 던져줘 보인 것이다. 이것은 대단히 일진이 나쁜 날인 것이다. 그는 어째서, 근 백 년 가까이 보류해왔던 죽음을 하필이면 내 앞에서 치러 보여준 것인가? 이 의문은 날 분노케 했다. 그래서 삿갓 그늘 아래 반쯤 숨은, 그 늙은 대가리를 한번 되게 걷어찼더니, 그의 얼굴이 햇딱 한번 보여졌는데, 눈은 감고 있었으나 입엔 흙을 한입 물고 있었다. 그건 어쩐지 내가 죽은 얼굴이었다. 그래서 투덜대며 가래침을 뱉어던지고 있자니, 그가 물고 있는 흙은 왠지, 밖에서가 아니라, 그의 오장육부에서 토해져나온 것같이 여겨졌고, 그것은 허물어진 절간 한 채의 오소록인 듯이만 여겨졌다. 젠장맞을 늙은네는, 흙벽 절간 한 채를 오장육부에 처넣어놓고 밖으로 다니며, 그것을 찾으려 했던 모양이었다. 어쨌든, 내가 늙어 어느 녘에 죽었구나.

2

 남은 오후 동안을 나는, 아버지라고 내가 불러주었어야 마땅했을, 그 괴팍했던 늙은 스승이 숨을 멈춰버렸을 그때만큼은 심정이 얄궂어서 그 자신의 암자를 속에다 넣어놓고 밖으로 찾으러 고통스럽게 다녔던, 그러다 그 절간을 토하고 죽어버린 그 중을 내려다보며, 가부좌(跏趺坐)로 보내버렸다. 나는 스승의 장례를 치러주지도 못하고 떠나와버린 것이었다. 내가 아버지라고 불러주었어야 마땅했을 그 수다스럽던 늙은네와, 이 늙은네와는 어쩐지, 꼭 같은 사내의 안팎처럼만 자꾸 여겨지는 것은 무슨 까닭인가. 내 스승이었던 늙은이는, "네까짓놈의 우둔한 대가리를 갖고서 말이지, [1] '보이지도 않는 귀신 나부럭지니 우주 따위, 또는 그와 같은 기타의 것을 찾으려는 노력은 할 일이 아니다. 그러니 출발점으로서 너 자신을 재료로 택한 뒤, 너 자신 속에서 찾을 일이지, 네놈의 속에 있으면서, 모든 것을 그 자신의 것으로 하고 말하기를 나의 신, 나의 마음, 나의 생각, 나의 영혼, 나의 몸이라는 그것이 누구인가를 알아내는 일인 것이다. 슬픔이, 사랑이, 증오가 비롯되는 근원을 알작시라. 뜻이 없는데도 사람이 어떻게 깨어 있을 수 있는가, 뜻이 없는데도 어떻게 쉬며, 자기의 뜻과도 상관없이 성내게 되는 일이나 애착하게 되는 일은 도대체 어떻게 비롯되는지를 알아야 되는 것이다. 만약에 네가 이러한 것들을 주의깊게 살핀다면, 너는 자신 속에서 그것들을 찾게 될 것이지.' 나로서는 결코 너에게, 아집이나 오욕을 여의라거나, 해탈을 성취하라고는 말하지 않을 것이다. 그것은 자네의 문제란 말이지. 나로서는 차라리, 자네로 하여금, 어떤 교리 교의, 또는 어떤 자들이 먹다 남긴 사상의 찌꺼기 같은 것에 집착하는 것 여의기를, 아집이나 오욕 여의기를 치열히 하는 어떤 자들보다 더 치열히 하라고나 하고 싶은 게야. 글쎄 마음이 좁은 자는, 자기 곁을 스쳐지나는 것을 언제나 자기와 다른 것으로 보며, 마음을 더욱더 오그려싸아, 더욱더 좁은 것으로 만들려 한다. 그래서 그 사내가 죽었을 때, 이 사내는 대체 무엇을 그렇게 소중히 싸서 간직했는가. 그 속을 열어보면, 똥창자며, 썩어 문드러진 동정(童貞) 같은 것들이다. 허기는 오그려싸기를 극도로 성취해버리고 난 자의 뒷얘기는 달리 말해져도 좋을지 모르지. 어쨌든 마음이 넓은 자는, 말 타고 강산을 지나더라도, 그 스치는 모든 풍경이 자기의 밖의 다른 것이라고는 보지를 않는다. 그러고 보면, 오그려싸을 것이 무엇이겠는가. 넓은 마음이란, ⁽²⁾'한도 없는 것이고, 둥글거나 네모진 것도 아니며, 크거나 작은 것도, 푸르거나 누렇거나, 붉거나 흰 것도 아니고, 위가 있거나 밑이 있는 것도 또 아니며, 긴 것도 짧은 것도, 성냄도 기쁨도, 옳음도 그름도, 선함도 악함도, 처음도 끝도 없는 것이다.' 글쎄 그렇다고 보면, 저 큰마음이란, 팔만 색상에 채워진 공(空)이며, 공이지만 그저 헛간 같은 공은 아닌 것이다. 그것 속에는 만신(萬神)이 살며 전을 벌여도, 그것 자체에게 이단이라거나 개종의 이름은 붙일 수가 없는 것이지. 작은 마음을 크게 한다는 일이란 어려운 게 사실이다. 그러니 그저, 붙매이지 않고, 자꾸 변절하고, 자꾸 받아들이고, 자꾸 떠나는 일밖엔 없다구. 글쎄, 한 질료가 금이 되기까지는, 열두 번이나 일곱 번의 죽음, 뭉뚱그려 적어도 세 번의 죽음을 완전히 치르지 않고는 안 되거든. 변절 말이다. 개종(改宗) 말야. 헌데 내 눈에 보이는 자네라는 녀석은, 체(體)나 용(用) 사이에 어떤 부조화를 갖고 있는 듯하다구. 용에 비해 체가 너무 크거나, 체에 비해 용이 너무 크다구. 용에 비해 체가 너무 큰 경우, 거기엔, 아직 잠 못 깨고 죽음처럼 뻗치고 누운 황폐가 따라 있고, 체에 비해 용이 더 큰 경우, 거기엔 일종의 삼재팔난이라고나 해야 할 무질서가 덮여 있는 것이다. 이런 경우 체를 택한다면, 그 용적을 넓히거나 좁힐 수밖에 없는 것이고, 용을 택한다면, 그 수근(水根)을 끊거나, 더 깊이 파고드는 수뿐이다. 그것은 자네게 고통으로 던져진 것이야. 이보라구, 자네는 헌데 어째서 그따위로, 흐리멍덩한 눈으로 날 보고만 있는 거지? 잠이 여태도 깨인 게 아니라면 죽장 서른 대로 하여, 너의 그 쓸모없는 대가리에 구멍을 뚫어놓을 터인데, 그것은 불순물로 채워져 있기 때문이라구." — 내 스승은 그런 늙은네였었다. 수다스러울 땐, 십년 적적하던 것을 한꺼번에 다 풀어내 수다스럽고, 그런가 하면 반년이 다 가도록 그냥 벙어리모양 지냈었다. 그리고 남은 반년은 또 어디론지 휙 나가 돌아오지 않았다. 내 생각에 그는, 그런 반년에, 골목들이나 기웃거리고 다니며, 애놈들의 귓부리나 잡아당길 것이라고 했었다.

그러던 그가, 어느 날은 느닷없이 날 불러, 자기와 마주 보게 앉히더니, 서두도 없이 목부터 비틀어 틀고 말하기를, "내가 숨이 끊기거든 이 녀석아, 자네는 곧장 떠나란 말야. 글쎄, 내게 변절 개종(改宗)을 하고 떠나란 말야. 멈칫거리는 서투름이 있다면, 그것은 집착의 소치일 터이고 그것이야말로, 나를 마지막으로 한번 혹독히 매질하는 것일 것이다" 하고는, 대단히 어울려 보이지 않는 음울한 얼굴을 짓는 것이었다. "글쎄 자네라는 놈은 여러 가지로 비유될 놈인데, 글쎄 말이지, 신들린 애놈 같기도 하단 말야, 그것은 위험스럽지. 체에 비해 용이 드센 게야. 애 속에 흘러든, 어떤 비명에 죽은 장한의 원귀와, 그 애와의 사이의 상극이란 괴로운 것이지. 헌데 어떻게 해서, 저 미친 놈의 잡신이 자네를 숙주(宿主)삼아 쳐들어가 앉았는지, 그건 글쎄 모르겠단 말이거든. 큰칼을 쥐고 휘둘러대며, 저 파리한 애들 속으로 뛰어다니는, 저 걷잡을 수 없는 애를, 에끼, 거 생각하기에도 소름이 끼쳐. 체의 아주 거친 것을 얻으면, 저 푸스러지는 볕에 그래도 말야, 한 사십 일 데쳐 내놓고 나면, 글쎄 풀이 좀 죽지 않을까?" 그리고 이 대목에 와 그 늙은이는, 내 머리끄덩이를 푸스러뜨리며 낄낄대더니, 대단히 아버지다운 얼굴로설랑은 "무슨 소린지 알 수 없을 테지?" 하고 이었다. "어쨌든 너는, 유리로 떠나란 말야. 가는 길 따위는 자네가 물어서 가라구. 닿는 길이야 여럿 아니겠냐구? 그리고 그렇지, 누구도 자네에게 법명(法名)이란 걸 주어본 적 없으니, 뭐 중이라고 생각할 것도 없다. 그저 걸사(乞士) 나부랑이지. 그걸로 생계를 이어나가는 돌팔이중놈 말이다. 계(戒)인들 줄 것도 받을 것도 없는 것, 그저 무작정 가라, 가거든 그렇지, 그 광야의 모든 것을 먼저 수락하는 일뿐이겠지. 거무틱틱한 모래펄이며, 정적이며, 고통이며, 슬픔이며, 굶주림이며, 계집이며, 낮이며, 밤이며, 그렇지 철이 그 철이어서 안개비도 내릴 듯하잖은가? 탁한 대기며, 아 그렇지, 그러나 유리 자체는 그런 어떤 것에도 집착하지 않더군, 안해. 뭘 생각할 것인지는, 무엇을 먹고 입을 것인지는, 따질 것도 없는 것이지. 자네가 자네 어미 씹구녕에서 나왔을 때도, 자네는 생각하고 먹고 입을 것을 갖고 나온 것이 아니라, 울 것밖엔 더 갖고 나온

게 없으니까. 아무리 사소한 것을 두고라도 아무튼 깊이깊이 그 의미를 살펴보라구. 그런 뒤 내가 알고 싶은 것은 너의 얼굴의 주름살이다. 너의 눈빛깔이야. 자, 떠나라구. 나이가 서른 셋이나 된 젊은 놈이 늙은네 눈치나 실실 보며, 방구석에 처박혀, 그 따위 죽어버린 글자며, 잡환 나부렁이나 깨치고 있다는 것도 한심한 노릇 아니게? 아마도 너는 내 대갈통쯤 깨놓았으면 싶으겠지. 이보라구, 내게서 이제 숨이 떠나거든, 자네는 곧장 떠나라구. 내 장례 따위는, 헛헛, 그래도 나도 염습을 당하고 싶으니 말이지, 그래, 숨은 없이도 내 기다리고 있겠으니, 돌아오는 길로 치러주었으면 싶으구만. 죽은 얼굴로라도, 유리에서 돌아온 네 놈의 낯짝 한번 턱 보았으면 싶으니까. 그러나 거기서 머물고 싶지 않거든, 괜스레 애써서 머물 필요는 없겠네. 다만 나로부터 떠나란 말이지. 옴마니팟메훔."

그러더니 그는, 눈을 감아버려서, 내가 더 있으며 이야기를 기다렸더니 그는, 더 말을 하지 않아서, 내가 좀 혼자 웃고 있었더니 그는, 쥐고 있던 죽장을 어느 샌지 떨어뜨리고 있어서, 내가 그의 맥을 짚어보니 그것은, 멈춰 있어서, 그의 숨 냄새를 맡아보았더니 그것은, 냄새가 없어서, 내가 정신을 차리고 생각해보니 그는, 항마좌인 채 소롯해져버린 것 같았다. 그는 한번 더 개종해버렸을 것이다. 육자명주(六字明呪)는 언제나, 그의 개종의 선언으로서 읊어지던 것이었다. 옴마니팟메훙―자기의 뒤쪽에 울타리를 쳐버려, 자기가 다시는 되돌아 뛰어들 수 없게 되기를 바라는 그것은 그런 높은 울타리였던 것이다. 그러고 보니 항마좌로 소롯해진 그는, 꽃 위에 앉은 한 바위처럼도 보였다.

"아 그래서 죽었구나, 늙은 것이 죽었구나."

나는 한 마디만 그렇게 한 뒤, 우선 감발을 매고 떠나려, 마지막으로 한번 더 그의 앉은 죽음 앞에 절을 하다가 왠지, 간경이 뒤집혀져, 그의 죽장을 들어, 그의 죽은 대가리를 미친 듯 후려패다가, 떠나버렸다. 나는 뛰고 있었다. 나는 아마 그렇게 통곡했을 것인데, 그것은 나의 그에 대한 경애의 깊이였었다.
　그런 뒤, 때로는 엉뚱하게 서호 지방으로도 여행하고, 때로는 계곡에서 방향을 잃으며 걷느라고 하다 보니, 떠난 지 달포도 더 걸려 이 유리의 문전에 닿았는데, 그 입구에서 나는 다시, 다른 하나의 꼭 같이 부표하는 고혼과의 하직을 치렀다. 이것은 참으로 일진이 사나운 날인 것이다. 글쎄 그러다 보니, 나로서는 어쩐지, 저 두 늙은이들 사이의 간격을 알아낼 수가 없게 된 것이다. 하나는 장소로부터 계속해서 떠나고, 하나는 습속(習俗)으로부터 한없이 도망치는 것밖에. 그리고 하나는 색(色)으로부터 자꾸만 떠나서는 다시 색에 들고, 하나는 공(空)으로부터 도망쳐 공에 든다는 것 말고, 그들은 다 어디의 토착민도 아니었다. 하지만, '色不異空空不異色'인 것을. 하지만 '色卽是空 空卽是色'인 것을. 이것은 일진이 사나운 날인 것이다. 다시 나의 눈물은, 이 늙은 중들의 얼굴 위로 방울져 내리고 있었다. 돌중, 나 아직도 이런 독한 슬픔을 못 여의고 있는 것인데, 하기는 내게, 내가 아직도 울 수 있다는 것 말고, 다른 계산은 없었다. 이것은 일진이 울도록 사나운 날인 것이다. 한 늙은네의 첫번째 죽음을 보았을 땐, 그저 훌쩍 떠나버릴 수도 있었지만, 그러나 두번째 죽음을 놓고 나는, 어쩐지 떠날 수가 없고만 있다. 대체 '두 늙은이'의 '한 죽음'의 의미는 무엇인가? 나는 그것을 생각해 보지만, 그것은 도대체 풀릴 길 없는 매듭인 것만 같다. 나는 다만, 그런 두

개의 죽음이 하나로 완벽히 행해진 한 혈루병자의 시체와, 그 시체 위에 그 죽음 냄새처럼 떠돌던 소문만을 기억해낼 수 있을 뿐이다.

그 혈루병자는, 내 스승의 오랜 친구였는데, 스승은 말하지 않았지만, 듣기로는 한 속녀(俗女)에의 애착을 못 여의어 환속한 중이라고 했었다. 그러나 이 환속한 중은, 환속하고 나서야 드디어 출가(出家)해 버리고 말았던지, 고자로 지내며, 저 속녀와 밤잠 자기를 꺼려하고, 세상도 싫어해, 자꾸 으슥한 데로 스며들었다가는, 종내 혈루병에 걸리고 말았다고 했다. 한데 이해할 수 없는 것은, 그는 혈루병에 걸리고 나서야 아주 맑은 얼굴로 더러 웃기도 했다고 하는바, 그는 자기로서 불능스러이 해버릴 모든 것을 불능스러이 해버려, 나중에는 손가락 하나 움직일 수 없는 지경에 이르렀다고 했다. 그러면서 그는 황폐의 냄새를 풍겨가기 시작한 것이다. 어쨌든 그가 죽음에 이르렀을 때, 그는 인간이기는커녕 존재도 아니었던 것은 확실했다. 그것은 도저히 퇴행으로는 볼 것이 아니었던 것으로, 그의 진화는 무덤에까지 이뤄져버려 그래서 그것은 이승에 살고 있으면서도 이승의 것이 아니어서 속(屬)을 짐작할 수 없는 짐승이 되었던 것이다. 그는 유언을 해설랑, 자기의 시체를 절대로 땅에는 묻지 말라고 하여 태워버리게 해서는, 최후까지도 저 계집의 안벽에다 하는 방출을 기피했던 것이다. 그 자체로서는 풍더분했으나, 어쩔 수 없이 황폐에 당해야 했던 저 계집은, 그래서 서러이 울면서도, 그는 차라리 잘 죽었다고 말하고 있었다.

어쨌든 그 장례는, 저 두 번 된 과부와, 나의 스승과, 그때 열두 살짜리였던 나에 의해서, 마흔아흐레의 칠분의 일이나 걸치는 동안에 치르어졌고, 개 한 마리의 문상도 없었다. 이레째 되는 날, 나의 스승이 지게에 그 송장을 얹고 좀 먼 들로 나가 장작불에 얹어주어버린 것이다.

  그 장례를 끝내고 산막으로 오르고 있었을 때 스승은, "그 사람이 글쎄, 만약에 끝까지 여의지 못한 업이 하나라도 있었다면, 그것은, 그것은 글쎄, 남업(男業) 같은 것은 아니었을까 모르지"라고 혼자말을 하고 있었는데, 우리는 무척 피로해 있었다. "그가 그의 여인을, 제 세상을, 기피하려면 했을수록 반대로 남업은 더 굳어질 수밖에 없는 것이다. 그것은 아주 독한 것이어서, 그의 윤회의 고리를 더욱 견고히했었을 것이었다. 결국 그는, 계집과 세상으로부터의 바깥과, 자기 사이에 혈루병의 울타리를 쳐두었음에도 불구하고, 저 재생(再生)의 문을 닫지는 못한 것이다." 그는 피로한 듯 중얼거리고 있었다. "그는 남업에 의해 [3]'아비를 호애(好愛)하고 어미를 질투하여,' 저 혈루병으로부터 벗어나버렸는데, 그것은 분명히 '암컷 형상을 취할 것이었다.' 저 굳어진 남업이 그럼에도 해독되지 않고, 고스란히 그대로 저 암컷 속으로 옮겨져갔다면, 아 그것은 무척 불순한 짐승이겠구나. 그것은 순화를 성취하기 위해 자녀(姿女)나 되잖을까? 자녀나 되잖을까 몰라." ──하지만 그의 중얼거림의 꼬리가 다 사라지기도 전에, 들리는 말에 의하면, 저 혈루병자의 과택은, 서방도 없이 뒤늦게 애를 배고, 배가 불러지자, 낯 붉히며 어디 딴 고장으로 떠나버렸다고 했다. 한데, 저 장례식이 있던 동안에, 내 스승이자 저 혈루병자의 친구인, 저 색골 중놈과 저 음파가, 송장을 옆에 놓고 히히거리며 붙었을 것이라는 것이었다. 어쨌든 이런 식의 죽음은 아무리 해도 그 병인을 진맥해낼 수가 없는 듯하다.

장소로부터 도망치며 어쩔 수 없이 장소로 드는 죽음, 습속으로부터 계속하여 떠나가며 그 습속 속에서 죽는 죽음, 스승의 어휘로는, 계집으로부터 도피해 가며 계집의 자궁으로 드는 죽음, 세상으로부터 떠나며 세상으로 돌아오는 죽음, 이런 병인은 진맥키 어려운 듯하다. 비극은 어쩌면, 황폐를 꿈꾸는 데서부터 싹트는지도 모른다. 이런 불모에의 집념은, 어쩌면 산다는 일을 고통으로 여기는 데서부터 비롯하는 것일지도 모르긴 하다. 그래서는 삶을 완전히 소멸시켜버리기를 바라는 것일지도 모른다. 윤회며 재생은, 그 가장 두려운 그러나 타도해버려야 할 적으로 생각되어진다. 그래서 그 고리로부터 영구히 벗어나는 일은, 자기소멸을 완전히 성취해버리는 일처럼 여겨지는 것일지도 모른다. 나는 모른다. 아 그러나, 젠장맞을, 그러고 보니 나도, 이 늙은 중놈의 과택쯤이 그리워진다. 그래서 그가 뒤로하고 온 고장을 살피니, 아마도 저기만쯤이 유리이지 싶은 들이, 둘째 서방까지도 사이별해버린 엔네처럼 쭈그리고 앉아 안쓰리 안쓰리 울고 있는 듯해 보인다. 그래서 보니, 어느 녘에 밤이 그녀 위에 포르르한 상복을 입히고, 흐린 달빛이 그녀의 웅숭그린 어깨 위에서 떨고 있다. 방출의 뜨거움에 기갈든 계집이여, 하긴 계집이여, 내 한번 품어주마, 하긴 그래주마.

 나는 그래서 한숨 따위 걷어치우고 저 주검으로부터 뛰쳐일어나, 입었던 옷 벗어 하나씩 하나씩 뒤에 던지고, 이를 드러내 웃으며, 유리를 향해 내달았다. 그러고 나니, 내 전체가 그냥 하나의 근(根)인 듯만 싶어 대단히 해탈스러이 홀가분했다. 혼을 벗은 저 껍질은, 그냥 거기 남겨둬버렸는데, 그의 정처가 바람 가운데 길 가운데 있었으니, 바람 가운데 길 가운데 두어두어서,

바람이 자기의 분깃을 길이 몇 세월이고 바람이 조금씩 길이 나누어가기를 바란 것이다.
 그리고 나는, 아마도 을야(乙夜) 정도에 마을이라고 생각되어지는 데에 들어섰는데, 전체로 보아서, 몽땅 부러지고 가운데 하나쯤 살을 남긴 듯한 얼레빗 몽다리 궁곡(弓曲)진 곳을 남녘으로 하고 누운 듯한, 전에 단애였을 듯도 싶은, 그러나 별로 가파르지는 않은 언덕 아래에, 띄엄띄엄이라고 해도, 거적때기들 문처럼 늘여놓은 것 잇대어져 있는 것이 오백 나한 법회(法會)라도 참석해 있는 것처럼 보이는 것으로 보아, 그것이 마을이었고, 물총새나 갈매기의 문둥병 걸린 암놈들모양, 여기서는 사람들이 그렇게 깃 치고 사는 듯이 여겨졌다. 저 가운데쯤, 하나 남은 빗살이 그것도 반은 동강이 난 것 같은, 언덕 줄기가 내려온 곳에, 그리고 거기가 마을의 가운데쯤이었는데, 샘이 있어서 나는, 두레박질하여 실컷 목도 축이고, 그리고 탈육(脫肉)스런 몸 위에도 몇 두레박이고 퍼부어댔다. 흐린 달빛이 내 몸 위에서 부서지며, 청량스런 소리로 시들거리며 흩어지는 것이 좋았다. 나는 그런 뒤, 느릿느릿 걸어 월경대처럼 매달린 거적문들 앞으로, 발이 시린 밤고양이모양 지났는데, 저 마을의 깊은 잠을 깨우고 싶지가 않았던 것이다. 그러나 그 마을의 공지의 한가운데에서, 가난한 한 식구 떠돌이 극단패라도 지어놓고 그냥 떠나버린 듯한, 한 원추형 거적집과 마주치고, 주인이 있든 없든 일숙박쯤 물어볼까 하다가, 그만두고 되돌아섰다. 나로서는 아무것도 서둘러야 할 까닭이 없었으므로 갑작스러이 풍류스럽게 된 나를 내가 가볍게 데불고, 달빛만 어둑스레 찬 마을을 밤새워 거닌들, 그것이 나쁠 턱이 없었다. 이것은 내게 삼동도 섣달, 어느 육중한 저녁같이

신록스런 밤이어서, 다음날에도 깨어지지 않기만을 바랐는데, 그러는 새 병야(丙夜)의 달착지근한 고적이었다.

제 2 일

1

 밤은 조금도 춥지가 않았다. 물론 무더운 것도 아니었다. 뻘다운 흙이며, 모지라진 조약돌로 굳어지고, 균열이 갔거나 푸스러진, 그런 벌판을 정작 사막이라고 해야 되는지 어쩌는지는 모르되, 어쨌든 그 사막은 남녘을 끝간 데까지 차지해버렸고, 그것은 달빛과 어울려, 나중에 내게 어떤 종류의 공포, 어떤 종류의 외로움, 그리고 어떤 종류의 숨막힘을 자아냈다. 듬성듬성 돋아났다 죽어버린 듯한 풀포기며, 엉겅퀴 덤불이며, 또 바윗돌 같은 것에서 달빛은 조금씩 그늘을 입을 수 있었으나, 그런 그늘에는 어떤 병 같은 것이, 황폐가, 혈루병이, 또는 저주가, 노파 형상으로 쭈그리고 앉아, 나를 빼꼼히 내어다보고 있는 듯이만 내게는 느껴졌다. 그 외에 다른 것은 없었다. 나는 어쩐지, 내 몸이 뜨겁다는 것 때문에, 살 냄새가 독하다는 것 때문에, 숨을 쉬고 있다는 것 때문에, 무엇보다도 살아 있다는 것 때문에, 내가 갑자기 거추장스럽고 무서워졌다. 나는 그래서 소리가 그리워, 소리를 찾았으나 거기 아무 소리도 없어왔다는 것이 처음으로 느껴졌다. 바람 한 가닥 스적이지도 않았다. 그것은 무변으로, 소리가 없이, 흐르는 것이 없이, 죽음 빛깔 같은 달빛에 덮인 채, 적막하게 참으로 적막하게 뻗어 누워만 있고, 실재의 것은 아닌 그러나 쏘고 핥는 눈으로, 살아 있는 것이 풍기는 냄새며, 살이며, 피를 흠흠거리고 있었다. 이것은 참으로, 처음으로 하는 경험이어서, 처음에 생소했으나, 오래잖아 공포를 일으켰다. 그리고, 이 공포는 내 등에서, 가슴에서 흐르는, 생 진땀 냄새처럼 번져, 내 전신을 식히고 들며, 찬 소름을 돋궈냈다. 이것은 참으로 빈혈증 걸린 고장이었다.

이때에 이르러 나는, 오히려 귀라도 틀어막아버리지 않고는 견딜 수가 없어, 손바닥으로 귀를 막곤, 해조가 덮였었다는 저 죽은 개펄에 무릎을 쿡 박고 앉아, 저 무정스런 고장을 원망하며 머리를 개펄에다 처넣었다. 그러자 흙까지도 썩는 듯한 냄새를 풍기는데, 견딜 수 없는 소음과 굉음 속에서처럼, 내 귀는, 저 소리 없는, 저 죽은 개펄을 참아낼 수가 없었던 것이다. 이것은 결코 신록스런 고장은 아니었다.

그러나 안정하고, 진정할 일이었다. 풍문을 좇으면, 여기에서도 사람이 살고 있는 것이다. 그래서 나는 목마른 심정으로, 마을의 거적문들을 건너다보았다. 나는 어느 녘엔지, 그만쯤에서라면, 대개 눈치 살피며, 급한 똥 한 번은 누어도 좋을 만한 거리쯤에 와서 있었던 것이다. 한데 저 마을에는, 어쨌든 무슨 소리나 흐름들이 있어서, 숨소리를 내며 지금 자고 있을 것이었고, 그런 소리들을 내가 들을 수만 있다면, 그런 소리들에 응원받고, 한번쯤 이 사막을 꽝꽝거리고 지났어도 좋을 것이었다. 그러나 어쨌든, 그 안에 늙은 굼벵이가 살든, 천년 거미할미가 독을 굽든, 그 굴들 앞쪽에다 거적으로라도 문을 해달아놓은, 그것을 볼 수 있다는 것만으로도, 아무튼 내게는 큰 위안이었다. 문은 물론 소리는 아니다. 그런데도 그것은 내게 소리로, 흐름으로 '보여졌고,' 소리가 없는 곳에서 눈은 귀로 변해지고 있던 것이다. 그러나 거역하지 않으면 안 되리라, 문의 유혹에 거역하지 않으면 안 되리라, 거역하라——이 정적은 정작으로 못 참을 것은 아니다. 고통으로 놓여진 것은 정작으로 정적 속에서 정적하지 못한 마음인 것이며, 그것은 그대 자신만의 업력(業力)의 센 바람인 것이다, 태우는 불인 것이다, 그 불을 꺼뜨리고 또한 마음을 정적히 한다면, 밖의 저 정적 또한 정적일 것인가? 아 거역하라, 문에의 유혹에 거역하라, 그러지 않으면 그대는, 장차 캥캥 짖기 위하여, 또는 뜨르르 뜨르르 울기 위하여, 양수(羊水) 가운데 눈 감겨 담겨 있게 될지도 모른다. 끼욱끼욱 울기 위하여, 아니면 나뭇가지에 못박히기 위하여. 그러나 나는 더 이상 귀를 막지는 않았다. 그 대신 웃음을 조금 찔끔여 내보았지만, 하룻밤도 다 지나지 않아 나는, 이 죽은 개펄에서 피로를 느끼기 시작하고 있는 것이다. 이 무균스런 고적에 눌려 어쩐지 내 살 자체가 희미해져 버리고, 살 냄새와 나라는 형태의 선만이 나를 구획하고 있는 느낌이다. 그 흐릿한, 아마도 번연히 흰 선 속에 채워져 있었던, 나는 대체 어디로 흘러빠져버린 것인가. 그렇다고 그 선까지도 명확하지가 않고, 둥그스름한 머리라든가 목, 또는 어깨의 넓이라든가 허리의 굴곡 따위 같은 것이, 나라는 형상으로 남아 있는 것도 아니어서 그것은 일종의 올챙이 형상이거나, 양극을 갖는 어떤 투명한 타원형 같은 것이, 달빛에 채워져서 있는 꼴이었다. 그런 병 속에 담긴 달빛은 땀 냄새를 풍겼다. 일진이 사나운 날의 계속인 것이다, 계속인 것이다.

　그러고 있는데, 마을의 동편 쪽으로서, 아마도 그중 윗녘이지 싶은 언덕 뿌리에서, 붉은 내부가 한번 열렸다 닫히는 것을 보게 되어, 기분을 적이 돌렸다. 그 안은 촛불로 밝혀져 있었던 것으로 추측되어졌는데, 아마도 누군가가 나왔거나 들어가느라고, 한번 거적문이 들쳐진 것 같았다. 그때 그 불빛은, 밖의 음산스러이 으슴푸레한 밤의 달빛 조금 푸석거리는 데에다, 한 요강쯤의 하혈 씻은 물을 엎지르고, 붉은 치마꼬리를 문틈에 물린 듯이 하며, 종내 사라져 버렸다. 그것은 반가웠고, 약간의 성욕을 일으켰으며, 사람들이 어쨌든 내밀스럽게 살고 있다는 것을 한번 보여주는 따뜻함으로 여겨졌다. 어쩌면 신선 거진거진 돼가는 어떤 도사 하나가 산책이라도 나왔거나, 또 혹시 모르지만, 쑥이며 마늘에 넌더리낸 반쯤 계집된 호랑이라도 한마리 걸어나왔을지도 모르겠다고, 나는 생각했다.

　그쪽을 향해서 나는, 벌써부터, 걸어가고 있었다. 그러면서, 무엇엔가 싸이거나 묶임을 받지 못해 덜렁이는 하초가, 이때처럼 천덕스러이 느껴져본 적도 없었다는 것을 알아냈다. 가령 손 하나를 놓고 본다더라도, 그것은 하초 같은 것을 다섯 가락씩이나 달고 있으면서도 결코 수치스럽지가 않은데, 어째서 하초라는 놈은 독불로 제놈 혼자 살면서, 다만 드러내져 있다는 그 이유만으로, 눈 둘 곳을 몰라하는가. 하초의 외로움일레라, 궁상맞음일레라.

　사실로 그런데, 그 불빛 비쳐졌다 닫혀진 곳으로부터는, 달빛으로 저만큼 놓고 보아도 노란 색깔로 여겨지는 장옷을 입은 중 하나가 있어 총총히 걸어오고 있었다. 걸음걸이의 품으로 보건대, 산책을 나선 늙은네는 아닌 것 같았고, 그렇다고 하늘을 올려다보는 듯하지도 않으니 별의 운행을 살피는 점성꾼 같지도 않았다. 어쩌면 후문 찾아 마을 갔던 젊은 중놈이거나, 아니면 괴팍한 늙은 중놈의 소주 심부름 하는 사미승쯤일지도 모른다고, 나는 고쳐 생각했다. 그 중놈의 걸음걸이는 글쎄 도대체 늙어 있지가 않은데다, 아 저 우라지게 탁한 달빛에 보아도, 허리로부터 가락지는 선을 따라, 달빛이 한 말도 쏟기고, 그늘이 서 말도 흐르는 것이, 배꼽이나 새끼 똥구멍이 분명 깊기도 깊을성해 보였다. 그러고 보니, 여기 와서 두번째로 사람을 만나게 되는 모양이었다.

헌데, 처음에 바쁜 듯이 걸어오던 저 중놈이 웬일로, 나로부터 열 걸음도 더 멀찍이 떨어졌음직한 거리를 두고, 그늘을 싸안고 서버려서, 나를 어줍게 했다. 아마도 하초 탓이었을 것이다. 하는 수 없이 나는, 손바닥 엉성히 펴 불두덩에 덮은 뒤, 바닷게모양 대개는 옆으로 해서 걸어, 어쨌든 그의 앞에는 닿았다. 그리고 목례만 해보이고, 내가 비록 꼴은 궂어도, 헤헤, 아 속은 비단결입죠, 그런 웃음도 지어 보였다.

"이, 이거 고적히 산책하시는데, 혹간 헤헤, 이 돌팔이중놈으로 하여 방해되지나 않으셨는지요? 소승은 오늘, 아 그렇군입쇼, 이제 벌써 병야도 말이니 어제겠군입쇼, 어제 여기로 왔댔습죠, 오는 길에 해탈 좀 해보겠다고 용을 좀 썼더니 말입죠, 헤헤헤, 입었던 옷들만 벗어던졌군입쇼이, 이거 무례를 용서합시우."

그리고 내가, 그 장옷 덮인 중을 건너다보니, 아마도 그가 웃고 있는 소리를 내고 있었는데, 그것은 듣기에 썩 빙충맞았다. 그 소리로 짐작컨대, 그것은 가늘고 여려서, 스물 안팎의 사미승

꼬락서니일 것으로 짐작되었다. 그제서야 나는, 그가 전신을 장옷 속에 감추어놓고, 눈만 빼꼼히 내놓고 있다는 것을 알았는데, 그래서, 여기서는 모든 수도자들이 얼굴을 장옷 속에 숨겨서는 썩혀버리는지도 모르겠다고, 멋대로 추측했다. 그런 모습은 어쩐지, 소리라고는 하나도 없는 사막의 정적 같은 것의 의인화처럼 느껴지고, 그러자 그와의 대면이 일종의 곤혹으로 바뀌어지는 것이었다. 나는 적나라히 던져져 있는데, 그는 폐쇄로 서 있다. 모두 다 가리고 빼꼼히 열어놓은 눈이라는 것도 결국은, 토굴 앞에 들쳐내린 거적 한닢문 같은 것일지도 모르는 것이다. 그 안에 사리고 앉아 저것은, 바깥을 절시하고 있는 것이다. 저것은 꼬리를 아홉씩이나 숨겨놓고 있는 여우일지도 모른다. 하지만 나는, 그 안쪽을 들여다보기 위해, 그의 장옷을 찢어 열었거나, 또는 그의 내부에의 유혹을 여의기 위해, 그의 눈을 파내버리지는 않았다. 나는 그런 유혹을 강하게 느끼고는 있었으나, 사실에 있어 나는, 슬금슬금 뒷걸음질을 치고나 있었다. 그가 그늘을 안고 서 있기 때문에 반드시 그렇다고만은 내 장담은 못하지만, 저 얼굴 없는 짐승이 내 하초를 어루만지듯 보고 있는 듯해, 게다가 나는 간음까지 당하고 있는 기분이었다. 그가 내 엄지발가락을 보고 있었다면 나는 그렇게는 생각하지 않았을 것인데, 어째서 하초라는 놈의 의미들을 굴절시켜버리는가.

"헤헤, 헐작시면, 아 그렇습죠, 이 돌중, 대사의 평강을 빌겠소이다. 야심한 산책의 이 돌중의 무례, 대사의 도량 깊으심으로 용서헙시우. 인연이 닿아, 밝는 날 우리 서로 만나게 되거든, 대사께서 안체를 좀 해주십시오. 아, 그럼 평강합시우. 성불헙시우."

나는 돌아섰다. 그리고 빨리 걸을 일 없어 느리게 걷자니, 저 뜻을 알 수 없는 여린 웃음 소리 몇 토막밖에, 그로부터 한 마디의 애기도 들어보지 못했다는 것이 기억났다. 그럼에도 서로 마주 보고 서 있기로는, 반 식경을 한 식경으로 잡아, 그 한 식경의 사분 식경이 흘러갔던 것이다. 나는 왠지 병든 들개만 싶은 것이 불쾌했다.

허나 잊어버리기로 했다. 그리고 어디서 그늘을 좀 빌려, 조금은 피로한 몸을 사릴 수 있을까, 그래서 그런 그늘을 찾기로나 했다. 나는 왠지 자꾸 병든 들개만 싶은 것이 한번 콩콩 짖어라도 보았으면 싶었다. 허지만 우라질녀러, 녀러것 — 글쎄, 정처에 와서 내게 정처가 없다는 것이 새삼스럽게 알려진 것이다. 우라질녀러, 녀러것 — 나는, 목에 비녀라도 걸린 들개처럼 밭게 짖어댔다. 도대체 노자에라도 쓸 무슨 이유 하나 붙여주지 않은 채, 이런 데를 정처라고 정처 없는 곳으로 나를 보낸, 저 늙은탱이는 무슨 음모를 꾸미고 있었던 것인가. ……뭘 생각할 것인지는, 무엇을 먹고 입을 것인지는, 따질 것도 없는 것이지. 자네가 자네 어미 씩구녕에서 나왔을 때도, 자네는 생각하고 먹고 입을 것을 갖고 나온 것이 아니라, 울 것밖엔 더 갖고 나온 게 없으니까…… 우라질녀러, 녀러것 — 그러나 내겐 지금 울 것도 뭐 없잖은가. 병든 듯이 걸으면서도 나는, 아까는 없던, 그런 소리를 듣고 있었다. 저 메마른 개펄 위로 달빛이 포속포속 흩어져가는 발자국 소리를, 내 것과 합쳐서 듣고 있었다. 그리고 나는 또, 거무틱틱한 땅 위에 깔려서 흐르는, 두 개의 키 짧아진 그림자를 보고도 있었다. 나는 아마도 누구에겐가 동행되어진 모양인데, 내가 사막 가운데로 나가고 있어도, 우리들은 헤어져지지가 않았다. "이것은 살해나 육교(肉交)를 위해선 완전무결히 좋은 밤이겠군." 나는 생각하고 있었다. "아 그래, 내가 한눈에 보고 턱 생각했기를, 저것은 어쩌면 배꼽이나 새끼똥구멍이 계곡처럼은 깊을 것이라고 했었지." 나는 생각하고 있었다. 하지만, 이렇게 나란히 있기만 해도 풋고추대 두 그루모양, 이슬 맞고 달 쐬고 서로 매워지기라도 한단 말인가?

　내가 웅숭그리고 멈춰서버렸더니, 내 것이 아니던 소리도, 그림자도 또한 멈춰서는 것이었다. 물론 얼굴 없던 그 중이었고, 노란 장옷 허리 부근이 출렁이던 그 중이었고, 내가 소리를 찾았을 때 소리로서 나타났던 그 중이었고, 한데 이번에는 그가 달빛을 안고 서 있게 되어서 내가 볼 수 있게 된 그는 하긴 눈뿐이었지만, 크고 또 깊이 서글거리는데다, 달빛 받고 흑록빛으로 그윽해서, "그럴는지도 혹시는 모를 것이, 풋고추대 두 그루모양, 우리는 서로 짜란히 서 있기만 해도 매워질지도 모르겠단 말야" 하고 나는 생각했고, 허긴 그래주마, 그래주마 허긴, 너의 절시의 쾌감을 위해서 허긴, "내 한번 수음이라도 해보여주마, 허긴 그래주마" 나는 생각했고, 내 귀두는 달의 청록한 어둠을 입고 푸르게 떨고 있었다. 글쎄, 이것은 살해나 육교를 위해선 완전무결한 밤이며, 장소인 듯한 것이다.

　"시님, 앙구찮애 나온 거 나 알지라우." 한데 그가, 목쉰 계집의 음성 같은 것으로 처음으로 말해서는 날 무척도 어리둥절하게 했다. 한데 그 말에도 얼굴은 없는 듯해 그 말의 표정을 읽을 수는 없는 듯했다. "앙구찮은 시님은 나온개 말어라우." 그리고 그는 그렇게 덧붙였는데, 어투에 도대체 감정이라곤 한 오라기도 짜여들어 있지 않아, 나는 생각하기를, 이 중놈에게는 소금이거나 정액의 진한 것이 부족한 것일 것이라고 했다. 그런데 이번에는 내가 말을 잃어버려, 도대체 입을 뗄 수가 없고 있는 것은, 어쩌면 달빛이 너무 탁한 탓인지도 모르지, 목구멍이 비린 탓인지도 모르지, 속으로 너무 짖어 하긴 목이 쉬어버린 탓인지도 모를 일이었다.

"고렇게 우멍만 떨라면 말여라우, 구만 둬져요. 나도 잠도 옹만이요. 아까부텀 본개 솔찮히 꼴릿는디도, 우멍이나 실실 떰시나, 한숨이나 폭폭 쉬어대고 있구만이라우 시방. 그랄라면 무신 엠병허겄다고 빨개는 홀딱 벗고, 워짤라고시나 넘을 지다려 눈이 빠지게 서 있었단대요? 요것 참 재수없는디라우. 워짤란대요 시방?"

나는 좀 씨럭씨럭 웃고 있었을 것이었다. 그러며 아주 열심히 생각해보고 난 뒤, "흐흐, 아 난 말이지, 그냥 가능적인 것을 생각해보았을 뿐이었는데 말야, 글쎄 밤도 좋고, 달도 좋고, 들도 좋아서 말이지. 헌데도 보는 사람은 없잖더냐 이 말이야" 하고 씨분댐시나, 드디어 그의 앞으로 바짝 다가서서, 가슴을 밀착하고, 아주 다정하게, 그의 오른손에 나의 왼손을, 그의 왼손을 나의 오른손에 짝지어 꼭 잡아줘었다. 그랬더니 저 다정스런 중놈이 또한 내 손을 정답게 쥐어주는 것이었다. "그런데 그런 밤에 행해서 좋을 일이란 뭐겠느냐 말이지, 뭐 별로 없더라구. 술 처먹고 내뛰어본다 해도 그것도 종내 싱거울 일이지." 속삭이며 나는, 그의 손들을 그렇게도 정답게 잡은 채, 내 팔을 그의 허리 뒤로 돌려 꼭 껴안으며 계속했다. "뭐 별로 없더라구. 이봐 자네 길에서 개를 보면 한발길 냅다 걷어차, 깨갱거리며 빙충맞게 도망치는 꼴을 좀 보았으면 하고 바란 적은 없었댔나? 옹기짐이라면 그렇지 그걸 받쳐놓은 작대기를 걷어차, 그놈의 옹기들이 어떻게 묵사발이 되는지 그건 무척 홍밋거리란 말야." 나는 아주 뜨겁게 속삭이며, 내 팔을 그의 허리로부터 옮겨, 그의 등 위로 조금씩 끌어올리고 있었다. "뭐 별로 없더라구. 밤도 달도 들도 아주 적당히 으스무레한데 말야, 흐흐흐, 할 짓이란 별로 없더라구. 그래 내 그저 생각만 하기를, 살해나 육교를 위해선 그중 좋은 밤이라고만 했었지." 그러고 보니 나도 참, 무척도 다정스러이 속삭여주고 있던 것이다. 그러며 온갖 정성으로 그의 두 손을 쥐고 있는데, 그것은 부드럽고 오동통한 것이어서 어떤 일이 있더라도, 당분간은 놓아줄 생각이 들지를 않았다. 그 손의 온기를 나는 사랑하고 있는 것이다.

그제서야 그의 목구멍에서도 뜨거운 속삭임이 새어나왔다.

"아니 왜 이란대라우이? 요것이 시방 날 쥑일란당 것이요? 참 말이제 요라지 마씨요이? 내가 글매 똑 죽겄어라우."

"헤헤헤, 헌데 우리 서로 바람난 놈들끼리 만났으니 말야, 헤헤, 우리 이만쯤 서로 뜨거워도 나쁠 것 뭐 없지."

"그란디 워짤라고 요라제라우 시방? 월래, 월래, 두고 본개, 두고 본개로, 요, 요 씨발놈이, 요, 요, 더허네 더혀."

"고추야 어디 암대궁이 있더라구? 거 모두 잠지를 서른 개씩도 더 매달고, 그냥 서 있기만 해도 글쎄, 서로 너무 매워진단 말이거덩."

"월래? 월래? 글씨 무장 무장 더허네. 요 오사헐 중넘이 미쳤단댜 글매 내가 죽겄은개, 날 좀 노씨요! 내 홀목(팔목) 좀 놓으랑개, 홀목 좀 놔라우!"

그제 이르러 그것은 울었다. 그리고 내 가슴팍을 물어떼려 했는데, 그만큼은 나도 정겨운 사내였던 것이다. 나는 아직도 그의 손들을 꼭 쥐고 있으며, 그의 것은 또 그것들의 정다움으로 하여 내 손아귀를 거부치 못하고 있는 것이었다. 그의 것이나 나의 것이나, 손들은 대개 그의 등을 다 치달려 올라가, 그의 목고개 밑에서 버르적거리고 있었다. 그러나 내 가슴팍에 얼굴을 묻은 것이 울기 시작했을 때 나는, 그의 등뒤로 돌려진 그의 두 손목을 모두어 내 왼손아귀에 뜨겁게 쥐고는, 그를 반 바퀴 빙그르 돌렸더니, 헌데 웬일로 그의 허리가 중도막에서 꺾어지며, 위에 얹혔던 몸이 무너지고, 머리도 없이 후문이, 소슬히 떠오르는 것이었다. 그의 떨어진 대가리는 아마 죽은 개펄에 곤두박혀 뒹굴고 있는 듯했는데, 밤이 깊었던지, 중천이었던 후문 그늘 또한 이울고 있어서 보니, 흘레돝집네 돝틀 위에 얹힌 첫암내 난 암돝모양, 무릎을 꿇어 앙구치고 있는 중이었다. 이런 모습은 누구나를 히히 웃게 하며, 비록 물동이를 이고 있다고 하더라도, 사태기를 꼬게 하는 것이다.

"허, 허기는 말씀이야 히, 히, 힛, 앙구찮더라구, 글쎄 앙구찮더라구."

나는 그리고, 오른손 앙구찮이 뻗쳐내려, 앙구찮은 기분으로, 저 중놈의 장옷 끝을 잡아채 끌어올리고 있었을 것이었다. 한데 이 대사 나으리 해탈도 아주 기저귀 떼어내버렸을 때부터 해버린 모양으로, 새끼똥구멍에 괴어놓은 서 말의 그늘 말고, 다른 것은 아무것도 입혀 있지 않아서, 내게 경련을 일으켰다. 그것은 어쩐지, 꽃뱀 쓰륵여서 숨어드는 해당화 덤불이었고, 산그늘 막 서리고 드는 아랫녘답 모밀꽃 한뙈기였다. 그것은 그런 깊은 두려움, 그런 두려움 깊음으로, 달빛 아래 소리없이 흘러가는, 어떤 구름이 흘린 그림자였다. 나는 어째서라도 떨림을 멈출 수가 없고, 그래서 그 경련으로, 저 둔중한 엉덩이에 서른 차례 한하고 손바닥찜을 퍼부어대기 시작했다. 그러자, 그럴 때마다 저 모밀밭 한뙈기로 바람이 불어갔던가, 꽃들이 스적이고, 스적이며 엉기고, 엉겼다가는 스적이며 석양이었을거나, 꽃들이 붉어 달빛도 붉어졌다.

그제서야 나는, 손찌검 그만두고, 장옷 거칠게 잡아채, 저 신음하며 우는 불쌍한 짐승 위에 덮어주었다. 그리고 일어서니, 무엇이 아프게 날 고문하고 지나간 듯이, 잠시 심신이 얼운하며 푸들거려지더니, 이내 쇄락한 것이, 휘파람이라도 한차례 아니 홰홰거리고는 못 견딜 듯도 싶었다. 정직하게 말한다면, 나는 어쩌면 저 젊은 중놈의 엉덩이에 데었던지도 모른다. 하긴 그건 무척도 섬약한 짐승이어서, 고정관념으로 하여, 억지로 사미놈일 것이라고 믿었어야 믿을 수 있을 정도이기는 했다. 어쨌든 정직하게 말한다면, 나는 아마도 그의 엉덩이를 본 뒤, 그를 늙어 볼품없는 중놈으로 쳐, 혼을 내주었거나 뭐 그랬던 것은 아니었을지도 모른다. 글쎄 정직하게 말하면, 내가 앙구찮기 시작하던 것이다. 그때 내 근의 끝모서리에서는, 뭔지 맑은 것이 이슬처럼 맺혔다가 반 방울의 꿀모양, 보다 진하게 긴 실을 늘이며 떨어져내리고 있었다.

"시님은 참말이제 쌍놈인개비라우." 바닥에 이마를 박은 채 흐느끼던 것이 그렇게 푸념하며, 고쳐앉고 있었다. "음 지랄을 허는갑소이? 사람 치고 워처키 고렇거니나 쑤악허게 넘우 홀목을 비틀며, 사람 치고 워떻기 고렇게 손질을 헐 수 있으끄라우이? 참말이제 쑤악허요."

그가 뭐라든, 나는 다시 걷기 시작하고 있었다. 이제 정작으로 진저리가 쳐지는 것이, 뭔가가 내 근을 툽툽하고도 누렇게 휩싸고 굳어, 홈 패어진 데 담긴 호복한 그늘까지도, 그것이 그냥 그늘같이는 보이지가 않고 있는 것이다.

내가 걷는 사이에, 아주 잠시, 흐느끼며 푸념하던 소리가 단절되었었는데, "음지랄옘병쟁여라우 시님은" 하고 다시 이어졌다. 동시에 가슴팍으로부터 배꼽 언저리까지로, 견딜 수 없이 뜨겁고 예리한 것이 북 긁고 내려가, 내려다보니, 거기 두 줄 반이나 되는 긴 선이 그어져, 피를 송송 배어내놓고 있었다. 오래잖아 그 핏방울들은 그리고 한데 모여서는, 배꼽 아래를 타고 하초 뿌리를 감돌더니, 거무틱틱한 흙바닥으로 방울져내리는 것이었다. 그 상처는 분명히, 아직 이무기인 채 비수가 채 못된 손톱들로부터 입은 것 같았다. 그러나 어쨌든 지금쯤엔, 피로해서, 기름을 해서, 반죽을 해서, 쐐기를 해서, 저 서 말 그늘 호복한 데에다 깊이깊이 하나 해서, 옴지랄을 부려도 좋을 때쯤에 온 듯하기는 하다. 그래서 내가, 방울지는 피를 아껴서 철갑을 하고 있자니, 기저귀 떼어낸 길로 장옷만 걸쳤던 중놈이, 또 쑹얼대는 것이었다.

"헌디 워짠다고, 옴지랄을 히어도 고롷게 헌다요이? 글매 제 지집도 아닌 제집헌티 대놓고서나, 글씨 고것이 무신 지랄이끄라우이?"

대체로 그런 이야기였었을 것이다. 한데도 그 얘기의 내용이 아무래도 내게 전달이 되지 않아, 내가 멍하니 서 있자니, 떠났다던 조수가 갑자기 밀려와 내 목까지 차오르고, 단애 아래 굴 파고 살던 수도자들이, 갈매기 목소리로, 품었던 알이 모진 물살에 깨뜨려진다고 울고 있었다. 끽 끽 끼욱 끼욱 끽…… 가거든 그렇지, 그 광야의 모든 것을 먼저 수락하는 일뿐이겠지, 거무틱틱한 모래펄이며, 정적이며, 고통이며, 슬픔이며, 계집이며……계집이며 계집이며——그래서는 내게 미친병이 솟아나, 저 푸념하는 것에게로 한달음에 내달아, 덮치고 들며 죽이려 했더니 죽지는 않고, 그런 대신 그늘만 엎질러지고, 그런 대신 난 한 비구니의 환속을 보았다. 그 부화는 아름다웠다. 내 목구멍에서는 숫갈매기의 끼욱거리는 소리가 나오려고 했다. 저 아름다운 짐승은, 그때는 아무 저항도 푸념도 없이, 장옷을 깔고 달을 정면으로 하고 누워, 속에 밤이 깊은 붕어처럼, 달빛을 미금었다 뱉었다 하며, 배 언저리를 출렁이게 한다. 그럴 때마다, 저 암컷의 깊은 배꼽에도 황록빛의 달이슬이 그득히 채워져 넘치고, 허리의 깊고 둔한 선에서랑, 가슴의 높은 봉우리에서랑, 그렇지만 거웃은 한 올도 보이지 않아 거무틱틱히 흰 수미산에서랑, 꽃뱀이 그늘 속으로 미끄러져드느라 스물거린다.

 아마도 스물 안팎의 몸매 좋은 이 계집은, 햇빛을 먹고, 달빛을 먹고, 해고의 도닭이로 모아놓은 수도자들의 아직 덜 굳은 사리를 알 깨뜨려 먹고, 그리고 물이 올라, 전에는 그냥 광야에 던져졌던 한 마리의 구리뱀이었을 것이 살아나, 팽창스러이 꿈틀거리는, 그것이다.

2

 잠에서는 내가 먼저 깨었다. 우리는 어느 녘엔지 잠들었던 것이다. 해는, 아침 지나가버린 지는 이미 오래라는, 늙은 얼굴로 그의 전답을 둘러보고 있었다. 오전인 듯한데도, 공기는 조금도 신선하게는 느껴지지가 않았고, 기온 또한 그다지 바뀌어진 것 같지도 않았다. 물론 바람 한점 없었고, 소리도 역시 없었다. 무균의 정지, 살균적인 정적 — 내가 잠에서 깨어 살펴낸 외계의 풍경이란, 그런 혈루병적인 것이었다. 그러나 어쨌든, 내 전신으로는 피가 홍수져 흐르고, 이것은 나른하고 허리 아픈 것이기는 했음에도, 전에 나는 이런 충일을 경험해 본 적은 없었다. 물론 아무짝에도 쓸모없을, 약간의 상실감, 약간의 회오, 약간의 타락감이 없을 수는 없었지만, 그러니 나는 두번째로, 저 거추장스럽기만 하던 동정을 떼어내버린 셈인 것이다. 어쨌든 내가, 어머니의 옆구리라도 열고 태어나지 않은 이상엔 내가 이 세상에 태어났을 때 벌써, 그 동정은 떼이고 말았던 것이다. 그 순정을 지키지 못한 것은 어머니께 유감이지만, 그 순정이란 것은 그런데, 어머니 뱃속에서 묻어나와 굳어진 핏방울이며 양수 같은 것이 여태도 벗겨지지 않은 듯해, 어쩐지 껄끄럽고 가렵기만 하던 그런 것에 불과했었다. 그런데 그 핏방울이 다시 여자에 의해 씻겨졌으며, 그 양수가 다시 여자에 의해 닦여진 것이다. 그래서 내가, 흰 비둘기와 핏빛의 사자(獅子)로 더불어 해를 마주하고 서 있음은, 내가 우람한 사라수(沙羅樹) 같기 때문이다. 아 하지만, 육교하기를 기피하라, 문에의 유혹을 기피하라, 아 기피하라, 그러지 않으면 오 너 가련한 백성이여, 그대는 장차 캥캥 짖기 위하여, 또는 뜨르르 뜨르르 울기 위하여, 양수 가운데 눈 감겨 담겨 있게 될지도 모른다. 때에 계집도 깨어, 포동포동한 흰 손에 다시 또 사내를 붙들고 있다. 나는 그러나 그 계집이 웃고 있는 건지 울고 있는 건지, 그 표정을 도대체 읽을 수가 없어, 무엇이

제1장 49

라고 말하거나 움직이기 전에 잠시 멈칫거리지 않을 수가 없었다. 눈은 고요한 것이라고나 말되어질 것인지도 모르고, 그것은 대단히 무균스러웠고, 그 눈으로 올려다보는 것이 하늘인지 나인지 심지어 그것까지도 분명치 않았고, 입술은 꿈틀거리지만 웃는지 우는지 그것도 알 수가 없었고, 그것은 그냥 수렁 같은 것이었고, 한번 빠져들면 뼈도 못 추려낼 것이었고, ── 아 사막을 항해할 때도 너 호색꾼 수부여, 귀를 밀초로 막고, 몸을 돛대에 붙들어맬지어다. 그러나 이것은 헤어질 시각인 것이다.

ㄱ 이별로서 나는 한 번 더, 계집의 위에 놈무게를 부리고, 아무 언어도 깃들어 있지 않은 그 눈에 입맞추어, 그 계집이 몸으로 삼키고 눈으로 뱉어낼, 몇 토막의 내 뼈조각을 거둬들였다.

그러나 이것은 헤어질 시각인 것이다.

"난 말이지, 이제 떠나려는데 말이지, 허, 허긴 자네가 무엇 하는 여자인지, 내가 알아야 할 필요는 없겠지러?"

별로 의미도 없이 말하며 나는, 그녀의 구릿빛 몸 위에 장옷을 입혀주었다. 이 사막의 푸석푸석한 햇볕에도 살은 그을렸던 모양이었는데, 어젯밤에는 없던 얼굴이 왠지 백일하에 드러나 살펴보니 그 장옷의 얼굴 덮개의 단추가 모두 열려 있었다. 그것은 어쩐지 내게 수치로 여겨졌고, 정절이 있다던 과택이 게걸거리는 사내놈께 몸 바치고 나서야 웃는 웃음처럼만 여겨졌다.

"이봐, 임자가 사는 곳을 알아야 할 까닭도 없겠지만 말야, 행여 이 사막에서 살고 있는 건 아니겠지?"

"나라우 나도 중은 중인디, 똥갈보구만이라우. 우리를 수도부(修道婦)라고 허요이. 저그 저 누런 깃발이 있는 집에서 다른 수도부들하고 살제라우." 계집은, 어젯밤 내가, 일숙박쯤 묵어볼까

했던, 거적으로만 둘러쳐 만든 그 집을 가리켰는데, 그러고 보니 그 지붕에는, 노란 삼각기가 하나 매달려 축 늘어져 있었다.

"허허 이거 참, 그러면 큰일났구먼, 글쎄, 난 글쎄 말이지, 가진 것이라곤 이 치근덕스러운 것 한 낢이밖에는 없는데 말야." 말하며 나는, 대단히 난처해서, 내 근이나 내 손바닥에 열뒤 근 받쳐 들어 보였더니, 그 계집이 킥킥거리고 웃는다. 그것은 어젯밤 처음 만났을 때 들었던 그 웃음 소리였다. "없는데 말야, 줄 것이 없는데 말야……"

"존자 시님은 부잔개로 많이 줘라우. 그래도 다른 시님들은 워찌다 한번썩배끼는 안 줘라우. 저그 사는 시님은, 모도 그 시님을 촛불 시님이라고 허는디." 계집은, 저 완만한 언덕의 그중 동편 쪽을 가리켰는데, 지난 밤에 그녀가 거기서 나왔을 것으로 추측되었다. "우리는 애펜(아편)쟁이라고도 허지라우, 워짜다 보면 애펜을 피운개라우, 지얼(제일) 신용이 좋다고 헝만이요, 늘 달걀 한 개하고라우, 미숫가루 한 봉대기썩 중만이요. 엇저녁 받은 건 아매 여그 있을 것이구만이라우." 그러며 계집은, 장옷에 해단 주머니에 손을 넣어보더니, 처음에 얼굴을 찡그리고 다음으로 핼꼼 웃는 것이었다. 그녀의 손에는, 깨뜨려진 계란이 껍질째 반죽된 것이 쥐어져 나왔다. 그것은 어젯밤 난리에 깨뜨려졌음에 틀림없었다. "참말이제, 저 촛불 시님네 큰 궤짝 속에는 없는 것 없당만이라우. 비상끄장도 있당개요. 그래각고 팔고 사는 디요, 우리들 머리 타래끄장도 산다면 머 말 다 히였겄소. 아이고, 내 머리가 요거 훗딱 좀 질어나면 좋을 것인디. 먼저번에 끊거 줬일 때는 나도 비상을 쬐꿈 사났구만이라우. 동무들 모도 삼선, 살기 싫으면 죽을라고 그런다요이. 그러길래 나도 한번 사본 것인디, 죽기는 헌디 백택없이 왜 죽어라우이? 내 동무들은 머리 끊기를 참 싫어해라우. 두 뼘이나 세 뼘썩 진 걸 열 번 끊거줘도 제우 분 한 곽 산다요. 나는 그란디 돌라면 머시던지 줘라우. 참 우숴라우. 요 머리가 인제 모가지 밑에끄장 처졌은개, 다음 장날은 끊거주고, 비단옷 한벌 살랑만이라우. 펄쎄부팀 부탁해 놓았더랑개요. 모주(母主)도 글씨 허락허드란디요." 계집은 길게도 말하고 있었다. 그럴 때 그녀의 눈은 더욱더 흐려 있어서, 어쩐지 그녀는, 이 세상을 살고 있는 것이 아니라 꿈꾸고 있는 것처럼 여겨졌다.

"그럼 여기서 장도 스는 게군이?"

"읍내서 짐수레가 오는 날을 장이라고 히어요. 한 달에 두 번 와라우. 고랄 때 핀지(편지)도 오고라우. 본절에서 돈도 온대라우. 소석(소식) 보내고, 나놔주고, 장 봐오고, 고런 일 말짱 촛불시님이 허제요. 고 시님은 그라장개 모른 것 없어라우. 물어볼 말이 있어도 고 시님헌티 가고라우, 아파도 가고라우, 핀지를 읽어돌라고도 가제라우."

"헌데 나는, 달걀도 미숫가루도 없으니 이거, 처음부터 영 신용이 없게 됐군. 그래서 아예, 이렇게 벌거벗은 돌중 나부렁인 사귈 일이 아닌 걸 그랬어."

이제 헤어질 시각인 것이었다.

"시님 첨 볼 때부텀 아무 까닭이도 없는 것 겉음선도 반갑운개요상허제요이." 그녀는 말하며, 드디어 일어섰다. 그리고 장옷 자락에 묻은 흙먼지며 모래를 털며 이었다. "첨엔 무서워라우. 그라고 난개 우숴라우, 본개 옷도 없는디 참 불쌍해라우. 그란디 혼차 조쪽으로 걸어간개 고얀시리 섭섭히어라우. 맞다 본개 서

럽움선도 끔째기 정이 들어라우. 고것 안 요상허요이? 웬수 걸 을 것인디, 안 그려라우. 고것 안 요상허요이?" 그리곤 손을 뻗쳐 내 가슴팍 할퀴어진 곳을 쓸어본다. "그란디 요것 본개 내 쇡이 짜안허요. 시님 옷도 없어 불쌍헌디."

"헤헤, 그것은 임자가 짜안해할 일이 아니겠구만. 아 그리고 옷 말이지? 헤헤 것두 말야, 우리 늙은네 말이, 내 이 세상 왔을 때, 뭐 먹을 것 입을 것 때문에 왔던 건 아니라구 했댔거든. 그래 내 한번 벗어부쳐본 것이지. 뭐 불쌍해야 할 뜻은 없다구." 그러며 나는, 가슴을 한번 쭉 펴 보여주려다 실소하고 말았다. 살이 늘여지자, 피가 굳었던 데가 갈라터지며, 피가 다시 송송 맺혀 나오는 것이었다. 그런 피는 계속해서 흘러나왔을 터였는데, 그래서 저 계집의 앞가슴도 그 피에 붉었던 것이다.

"허면, 아 그렇지, 인연이 닿으면 또 만나게 되겠지. 어차피 나도 여기로 살러 왔댔으니 말이지. 우리 서로 이웃이 되었군. 헌데 임자네 보다시피, 내가 이거, 꼴이 꼴이 아니군. 아무 데라도 가서 좀 씻어낼 만한 샘이나 뭐 도랑 같은 게 없을까 몰라? 이런 뻘건 대낮에, 마을의 저 중앙통으로 간달 수도 없고 말야."

그러자 그 계집이 킥킥거리고 웃곤, "본개로 참말로 쌍씨러라우. 그란디 보이제요, 조쪽에 말이라우" 하며, 손가락을 펴, 촛불중네 토굴 쪽으로 아주 멀리를 모호하게 가리켜 보였다. "조쪽에 가만이라우, 솔나무 다섯 그루가 서 있는 디가 있는디라우, 고 밑에 시암이 있어라우." 그래 눈 닦고 다시 보니, 아닌게아니라 거기 어디 모호한 데쯤에, 무슨 거무틱틱한 안개 같은 것이 한 솔방울 크기로 감돌고 있어서, 하긴 솔잎들 뿜어올린 남기인 듯도 싶었다. "헌디 고 시암은이라우, 모도 존자라고 불르는 시님의 시암이란디라우. 고 시님은 워디 큰절서도 지얼 높은 냥반이란당만이요. 동무들 허는 이약 들어보면, 고 시암 있다는 디다 절깐을 세울라고도 헌다요. 그란디 다른 워떤 시님은 무신 바우 밑에다 절깐을 세울란다고 허요이. 고 바우는 조쪽 워디 멀리 있단디." 계집은 무변스런 남녘 사막 가운데를 가리키고 있었다. "그래 각고 고 두 시님들이 만내면, 소맹이 싸운당개, 참 우쉬라우." 계집은 그러고 킥킥 웃었다.

"허긴 나도, 존자라는 스님께 인사라도 올렸음 싶다구."

계집에게 합장해 보이고, 그리고 나는 샘이 있다는 곳으로 머리 둘러 떠나려 했는데, 계집이 내 팔꿈치를 잡는 것이었다. 그리고, "시님, 배고프제라우? 배까죽 봉개로 홀쭉하니 붙었어라우" 하고 말하고, 깨진 계란이 그 봉지에 칠갑된 데다 눌려져 한 모서리에 구멍이 난, 미숫가루 한 봉지를 내 앞에다 내밀어 보인다. "요거 묵어 봬겨라우. 물에 타서 묵으면 요구(요기)는 되어라우."

"허, 허긴 그래도 말이지, 그래도 난 밀야, 구, 곪고도 어떻게 버텨낼지를, 그래, 임자네 눈물만큼은 알고 있단 말이거든. 목마른 것을 어떻게, 물론 당분간이지만, 이겨내는지, 그, 그것도 병아리 눈물만큼은 알고 있단 말야." 허나 그래서 느껴지기론, 목이 타고, 빈 창자가 쓰려오르고 있었다. "자 그럼, 안, 안렝히, 성불하라구."

"히어도 시님들은 목탁 침선 얻으로 댕기잖애라우?" 그녀의 눈에, 입술에, 이상스레 말이며 표정이 고이고 들기를 시작했는데, 그것은 눈물이었고, 짓문 슬픔이었다.

"보구려, 허지만 우리들은 같은 돌중 아니냐구? 임자네도 먹어야 살지, 안 그래?"

"나는 집에 없는 것 없어라우. 꿀도 반뼝이나 있는디라우, 요것 각고 가바야 배고파 묵던 안허고라우, 심심허면 기양 주년버리(군것질)나 허고 말지라우."

나는 받았다.

"그래, 나는 배가 고프다."

그리고 나는 길 떠났다.

"계 하나 받은 적 없이 돌팔이로 굴러다니지만 말이지, 그래도 비구(比丘)란, 이보게여." 나는 혼자 씨부리며 부지런히 걸었다. "자네도 말했다시피, 걸사(乞士)라고도 허느니. 무근(無槿)이라고도 허는 게여. 계집이여, 허긴 왓대로 하여 내게 굶주림이 없겠도다." 미숫가루를 입에 털어넣으면서는, "그래서 저 늙은네가 내게 이름을 내리길 걸사라고 하지 않았겠는가" 하고, 조금 목메이게 웃어보았다. 어쨌든, 그 목메이는 미숫가루가, 대개 한 홉쯤의 양이어서, 배는 불렸다.

샘은 생각한 것보다 훨씬 멀리에 있었다. 마을에 있어보았다고 한들 뭐 할 일도 없어서, 빈들빈들 돌아다니다, 결국 이만쯤 걸어와보는 일이라도 했겠지만, 그럼에도 한 번의 목욕을 위해서, 이렇게나 동떨어진 데까지 품을 냈던 것이 옳았을까 하는 의문까지도 드는 것이었다. 시간이 너무 많이 남아서, 여기저기 둘러보며 시간을 보내는 일과, 별로 대단치도 않은 하나의 목적을 위해서 품을 내는 일은, 분명히 다른 듯했다. 그래서 나는, 마음을 바꾸어서, 내가 샘을 찾아가고 있는 것은, 목욕을 위해서가 아니라, 어떻게든 하루를 움직이며 보내기 위해서라고 생각하기 시작했다. 설핀 잠을 보충하기 위해서라도, 그리고 버릇된 가부

제1장 55

좌로 그냥 멍하니 앉아 있기 위해서라도, 어쨌든 내게도 한 멍석 넓이의 그늘은 필요한데, 이 개펄에서라면 저 수도부네 집 그늘 밑이 아니면, 바로 저 소나무 다섯 그루의 숲밖에는 없을 것이었다.

그러나저러나, 해가 정오에 오려면 아직도 한 서너 식경이나 기다려야 될 즈음에, 걸은 시간으로도 한 서너 식경이나 되었을까, 나는 예의 그 샘에 닿았다. 들은 대로, 소나무 다섯 그루가 서 있고, 그 밑엔 반석이 있었으며, 그 완만히 경사진 반석 아래쪽에, 한 멍석 넓이쯤의 얕은 샘이 있었다. 들어가 앉는다면 그 물높이가 아마 젖꼭지쯤에나 닿을 것이었다. 그 샘은, 물론, 얼레빗 그중 가장자리 큰살, 그 별로 실하지도 못한 청룡맥 휘어져 내려온 그 아래쪽 옴팡한 데 괴어 있었고, 그 청룡맥 너머에는, 읍으로 이어진 것과 같은, 그저 그렇고 그런 들이, 그 저쪽 검푸른 산이 높아 더 못 넘어가고, 나무 한 그루 없이, 누르끄름히 펼쳐져 있다. 버석거리는 풀, 검은 가시덤불, 털 검은 들개 앓고 누운 듯한 바윗돌 몇 개, 소리는 하나도 없고, 썩는 듯한 햇볕— 그러나 다섯 그루의 소나무와 하나의 샘은, 하나의 보살다운 위안으로서 내게 여겨졌는데, 그렇기라도 하기에 수도자들은 유리로도 오는 것일 것이었다. 그것을 찾아서 그런데, 두 사람의 수도자가 먼저 와서 자리를 차지하고 있었고, 의외의 그들은 나를 조금 당황하게 했다. 물론 존자라는 스님에 관해 들은 이야기는 있지만, 그러나 그가 실제로 현재, 이 유리에 와 머물고 있으리라고는 생각하지 못하고 있었던 것이다.

그렇든어떻든, 내게 일종의 외경감과 당혹을 자아내는 사내는, 종돈 중의 종돈보다도 뚱뚱했는데, 비계로 허여니 큰 배를 두 평은 펴늘이고 하늘을 향해 누워서, 누워서도 그는 숨을 헐헐 하고 있었다. 그리고 분명히 거기쯤에 하초가 있었음직한 데를 한닢의 수건으로 덮어놓고 있는 것이 전부였고, 장삼과 속옷은 베고 있었다. 눈은 반쯤 감고, 그런 대신 무엇을 반복하고 반복하여 웅얼거리고 있어서 들어보니, 그것은 무슨 사행(四行) 시구거나, 게송 같은 것이었다.

"몸이 보리수이니
마음은 밝은 거울틀과 같네,
때때로 부지런히 털고 닦아서
먼지며 티끌 못 앉게 하세

그리고 그는 마흔 다섯 안팎으로 보였다. 헌데 저 비만스런 사내의 옆에, 숯물 들인 바지만 어중간하게 입고, 항마좌로, 저 와선승(臥禪僧)의 웅얼거림에 일심으로 귀 기울이며, 그 곡조에 맞춰 백팔 염주를 굴리고 있는 중은 왼쪽 눈이 멀었는데, 진갑도 몇 해 전에 지냈을 법했고, 노란 수염 몇 가닥에, 깡말랐고, 굽은 등에 탁한 갈색 피부였고, 하나뿐인 눈을 거의 병적으로 굴려대고 있었다. 하나는 포만과 비만에 누렇게 뜨고 하나는 가난과 빈핍에 꺼멓게 쪼들려져 보였다. 비만의 사내는 역시 그런 비만스런 미소를 내게 보냈고, 가난스런 사내는 미소까지도 장리내와야 되려는지, 찡그린 얼굴로 나를 경계하며 쏘아본다. 그제 이르러서야 깨달아보니, 나는 아직 그들께 인사를 올리지 않고 어중간히 서 있기나 했던 것이다.

"소승 문안 올립니다." 나는 드디어 합장해 보이고, "소승은 여기에 초행이라, 모든 게 서툴고 낯설으니, 모쪼록 대사들께서는 지도와 충고를 아끼지 마십지요" 하고 겸손도 해보였다.

"어서 오시오." 와선승이 와선인 채로 느리게 대꾸하고 있었다. "만나는 게 반갑고, 헤어지는 게 섭섭하다는 것은, 저쪽 세속의 심정이겠으나 아무튼 저렇게 소탈스런 스님을, 평생 가다 이렇게 한번 만나게 되니, 반갑구료. 속업(俗業) 다 여읜 그런 몸으로 보이거든." 그는 그러며 껄껄거려 웃고, 외눈중을 건너다본다. 그러자 그 외눈중도 아픈 듯이 웃으며, 병적으로 눈을 굴린다. 와선승은 아마도, 벗은 몸으로 내가, 서서 걷는 오랑캐나처럼 나타난 것에 대해, 법심으로 발하는 한 해학을 생각해냈던 모양이었고, 외눈중은 그 법심을 이해하고 있었을 것이었다.

"헤헤, 헤, 허나 소승은 아둔한지라, 대사의 설법을 이해하려면, 족히 사나흘은 걸려서 생각해보아야 할 듯합니다."

"존자께옵서는" 염주는 계속 열심히 굴리며, 이번에는 외눈중이 참견하고 들었는데, '존자'란 저 와선승을 가리켜 하는 말이었다. "아마 젊은 스님께서도 그 소문을 좇아온 듯하지만, 무상대도를 약관에 각하시고, 천의 제자를 거느리신 한 분의 생불(生佛)이신데, 그래서 젊은 스님께서도, 존자의 연족(蓮足)에 입맞춤하심이 법도일 것이오."

나는 그래서 잠깐 생각해보고, 얼른 무릎을 꿇어 엎드려, 저 와선승의 발등에 입술을 댔다. "존자이신 줄 몰라뵈온 한 학승(學僧)의 무례를 용서하십소서. 하옵고 존자께옵서는 법륜 굴리기를 두루 널리 하시사, 심지어 수도부들의 입술에도 회자되는 바여서, 견문 좁은 이 학승까지도 들어 마음으로 존경하고 지내기 서너 식경이나 되고 있사온데, 그리하여 사모하기를 금할 수 없던 차에, 우연한 기회로 이렇게 생불전에 부복할 수 있음에는, 필시 큰 인연이 있었던 것으로 아오니, 존자의 혜안으로, 번뇌를 못 여의어 배회하는 한 학승의 번뇌의 근원을 살펴주시옵고, 그 뿌리가 뽑힐 한 큰 설법을 베풀어주신온다면, 이 학승의 일생일 대의 은혜이겠나이다." 나는 그리고 일어나 가부좌를 꾸미고 앉아, 내가 입맞춘 그의 발등을 건너다보았다. 내 입술에 느껴졌기로, 그것은 아른히 부드러운데다 또 뜨뜻해서, 사내의 발 치고는 너무도 우아했고, 육미(肉味)스러워 소주 생각이 난다는 것만 빼놓으면, 허긴 연꽃 중에서도 희게 피어 올라온 것 같기도 했다. 그것은 발가락 같은 꽃이파리를 열 개나 피우고 있다가, 내가 입맞추었을 때 물여울이 스적였을거나, 꼬무락거려댔었다. 그것은 내게 재미가 났었다.

"스님께서도 더러 염불을 하셨더면" 이번에 또 외눈중이 나셨다.

"이 인연이 모두 그 염불력, 그 경독과가 아니겠소?"

"허허, 허나 인연이란, 그것이 선업에 의한 것이든 악업에 의한 것이든 그 먼저 끊어져야 마땅한 족쇄이거늘." 와선 존자께서 책하며, 그제서야 비로소, 저 무섭도록 장엄한 몸을 일으켜 앉았는데, 그러자 그의 오장육부가 한바탕 눈사태처럼 으르렁거리고 깔아내리니, 그의 하초가 그 눈사태 우거진 아래로 묻혀들어버린다. 그것은 그렇게도 볼품이 없었는데다, 어렸을 때 지렁이에게라도 한 번쯤 물렸더라면 좋았었을 것을, 심지어 그런 인연까지도 끊겼던지, 아직도 세상을 좀 덜 내어다보고 있었다. 헌데 그의 두상에도 머리털이라곤 뒤통수 쪽에 뒤 그루 돋아나 있었을 뿐이어서, 기름진 초로(初老)들의 풍미려니 했었더니만, 뱃가

죽 아랫녘 또한 쇠비름 한 포기 자랄 수도 없이 가꾸어져 있어서, 나는 그것이 풍미 탓이 아니라, 게송 탓으로 견성(見性)한 돼지나 아닌가 했다. 때때로 부지런히 털고 닦아서, 먼지며 티끌 거기 못 앉게 하세.

"글쎄, 인연이 끊긴 자리가 아니면 어떻게 불을 만날 수 있겠소." 존자는 그렇게 이으며, 수건을 불두덩 위에 덮고 있었다. 그러나 비만의 탓으로인지 연화좌(蓮花坐)를 꾸미려 하지는 않고, 두 다리를 내 쪽으로 쭉 뻗고 있어서, 저 연족의 두 바닥이, 내 눈 아래 반 척 거리 되는 데에 짜란히 피어 있었다. "무론 불(佛)이란, 우주 만유의 본원이며, 제불 제성의 심인(心印)이며, 일체 중생의 본성이며, 대소유무에 분별이 없는 자리며." 그는 숨이 가빠 헐헐하면서도, 느리지만 정확한 발음으로 이어나가고 있었는데, 햇볕이 갑자기 뜨거워졌기라도 했는지, 전신으로 그는 맹물 같은 땀을 펄펄 흘려내기 시작했다. 허기는 그의 불(佛)은 어째도 외눈중의 것보다는 장대할 것이 확실할 것이, 큰 불은 큰 부대에, 작은 불은 작은 부대에, 새 불은 새 부대에, 헌 불은 헌 부대에 담아야 옳을 터이기 때문이다. 그리고 불이란 숨이 가쁘도록 무거운 짐이어서 석 섬 땀에 젖게 할 것일 것이었다. "언어 명상(名相)이 돈공한 자리로서."

그러나 그는 그만쯤에서, 웬 지랄하겠다고 얼굴을 일그러뜨리며, 웃느라고 아파서 더 이어내지를 못하고 있었다. 보니, 그의 연족의 연에 파리들이 시들거리고 있었다.

"지금 젊은 스님께서는 대체 무슨 짓을 하고 계시오?" 외눈중이 나를 질책하느라고 그렇게 나서고 있었다.

"아. 소, 소승 말씀이시오니까? 헤, 에헤헤, 소승은 고사(古事)

한 가지를 생각하고, 에헤헤, 소승의 마음의 어두운 눈, 어두운 귀라도 좀 틔울 수 없을까, 그래 대개 저 연망울이 틔기를 시도하고 있던 중입지요."

"그것은 무슨 쓸데없는 재담이시오? 이름도 없는 젊은 중이, 어찌 감히 외람되게도 존자와 더불어 희롱할 수 있다고 생각하시오?"

그러고 보니 내가, 손가락을 하나 뻗쳐내, 존자의 연족 바닥을 슬슬 긁고 있었던 모양이었다.

"대사께서는 어찌 그리도 외람된 말씀을 하실 수 있다는 말씀이오니까? 어찌 감히, 이런 천승(賤僧) 나부렁이가 고명존대한 존자와 더불어 희롱할 수 있겠나이까? 입술에 올리기에도 무서운 말씀이시외다. 존자는 가위, 이 풍진 세상 고해의 인당수에 청정히 좌정한 한 연이 아니니까?"

"헥, 거 무례한 젊은이로고!"

그러나 나는 그때, 저 존자의 귓바퀴에 입술을 대고 속삭여주고 있었다.

"존자께서는 가위 무상정등정각(無上正等正覺)을 성취하셨나이다. 여래 설하신바 법까지도 다 가히 취할 것도 아니며, 가히 설할 것도 아니며, 법도 아니며, 법 아님도 아니라 하오나" 나는 그리고 일어나 서서 샘으로 내려가려 하며, 이번에는 떠들어주었다. "존자 설하시는 법은 가히 취할 만하며, 가히 설할 만한 법이니다." 그리고 이번엔 외눈중을 향해, "이 돌중으로 말씀 올리면, 비록 계집 같은 쉬운 물건을 두고라도 그 혈을 짚어야겠다고 하다 보면, 계집의 발가락 새에나 귓바퀴에다 지랄을 떨고 하는 터에, 하물며 오묘한 무상대도에 이르러서야 무슨 말씀을 더

드릴 수 있겠나요?" 하고, 눈 하나를 찡긋해 보여준 뒤, 샘으로 내려갔다.

"대체 스님께서는 무엇을 하러 법수(法水)로 내려가는 것이오?" 외눈중이 내 뒤에서 묻고 있었다.

"아 이것을 법수라고 하시니까?" 나는 어중간하게 돌아서서 그들을 올려다보며 물었다.

"그렇소. 불수(佛水)라고도 하고, 정화수라고도 하는데, 그것은 존자님의 지혜이어서, 아무나 흐트릴 수 없는 것이오. 더욱이 언사나 행동이 방정치 못한 속물께는 더욱 금하지 않으면 안 되겠소."

"아하, 그렇군입쇼. 참으로 이 모르고 저지르려 했던 과오를 용서하십소서. 하오나, 팔만 유정 무정이 다 불성을 갖고 있다고 하지만, 다만 한 유정 개에 이르러서는 불성이 없다는 이치를 설명해 주실 수 있겠습니까?"

"그것은 또 무슨 쓸데없는 재담이시오?"

"색 탐하기를 주린 듯이 하다 보면 개로 태어난다는 말을 들어 아실 터인데, 그래서 개란 호색한의 비유가 아니겠나요? 이 돌중으로 말씀드리면, 지난 밤 계집과 더불어 지내느라고, 타액이며, 땀이며, 피며, 정액 냄새로 하여 개 냄새를 풍기거늘, 그 한 마리의 개가 불수에 목욕하고 싶어함은, 그 불수를 더럽히자는 의미는 아닌 것인바, 없는 것으로 하여 있는 것이 흐트려질 수는 없는 것이 아니겠나요? 오직 한 유정 개가 없었다면, 불성이란 정의키 어려울 것이나, 오직 하나 개에 의하여 불성이 정의되거늘, 불성 없는 한 마리 개가 불수에 먹감는다는 일은, 저 불수를 오염키는커녕 정화하는 의미가 아니겠소? 대사는 그러니 모름지기 한 마리 개로 하여금 목욕케 하십소서."

"이 늙은 중은 재담을 좋아하질 않소이다. 십년래의 법이 그러한데, 누구라도 그 불수에 목욕하고자 하면, 생불 존자의 문하에 먼저 들지 않으면 안 되고, 출가함이 없는 자는, 보시와 시주에 아낌이 없는 마음을 발하지 않으면 안 되는 것이오. 그 법수는, 천의 선남자 선녀자의 공양과 염불로 사들인 것이어서."

"그러하오니까? 알겠습니다. 하오나 비구란 걸사라고 한다 하오니, 그 공양과 염불에서 조금 빌려서 나쁠 게 뭐 있겠나요? 대사께서는 모쪼록, 보시와 시주에 아낌이 없는 마음을 발하십소서."

그와 더불어는, '재담' 꾸미는 일까지도 용이치 않은 것을 나는 알았다. 그래서 그와 재담 재재거리는 짓은 그만두고, 존자라는 생불이 어떤 얼굴로 있는가를 보았더니, 그는 속세적 아귀다툼과는 인연 없는 자리에 머물러 있으며, 저 사행 시구를 웅얼거리고나 있었다.

　　身是菩提樹 心如明鏡臺
　　時時勤拂拭 勿使惹塵埃

"아 존자여, 색(色)이 공(空)과 다르지 않으며, 공이 색과 다르지 않거늘, 색이 즉 공이고, 공이 즉 색인 것을······" 나는 투덜대면서도 어쨌든, 샘전에 엎드려 목을 빼늘여서는, 똥구멍으로 흘러나올 때까지 불수를 들이켜고, 계속해서 투덜댔다. "······그렇다면 거기 어디 먼지며 티끌 앉을 자리가 있을 것인가? 먼지며 티끌 앉을 자리가 없는 터에, 그러면 무엇을 때때로 부지런히 털고 닦을 것인가? 색이 공과 다르지 않거늘. 헤헤헷, 존자여, 그러므로 그대의 무상대도란, 저 외눈중의 백팔염주 같은 것이다. 존자여, 그대의 무상대도란, 실에 한번 꿰어진 뒤, 전대해오는 보리수 백여덟 열매 같은 것이다. 백팔염주를 하루 백여덟 번씩 백팔십 해를 두고 헤어본다고 하여도, 그 보리수 백여덟 열매 속에 서역정토 잡혀들지 않는다. 아 백팔번뇌로구나."

그러다 나는, 샘에 떠올라 있는, 혹시는 나인 듯도 싶은 한 사내의 얼굴을 해후하고, 씨분대기를 그만두었다. 수염이며 머리칼이 부수수하게 자란 피로한 얼굴이, 더러운 냉소를 물고, 나를 올려다보고 있는 것이었다. 그 얼굴엔 이상스런 슬픔이며, 외로움 같은 것이 개기름처럼 끼어 있어 추악했으나, 그래도 내게는 반갑고, 또 정다웠다. 아집일 터여라, 아집일 터여라, 만약에 얼굴이 없다면, 슬픔이며 외로움 떠오를 자리가 어디 있겠는가. 그것은 참으로, 허긴 홀홀단신으로 헤매는 얼굴이었을라.

해는 내 등뒤에서 빛나며, 그 빛을 황토처럼 이겨넣고 있었다. 그래서 샘의 표면은 구리거울처럼 번쩍였는데, 존자의 게송처럼, 거기에서는 아무것도 감추어지는 것이 없어 보였다. 그것은 현상을 있는 그대로 반영해서, 오관을 갖춘 하나의 몸이라고 해야 할 것인지도 몰랐다. 글쎄 몸이란——그것이 존자의 게송에 나타난 마음과 어떻게 같은 것인지는 모르되——거울 같은 것이어서, 현상을 있는 그대로 반영하는 그 총화처럼도 여겨진다. 그러나 이런 것은 꺼풀에 관한 것이고, 그 한 꺼풀을 열고 아래로 조금만 내려가본다면, 그것은 아무것도 반영하지 않으며, 빛까지도 오히려 닿지를 못하고 굴절되어버리는 것이어서, 정밀이 정밀이 아닌 정밀로서 정밀스럽고, 암흑이 암흑이 아닌 암흑으로서 암흑하며, 혼돈이 혼돈이 아닌 혼돈으로서 혼돈스러운데, 그것은 밤은 아닌, 그러나 밤이라고 해야 될 것을, 아주 넓고 깊게 내품하고 있다. 한 겹 살갗 밑에는, 그리고 한 꺼풀 수면 아래엔—— 그래 허기는 나는 언제나, 하천이며 강이나 바닷가로 통한 길을 걸을 때면, 왠지 이상스러운 고달픔, 이상스러운 정념으로 하여, 그것들 속에 안겨지기를 바라는데, 그래서 어떤 밤의 물가에서는, 그 둔덕에 서서 때로 수음도 해보았었다. 그리곤 그 수면 위로 떨어지는 물방울 소리가 채 울려오기도 전에 도망도 쳤었고, 때로는 입었던 옷을 모두 벗어제치고, 그 흐름들이 나를 보아주기를 바라기도 했었다. 그럴 때는 내 전신이 하나의 남근으로 변해진 듯이 믿기어지고, 그 근을 달고 있었던 나는, 그 근 크기만하게 왜소해져, 저 근의 아래쪽에 치근덕스러이 매달려 있는 듯이도 느낀다. 자아가 왜소해지고, 어떤 의지가 본능의 형태로 확대된다. 정직하게 말하면, 나는 투신해버리고 싶은 것이다. 그저 한 번 열정으로 죽어버리고 싶은 것이다. ……유리에서는 그러나 습기를 그리워하기 시작하면 병이다. ……그러나 무슨 일이 일어났던가, 저 밝은 거울 같던 수면이 일시에 깨뜨려지고, 풍랑이 있었던가, 내가 난파되어 흐트러져버리고, 지진이 있었던가. 일시에 파열되어진 저 고요함의 가운데에, 육시럴허게, 오백 근도 삼 년 전쯤 이야기였을 비계 한 봉우리가 빙산처럼 솟아올라 있고, 그것은 물개 가죽보다 기름진 피부였고, 그래서 물까지도 그 몸에는 부착하지를 못하고 있었고, 수은 방울모양 굴러내리고 있었고, 희디흰 살이었고, 부푼 살이었고, 가는 거머리새끼모양 털은 흰 대가리에 두엇 오그라져 붙어 있었고, 비계를 빨아먹고 있었고, 글쎄 내가 보니 내가 어느덧 존자의 몸

제1장 65

을 빌려 거기 쳐들어가 앉아 있었고, 나는 분노할 수가 없었고, 밤드리노니다가드러△자리보곤가르리네히어라, 일종의 더러움으로 느껴지는 그런 방식에 의해서 저 샘의 정절이 깨뜨려져버린 것을 아주 즐기고 있었고, 나는 흥분하고 있었다. 하기는 그러나 그것도, 하나의 수도이기는 할 것이었다.

글쎄 저 존자는, 저 샘의 한가운데 무섭도록 더럽게 앉아서는, 저 오장육부가 한바탕 탁 우거진 배때기 아래의 흰 혹 하나를 잡아, 그 껍질을 억지로 벗겨, 그 연하게 붉은 부분에 희게 쌓였던 먼지며 티끌을 털고 닦느라고, 고개를 억지로 숙여, 제놈의 서너 주름 굵은 턱으로, 제놈의 두터운 가슴을 윽박지르며 물 아래를 내려다보느라고 숨을 씩씩여대고 있었다. 하기는 어느 쪽이 그의 자아였을지는 확연치 않다. 글쎄 말이기는 하지, 때때로 부지런히 씻어낸다면, 거기 곰이 끼지는 못할 것이지, 우리들의 몸이 보리수라면, 우리들의 마음은 밝은 거울일 것이거든. 불수에 그리하여 그대가 그 더러움을 씻어내는 행위는 마땅히 옳기도 하겠도다.

존자는 그 노래를 부르며, 그 도 닦기 시작한 후 내내 헹구고 있었으니 그제쯤은 속진을 다 뜯기고 명경처럼 맑아 있을 그 못난 혹 하나를, 그러나 여전히 씻어내고 있다. 아 허지만 이르기로 비구란 근사남(勤事男)이라고도 하거든, 게으를 틈이 없는 것이지.

그러는 중에 내가 들어보니, 그의 게송이 가빠지는데, 그 혹 가운데로부터 흰 불 같은 것이 연기처럼 솟구쳐 올라오고 있었고, 때에 존자의 얼굴이 또한 흐려졌다가 이내 생불스러이 돌아왔다. 그런 뒤 그는 나를 건너다보고 있어서, 나도 반쯤은 생불이 된 채 웃어 보이며, "일러서 비구를 포마(怖魔)라도도 파악(破惡)이라고도 하거늘, 존자여 당신은 마음속의 마구니를 겁내게 하여 쳐부셨으니, 시원하시겠소이다. 헌데 한 마디만 강설하소서. 어떤 이가 있어 톱을 들어 저 보리수 한 대를 썰어내버린다면, 그것은 보리심을 발한 것이니까 아니니까?" 하고 묻고 대답을 기다렸으나 없어서, 보니, 그는 반쯤 감은 눈으로 여전히 생불처럼 웃으며, 뒤로 비스듬히 자빠지느라고 애쓰는 중이었다. 그러자 해 아래에서, 그의 이마며, 얼굴이며, 가슴팍이, 거울처럼 뻔쩍였다. 한 톨의 먼지도 얹혀 있지 않은 맑음이었다. 그의 정수리는 게다가 모든 맑음의 곶이었다. "존자여, 부디 한 마디만 더 강설하소서. 만약에 어떤 법심을 발한 이가, 망치로나 또는 모난 돌과 같은 무슨 그런 것을 들어, 그 맑은 거울의 그 곶에 힘껏 던져넣는다면, 그것이 보살행이겠나이까 아니겠나이까?"

그러하여 이번엔 내가, 그의 곡조를 빌려, 그의 시형으로 노래해주었다.

⁽⁵⁾보리에 본디 나무가 없고
밝은 거울 또한 틀이 아닌데,
본래 한 물건도 없는 터에
어디에 먼지며 티끌 앉을까.

고로 보리심은 발할 일이겠도다.
보리심은 고로 발할 일이겠도다.
그것이 보살행이 아니겠는가.

본래로 한 물건도 없이, 모든 것이 비어진 때로부터, 곱 낄 자리 글쎄 어디이겠는가?

그리고 내게 보인 것은, 그 좁은 샘 가운데로부터, 천년을 채운 이무기가 등천을 한 것이었거나, 아니면 무슨 물돼지 같은 한 물기둥이 뻗치고 올라왔던가, 어둠이 날을 가려, 세상이 일순 암흑해져버린 그런 것이었다. 후. 후훗. 하기는 모든 보살행에는 '第九時'가 끼어들고, 그래서 그 제9시를 통해 악업들의 죽음이 대신되어지는 것이다.

허나 그것으로 끝났다. 헤 아래, 모든 것이 조용해져 버렸다. 저 존자라는 사내는, 그 밑의 송사리라도 들여다보는 투로, 제놈의 잠지라도 보는 중이었겠지만, 이마를 물 속에 처박고, 저 기름진 등덜미로부터 웅장한 엉덩이까지를, 아주 희고 맑게, 하늘 아래 드러내놓고 있는 중이었다. 그것은 보기에 좋고, 풍미가 있는 듯해, 독한 소주에의 갈증을 일으켰다. 사미 녀석이라도 하나 있었으면, 이럴 때론, 뒤 말들이 오지병이나 하나 들려 주막에나 보냈었을 것인데, 헌데도 저 기름진 아름다움은 그가 아까 까뒤집고, 씻어내기도 하고 뿜어내기도 했던, 저 흰 곱들이 누룩처럼 떠올라온 그것이었을 것이다. 그 곱들 끼일 자리가 이제 어디이겠는가? 고로 법심은 발할 일이었던 것이다. 존자여, 그대의 몸은 몸이라도 이젠 몸이 아닌 것이다. 그것을 일러 색과 공이 다르지 않다고 하는 것이다.

그러나 정작으로, 내 몸은 그것이 몸인 채 여태도 몸이어서, 무겁고 거추장스러우며, 손가락 하나 움직이려는 데에도 힘이 쓰이고 마음이 쓰였다. 그래서는 글쎄 한바탕 줄행랑을 쳤으면 싶은데도 도대체 그렇게 되지가 않는다. 마음으로는 바라고, 몸으로는 굳어 있다. 마음과 몸 사이에 아마도 치매가 끼어들고, 그것은 역작용을 일으킨다. 한바탕 웃어봤으면이나 싶으면서도, 육실하게 이만 갈리고 부딪는다. 이것은 어떻게 된 일인가? 그런데도 여전히 내게 보이기로는, 가부좌 몇십 년에 어죽어진 다리로, 존자의 애꾸눈이 문하생은 마을 쪽을 향해 부지런히도 달리고 있는 중이었다. 나는 어찌되었든, 그에게서 한 강설쯤 베풀어줌을 바라든지, 아니면, 내게는 이미 세 치 길이로는 도저히 생각되지 않는, 그의 혀를 동강이를 내버리든지, 무슨 수를 쓰기는 해야 되는 처지에 있는 것인데. 글쎄 그에게도, 진실함으로 발휘된 불심의 출처를 일러주어야 되는 것이다. 하지만 솔직하게 말하자, 나는 그의 혀에 탐심을 내고 있다는 것을, 하지만 솔직하게 말하자, 나는 또한 그의 마지막 한 눈까지도 욕심내고 있다는 것을, 하지만 솔직하게 말하자, 이상스런 인연으로 해서, 그의 혀는 내게 창끝이 되며, 그의 눈은 내게 족쇄가 된 것이다. 그의 혀가 말을 늘일 때 그것은 나를 묶고들며, 그의 눈이 빛을 발할 때 내 숨은 곳이 해 아래 드러내진다.

  그럼에도 이 중요한 순간에, 마음과 몸이 배리하여, 하나는 동으로 떠나고, 하나는 서녘을 헤맨다. 나는 아마도, 스스로 흘려내는 기름땀에 덮이고, 된똥을 요도로 누고 있는 중인 것이다. 물 속에다 대가리를 한 번만 처넣을 수 있다면 내 사지가 유연해질 터인데도, 그것까지도 행할 수가 없다. 해를 올려다보았다, 잠시 망연자실이 따른다. 그때 내게는 아무 공포도 탐심도 없었다. 이런 무서운 순간에 오는 그런 망연자실이란 버렁떨어진 노릇이었다. 지루했다. 하지만 그 일순의 망연자실을 통해, 갑자기 내 중심이 잡히고, 기가 뜨겁게 모여, 손발을 쇠갈퀴모양 굽어들

제1장 69

이는 것이었다. 뭔지 모를, 어쩌면 그것이 존자에게서 흰 불이 되어 솟구쳐올랐을 것이, 내게서는 일종의 마력으로 모양을 바꿔 그런 뒤 나를 시위에서 떠나게 하고, 저 늙은 놈의 등이 정통으로 나의 표적이 되었다. 그때에 이르러서 나는 광희로 떨고 있었다. 나는 한 번도 포수를 본 적은 없었지만, 그럼에도 쫓기는 것과 쫓는 것 사이에 끼어드는 숨통이 터질 듯한 이 긴장을 놓고, 내가 지금 포수가 아니라고는 생각되지 않는다. 왜냐하면 나는, 포획물이 아니라, 이 거리, 이 긴장을 즐기고 있는 것이다. 이것은 참으로 시지근한 성교로다. 저 애꾸눈이는 달리면서도, 여우처럼 핼끔핼끔 뒤를 돌아다보며, 노란 수염을 펄럭이고 있는 것이다. 그것은 아름다운 짐승이로구나.

   그와 나 사이의 거리는 글쎄 어쩔 수 없이 좁혀지고 있었는데, 그는 늙었던데다 건각이 못 되었던 것이다. 이래 뵈어도 나는, 늙은 무술꾼들 소견법으로 그저 끄적거려놓았을, 그런 두어 권의 역술서도 읽은 적이 있고, 그래서 적어도 힘이 유동의 방향이나, 그것을 좌절시켜 역이용하는 방법도, 하기는 문자나 도해로써뿐이기는 하지만, 조금은 알고도 있는 것이다. 아 그러니 지금은, 늙은 무술꾼들의 소견법 위에 명상할 때이다. 마을은 아직도 멀리에 있으며, 작은 바윗돌이나 마른 덤불이 군데군데 듬성듬성 있는 것 조금말고는, 이 무정스런 황지의 어디에고, 그를 숨겨줄 만한 큰 피신처가 갑자기 나타날 듯싶지도 않았다. 지진이라도 우루룽 일어나 우리 둘 사이를 갈라준다면, 아니면 까마귀 떼라도 갸갸갸 날아들어 내 눈을 쪼아가준다면, 우루룽 갸 갸갸, 우루룽 갸 갸, 그러면 거기 저 늙은네의 구원은 있을 것인데. 먹이를 앞둔 나는 독수리인 것만 같았다. 중심으로 잘 집중되어가는 명상은 독수리여라.

 종내, 그와 나 사이의 거리는 열 걸음 정도로 좁혀들었다. 흥분 탓에 내 염통은 터져나가고 있었다. 그런데 그 순간, 이 적절히 유지되던 긴장과 거리 사이에, 갑작스런 와해가 끼여들고 말았다. 도망치던 그가, 갑자기 속력을 줄이고 서버리더니, 몸을 수그렸다 일어섬과 동시에, 나를 정면으로 하고 공세를 취해버린 것이다. 보니 그는, 손에 모난 돌멩이를 하나 쥐고 있었다. 그것은 나를 매우 어리둥절하게 하고, 그래서는 쇠갈퀴 같던 손발가락에 문둥병을 일으켜 오소속 떨어져내리게 했다. 질서의 파괴에 따르는 이 이완은 불쾌했고, 역시 나는, 백전(百戰)은 너무 많고, 이전노졸도 못되어서, 이 상태에 어떻게 대처할 바를 모르게 되어, 오히려 도망치고만 싶었다. 어쩔 수 없어서 나는, 넋 떨어진 웃음을 한번 웃고, 도망칠 것인지, 아니면 좀 두렵지만 분노를 돋궈 그의 멱살을 잡아챌 것인지를 결정 못하고, 시간으로는 아마도 열다섯 번 고동칠 만큼이나 멈칫거렸더니, 어처구니없게도 저 늙은 놈이 다시 도망치기를 시작했기에, 모든 것이 다시 제자리로 돌아온 느낌이었다. 우스운 노릇이었다. 그러다 보니 나도, 이제 동정은 뗀 셈인 병졸이었다. 그는 다시 돌아설 것이었다. 아니게아니라 그는, 조금 또 달리다, 아까 그 모양으로 다시 돌아서서, 으르렁거리는 투로 나를 노려보며, 돌멩이를 쳐들어올리는 것이었다. 살기를 쏴내는 외눈과, 빠지고 서넛만 아래위로 남은 누런 앞니빨이 나를 또 질리게 했다. 그러나 이번엔 우물거리지 않고, 한 마리 살쾡이로서 나는, 저 늙은 장닭 위에 덮쳐씌우며 달려들었다. 비겁한처럼 그의 등으로부터 다가들지 않고 정당하게 그리고 도전에 의해서 나는 이제 그의 정면으로 달려들 수 있게 된 것이다. 이 실랑이로 해서, 어느 쪽이 상처를 받고 심지어 죽는다고 하더라도, 이것은 공명한 싸움이며, 또한 위험과 위협에 맞서, 정당히 대처한 자기 방위의 결과로서 나타나는 것일 것이다. 어쨌든 그가 들었던 돌은, 내 왼쪽 이마를 스치고, 가벼운 상처를 입힌 것뿐으로, 그의 손에서 떠나가버렸고, 그래서 그나 나나, 빈손으로써 맞닥뜨려졌다. 빈손으로써의 이 실랑이도 물론, 내가 이길 것이라는 일방적인 자기 확신만을 빼놓는다면 쉽게 끝날 것 같지 않았다. 이 늙다리 도사 또한, 사내로 그 나이 되도록 뼈를 휘어온 것이다. 그는 그 한 개의 눈으로 살(煞)과 피를 흘려내며, 물고, 차고, 할퀴고, 치고, 쑤시며, 내게 육박했고, 처음엔 나는, 늙은 무술꾼들 소견법 위에서 명상하며 그것에 대처하려 했으나, 실제 응용이 따르지 않았던 지식이란 아무 덕이 못되었고, 나를 오히려 초조하고 피로하게만 했다. 사실에 있어 나는, 거의 죽어가고도 있었다. 결국 나는 젊다는 재산으로, 뼈가 그의 것보다 조금 굵다는 밑천으로 저 광분한 늙은 놈 위에, 그 늙은 놈처럼 용써대는 수뿐이었다. 그래서 발로 차고, 주먹으로 되는 대로 쳐대며, 잡히는 것이면, 무엇이든 잡아늘이거나 우그러뜨렸다. 그리고 보니 싸움이란 결국 그런 것이었다. 좀 덜 맞으려다 보니 피해야겠고, 좀더 패주려다 보니 허를 찾아야 했다. 나중에는 좀더 교활해져서, 허를 내보여주는 척하며, 그 허에로 몰두해오는 상대를 되짚어버리는 데에까지 발전하기도 했으나, 그럼에도 저 늙은 놈은 매번마다 일어서는 것이었다. 그가 쓰러져 꿈틀거리고 있을 때마다, 나도 힘과 기를 모아야 했고, 그러느라 심호흡을 했지만, 그도 그런 짧은 휴식을 통해 두 배씩의 진기를 돋구고 일어설 때는, 두 배씩의 머리통을 달고 내게 대드는 것처럼 여겨지기도 했다. 아마도 오래잖아 나는 그의 맥을 못 추게는 해놓으리라. 쓰러져 꿈틀거리는 것 위에로 덮쳐 누르기로 한다면, 허긴 지금 당장에라도 그의 숨통을 막아버릴 수는 있으리라. 그러나 나는 왠지 그렇게 하지 않았는데, 아마도 나는, 저 처참한 초조로움, 심장이 미친 듯이 뛰며 숨통을 막는 괴로움, 피에 의해 가중하는 살기, 흥분, 공포, 힘이 소모되어가는 피로, 그런 것들을 즐기고 있는 것이었다. 그러다 종내, 내가 한주먹 살인적으로 윽박지른 것에, 그가 콧잔등을 부러뜨리고 팩 쓰러져 꿈틀거리며 더 일어서지를 못하게 되어서, 이 실랑이는 아마 파장에 온 듯했다. 이제는 그의 혀를 잘라내도 좋을 것이라고 생각하며 나는, 조금 방심한 채 들을 한번 둘러보았더니, 그것이 허였던지, 저 늙은 놈이 느닷없이 내 불알을 훑고 늘어져, 나를 질식 직전으로 몰아붙였다. 그 고통으로 하여 나는 어찌할 바를 모르고, 모로 쓰러져 몸을 꼬으며 비명을 질렀으나, 그의 두 손은 만수산 드렁칡으로 얽히고설키어, 더욱더 욱죄이고 들 뿐이었다. 그러면서 그 늙은 놈은 낄낄거리고 웃기 시작했다. 이것은 촌각을 다투는 고통이어서, 그것이 이 실랑이의 마지막 고비인 듯했다. 그리하여 나는 아까부터도 유혹을 느끼고는 있었으나 아직까지 보류해 두었던, 피흘리는 그의 한 고장에다가 손가락을 푹 쑤셔넣어 휘저어 버렸다. 그는 불알을 훑고 있는 승리감에 취하느라, 그 혀를 단속치 못하고 있었던 것인데, 그 한 번의 공격으로, 저 드렁칡 억세던 것도 오소속이 떨어져나가 버렸다. 나는 결국, 그의 마지막 눈을 파내버린 것이었다. 그 파내버려진 눈구멍으로 먹피가 주루룩 흘러내리자, 그는 구 구멍에다 오히려 제 손가락을 쑤셔넣으며, 처참히 울부짖으며, 처참히 바닥을 굴러댔다. 그가 그러는 동안에 나는, 몹시도 훑여져, 나를 까무라치기 직전까지 몰고 왔던 국부의 아픔을 두고, 무슨 수를 쓰지 않으면 안 되었다. 우선 나는, 하늘을 향해 번듯이 누워, 숨을 딱 끊은 뒤, 사지의 끝간 데까지로 힘을 몰아붙여, 인공적으로 간질을 일으키며, 국부에 응어리진 고통의 분산을 시도했다. 그리고 자꾸 생각하기를, "몸이란 사대(四大)의 집적이다. 그러나 사대란 역시 공(空)이므로 고통 또한 느껴질 것이 아니다"라고 했다.

 그러는 동안에 그러자, 국부에 뭉쳤던 아픔의 응어리가 얼운하게, 사지 끝으로 독처럼 빠져나가고, 용신해도 쓸 만해졌다. 나는 그래 일어섰고, 그리고는 이번엔 내 쪽에서 낄낄거려주며, 주리를 틀고 울부짖는 저 짐승을 내려다보았다. 헌데 그의 몸부림이 내게 대비(大悲)를 일으켰다. 그러느라니 침이며 눈물이 저절로 줄줄이 흘러내리는 것이었다. ……슬픔이, 기쁨이, 사랑이, 증오가 비롯되는 근원을 알작시라. ……나는 참 얼마나 선한가, 타인의 고통에 큰 슬픔으로써 같이 울어주는 나는 얼마나 선한가, 헌데 이 큰 슬픔은 어디서 비롯된 것인가—나는 서서 그의 울부짖음을 듣고, 꿈틀거림을 보며, 저주에 젖고, 인간인 것이 고통하는 것에 대해, 내 가슴이 또한 아픔에 긁혀 흘리는 피를, 뜨겁게 마셨다. 그리고 그가, 도망치기라도 하듯이 뺑뺑이를 돌며, 기어서 달리는 것을 또한 슬픔으로 보았고 서낭전인지 어딘지에 대고 무릎을 꿇어 목숨만은 살려달라고 비비는, 가난한 손을 또한 보았다. 그것은 피에 젖은 불쌍한 짐승이었다. 대비란 번뇌일레라. 처음에 빛이 있었고, 다음에 생명이 있었는데, 이제 생명만 남고, 빛을 잃어버린 저 검은 생명의 방황은 번뇌일레라. 나는 이제 그의 혀를 잘라야겠으나, 그러나 나로서도, 저 앓는 짐승에의 한 큰 자애를 어찌할 수가 없고만 있다. 그 대자대비로 나는, 그가 내 머리를 한번 가볍게 다쳤던 그 돌멩이를 찾아 쥐었다. 그리고 나는 자애롭게, "대사여, 대사께서 찾고 있는 것이 혹시 자비(慈悲)라면, 그가 대사의 뒤에 서 있소이다" 하고 속삭여주었다.

그가 그러자 개처럼 돌아서서는, 용케도 내 발등을 찾아서는, 그 위에 이마를 조아리며, 자기를 살려만 주면, 자기는 곧장 자기 살던 옛 절로 돌아가, 이제껏 헛닦았던 도나 닦으며 여생을 보내겠으니, 글쎄 목숨만 불쌍히 보아달라고 비는 것이었다. 글쎄 자기는, 아무것도 못 본 것으로 쳐두고, 잊어버리겠다는 것이었다.

그의 비는 것 또한 내게 슬프고, 자애를 짜안스러히 자아내게 했다. 그 자비로 돌 들어, 그의 뒤통수에 산(算) 놓는 자가 만약에 있다면, 그 역 보살이 아니겠는가. 보살행이 아니겠는가.

나는 그래 그 짓을 천천히 했다. 한 산(算) 한 산 놓을 때마다 거기서는 꽃이 피어나고, 나는 대비(大悲)로 취해, 세상 풍류스러 보였다. 한 산 놓세근여 또 한 산 놓세근여 어욱새 속새 덥고 가모 백양(白楊) 속애 가기곳 가면 누른히 흰돌 ㄱ눈비 굴근눈 쇼쇼리 ㅂ름 블제,

그러다 보니 내가 취했던갑다, 취했던갑다. 몸이 흔들려 가눌 수가 없는데, 팔베개하고 누우니, 정심(正心) 갖고 나 혼자 세상 청빈스러이 산다고 하였더니, 세상 하수상하여 어지럽고 잡스러, 차마 눈 뜨고 볼 수가 없을레라. 그 세상이 끼꺽끼꺽 돌기를 시작하는고야. 어지럽구나, 어지럽구나.

누른 해를 찾으니, 하늘의 중간을 벗어나고 있었을 때만 해도 중년이었었다는, 지금은 한 진갑이나 되었을까 한 얼굴로, 도는 세상 속절없이 내려다보고만 있다. 글쎄, 어지럽구나, 춥구나, 그래 눈 감고 몸을 공처럼 뭉쳤더니, 도는 것의 한가운데에 내가 있어, 뭔지 모를 힘이 나를 자꾸 응축시키고 있는데, 나중엔 내가 거의거의 사라지고 아마 한 점으로나 남은 듯했다. 그래서 내가 아주 작은 미물이 된 듯하였는데, 때에야 돌던 세상이 끼꺽끼꺽 멈추기를 시작하는 것이었다. 다시 내가 누른 해를 찾았더니, 저 진갑 때 얼굴은 안 보이고, 그린 대신 거기에, 웬 잡환 나부랭이들이 팔만으로 펄럭이고, 휘어휘어 나르고 있었다. 때에 비가 내리고 있어, 땀이나 좀 씻겠다고 했더니, 그것은 비가 아니라 피였고, 저 팔만 잡환 나부랭이들이 뽑아던진 눈깔들이었고, 그 눈들은 쏟겨내려 내 주위에 산적했는데, 그것들은 나를 쏘며 보았다. 햇빛은 아니었을까, 햇빛은 아니었을까 몰라. 세상이 낮이라는 것 때문에, 밝다는 것 때문에, 나는 두려워하고 있었던 것은 아니었을까, 아니었을까 몰라. 내가 내 머리 툭툭 치고 둘러보았을 때 세상엔, 해 말고는 아무것도 없던 것이다. 대비는 고로 발할 일이 아니었던 듯도 하다. 큰 슬픔에 싸여 산 놓이다 죽은 고깃덩이에서는 피 냄새가 흐르고, 그것은 죽어서도, 내가 자기와 존자를 죽였다는 것을 사유시방에다 발설해대고 있던 것이다. 허지만 세상을 홑으로 반밖에 못 보던 자여, 그대가 살려달라고 애걸만 하지 않았어도, 비록 내가 그대를 찍어버리고 난 뒤에라도, 내가 그대를 살해했다고 생각하지는 않았을 터인데. 자넨들 글쎄 겁(劫)을 두고 사는가, 겁을 두고 사는가 말이지. 손톱을 뭉그러뜨리며 나는, 살점을 뜯기며 나는, 미쳐서 나는, 거무틱틱한 흙을 까뭉그려 내리고 있었다. 나는 저 주검을, 샘으로도 통하고 마을로도 통하는 길로부터 멀찍이 떨어진 한 작은 사구 밑에 누이어 놓고, 그 흙을 뭉그러뜨려 감추고 있는 중인 것이다. 저 주검을 해로부터 분리해내, 해로 하여금 더 이상 볼 수 없도록, 땅 위의 것들로 하여금 더 이상 발설할 수 없도록, 그래 나는, 그것들의 눈과 입을 꿰어매려는 것이다.

나는 초조로이 주위를 살피며, 끝내 그리하여 저 시체를 은닉해버렸다. 그런 뒤 나는, 모든 피맛 본 흙들을 찾아, 뒤꿈치로 흐뜨려 다른 흙과 섞어도 버렸고, 비가 오지 말아얄 텐데, 여우가 지나지 말아얄 텐테, 어쨌든 저 우라질녀려 것이 시늉으로 죽어 있지는 말아얄 텐데, 하고 기도도 했다. 그러며 이번엔 샘터로 되달려가고 있었다. 거기에, 다른 주검이 이 세상에 태어난 채, 여태도 강보에 싸이지 못하고 있는 것이다.

정수리에 돌을 맞고, 글쎄 그는 죽었던 것이다.

그를 묻는 일이란, 더욱더 힘들고, 기진맥진하게 하며, 기분 나쁜 일이었다. 그는 그의 문하생에 비해, 세 배는 넓었고, 세 배는 둥글었으며 세 배는 기름진데다, 미끄러워, 내가 어느 끝이든 한번 붙들고 잡아당겼다고 하면, 내 손바닥엔 기름만 찐득거리고, 몸은 돌고래모양 빠져나가버렸다. 그것은 기름진 죽음이었다. 하다못해 나는, 그가 썼었던 수건을 반으로 찢어 서로 잇대어 묶은 뒤, 저 죽은 턱에 걸어 질질 끌어내는 수를 썼다. 그렇게 하는 짓이란 물론 존자를 모시는 예의는 아니었다.

그 주검이 흙 위에 끌어올려져서, 그 샘으로부터 제법 떨어진, 다른 한 작은 구릉 밑에 놓여졌을 때 나는, 이것은 참으로 잘 닦여진 거울이어서, 묻어버리기에는 너무도 고운 몸뚱이라고 한탄도 했다.

 그러나 물론, 맨 마지막까지 얼굴은 묻지 않고 두었다가, 마지막에 이르러, 저 기름진 입술로, 내 두 발의 바닥에 정중히 입맞춤할 수 있도록 하기를 잊지는 않았다. 어쨌든 센 비가 오지 말아얄 텐데, 센 바람이 저 흙을 몰아가지 말아얄 텐데, 코 밝은 여우년이 냄새 맡고 미치지 말아얄 텐데—

 할 수 있는껏 나는 저 은폐를 완전히 했다. 샘으로 뛰어내려가, 거기 용해되었던 핏물까지도, 할 수 있으면 짜내려고, 그래서 그 샘을 온통 들쑤셨디. 그 바닥의 이끼를 일궈내고, 샘전의 모래며 돌도 밀어넣고, 흙탕을 치며 물을 아름에 안아, 송두리째 뒤집어버리려고도 했다. 그런 진탕질 후에 보인 물은 검고 불그스레하여, 밤에 본 아편꽃밭 같았다. 아무튼, 여과의 법칙에 의한다면, 내일이나 모레쯤, 물은 어떡해서든 자기를 맑혀놓고 있을 것이었다. 더욱이 정화수란 그래야 하는 것이다. 하지만 존자여, 그대가 끝까지, 그대의 몸을 보리수라고 주장하지만 않았더라도, 나로서는 그대를 꼭이 묻었어야 할 이유는 못 찾았을 것이었다.

 그리고 나서 나는, 주위를 되도록 멀리까지 한번 휘둘러보고, 소나무 가지 위에서 혹간 새라도 앉아 날 보지는 않았던가 찬찬히 살펴도 본 뒤, 조금은 후후거리고 웃어야 된다고 생각은 하면서, 그 자리로부터 줄행랑을 쳐댔다. 결국 누가 알 것인가? 비바람에 의해서든, 여우에 의해서든, 저 송장들이 하늘 아래로 드러내진다 하더라도, 그때쯤은 얼굴이며 몸이 온통 묵사발이 되어 있을 것이고, 하수인은 그의 손을 깨끗이 씻어버리고 있을 터이니, 그때는 드러내졌어도 내진 것이 아닌 것과 같을 것, 글쎄 헤헤, 누가 알 것인가. 글쎄 하수인은 손을 씻고, 상처를 씻고, 그 현장으로부터 지금 자꾸 멀리로 가고 있는 중이 아닌가. 그가 돌아와 소문 속에 한 자리 차지할 때에는, 왼손으로 한 보살행이 오른손도 모르게 이뤄진 것을 알고, 하늘에서의 상이나 크게 생각할 터이지.
  헌데 어째도, 저 계집, 이전구투로 밤새우고, 뻘 냄새 풍기는 몸 씻을 데를 가리켜주었던, 저 망할녀러 것이 마음에 켱겨서, 한번 더 마음을 도지게 먹고, 그 계집을 사막 가운데 어디 정적한 곳으로 유인해와야 된다고 마음은 먹으면서도, 헌데 어째도 마을 쪽으로는 발길을 돌릴 수가 없어서, 광야의 가운데 쪽으로나 나는 자꾸 달리고 있었다. 내 몸은 생채기들로 지금 피와 진물을 흘리고 있으며, 더러 부은데다, 더러 멍이 들어 있어서, 그것들이 보기에 웬만큼 흉스럽지 않을 때까진 기다리지 않으면 안 될 것이었고, 햇빛 비치는 마을에 설 마음도 어디선가 다져야겠는 것이다. 그러다 뒤를 돌아다보니, 소나무 이파리들이 다시 무슨 푸른 연기나처럼 보이고 있는데, 전에 진갑이었던 해가 임종하는 고달픈 그늘이 저녁처럼 덮이기 시작하고 있었다. 칠십은 고래희일레. 허기는 글쎄, 저녁 그늘 탓이었겠지러, 헌데 내게서는 오한이 계속되고 있었다. 하기는 그것이 오한이 아니라 악령이었던지도 모른다. 물 같은 땀을 뚝뚝 흘리는 기름진 등짝이 대가리도 없이, 둥실 떠올라 연처럼 흐느적이는가 하면, 그 등짝의 한가운데에 한 개의 작은 눈이 박혀 눈물을 흘려내기도 하는데, 그 눈물은, 그 눈 속으로부터 꾸물대고 기어나오는 황충들이며, 눈물이 아니었다. 그 눈물은 쑤물대며 떨어지는 대로 내 몸에 얹혀, 나중엔 내 전신을 덮어버렸는데, 내가 아무리 진저리를 쳐보아도, 그것들은 더욱더 내 살 속으로 파고들었다. 아무리 둘러보아도, 다른 별다른 것은 없이 그저 그런 풍경으로, 듬성듬성 웅크리고 있는 죽은 가시덤불이며, 또 그런 바윗돌이며, 낮은 구릉들 밑의 흐린 저녁빛이며, 거무틱틱한 흙이며, 그런 적막이며, 그저 그런 세상이 창백히 깔려 있을 뿐인데, 대체 나를 추적하고 있는 것은 무엇인가? 무엇에 내가 쫓기고 있는 것인가? 내게 보인 허상은 허상이지 실체가 아닌 것이다. 그러나 나는 실체로서 쫓기고 있는 것이다.

소리라도 질러볼까? 휘파람이라도 미친 듯이 불어제질까? 비라도 내리고 어둡기라도 한다면, 나를 몰이하고 있는 저 보이지 않는 것들 속에 살이 채워져들어, 그것들이 어떤 것들인지 내가 볼 수 있게 되는지도 모르지만, 어디 이슬이라도 올 듯한가. 그러나 이 황막한 데에서는 소리까지도 단절되어버린다. 움직임 가운데도 맥락은 없는 듯해, 내가 토막토막 잘려졌다 이어지고 이어졌다 잘려나가고 있다. 글쎄 어떤 도마뱀은, 그것의 꼬리부터 잡히면, 그것을 떼놓고 몸만 떠나버리는데, 그 움직임 사이에 끼어드는 그런 단절이 내게도 끼어든다. 이것은 거북하고, 집중력을 잃게 하며, 정신력을 소모케 한다. 이 상태에 이르러서 나는 다시, 항마좌로 숨을 멈춰버린 스승을 그리워하기 시작하고 있는 것이었다. 대체 어떤 인연, 어떤 악업으로 인하여, 저러한 살해가 이뤄져버렸는지 나는 그것이 알고 싶은 것이었으며, 그러나 무엇보다도, 누구에겐지 그 일을 털어내 말해버리고 싶은 것이었다. 내가 그 일을 나만의 비밀로 해두려고 했을 때, 이상스럽게도 그것은 내독(內毒)이 되어 내 염통을 갉고 드는데, 내 속에 있으나 나와 뜻을 같이하려들지 않고, 산 위의 독수리처럼,

차가운 눈으로 나를 내려다보고 있는, 저 무서운 눈은 누구인가? 그것은 누구인가? 피로에 시든 아흔아홉 간 살[肉]의 잠 위에 깨어 있어, 밖의 도둑이 아니라 안의 아픔을 지켜보고 있는 저 눈은 무엇인가? 아흔아홉의 입술이 말하기를, "그러나 아무도 본 사람도 없고, 그리고 저 살해는 완전히 은닉되었으므로 조금도 불안해하거나 걱정할 것은 아니다. 그러므로 잠잠하라"라고 하는데도, 그렇지 않다고 말하는 하나의 입술은 무엇인가? 그럴 때 아흔아홉의 위로가 위로가 못 되며, 하나의 가는 목소리가, "그러니 고해든 자백이든 자수를 하는 일이겠지" 하고 종용하는 것에 당해 쭉정이 무게로 흩어져 떨어진다. "그런 수단에 의해서밖엔, 넌 아무리 해도 마음의 안정을 회복치는 못할 것이거든." ──아흔아홉보다도 더 큰 이 하나의 음성은 그것이 무엇인가…… 네놈의 속에 있으면서, 모든 것을 그 자신의 것으로 하고, 말하기를, "나의 신, 나의 마음, 나의 사고, 나의 영혼, 나의 몸"이라는 그것이 누구인가…… 나는 스승을 그리워하기 시작한 것이다. 죽장질에 머리를 얻어터지고 싶은 것이다.

3

 밤이 되도록 나는 헤맸다. 발은 터지고 물집이 생겨선, 너덜너덜 벗겨졌다간, 연한 살을 드러냈을지도 모른다. 아픈 줄은 몰랐다. 나는, 사막을, 그냥 남녘 끝을 한하고 질주해나간 것이 아니라, 날 속에 짜여드는 씨북처럼 헤맨 것이다. 헤맬수록 왠지 나는 더욱더 쓸쓸하던 것이다. 계집 하나 잘못 잡아먹고, 목에 비녀가 걸린 채 고독히 배회하는 그런 어떤 야윈 들개처럼, 왠지 내 목구멍에도 그런 비녀가 걸려 있었다. 그것은 울음은 아니었을까도 모른다. 그래 끝내, 엎으러져, 저 황무한 고장의 몰인정 앞에 굴복하고 나를 내팽개쳐버렸더니, 그 울음이 북받쳐오르는 것이었다. 섶을 지고 내가 불 속으로 다니고 있다고 하지 않았더라고 하더라도, 산다는 일이 그렇게도 서럽기만 서럽던 것이다. 천년 전에 죽어 촉루로나 구르고 있는 듯한, 그런 해골 속을 산다는 일은 아프던 것이다. 외롭던 것이다. 무섭고 슬프던 것이다.

 그래서 나는, 땅을 치며, 하늘을 우러르며, 몇 기억나지도 않는 다정한 얼굴들을 부르며, 처럽시 처럽시 울었더니, 그 울음의 꼬리로, 푸른 달빛인지, 잠인지가 반쯤 풀려나와, 나를 달래고 든다. 글쎄 언덕 그늘인지 밤인지, 아니면 잠든 나무들의 손가락에 옷고름이나 묶어놓고 살며시 마을 떠난 어떤 수풀 그늘인지 달빛인지, 글쎄 무엇인지도 모를 것이 나를 포근히 감싸고 드는데, 그러자 내가, 그냥 한 소년, 철은 없었으나 늘 홍그렁히 눈물만 담고 살던 때로 되돌려진 듯이 느껴진다. 어쩌면, 한번 떠나서는 몸으로 두번 다시 돌아오지 않는다던 그 바닷가, 죽은 넋으로라도 못 잊어 찾아와, 그녀의 혼처(魂處)를 헤매는 한 고혼을 감싸주었을지도 모른다. 그래서 들어보니, 내 귀에는, 갈매기 울음 소리인가, 해조의 그중 여닐은 소리인가가 들리고도 있었다. 그래, 몸으로 떠났던 옌네, 혼으로 돌아온 것이었다. 저 부드러운 수심 아래, 물에서 죽은 어린 선원처럼, 나는 엎드려, 물이 일럭거리며 내 살점을 조금씩 조금씩 떼어가는 것을, 물의 그 정겨운 탈취를, 나는 혼신으로 받아들이고 있는 것이다. 그렇게 나는 자랐던 것이다. 그저 어디에나 있는 그저 평범한, 그렇지만 조금 더 슬픈 데, 그런 갯가, 그렇지만 뱃사공과 창녀의 음석이 새벽부터도 떠들썩한 고장——나는 고기 비린내를 풍기며, 왼날을, 벗은 몸으로 모래성이나 쌓고 있으면, 언젠지 돌아온 조수가 내 뒤꿈치를 갈근거리기 시작한다. 잠시 후에는, 내가 그냥 하나의 모래성으로 그 조수에 헐리고 있노라면, 조수는 내 배꼽을 간질거리며, 목으로 차오른다. 바닷가 고요한 날로는, 새끼 고기들이 내 겨드랑이며 허벅지를 쪼으고도 있는데, 그럴 때론 나는 킥킥 웃곤 했었다. 그러나 아직 그때는, 어쩌면 탈육(脫肉)의 황홀을 의식치는 못했을는지도 모른다. 자라서 나중에, 하천이며 강가며 바닷가를 지날 때마다, 나는 아마 그 황홀을 뒤늦게 느껴냈을지도 모르는데, 그러고 보면, 내가 바다로부터 몸을 일으켜, 어머니와 내가 사는 언덕 위의 집으로 올라가고 있었을 때, 나는 어쩌면 해골과 뼈로서만 걸었을지도 모른다. 그렇게 나는 늘 육탈(肉脫)되어가는 것으로 자랐을 것이었다. 나 살던 언덕엔, 늙었거나 병든 창부들만이 모여서 살았었다. 그런 창부들의 몰락한 거리에서는, 늙은 뱃놈의 얼굴 하나 보이지 않는 날이 거의 전부였다. 헐어진 코와, 농 흐르는 사타구니와, 간질과, 습습한 해풍의, 그것은 골목이었다. 하늘은 대체로 여덟 달간이나 흐리지만, 겨울이래도 혹독히 추운 법 없어, 노숙 끝에는 한번 감기나 걸리고, 맑은 날 다음날 창부들이 송장이 되어 거적에 싸여 달구지에 얹힌 뒤, 화장장으로 보내지는 골목. 자살(自殺)은 아니었었던지도 모른다. 화장장은, 남쪽 어디에 있었다고 했는데, 죽어서나 한번 뼛속에 핀 곰팡이를 말린다고 했었다. 일년이면 한 서넛씩은, 젊어서 된 노파들이 남녘으로 실려갔다. 그래, 육신만으로 살던 여자들은, 임질이며 매독이며, 습습한 해풍에 늙어져, 갓마흔에도 노파가 되어 기침을 콩콩 해대던 것이다. 푸르죽죽하고 갈보 냄새 나는 골목, 그것은 일종의 성역이라고나 할 것이어서, 아무라도 들어올 수 있는 곳은 아니었다. 어쩌다 이 고장에 낯선 어떤 시러배자식이 있어, 실족해들었다간, 뼈도 못 추리고 기어서 나갔다. 물잠방이 한꺼풀만 남겨서야, 살구씨 뱉듯, 저 골목이 아주 신얼굴을 하고, 골목 밖에다 퉤 뱉어버리는 것이다. 젊어서 늙은 계집들은, 골목에 나와 퍼지르고 앉아, 한낮에도 거무죽죽히 웃고, 밤중에는 비오듯 울었다. 밤의 그 거리는 공동묘지처럼 처럽시 어두웠다. 배가 고파도 일은 하려고 들지도 않으며, 어쩌면 누구도 일을 시켜주지도 않았거나 할 자리가 없었던지도 모르긴 하다. 구호미라고, 읍소에서 한 달에 서 되씩 주는 보리며 수수로 살았다. 그런 여자들 중에서도 그래도 비교적 정결하고, 비교적 고운 여자의 아들이 나였댔다. 그 즈음에 그 여자는, 동냥자루가 오분의 일쯤 무거운 홀아비 문둥이들의 애첩이었고, 아랫녘 늙은 해수병쟁이나 젊은 폐병쟁이, 또는 간질쟁이들을 단골 손님으로 두고도 있었다. 입싼 아주머니들 퍼지르고 앉아 푸르죽죽이는 소리로는, 때로는 아마, 장가를 채 못 든 채 급살에 뒈진, 부잣집 아들내미들 송장들과도 밤잠을 치러주어, 몽달귀신을 면하게 하는 일도 했던 듯했다. 그렇게도 입싼 아주머니들로서도 그런데, 내 아버지에 관한 한은 한 마디의 풍문도 만들어내지 않았던 것으로 보아, 어머니가 그 성역으로 이사해 갔을 때, 나는 아마도, 그녀의 뱃속에가 아니라, 그녀의 등짝에 업혀 있었던 것이 확실했다. 어쨌든 문둥이들이나 죽을 병쟁이들은 어서 죽기를 바라고 사는 듯해서, 병든 고기쯤 개의

치 않는 듯했다. 그래서 그들은, 주머니 바닥의 푼전쯤은 대수롭잖게 안 듯했으며, 또 그만큼은 솔직해서, 사립짝에 들어서는 길로, 어머니의 엉덩이를 두들기며 치마를 끌어올려 저 더러운 손바닥으로 문지르는데, 그러면 어머니의 눈에 슬픈 색기가 서리고, 나와의 이별이 담긴다. 그러면 나는, 어머니를 빼앗아가는 모든 아버지들에 대한 형언할 수 없는 질투와 증오 같은 것으로, 비질비질 울며 바다로 달려내려가서는, 그 고요한 물 속에 나를 파묻어놓는 것이었다. 상점이 잇대어진 거리를 다니고도 싶었었지만, 그러다 보면 나만한 또래 애들의 돌팔매에 맞기가 일쑤였고, 개가 물려 달려들어도 아무도 말려주려고 하지 않는 것이었다. 결국 바다로밖에 내가 갈 곳은 없던 것이다. 그래서는 눈물을 떨어뜨리며 어머니를 저주하고 있노라면, 나도 모른 새, 저 어린 잠지가 불어나서, 물 속에 잠겨 앉은 아이는 아이가 아니라, 그것은 하나의 돌출한 남근, 하나의 더러운 아버지로 느껴지는 것이었다. 저 정중스럽지 못한 손들로 쳐들어 보이던, 저 음모 푸석한 사타구니며, 물크레해 보이는 둔부 같은 것을, 그러며 나는 훔쳐보고 있는 것이다. 나도 그러며 내 손바닥을 펴보는데, 그러면 내 손도 또한 저 때 낀 아버지들의 마디 굵은 손으로 변해져, 저 까스르한 바다를 물크레 더듬고 있었다. 손바닥에 가득 채워졌다 빠져나가는 바다의 감촉은 그리고 그런 것이었다. 그러나 그 여자는 죽어버렸다. 나는 토방에 앉아 그저 울고만 있었고, 해는 며칠을 밝으며, 푸른 하늘을 엎질러댔다. 읍소에서 나와, 죽어 썩던 그 여자를 거적에 말아 달구지에 싣고 내려간 것뿐으로, 나는 다른 것은 모른다. 그녀도 아마 남녘으로 갔겠지. 그리고 뼛속의 곰팡이를 말리다 그을음이나 되었었겠지. 어머니의 이웃이었던 여자들이 돌아가며, 하루 한 끼니씩은 수수개떡 반 쪽씩으로 내게 먹여주었었는데, 나는 그것을 씹다 쓰러져 자고, 깨어보면 밤이기도 했다. 그러던 어떤 날, 아마도 일년 걸러 한 번씩이나 지나갔을꺼나, 하지만 한 번도 시주를 바란 적은 없고, 그저 죽은 창부들 이름이나 적어가며 명복을 공짜로 빌어준다던 그 괴팍한 중놈이, 헌데 한 반 달 전쯤에 한번 지나갔으니 내년 이맘때의 반 달 전쯤에나 다시 지나가야 옳았을 터인데도 또 지나가며, 거의 말까지도 다 잃어가고 있던 내게 마음 먹이며 앉더니, 속삭이듯이 하며 자기를 따라가면 어떻겠느냐고 묻는 것이었다. "너의 어미가 죽었구나 글쎄, 저번에 보니 사색이더군." 그는 먼저 그렇게 말을 꺼냈었는데, 그저 신통찮은 일이라도 이야기하고 있다는 투였다. 하지만 전에는 내 귓불이나 아프게 잡아당기고, 말없이 그냥 서서, 하필이면 나만을 눈여겨보곤 하던 그 중이, 어쨌든 뭔가 말하길 시작한 것이다. 하긴 잘은 모르지만, 어머니는 그를 마음으로 무척 반기는 듯하긴 했었다. 그러나 서로의 사이에 말은 없어서, 그리고 나중은 그저 골목을 빠져나가버리는 것이어서, 아무 소문도 만들어지지는 않았다. 어쩌다 내게 들켜서인데, 그 중이 지나가버렸을 때 어머니의 눈엔 웬일로 눈물이 맺혔던 것을 나는 한번 본 일이 있기는 있다. 어머니는 물론 그 눈물을 얼른 감추어버리기는 했었다. 그렇다고 내가, 그 눈물의 의미를 알고 있는 것은 아니다. "그래서 말이지 가다가 한번 더 발길을 돌려본 것인데, 너만 싫지 않다면 말이다. 어떻니, 날 따라붙어보지 않을 텐가? 그저 동냥해 먹는 거지. 그리고 저쪽 바깥 세상은 또 어떤가 구경해보는 거다." — 그래서 나는, 물론 어머니의 이웃들도 권해쌓고 해서, 따라붙었었다. 우리는 그로부터 반 달 길이나 걸으며 문전걸식을 했었는데, 그의 동냥하는 방법은 사뭇 희한해서, 그 신통한 재주나 배우고 나면 그와 헤어지려고도 나는 했었다. 그는 어느 집 문전에서나, 도대체 그 뜻을 알 수도 없는 말을 씨부리고 있으면 그 집 안댁이나 아니면 선머슴애가 나오게 마련인데, 더러 쪽박까지도 깨뜨리는 경우는 있어도, 대개는 쌀이나 보리쌀이 종그랑 바가지에 조금 담겨져 나온다. 그런 후에 우리는 한 외딴 산막에 닿았고, 그것이 그의 암자였다. 나는 그렇게 해서 그의 불머슴이 되어버린 것이었다. 그 방의 벽은 온통 곱게도 묶여지고 질서 없이도 겹쳐지기도 한, 종이 나부랑이 일천 나한들로 어지러웠는데, 그를 모두 중이라고 했었는데도 불구하고, 무슨 신주나 삼거불 똥구멍의 한 마리 개는커녕, 하다못해 홑으로 여덟, 염주 하나 없어서, 중은 아니었으며, 그렇다고 속중도 아니었으니, 그냥 돌중이라고 해야 옳았을 것이었다. 그런 그로부터 저녁에는, 한 뒤 종류의 사어(死語)를 배우느라고 하며 졸았고, 끼니 때는 우물에서 부엌 사이를 맴돌았고, 그런 나머지 시간으론 장작을 만드는 데에 시간을 보냈다. 그 장작들은 읍내의 큰 여관 부엌에 쌓였다. 어째서 하필이면 그는, 내게 죽어진 말들을 가르쳤는지는 지금도 모를 뿐이지만, 묻지도 않았었다. 하긴 그는, 나보다도 더 외로운 중이었었다. 속(屬)을 알 수 없는, 스승도 종단도 없는 중, 친척도, 그리고 한 혈루병자 말고는 친구도, 아마도 고향도 없는 중. 신들의 문전에서 동냥 걸식을 하며, 영혼이 고픈 탓에 혼자서 한숨 짓고, 그러다 그 신들의 문전에다 똥 누어버리고 돌아서는 중, 나라도 그에게 친근히 하며, 아버지라고 불러주었어야 마땅했었을 것이었다. 그러나 난 침울하고 소심하게 자라느라, 한 번도 속심정을 보여주지를 못했었다. 그러며 그가 바랑 메고 하산해버린, 저 외로운 산막에서, 참으로 지리한 낮과 밤들을 새우느라고 하고 있으면, 언제나 바다가 나를 덮어씌우는 꿈을 꾸었고 그 바다 가운데서는 언제나 난 철부지인 것이다. 모든 외로운 밤마다 그런 꿈은 반복됐다. 그런 외로움은 그리고, 저 병든 여자를 농락하는 저 병든 손들을, 내 현실의 모서리들에서 마주칠 때 일어나는 것이다. 외로움의 형태는 물론, 매번마다 다른 것이 사실이다. 그러나 나는 철부지로 바다 가운데 주저앉아 있게 되고, 그래서는 저 슬픈 모서리들을 굴절시켜 바라본다. 그럴 때는 이미 질투할 것도 증오할 것도 없어진다. 나는 저 병든 손들의 현실을 수락하기 시작하는 것이다. 그러며 저 병든 여자를 농락하는 데 가담하는 것이다. 더 모진 손, 더 추악한 얼굴을 하고, 저 떠는 병든 혼을 찢어발기는 것이다. 저 병든 가련한 것은, 그래서 그런 방법에 의해 하나의 산 희생으로 바쳐지는 것이다. 아버지는 그러면 실명으로부터 눈을 뜨지만, 그녀는 찢겨 피를 흘리고 있다. 그 피에 의해 눈뜬 아버지는, 어쨌든 빛 속에 던져지고 그래서 싱그럽게 웃으며, 언덕을 내려간다. 목구멍을 생각해서 장작짐을 짊어지고, 새벽 찬 이슬 풀섶에 맺힌 것 흐트러뜨리며, 읍내 여관집 대문으로 가는 것이다.

헌데 이 유리가, 신 얼굴을 하고, 살구씨 뱉듯, 날 뱉어던지려 하고 있다. 병든 얼굴들이 시들거리며 푸르죽죽히 웃고 있다. 혼처에 돌아온 조수는 그 뼈다귀를 물자락 속에 싸아안는다. 지금쯤은 그러니 그만, 울음은 그쳐도 좋을 때인 듯했다.

반쯤 졸면서도 나는, 울 수 있는 울음을 대강 울어버린 것이다. 그리고 나자, 오한이며 쫓기는 느낌도 가시고, 심정은 비어져버려, 거기 어디 먼지 한 톨 앉을 자리도 없는 듯, 휑한 느낌이었다. 달 머물러 있는 데를 보니 시간으로는 아마 유시말을 지나 술시초나 되었지 싶었다. 뼈와 해골로서, 다시 나는 몸을 일으켜 세우기는 했으나, 그래 여기는 다시 유리인 것이다. 어디라 정해 갈 곳도 방향도 없었다. 몸에 중심이 잡히지 않고 흔들거리는 것으로 보아, 내가 아마 갈증에라도 부대끼고 있는 모양이었다. 배도 물론 고팠고, 지난 밤에 지냈던 저 계집이, 이상스레 환한 얼굴로 내 가슴에 자리해오기도 하는 것이었다. 나는 얼마 전엔가, 아마도 해가 밝고 있었을 때, 샘길을 내게 가리켜주었던 그 계집의 눈이며 혀를 저어했었다. 이 유리에, 나라는 한 돌중이 왔다는 것을 알고 있는 사람은 다만 그 계집 하나뿐이라고 나는 생각했던 것이다. 하지만 밤이 되고 달이 밝자, 참으로 이상스레, 그 계집이 자꾸 하나의 위안으로 생각키는 이유는 무엇인가. 하나의 자장 노래로서, 하나의 피신처로서, 하나의 풍부함으로서, 속삭여 나를 부르는 것 같음은 어째서인가. 그래 하기는, 다만 달이 으슴푸레하기 때문인 것이다.

 아마도 나는, 하나의 이상스러운 유혹에 의해, 마을이 있으리라고 짐작되는 방향으로 걷고 있는 것 같았다. 다만 달뿐이라는 이유로, 그리고 나는 외로운 모양이었다. 종내 돌아서 도망치는 한이 있더라도, 그저 한번, 잠푹스럴 저 마을을 먼발치로라도 보았으면만 싶고 그리고 그저 한번, 어느 거적문을 들치고 나올 저 계집을 멀리서라도 보았으면만 싶은 것이다.

 그러나 술시도 말쯤 해서는, 아무리 고행으로 친다고 하더라도, 걷는 일에 발이 타듯이 아프고 졸리운데다 피곤해져, 목숨까지도 귀찮아져버릴 정도였는데, 아스무레한 시야가 어쩐지 달리

보여, 반수면을 쫓고 보니, 마을 갔던 그 계집이 돌아가던 길인가, 글쎄 돌아가다 날 기다려 걸음 멈칫 머문 길인가, 밤 속의 한 작은 귀신 같은 그늘이 보이고, 그 그늘에서 한 노숙쯤 안위로서 베풀음 받았으면 싶은데, 반가운데, 계집에의 집념이었을레라, 아무리 둘러보아도 달빛 가운데, 마을은 보이지 않는 것이다. 나는 그렇게도 오래도록, 그렇게도 많이, 그렇게도 멀리 헤매다닌 것이다.

그러나 거기 마을이 있던 것이다. 한 민틋한 등성이가 너그럽게 그저 조금 솟아오른 그 꼭대기에, 헌데도 마을이 있던 것이다. 내가 생각했었기를, 마을에서 돌아오던 계집이 안위스런 그늘을 흘려놓고 달빛 가운데 서 있는 것이라고 했던 그것은, 헌데 그 계집은 아니었고, 그냥 한 기자(祈子) 바위 같은 것이었고, 밤은 깊어서 삼동이었고, 그것이 그런데 그 그늘을 반쯤만 드리운 데에, 청승이 깊어져 서릿빛으로 희어진, 한 작은 마을을 품고 있었고, 그것은 한 불새로, 또는 한 연(蓮)으로도 보였다. 그것은 물론 고요했으나, 그 고요함의 어디로부터 발원한 것인지 모를 무거운 힘으로, 그 주위의 마적(魔寂)함을 항복받고 있어서 그 주위는 어쩐지 아늑하고, 어쩐지 살아 있는 듯이 여겨졌다. 마을이란 그런 것이다. 그래서 모든 것을 거기 풀어던지고, 주저앉게 하는 것이다. 장가 들어 애 낳고 밭 갈게 하는 것이다.

나도 그래서, 지친 몸 헤매는 혼을 거기 풀어던졌으니, 모든 따뜻한 마을이 길손들께 베푸는, 한 항아리의 물이 또한 거기 있었고, 푹석한 건조와 두터운 그늘이 구석진 데 있었다.

우선 나는, 항아리 속에 떠 있는 달 같은 종그랑 바가지를 깊이 잠가 한 바가지 넘치게 떠 입술에 기울였다. 그러나 빌어먹게도, 그 물 속엔 무슨 침엽 부스러기가 가득 떠 있어 입술이며 혀를 찌르고, 목구멍까지 쏘고 들어서, 별수없이 훌훌 불어가며 마실 수밖엔 없었으나, 배고픈 김에 그 침엽 부스러기까지도 질근질근 씹어 삼키다보니, 갈증도 가시고 허함도 면해져, 종내는 좋은 기분이었다. 그 이파리들은 그러고 보니 솔잎 맛이 돌았는데, 전에 스승과 나는, 저 긴 겨울들을, 생솔잎 목침에 썰어 입에 털어넣고 물 마셔 새운 적이 많았었댔다. 그런 뒤에야 이제, 깊은 밤에 연으로 피어 한 마을을 꾸몄던, 저 흰 청승을 살펴보려 눈을 돌렸더니, 무엇인지가 내 머리통을 한번 세게 갈기고 지나가 나로 하여금 일순 혼미케 하고, 그것은 낄낄거리고 있었다.

"거참, 중놈 치고도 어리석은 돌팔이로고! 이런 고장을 헤매는 녀석이, 그래서 장옷까지는 그만두더라도 물 항아리 하나 챙겨들 줄을 모르겠더니? 그만한 지혜로, 도를 닦아보자고, 설마하니 이런 고장을 헤매고 있지는 않겠지? 네게서는 피 냄새가 독하구나."

그제서야 그 마을의 현실이 내게 확실해졌다. 그것은, 사막 가운데 깃 친 한 마리의 불새인 것뿐만이 아니라, 또한 눈빛의 장옷을 얼굴까지 덮어쓰고 있는, 그 음성이며 등뼈 휘어진 듯한 것으로 보아, 아마도 내 스승 나이 또래는 되었음직한, 어떤 중 나으리였다. 사막이 텅 비어 있는 것만은 아니었다. 경악은 그로부터 시작되었다. 글쎄 그의 말하는 투며 무엇으로인지 내 머리통을 세게 갈겨대던 품이, 어쩐지 스승의 것과 너무도 흡사했던 때문이다. 그러나 한편 다시 생각해보고, 이 중 나으리도 분명히 내 스승만큼은 늙었을 것인데, 늙은네들이란, 자기들의 늙은 것만 믿고 젊은 사람들께 아무렇게나 괴팍을 부리는 것이라고도 했다. 그렇게 접어주었다. 게다가 이 중의 음성은 더 꼬창꼬창하며, 기름기가 좀 덜하게 들려진 탓도 있다. 어쨌든 그러고 있자니, 픽픽 웃음이 나와 픽픽 웃으며, 대체 그가 무엇으로 내 머리통을 쳤는가를 살피다가, 조금 몸서리를 쳐야 했다. "뭘 우물쭈물하고 있어?" 그는 꽥꽥거리듯 그렇게 말하고 있었다. "해골에 담긴 음식은 음식이 아니더냐? 다는 말고 조금만 집으라는데두."

"에? 헤헤, 헤, 거, 저어 저, 그게 그러니깐두루 말입습죠, 후, 후후, 훗날의 머리통이군입쇼." 마지못해 나는, 그가 내밀고 있는 것 속에 손을 집어넣었다. 헌데 그것으로 그가 내 머리통을 쳤던 것임에 분명했다. 그것은 글쎄 해골이었는데, 강변 촉루로 구르는 나무 뿌리를 판 함지도 아니었고, 그렇다고 당나귀의 대갈통도 아니었다. 그것은 그 번쩍거림으로 보아, 분명히, 오늘 해 밝았을 땐가 죽은 어떤 존자의 훗날의 것이었고, 그것의 뻔뻔스런 이마빼기가 달빛 아래 명경처럼 맑고도 푸르렀다. 헌데 그 인두골은, 그 안벽을 무슨 기름 종이 같은 것으로라도 도배를 해서, 구멍들을 통해 아무것도 흘러나오지 못하게 해놓은 것인 것을 알았는데, 내가 손을 집어넣은 곳은 그러니까, 후두부 아래쪽이나 되었을 것이었다. 어쨌든 나는, 뭔지 빈대라도 말려놓은 듯한 느낌이 드는 것을 반 줌쯤 집어내선 입 속에 넣고 씹으며, 한 마디쯤 더 덧붙였다. "이 선사(禪師) 나리께서는 말입지요, 분명히 거꾸로 서서 죽었군입쇼. 헤헤헤, 아 허지만 세월이 그렇게나 흘렀을깝쇼?"

"흐흐흐, 듣고 보니 그 젊은 스님네가 거진거진 설익어가는구만, 흐흐, 훗, 허나 이 세상에 무엇이 옳게 서 있더니? 그것 좀 대답해볼 만하겠구만."

"거꾸로 서서 보면 아무것도 옳게 서 있는 게 없겠습죠."

"으호으호으, 그러면 거꾸로 서서 죽었어도 거꾸로 죽은 것 아닐 것이라." 나는 입 속엣 것을 씹기나 하며, 그가 올려다보고 있었던 바위를, 그제서야 살펴보았다. 그리고 웃음이 나와 또 킥킥 웃자니, "색욕이 과한 놈이로고!" 하고 그가 꽤는 엄한 음성으로 나무라는 것이었다. 그것은 그렇게 고안된 바위였던 것이다. 보이는 그대로만 말하면, 단간방 초가집만한 암놈 바위의 곳에, 절굿대 세 배 크기는 되어 보이는 수놈 바위가 꽂혀진 듯이 세워져 있는데, 그것은 길숨하니 둥글어 계란 모양이었고, 그러나 이 바위들의 육교는, 기연에 의해 태초부터 어쩔 수 없이 행해져온 것처럼은 아무래도 보이지 않았고, 이 고장의 할 일 없는 누군가에 의해서 그렇게 고안되어 손보아진 것 같았다. 아 그리고 기억해보니, 근에 창병이 들었다던 저 최초의 촌장이, 몸에 삼베옷을 걸치고 통곡하다 죽었다던, 어쩌면 그 암놈 바위 밑 옴팡한 곳에 우리는 앉아 있는 것인지도 몰랐다. 그는 그러다 죽었다고 했으니, 허긴 그가 아직도 살아 이렇게 앉아 있는 것은 아닐 테지만, 혹시 저 늙은네는 장옷뿐이고, 속에 살은 없는 것이나 아닐라는가, 어쩌면 아닐라는가? 그럼에도 그것은 어쩌면 기자 바위만은 아니었을지도 모르긴 하다. 저 거드럭거리는 수놈 바위가 서 있는 꼴이 너무 불안정했는데, 그것은, 선녀가 입은 포름한 옷자락 한 번 스침에도 떨어져내려, 우리가 앉은 바로 이 옴팡한 곳을 겁탈한 듯이 하고 있는 것이다. 그러나 어쨌든, 저 중이 응시하고 있는 한 저 거드럭대는 수놈 바위도 그 응시의 주술을 벗어날 것 같지는 않았다. 그에게서는 그만큼의 달력이 내게 느껴지고 있었다.

　내 입 속에서는, 뭔지 도저히 모를 것이, 씹을수록 기름지고, 또 씁쓸하니 짜디짜 소금 같기도 한 것이, 마늘 냄새 같은 것을 신선히 풍기며 녹고 있었다. 땀이며 눈물도 많이 흘리고 난 뒤여서, 내 몸이 또 염분을 요구하고 있었는지도 모른다.

"소승 인사 올립니다." 나는 그제서야 합장하고 재배했다.

"인사는 무슨 개뿔다구 같은 인사라는가?"

"소승 인사 올립니다." 나는 다시 합장하고, 다시 재배했다. 나는 고해할 마음을 내고 있는 것이다.

"자네가 전에, 내 집에서 누룽지나 빌었던 그 검은 개이기라도 하단 말인가?"

"소승 문안 올립니다."

"흐흐흐, 그래서?" 그는 그제서야 낄낄거리고 웃었다.

　나는 이 중놈께 내 모든 이야기를 고해바칠 심산인 것이다. 낄낄거리고 수다스러운 듯하나, 그것이 그의 청정함을 더욱 청정히 하는 것으로나 느껴지며, 얼굴은 보이지 않으나 맑은 빛이 그의 주위에 감도는 듯이 보이는 것이며, 흐트러짐 없는 자세며, 저 바위를 이겨가고 있는 담력이며, 마땅히 상대방을 분노케 할 언사로 상대를 오히려 안정케 하여 부복케 하는 모든 것이, 나로 하여금 그를 살아 있는 바위처럼 여기게 하는 것이다. 무엇보다도 나는 스승을 그리워해온 것이다.

"내 스승이여, 스승이라면 이 우매한 학승의 의문에 대답해주실 수 있으시겠다고 믿나이다."

"자네는 아첨으로 대체로 입이 너무 기름지군, 그래. 의문을 갖지 마라. 그러면 스승도 없을 터이니."

"그러하오나 스승이시여, 나는 한 의문으로 괴롭고 있나이다."
"억만 겁의 억만 번뇌를 품었으되, 뉘 말하던가 우주가 번뇌하더라구 말이지?"
"하오나 스승이시여, 스승이라면 저 어지러운 인연을 쉽게 풀어 일러주실 수 있겠나이다. 전에 한 번도 만난 적이 없는 사람들을 만나서, 서로간에 아무 행악한 일도 없이, 만나서 반 식경도 지나지 못해, 한 사람이 만약 다른 사람을 살해해버렸다면, 거기 무슨 악업이 끼어온 것이니까?"
나는 그리고, 계집과 더불어 자고난 얘기부터, 저 존자라는 사내와 외눈중을 죽이고 묻어버린 데 이르기까지의 모든 것을 소상히 고해바치기 시작했다. 그는 나의 얘기를 듣는 동안, 바위모양, 귀를 막고 있는 것으로 열고 있는 듯이 묵연스럽기만 했는데, 내 얘기가 끝나자, 왠지 다른 말은 없이, 내게 합장해 보이고, 그리고 다시 바위로 시선을 거둬가버리는 것이어서, 날 어리둥절하고 불만스럽게 했다.
"이제 내 스승께서는, 이 학승의 괴로움을 양찰하셨을 줄로 압니다."
그런 한참 후에, 그가 다시 합장해 보이더니, "속스럽게 늙느라고만 했지, 지혜는 깨우쳐보지도 못한 이 늙은 중이 어떻게 대사의 깊은 속을 양찰할 수 있겠다고 하시오?" 하고 말해서, 날 경악케 했다. "이 늙은네가 대사를 몰라뵙고 노망을 부린 걸 용서하십시오. 보리에 본래 나무가 없고, 밝은 거울 또한 틀이 아닌데, 본래 한 물건도 없는 터에, 어디에 먼지며 티끌 앉을까."
"하오나 스승이시여, 이 학승의 괴로움은 여전하여 타는 불 가운데로 지나게 합니다." 나는 아마 조금 발악하고 있었을 것이었다.
"어허 참 그랬다더군, 별로 오래도 아닌 옛날에는 애들을 불 가운데로 지나게 했더라고도 하지. 지금 대사가 하고 있는 말은 그런 신육(神肉) 구워내기에 관한 이야기가 아니었던가?"
"나의 스승이여, 이 학승은 지금 진심을 다해 말씀 올리고 있나이다."
"아집이란 멸살의 적이라, 유아를 불로 지나게 하는 것이 그것이었을 터인즉슨, 그래서 대사는, 저 두 속아(俗我)의 장례를 치렀음일 터인데 어찌 그것이 번뇌의 잡근이라 하시오?"
"하오나 내 스승이여, 이 학승이 행한 일은 백일몽이 아니었나이다." 나는 발악하고 있었다. 그러나 그는, 나의 발악쯤 개의치도 않고, 천천히, 존자의 게송으로부터 읊조려나가고 있다.

  몸은 보리수이니
  마음은 밝은 거울틀과 같네
  때때로 부지런히 털고 닦아서
  먼지며 티끌 못 앉게 하세.

  보리에 본래 나무가 없고
  밝은 거울 또한 틀이 아닌데,
  본래 한 물건도 없는 터에
  어디에 먼지며 티끌 앉을까.

"내 스승이여, 소승은 지금."
"그래, 그것은 구도적 살인이라고 부를 것이다. 현자의 살인이라고, 그렇지, 그렇게 불러야 할 것이지."
"소승은 지금, 육성을 다해 말씀 올리고 있나이다."
"아집에 따르는 두 병독은, 비계와 외눈이 아니겠느냐?" 이번에는 그의 쪽에서 조금 짜증스러이 나섰다. "비계는 탐욕의 은유이며, 외눈이란 편견의 비유가 아니겠는가? 그래서 이제 저 두 적을 항복받았으면, 거기 어디 번뇌 끼일 자리가 있을 것인가?"
"하오나 소승은, 진심을 다하고 육성을 다해서 말씀 올리고 있나이다. 탐욕과 편견이 죽은 것이 글쎄 아니고, 그것은 글쎄 비유나 익명의 죽음이 아니라는 것이 소승의 육성입니다." 나는 참지를 못하고, 고함을 버럭버럭 질러대며 대들었더니, 다시 또 그가 해골을 들어 내 이마를 후려치고는, "애로고, 애로고 참 이상스런 애로고, 위험스런 애로고!" 하고 소리를 꽥꽥 내질러, 다시 나를 놀라게 해서는 수그러들게 했다. 그의 하는 짓은 여전히, 내 아비 중이 했던 짓과 흡사해서, 나로 하여금 내가 그의 맥을 헛짚어본 것이나 아니었던가 하는 의심을 품게도 했으나, 어쨌든 그에게서 숨 냄새는 없었던 것이다. "자네는 애 치고도 이상스런 짐승이 낳은 애야. 헌데 내 짐작키로는, 짐승이나 보살만이 원한 없이도 파괴를 자행할 수 있을 듯도 한데, 그러나 짐승이나 보살은 그 일로 괴로워하지는 않는 것이다. 글쎄 그것이 육신적 살육이든 구도적 살육이든, 그것은 같은 것이다." 그의 음성은 다시 착 가라앉아 있었다. "그러나 자네는 불순한 짐승이라구. 불순한 보살이야. 자네는 어쩐지, 어떤 종류로든 간음 없이는 못 사는 녀석 같애. 자네 어미가 혹간 창부는 아니었던가 몰라? 짐승도 보살도 아니라면, 원한도 증오도 없이 있다면, 그런 살해란 일종의 간음 같은 것이다." 그는 말하며, 나를 향했던 시선을 돌려 달을 향하고 처들어 올렸는데, 그러자 달이 정면으로 그의 눈에다 이슬을 뿌리고 있어서 보니, 그의 눈에 어쩐지 눈물이 어린 듯해, 나를 심히 어리둥절하게 했다. "그래 그래서, 만약에 자네가 그 일로 괴롭거든, 어찌해서 자네는, 이 사막 밖으로 나가 관에 자백을 하지 않고, 그곳의 율법에 의해 벌받으려 하지 않는가? 그러면 자네의 내독(內毒)이 밖으로 번져나올 것이 아닌가?" 그리고 그는 고개를 숙이고 조금 침묵하더니, "하기는 그런 벌 또한 두려운 것이겠지. 울에 갇힌 맹폭한 짐승을 나로서도 생각하기는 싫기든. 그러나 사네의 고뇌가 계속되는 한, 비록 자네가 은둔을 하고 있대도, 그 형벌이 회피되는 것은 아니다. 그런 맨살로 눈벌판을 헤매는 쪽이 차라리 낫다고도 말해질 정도일 것이거든" 하고, 그런데 그는 내게 대단히 엉뚱하게 느껴지는 질문을 했다.

"자네는 그래서, 이 유리에는 무엇 때문에 왔던고?"

그 물음은 그리고 바로 내가 스스로에게 해왔으나, 대답할 수 없던 것이어서 우물쭈물하다 솔직하게 대답해버렸다.

"이 학승의 스승께서, 이 학승을 여기로 보내시며, 누구든 태어날 때 생각할 것, 먹을 것, 입을 것을 갖고 나온 것이 아니라, 울 것이나 갖고 나왔다고 말씀하셨었습니다. 사십일 기한쯤으로 보내셨습죠."

"으호호홋, 그랬댔군, 그랬어? 보내서 왔댔군. 헛헛헛. 거 묘한 늙은탱이야, 자네네 스승이란 친구 말야. 인연이 닿으면, 그 늙은탱이 한번쯤 만나보고 싶은 정도군. 어찌 자네 같은 어중이떠중이를 불머슴으로 두었던지, 그게 묘하거든. 하기는 무슨 목적을 개표모양 목에다 첨매고 태어난 짐승은 없을 것이거든, 그러게 말야. 태어나고, 늙고 병들고, 번뇌하고, 죽고, 그런 것에 당하는 일만 해도 모질단 말이지, 허지만 다 객담일레, 사번(詞煩)이군. 그래서 대사는 꼭이 여기서 한 마흔 날 살아볼 생각이기라도 하단 말인가?"

"이 학승께 변심이 생기면, 언제라도 떠나버리면 그뿐이기는 합니다."

"그렇게 되었다는가 또? 아 그러고 보니, 자네에게는 세 가지의 선택이 아직도 있겠구먼. 하나는 말한 대로, 관에 가 자백하는 일이고, 다른 하나는, 여기 앉아 있는 이 늙은이 위에 저 바위를 밀어뜨린 후에, 손 깨끗이 씻고 이 유리만 벗어나버리면 그뿐이고, 그런 경우 글쎄, 빠르면 빠를수록 좋은데, 자네가 이 유리에 왔었다는 것을 알고 있는 사람이란, 저 자녀(姿女) 하나밖에는 없거든. 헌데 자네 씨부렸던 투로 미뤄보아서 말이지, 나도 그 애를 조금 알 듯도 싶었는데 말이야, 내 생각에 그 애는 자네께 무독할 것이지. 그 애의 시간은 늘 뒤집힌다구. 이건 한 마디로 설명하긴 어렵지. 그러나 어떤 사람들께는 시간이라는 것이 거의 존재치 않는 수가 있는 것이다. 밖에서는 시간이 흘러, 어제 오늘 내일이라고 하는데, 안에서는 전혀 그것들이 바뀌지를 않아서, 흐르는 것과 흐르지 않는 것 사이에 간극이 생긴다. 그래서 종내 아무것도 이해할 수가 없이 된다. 그 애를 두고 하는 말로는 백치라고 하지. 하지만 나는 절대로 그렇게는 생각지 않는다. 그 애는 아주 기름진 무(無)라구. 무가 어떻게 용(用)이 되는가, 어떻게 쓰임새로 바뀌는가, ……허지만 사번이로다. 그래 그래서, 두번째 선택은, 저 바위를 내 위에 밀어뜨리고, 총총히 떠나는 일이다. 그런 뒤 옛 살던 데 돌아가, 한 서른 날 울어버리기라도 한다면 괴로움은 사그라져버릴 것. 그런 뒤 자기의 살해를 비유의 살해로 고쳐 생각하고, 그것 위에 명상하고 정진하면, 성불해버렸음을 깨달을 일. 어쨌든 공문으로 나아가는 일이란 계속적인 도살 행위, 계속적인 파괴라고 말할 수도 있을 것이거든. 그럼에도 저 하나의 증인이 자네게 꺼려진다면, 그녀를 데불고 가 살든, 또는 어떻게 하든 그것은 자네가 알아서 할 일이겠지. 세번째의 선택은, 글쎄 이것이겠지. 일단 자네가 마흔 날쯤 살러 여기로 왔으면, 이곳 촌락의 율법에 따르는 일이겠지. 그렇다고 무슨 특별한 율법이야 있을 수 있을라구? 그저 촌장이나 만나보고, 그로부터 어떤 벌이나 위로를 받는 일이겠지. 헌데 언제 여기로 왔었다구?"

"어제 도착했었습니다."

"그러면 자네겐 서른 여드레가 더 남았군 그래. 아 그야 뭐 뻔하지. 저 촌장 늙은탱이, 아마도 자네더러 저 물도 없는 마른 늪에서 고기나 낚아내라고 할 터이지. 헌데 그 늪에 물 괴었던 적은 태초나 아니었던가 몰라."

"마, 마른 늪에서 말씀이시오니까?"

"왜, 못 낚을 것 같나? 뭐 못 낚을 일이야 시킬라구? 호호호, 그러나 촌장이 허락한 날짜 안에는, 거기 구속이란 없다구 하지. 고기를 낚든 못 낚든, 그것은 촌장의 문제는 아닐 게거든. 그건 전적으로 자네의 문제일 것이라구. 까짓것, 그따위 짓이 싫으면, 낚싯대 부러뜨리고, 세상으로 나가, 역마모양 뛰어다닐 수도 있을 것이라구. 듣자니, 읍내 장로네는 객승(客僧)에 대한 대접이 나쁘잖더라더구나. 한번쯤 그 댁에 들러보아도 좋겠지. 그 늙은탱이와 알아온 지 내 수십 년 되는 처지이지. 그리고 돌아오지 않는다고, 촌장이 뒤따라가 자넬 훔아오겠나? 돌아오는가 마는가도 촌장의 문제는 아닐 게거든. 그것도 전적으로 자네의 문제일 것인데, 다른 짓 다 그만두고 중이 되었을 때는, 자네도 도라는 것의 찌꺼기라도 좀 얻자는 것 아니었겠다구? 글쎄 자네의 문제야. 그러니 그렇지, 이것이 자네가 이제 선택하고 결단할 그때쯤이겠어. 사번, 사번이로구나." 그리고 늙은이는, 앉음새까지 고쳐앉아, 나로부터 초연히 떠났다. 그러나 내가 얼른 떠나지를 않고 그저 앉아만 있자니, 무슨 마음을 먹었던지, 그가 다시 돌아오더니, "저녁엔 달이 좋구나, 썩 좋아. 아 그렇지, 자네와 잤다던 그 계집아이를 만나거든 이마를 조아리게. 글쎄, 자네가 이상스런 짐승이라면, 그 애는 이상스런 보살이거든. 달이 썩 좋아. 그러면 이제쯤에서 헤어질거나? 자네는 이제 결단을 해야 될 터이고, 나는 이제 한잠 졸았으면 싶은데, 이봐, 혹간 자네가 저 바위를 내 위에 밀어뜨리겠다면, 이보라구, 내가 잠들었을 때 좀도둑모양 행하지 말고, 날 좀 깨워주게나."

"소승 그럼 이만 떠나보겠나이다." 나는 무릎 꿇어 엎드려 깊이 절하고 일어섰다.

"아 그래서 떠나는가? 거 좋지. 그러나 자네는 삼백 걸음도 떼지 않아서 되달려올 게야. 내 얼굴이 보고 싶을 게거든. 글쎄 자네 같은 이상스런 짐승이, 얼굴도 모르는 어떤 타인의 귀에다, 자기의 왼갖 비밀을 다 고해바쳤다는 것을 반 식경인들 참아낼 재간은 없을 것이거든. 자네는 의심하게 될 거라구. 저것이 나무였더라도 바람이 불면 소리를 내게 될 터인데, 저것은 백년 묵은 요괴는 아닌가, 또는 저것은 관에서 파견된 암행(暗行)꾼 그 당자는 아닌가, 대체로 이런 투겠지, 엥? 흐흐흐, 자네에게는 무엇이든 시작되지 말아야지, 무엇이 일단 시작되었다고 하면, 이제 동정호 깊이는 파고들어야 된단 말야. 자네가 업보 운운했단가? 괴이한지고. 인연이며 업보란 질서정연한 것이다. 무질서란 성격이 다른 것이야. 어쩌면 그것은 두 개의 얼굴을 갖고 있을지도 모르는데, 그 하나는 나보다 먼저 죽은 늙은네들 해쌓는, 거 뭐 그러나 별로 쓰잘데도 없는 소리 같지만 어쨌든, 선악의 어떤 것이든 그 업보가 끊긴 자리며, 다른 하나는 일종의 와해이다. 이 와해적 무질서는, 다시 질서를 획득한다고 할 때, 거기 업보의 더 굵고 더 모진 팔만 씨와 날이 다시 짜인다. 그러나 그 둘이 다 파괴와 무질서라는 데 이르러 다를 것은 무엇이겠는가. 헌데 자네는, 자네가, 횡설이고 수설인 대로만 하자면, 파괴를 수행하되 응달진 쪽으로 하고 있거든. 매순간 매찰나, 그 속에 들어가 겁을 두고도 못 헤어나올 그런 구덩이를 파가며, 어쩔 수 없이 빠져들어선, 벗어나려고 으르렁거리는데, 그런 자네가 그러나 내게 밉지 않아. 으르렁거리기를 멈추지 않고, 발톱 세우기를 게을리하지 않으며 약간의 포만에 잠들지만 않는다면, 그 구덩이나 우리 속에 갇혔다고 해서, 그것이 길든 개라고 생각하는 건 잘못이거든, 흐흐흐, 그렇다고 해서 내가 왜 내 얼굴을 자네에게 보여주어야 되는지, 그 까닭은 모르겠단 말야. 본디로부터 한 물건도 없다면, 얼굴도 또한 있을 리가 없는 것을. 허긴 자넨 나보다 젊은데다, 완력도 있는 듯하니, 계집 강간하듯, 완력으로 내 장옷을 벗겨볼 수도 있겠으나, 자네는 그렇게는 안할 게야. 아니 모르지, 그런다 해도 그뿐이지만, 그러나 자네는 직접적으로, 저 바위 위로 올라가서는, 색(色)이 즉 공(空)이니, 공으로 공을 덮쳐누른다고 해서, 그것이 어째서 살육일 것인가, 하고 생각할 것이야. 그리고 아마 오줌 한번 갈기겠지. 허웃허웃, 허나 나로서는 이런 이상스런 인연으로 해서 어쩔 수 없이 내가 죽어야 된다면, 나의 죽음이 너에게 쑥과 마늘이 되기를 바라는 바이지. 참, 아까 우리는, 거꾸로 서서 죽은 얘기를 했던가? 그러나 누가, 저 하늘이 무거워서, 그 공(空)을 떠받쳐 올리느라고 엎드려 죽었다는 얘길 들어본 적 있는가?"

"소승 떠나며 평강을 비나이다."

"아, 그래서 떠나는가? 거 좋지. 아, 그리고 그렇지. 또 혹간 마음 달리 먹고 촌장이라는 늙은네를 만날 생각이 들기라도 할라치면, 저 마을 어디에, 그냥 불리우기로 촛불중이라는 자가 있다고 하는데, 그 중께 물어보면 알 법하다는 얘기를 글쎄, 전에 어디서 들어둔 기억이 나는군. 그러기 전에 자네는 물론 벌 쐬인 듯이 돌아오겠네만, 바위를 밀어뜨렸거들랑은, 언제든 품을 좀 내서, 다시 저렇게 올려놓아도 좋고, 또 아니면 누군가가 그 일을 대신하겠지. 그리고 우리 만났었으니, 그 인연으롤랑, 내가 이 두개골쯤 선물로 주어도 좋겠는데, 그렇지, 깨어지지 않을 저 안전한 구석에 놓아둘 터이니, 나중에 가지라구. 이 두개골도 그의 것이지만, 이 속에 담긴 것도, 여기 앉았던 나 같은 늙은이 위에 파리가 쉬 슬어놓은 걸, 내가 거둬 말렸다가, 쑥잎하고 생마늘하고 소금하고 침 뱉어 이겨설랑 말려 바스러뜨린 것이야. 허나 난 별로 먹을 생각을 못 내고 그럭저럭 살아왔더니. 듣자니 그 늙은네가 사조(四祖)였더라구 그래. 그렇지, 저 바위를 나 혼자 밀어올리는 데 글쎄 반 년이나 걸렸었댔군. 그러나 그런 이후, 아무도 저 바위를 밀어뜨린 사람은 없었지 아마. 날것인 채로의 털 벗지 않은 자아(自我)란, 언제라도 떨어져 내리려는 바위 같은 것이고, 그것은 위험스러운 것이 또 사실이야."

 나는 합장하여 재배하기를, 깊이깊이 열두 번도 더 하고, 그런 뒤 떠났다. 달을 보고 별을 보니, 해시말 지난 지도 뒤 식경이나 된 듯했다.

제3일

1

 "……색이 즉 공이니, 공으로 공을 덮쳐 누른다고 해서, 그것이 어째서 살육일 것인가?"
 새벽빛하고 달빛 꼭 찬 데를 부수고, 그만한 구멍을 틔우며, 그래서 그 바위는 떨어져내려버렸을 것이었다. 그러고 나니 오줌도 마려워, 암놈 바위 위에 서서, 저 실족한 수놈 바위 위에다 한줄기 나는 뻗쳐내렸을 것인데, 그러고 나니 가슴이 후련했다.
 그리고 뛰어내려 수놈 바위 아래를 보니 세상은 전이나 지금이나 그저도 같은 것처럼 여겨지기도 했으나, 거기 있었던 마을이 사라지고 없어서, 갑자기 새벽이 쓸쓸했고, 무섭도록 으슴푸레했다. 아마도 세상은 그 새벽의 한 반 홉쯤, 바뀌어져 있었던 것이다. 어쨌든 흰 장옷 속에 검은 죽음은 싸여, 바위 아래 깔려 있을 것이었다. 나는 참 그의 얼굴을 한 천 걸음 떼어놓을 만큼, 궁금히 여겼었던가? 글쎄, 그랬었던가? 하기야 지금쯤은 얼굴이 얼굴도 아닐 테니, 까짓것 얼굴이겠는가마는. 주위는 쓸쓸했고, 무섭도록 으슴푸레했다. 허지만 결말을 완벽하게 하는 일은, 나로 하여금 되돌아오게 하는 헛걸음질을 시키지는 않을 것이다. 얼굴이 얼굴이 못되는 얼굴은 어떤 얼굴인지, 그것을 보아두는 것도 결코 나쁘지는 않을 것이다.

하지만, 얼굴이 아닌 저 얼굴을 폭삭 덮어버리고 있는, 바위 한 이불폭을 걷어내는 일도 쉽지는 않았다. 공(空)이랄지라도 그것이 또한 색(色)이라, 그것은 무거웠고, 움쩍하지도 않았다. 그 바위는 쓸쓸하고, 무섭도록 으슴푸레했다.

생각다 못해 나중에 나는, 바위 한옆을, 할 수 있는껏 후벼파서, 바위를 그 얕은 구덩이 언덕에다 밀어뜨리려고도 해보았다. 하기는 그런 방법에 의해서, 저 주검을 새벽빛 가운데 드러낼 수는 있었다. 그 주검은 엎드려 있는 채 으스러져, 모래 속에다 자기의 살과 뼈와 묽음을 묻어놓고 있었는데, 쓸쓸하고 무섭도록 으슴푸레했다. 나는 어쨌든, 백년이나 굶은 여우가 되어서, 그 주검에서 피에 번져 얼룩진 냄새를 풍기는 장옷을 정중히 벗겨냈더니, 칙살맞게 흐느러진 살이, 부러진 뼈에 엉겨 욱 쏟아져내렸다. 코가 깨어진데다, 눈으로는 그 눈구멍들만한 모래기둥이 박혀들어가 있고, 터진 뒤통수에서 앞으로 흘러내린 피와 골이 범벅이 되어, 비록 모래에 처박혀 그 형태가 완전히 깨어진 얼굴은 아니라더라도, 얼굴은 자세치가 않았는데, 그로부터 벗겨냈던 장옷으로 그 얼굴을 문지르고 보고, 닦고 보고, 또 훔쳐내고 보다가, 나는 백년이나 두고 머리가 아팠다. 소리가 아팠다. 호흡이 아프고, 피가 또한 아팠다. 아, 이런 씨부랄녀러 음모도 있었단 말인가.

그는 늙은탱이, 내가 떠났을 때 괴팍스럽던, 늙은 것이 맥을 완전히 멈춰버렸던, 바로 그는 늙은이 하나 고약하던, 허, 허헛 허기는 내가 아버지라고 늘 생각했던, 그는 늙은네, 바로 수다스럽던, 그는 내 스승 그는 늙은탱이 — 허, 헌데 대체, 그, 늙은탱이는, 그 완벽하던, 죽음으로부터, 어, 어떻게 도, 도망쳐나와, 여기로 달려온 것인가. 그것은 아무리 해도 이해할 수가 없고, 나는 안 아플 데만 육실허게 아프고, 달은 쓸쓸하고, 무섭도록 으슴푸레했다. 나는 쓸쓸하고, 무섭도록 으슴푸레했다. 나는 참을 수 없어 무릎을 꿇고 엎드러, 달이 새벽에 이우는 것을 향해 길게 길게 짖어댈 뿐이었다. 오우우우우 — 오우우우우오 —

울지는 못했다. 저 늙은이의 장례도 생각하지 못했다. 거기 그대로 놔두면 사대(四大)의 어미들이 와 쉬 갈겨놓고, 저 육보시를 즐기게 되리라. 그는 이제, 있어도 있는 것이 아니며, 없어도 없는 것이 아니라는 것을, 나는 알고 있는 것이다.

그런데도 나는 짖음을 멈출 수가 없고, 안 아플 데만 아픈 것을 어찌할 수가 없다.

나는 짖으며, 종내, 저 늙은 공(空)으로부터 한없이 도망쳤다. 이제 나는 유리로부터, 저 높은 산막으로부터, 나를 휩싸던 모든 아늑함으로부터, 스스로 배척받지 않으면 안 되게 된 것이다. 그래서 내가 공으로부터 멀어지면 멀어질수록, 나는 색(色)에 무겁고, 변절 환속은 이렇게도 갑자기 이뤄져버린 것이다. 그는 죽은 입으로도 이렇게 떠들어대고 있었다. "이 녀석아, 자네는 곧장 떠나란 말야. 내게 변절 개종을 하고 떠나란 말야."

2

나는, 내가 저질렀던 일에 대한 자백이나, 그것으로 인하여 받게 될 어떤 종류의 형벌도 거부해버리고 있었다. 해골을 유산으로 받아 옆에 끼고, 그래서 사막을 걷는 나의 길은 쓸쓸하고, 무섭도록 으슴푸레했다. 그러나 마음으로 시달리지는 않았다. 더 이상, 죽은 것들의 망령도 보지 않았으며, 피 냄새도 느낄 수 없었다. ⁽⁶⁾내가 내 손으로 내 스승을, 아버지를, 살해했다는 그 얘기를 누구에겐가 하고 싶다는 것만을 빼놓으면, 저 존자며 그의 문하생 따위는 벌써 잊고 있었다. 그것은 말해버렸음으로 해서, 통회해 버렸음으로 해서, 시달렸음으로 해서, 그리고 은유의 살인이라고 쳐버렸음으로 해서, 그것은 내게서 뻔뻔스럽게도 끝나버린 것이다. 어쩌면 내 스승이, 그 모든 것을 한 몸에 뭉뚱그려, 내게서 덜어가버렸는지도 모른다. 그 둘의 죽음이 공모해서 주려고 하는 두려움이나 불안, 또는 견딜 수 없는 죄책감 따위는, 표표히 죽어간 한 죽음이 그저 조금 남긴 슬픔에 비할 때, 그저 한두 포기의 쇠비름의 고사(枯死) 같은 것에 불과해져버린 것이다. 그리고 스승의 압살 또한 누구에겐가 말해버리고 싶은 곳이 있다면, 나로서는 그것이 누구인지를 물론 알고 있다. 결국 그것은 나 자신이었다. 나 자신에게만 그 범행을 계속 자백하고 싶은 것이었다. 그것은 진흙 속에 파묻혀 잊혀진 한 연(蓮) 같은 것으로, 이 궂은 세상 마마 창궐하는 속으로 다니며 비밀스러이 가슴에 달고 다닐 마늘 같은 것으로, 간직하고 싶은 것이었다. 거기에는 죄책감도 가책도 두려움도 아무것도 없었다. 그래, 그리하여 이제 이것으로 끝난 것이다. 내가 마을 부근에 이르고 있을 때 새벽은 걷히고 있었다. 그러나 아직도 이우는 달은 흰 계집모양 모래 위에 잠들어 있었는데, 물러가는 밤의 쓸쓸하고 무섭도록 어슴푸레한 정적이 숫사자모양, 저 잠든 것의 볼을 핥으며, 살아 있는 냄새를 찾고 있었다. 아직 한 사람의 수도자도 보이지 않았고, 거적문들은 무겁게 내려져 있어, 이런 시각엔 내가 마을의 가운데를 지나간다 하더라도, 아무도 만나게 될 것 같진 않았다. 그러나 모르는 것이다. 어떤 설사병 든 수도자라도 있어 아래춤을 이중긴하게 움켜쥐고, 어느 굴 속에서 느닷없이 뛰쳐나올지도 모르는 것이다. 나는 그러므로 역시, 마을을 멀찍이 동편으로 돌아서 읍으로 이어지는 길에 올라서는 것이 좋았다. 그런 뒤엔, 쫓기듯 걸으면서도 반쯤은 졸았어도 좋았다. 때는 동이 이미 터 있었고, 그 밝음은 헌데 내게, 별로 달갑지 않은, 저 죄 없이 맑아 보이는 풍경을 드러내, 쏘는 눈으로 나를 보게 했다. 전에 나는, 새벽의 어스무레함으로부터 부화되는, 밤의 양수(羊水)에 뒤덮인, 숲이며, 바위며, 들꽃이며, 언덕이며, 하늘이며, 땅이며, 그 모두가 아름답고 싱그럽다고 종종 생각했었다. 허나 이 아침에, 그런 벗은 몸들은 수치로 보이며, 나는 왠지 저쪽 아주 멀리에 보이는 숲속으로나 가, 어떤 그늘 밑에 숨고만 싶었다. 나는, 어쩌면 내가 벗고 있기 때문일지도 모른다고도 생각했다. 나무나, 풀이나, 돌이나, 하늘이나, 모두 벗고 있는데도 불구하고, 나만 유독, 무엇엔가 입혀져 은폐되지 않았다는 것 때문에, 빛 가운데 서는 것이 무섭고 부끄러워야 할 까닭은 무엇인가? 그 까닭은 무엇인가. 나는 내가 불쾌하고 싫었다. 그래서 나는 다시 내가 유리로 들어가고 있었을 때 벗어부쳤던, 그래서 여기도 하나 저기도 하나 흩어져, 상여 떠난 뒤 가시덤불에 찢어발 겨진 한지 나부랑이 풀 죽은 것 같은, 내 옷을 다시 꿰어입기 시 작했다. 호젓한 냇가에서 더러 빨아 입기는 했다고 하더라도, 그 것은 땀이 썩은 더러운 쉰내를 풍기며, 축축히 몸을 휘감아 구역 질을 일으켰다. 색념(色念)다운 하나의 충동에 의해 나는 아마, 그것들을 벗어부쳤었을 것이었다. 무엇보다도 나는 그때, 하나 의 늙은 주검으로부터 초연히 뛰쳐일어났던 것이다. 그러나 그 주검 역시 익명의 주검은 아니었다. 비도 오지 않는 날 도롱이 입고 삿갓 아래 쭈그리고 누운 그 주검은, 여태도 실체 그대로 거기에 있었고, 나는 아무리 해도 그것을 뛰어넘어 더 살아갈 수 가 없고만 있다. 사대(四大)가 돌아가느라고 조금씩 썩고 있었던 지, 불그스레한 묽음이 도롱이며 삿갓 언저리로 번져나와 있고, 그리고 냄새가 좀 흐르고 있었는데, 길 상두꾼, 상두꾼바람, 부 고 받기가 더뎠던내비다.

  나는 그 주검을 뛰어넘지를 못하고, 진땀을 흘리다. 결국 주저 앉고 말았다. 그러자 처량스런 기분이 들고, 아침 빛이 오히려 죽음 빛처럼, 쓸쓸하고 무섭도록 으슴푸레했다. 나는 아무리 해 도 바라볼 곳을 찾을 수가 없어 잠 오는 누에모양 고개나 흔들 다, 땅으로 눈을 떨궜더니, 모든 곳이 다 으스무레하고 캄캄해 보이며, 내가 그냥 늘어지는 것이었다. 나는 그럴수록, 유산 받 은 저 해골 하나만을 가슴에 꼭 껴안았더니, 그런 채로 내가 옆 으로 비그르 무너지는 것이었다. 아마도 나는, 피곤이며, 삼복 더위다운 수면이며에, 내 줄기서부터 시들었던 모양이었는데, 그런데도 나는, 길에서 죽어 길로도 못 가고, 바람 가운데서 죽 어 흩어지지도 못한, 저 도보 고행승의 시체는 묻어주어야겠다고, 자꾸 생각하고 있었다. 그는 공(空)으로 돌아가기를 바란 것이 아니라, 색(色)으로 돌아가기를 바란 것이었었다. 그래서 죽었을 때, 입으로 흙을 토해낸 것이다. 흙 안에 안겼을 때라야, 그는 다시 흙으로부터 떠나게 되리라. 물론 다시 흙 속으로 돌아올 것이지마는.

3

뜨르르르 돌아왔소
품배 품배 돌아왔소
이 전 저 전 다 버리고
죽지도 않고 돌아를 왔소

한낮인데도, 햇빛이 까맣게 쏟아져 내리는데도, 제길헐녀러, 어떤 토굴 하나 거적문 둘둘 말아 올려놓은 데는 없고, 갑작스런 흑사병에라도 휩쓸려버린 듯하고, 글쎄 내가 거부해버렸어야 마땅했을 저 마을은 낮에도 닫혀만 있고, 적막했고, 무정스러웠고, 저 굴 속에 사는 녀러것들은 딴에들은 도라고 하는 것을 날개 밑에 온기스러이 간직하는 물총새나 갈매기 같은 것들이 아닌 듯하고, 차라리 그 녀러것들은 햇빛을 피해 습기 찬 데로만 자꾸 파고드는 굼벵이나 지렁이 아니면 땅강아지 같은 것들인지도 모를 일이었고, 그래도 제길헐 나는 돌아왔고, 발가벗고 돌아왔고, 품배 품배 돌아왔고, 해숫병 시초처럼 내뱉는 기침 소리 한 가닥 들리지 않고, 잡년들만 산다는 거적집에서도 거나해 상 두

들기는 소리는커녕 잘려진 웃음 소리 하나 들려나오지 않고, 이 것은 한낮인데도 밤이 깊어 있고, 나는 한밤중을 지나는 기분이 고, 그래도 나는 이 전 저 전 다 버리고 죽지도 않고 돌아를 왔고 ─ 젠장, 온역이라도 한번 휩쓸었더면, 나는 얼마나 마음 편히 이 마을을 거드럭거릴 수 있었을 것인가.

결국 나는, 저 도보 고행승 죽었던 자리에서 한 발자국도 더 못 내딛고 유리로 되돌아와버리고 만 것이었다. 그 도보 고행승 의 주검모양, 나도 거기 오그리고 누워, 죽음 같은 한 수면을 끝 내고, 그런 뒤 그의 시체를 길가 그중 아늑하고 옴팡한 데 끌어 내려, 흙 몇 줌 뿌려주고, 결국 거부치 못하고 돌아와버린 것이 다. 돌아오며 다시 나는, 어쩐지 먼 선조 대대로 물림해온, 무슨 원죄(原罪)와도 관련이 있는 듯한 옷은 벗어부쳐 이번엔 갈가리 찢어 길 옆 돌 밑에 눌러 덮어버리고, 해 아래 서서 휘파람을 홰 홰 한번 불었었다. 나무나, 돌이나, 풀이나, 해나, 달이나, 별이 나, 모두 벗고 있는데도 불구하고, 나만 유독, 무엇엔가 입혀져 은폐되지 않았다는 것 때문에 빛 가운데 서는 것이 무섭고 부끄 러운 까닭은 무엇이었는가? 어머니 품을 갑자기 떠난 듯이 두렵 고 불안정하며, 손이며 눈 둘 곳을 몰라, 몸이 괜스레 꼬이고 드 는, 저 이상스레 변모한 유치성은 무엇이었는가? 그러나 그럼에 도, 내가 그런 것을 극복해버릴 수 있다고 하면, 나도 한번쯤의 편안한 장옷을 필요로 할지도 모른다. 처음에 여기에 왔었을 때 나는, 탈육(脫肉)스러웠고, 지금은 그 몸이 무겁지만, 그러나 그 몸을 두고 너무 변덕스러이 따져쌀 일은 아니다. 결국 이 경계를 벗어나지 못한 것이다.

그럼에도 아직 나는, 촌장을 만나, 지은 일 전부를 고백해버릴 것인지 어쩔지는 결정하지 못한 채 있고, 그저 '촛불중'이라는 중이나 한번쯤 만나보고 싶다는 생각만 조금 갖고 있을 뿐인 것이다. 나는 물론, 한 수도부와의 기연에 의해서 그의 토굴을 알고는 있다. 그러나 사실에 있어, 그런 것이 기연이나 우연이라고 말해질 것인지 어떤지는, 나는 모른다. 나는 왜냐하면 이곳에 초행이고 있으니, 내가 만나는 것, 보는 것은, 그것이 한 포기의 풀이라고 하더라도, 내게는 생소하지만 정작에 있어, 그것은, 이곳의 일상적인 구태의연한 풍경 속의 하나일지도 모르기 때문이다. 가령, 한 고향 친구를, 뜻하지 않은 고장을 헤매다 만나게 되었다면, 그런 일이란 흔하게 있을 수 있는데, 어떻게 해서 그들 둘이 그런 같은 시간에, 그런 같은 장소에 닿을 수 있었던가 하는 그 개인적 편력의 조감이 따르지 않는다면, 그런 것을 한 마디로 우연이라고 매도해버릴 수 있을지도 모르지만, 모든 것이 이미 준비되어 있어 그것이 일상화하고, 그래서 구태의연해져버린 어떤 현상 속으로, 낯선 것이 뛰어들었기에 맺어지는 관계란, 그것이 빨랐거나 늦었거나, 또는 영 맺어지지 않는 경우와도 상관없이, 그저 일상적 사건이지 기연이나 우연으로 보아질 것은 아닐지도 모른다. 이런 경우 그것은, 낯선 자가 처녀를 잃어가며, 그 낯선 곳의 일상인이 되어가는 과정이라고 하는 것이 옳을지도 모른다. 한동네 사는 고운 아이를 한 사나흘이나 못 보았다가, 다른 데 다른 시각도 말고 하필이면, 으스름한 저녁녘 감나뭇집 골목에서 만났다고 해서, 그것이 기연이나 우연이 아닌 것처럼, 허긴 나도 그런 식으로 그 계집을 만난 것이었다. 아니, 그럼에도, 내가 압살해버린 스승의 경우는 다른데 그는 내가 가는 모든 길의 앞에 희게 앉아 있기 위해서, 먼저 이 사막으로 온 것이었다고밖에는 믿어지지가 않기 때문이다. 그러나 무엇보다도, 그중 흥청거리는, 유리의 육칠팔 월의 그 가운데 대목이 아닌가.

나는 촛불중네로 걸어가며, 한 탄지경(彈指頃) 채 끝나지도 않은 사이 내게 일어난, 저 어지러운 발현(發現)들을 정리해보고 있었다. 그러며 낮이기 때문에도 더더욱 살벌해 보이며 고적한 사막을 둘러보고 한숨도 쉬었다. 나는 어쩐지, 하늘 아래 드러내진 흙 밑의 뿌리만 같은 것이, 저 세계를 참으로 이겨나갈 것 같지가 않았다. 이기는 것과 사는 것은 어쩌면 같지 않을지도 모르긴 하다. 그럼에도 여기에서, 계집도 살며, 어쩌면 이겨가고 있는 것이 아닌가. 촛불중네 토굴이 가까워질수록 허긴 어쩌면, 난 그 계집을 조금쯤 그리워하고 있는지도 모른다. 내가 소리를 찾았을 때 소리로서 나왔던, 그 계집이, 어쩌면 촛불중이어서, 그 안에 소리로서 앉아, 날 기다리고 있을는지도 모른다고, 나는 자꾸 생각하고 있는 것이다. 글쎄, 그런 계집은 한 첩의 한약 속에 아주 조금 섞인 감초 같은 것이었고, 그것을 빼버리고 나면, 이 사막은 내게 그저 쓸 뿐으로 여겨진다. 허지만 하나의 건강하고 건장한 성년 사내가, 하나의 곱고 풍염한 계집을 조금쯤 애착한다고 하여 그것이 어째서 나쁠 것인가?

나는 억지로 꾸며내서 기분을 돋구며, 그 계집이 나왔었다고 믿어지는 토굴 앞에 드디어 닿았다. 붓고, 긁히고, 터져서, 한 서너 달쯤이나 관 속에서 썩다 일어선 놈처럼 내가 내게도 보이는 터에다. 그 굴 앞에도 거적문이 역시 무겁게 내려져 있어, 들치고 들어가보는 걸 망설이게 했으나, 어쨌든 큰기침 한번 하고 거적을 들쳤다. 그런 뒤 허리 굽혀 그 안으로 들어섰더니, 무슨 낙엽이 하나 한천(寒天)을 떨어져내리다 멈칫 머물러버린 것이나 아니었던가, 아흔아홉 잠든 눈들 위에 깨어 있는 한 눈이나 아니었던가, 뭐 그런 것이 하나 어둠 가운데 어중간한 데에 붉게 떠 있고, 다른 곳은 탁하게 어두웠다. 밖은 그러고 보면 너무 밝고 있었던 것이다. 그것은 촛불이었겠지, 촛불이었을 것이다. 그 안은 그리고, 반드시 홀아비 냄새만도 아닌 여러 냄새의 웅덩이여서, 내 코를 병든 듯이 했는데, 그것은 또한 그런 냄새와 꼭 같은 여러 소리의 웅덩이이기도 해서, 내 귀를 또한 병든 듯이 했다. 허긴 문둥이라도 앓고 누웠는지도 모르지 – 라고 내가 생각하고 있자니, 내 눈이 안의 촛불빛에 익숙해져, 보고, 나는, 조금 웃어야 했고, 하초가 갑자기 병든 듯해 진저리를 쳐야 했다. 그건, 그런 광경이었다. 그는, 어떤 계집과 배 붙이는 중이었고, 또 그 계집은 내가 조금쯤 그리움으로 얼굴을 떠올려보았던, 바로 그 얼굴을 그 목에 달고 있었다. 그 계집은 헌데도 눈을 퀭하니 열고 천장이나 올려다보고 있는데, 어쩌다 한번 핼끔 웃은 적이 있었던지, 그 웃음에 굳은 돌 된 얼굴을 하고 있었다. 하초가 내 것도 좀 병든 듯이 떤다는 것 빼놓고 다른 느낌은 갑자기 들지를 않았다.

"대사께서는 말씀입지, 잠, 잠깐만 기다려주시면입지."

내가 어쩌면 뒷걸음질이라도 쳤었던지, 안에서는 그런 소리가 들려나왔다.

"대개 이제 짐작하셨겠지만입지" 그는, 짧은 간격을 두고 계속했다. "이 수도부와 더불어서입지, 색념 근절을 대개 끝내던 참이니 말입지, 좀 좌정하십지." 그는 그렇게 맺으며, 드디어 몸을 일으켜 앉았는데, 나는 그의 말에 감동을 받고 있었다. 그가 어쩌면 촛불중이라는 중일 터인데, 그의 탁월함에 비해, 나는 여태도 사미 꼬락서니를 못 면하고 있는 듯했다.

웃고 나는, 서 있었던 데로부터 나아가, 촛불 근처에 좌정했다. 그리고 계집을 건너다보았더니, 어쩐지 계집은 시든 듯이, 죽침상 가장자리로 두 다리를 늘어뜨리고 앉아, 예의 그 노란 장옷을 꿰어입고 있는데, 그녀의 시선은 공허한 것이어서, 촛불중의 뼈가 발겨져, 그녀의 눈으로부터 쏟아져내리는 것 같았다. 나를 한번 힐끗 보았던 시선 또한 그런 것이어서, 그녀가 나를 기억하고 있다는 믿음은 들지를 않았다. 결국 그러고 보면, 저 촛불중이나 나나, 두 무더기의 뼈로서, 그녀의 시선 아래 공허히 놓여져 있는 것이었다. 그러나 촛불중은, 자기의 뼈를 어떻게 재조립할지를 알고 있었다.

"이봅지, 우리 어차피 아침 저녁으로 만나겠지만 말입지." 덩그렇게 큰 궤짝 속에서 뭔가를 꺼내며, 그는 말하고 있었다. "그래도 셈은 어차피 분명히 해둬야겠습지." 그는 그러며, 꺼낸 것을 그녀의 손에 들려주었는데, 내 짐작에 그것은, 한 봉지의 미숫가루와 한 알의 계란이었을 것이었다.

계집은 그것을 받았고, 장옷자락의 주머니에 흘려넣었고, 그리고 밖의 밝은 빛을 한 뼘 가량 안에다 미뜰어넣었고, 안은 다시, 촛불빛의, 냄새의 웅덩이가 되어버렸다. 그제서야 촛불중은 장옷을 입고 있는 중이어서, 그저 무료할 때 하는 투로 나는, 그 방안을 한번 둘러보았다. 예의 그 궤짝, 예의 그 죽침상, 그 외에 그리고, 다탁자 같은 것이 한 벽에 붙여져 놓여 있고, 그 위엔, 경서의 이름으로 포장된, 그러나 춘화도일지도 모르는 서너 권의 종이 묶음, 철필이며 백지, 오척 거리의 불도 당겨 피울 만큼 긴 그리고 그 통이 큰 장죽 하나, 방 가운데 놓인 두 뼘 길이의 촛대 밑엔 좌선용(坐禪用) 방석 하나, 화식(火食)을 위한 화로, 숯 조금, 물 항아리, 항아리 곁엔 오지병, 뚜껑 덮인 종그랑 옹기 몇 개 옹기종기. 산막에서 살았을 때의 스승과 나의 살림도 그런 것이었었다. 우리는 물론 아궁이에다 군불 지폈었고, 고콜에다 간 관솔을 태웠었다. 약간의 소금 약간의 소조(蕭條), 약간의 고추장 약간의 고초(苦楚), 약간의 장아찌 약간의 장한몽(長恨夢), 약간의 시래기 약간의 시름, 약간의 된장 약간의 된똥. 생식(生食)과 생똥, 솔잎과 솔은 똥.

"모두 부르기를, 소승을 촛불중이라 하는네입지," 그가 장옷 입기를 끝내고, 촛불 앞에 가부좌 꾸며 앉으며, 말문을 먼저 텄다. "대사께서는입습지, 초행이 아니시냐 말입습지." 그리고 그가 이제 나를 핥듯이 훑어보았는데, 만신창이의 나를 무척 재미있어하는 눈빛이었다. 그는 대개 스물일고여덟으로 보였고, 대단히 허여멀쑥한 얼굴에 고운 눈, 고운 코, 고운 입술, 수염을 잘 밀어낸 고운 턱을 갖고 있어서, 대체로 너무 예쁘게 보이는 사내라는 인상이었다. 근을 달고 있는 걸 내가 보았었으니, 허긴 사내는 사내였었는데, 물론 내 눈여겨본 건 아니었대도, 근이라고 해보았자, 웬놈의 것이, 가늘고 턱없이 긴데다 중두막이 휘어져 있어 지렁이 꼬락서니였던 듯도 싶었지만, 그만쯤 나이에 어느덧 그는 쇠딱지 말끔히 벗고, 표표히 건너뛰어넘은 구석이 있었던 것이다.

"그런지라, 인사 올리러 무례스런 방문을 했으니, 대사께서는 아무쪼록 용허하십시오." 나는 합장하여 목례해 보였다.

"정말입지, 유리의 칠월은 그중 흥청거리는 철입습지. 늘 들르시는 스님들이 조금씩 더 늦어서 오시는 것뿐만이 아니라 말씀입지, 새로이 대를 이으실 젊은 대사들도 오시고 하니 말입습지." 그는 그러며, 촛불 그늘에 있던 백팔염주를 주워들어 그냥 주물럭거리기만 하면서, 어울리지 않게 느껴질 정도로 횡설대기 시작했다. 그러며 시러베자슥놈모양 씨럭씨럭 웃기도 해서, 어느덧 우리는 오래 사귄 친구처럼도 된 듯했지만, 그것이 내게는 또 지리멸렬하기도 했다. "여기에 수도청이 있고, 수도부들이 있다는 그 하나의 이유로 말입습지, 그것이 이곳에 오신 스님들께 도전이 되고 있어서 말인뎁지, 대사께서는 대체로 어느 쪽이시냐 이 말씀인뎁지, 저 색념을 두고 말인뎁지, 소승 생각으로는입지, 이열치열의 처방밖에 다른 처방은 없다는 믿음인데입습지, 색은 색으로 근절시켜야지입지, 색 아닌 걸로 색은 근절되지 않는다 이것이고 말씀입지, 헌데 다른 어떤 스님들은, 색념이란입지 색에 의해 자극되는 것이라고 하구설랑은 말입지, 색이란 아예 그 근원에서부터서 말입지, 멀리해야 된다고 이러고입지, 지금 이러구설랑은 서로 뜻이 안 통하고도 있는데 말입지." 나는, 내게 유산된 해골의 이마에 아른히 비친 촛불빛이 어쩐지 석양빛 같다고도 생각하고 있었으며, 그것으로 저 시러베자슥놈 도통 다 한 대가리를 한번 후려패주었으면도 싶다고 생각했다. 그 해골 속엔, 색이고, 색 아닌 것이고, 아무것도 담겨져 있지는 않던 것이다. 그러나 죽은 해골을 두고, 살아 있는 몸의 무상을 느낄 것은 아닐 것인지도 모른다. "헌데 그 수도부들도 그렇습지, 소승의 말씀은 그러니까 아까 대사께서도 보았던 것과 같은 대여섯 창녀를 두고 말씀인뎁지, 글쎄 팔사(八邪)의 화현(化現)이 계집이란대서 말입지, 그것 여의기를 목적하고 그녀들 수도하는 모양인뎁지, 우선 비구에게 몸으로 보시하는 것을 그 첫째 선행

제1장 117

으로 삼는다 하고입지, 그것을 일컬어설랑은 신보시라 하고 말입지, 두째로설랑은, 계집인 것을 싫어해 아집을 여의어야 한다는데 말씀입지, 그러려면 비구와 애착에 떨어지면 안 되고입습지, 애착 없이 두루 둥글게 팔만 비구를 수용할 수 있어야 온전한 수도부라고 하곱지, 또 말씀입지, 비구를 받되 불감으로써가 아니면 아집의 발현이라 여자된 업을 여의기 어렵다, 하고입습지, 호, 허, 허단대도 해웃값〔花代〕은 거절치 말 것인뎁지, 그건 시주의 의미라는 것입지, 아, 대사께서도 흥미가 있으시면 말입지, 그 수노부들 모주신명(母主神明)께서 강설한 소책자를 소승이 하나 갖고 있으니 빌려드립지, 헌데입지, 비구란 세상 수컷 전부의 의미라고 하니 말입지, 거기에 사람이나 짐승이나 뭐 한계가 있는 것 아니겠습지. 그래서 모주신명네 솟을대문 안엔 큰 검은 개가 많습지, 물론 읍내에 말입습지. 헌데 대사께서는 어느 편이시냐 이것이 소승의 의문입지." 나는 촛불이나 보고 있었다. 나도 전에, 한 수업으로서 한뒤 해, 촛불 바라보기를 한 적이 있었다. 그리하여 다시 촛불 앞에 앉고 보니, 그 촛불이 여태도 내 양미간에 켜져왔었음을 나는 알았다. 헌데 내가 어느 편이냐고 그는 묻고 있는데, 정직하게 대답한다면, 그런 문제에 관한 한, 나는 이제 겨우 쇠딱지를 벗기 시작하고 있는 것이다. 그는 계속 염주를 주물럭거리며, 그렇다고 내 대답을 기다리고 있는 것도 아니어 보였다. 헌데 염주를 주물럭거리는 그의 품이 서툴러서, 내게도 민망스러웠다.

"듣자니 대사께서는" 이만쯤 해서는, 내가 이 사내를 방문한 용건에 대해 말해도 좋다고 나는 믿었다. "어디에 촌장이 살고 계시는지를 가르쳐주실 수 있다고 합니다만."

"초, 촌장댁 말씀이십지?" 그는 놀란 듯 되물었으나, 내 듣기에 그는 일부러 꾸며서 그러는 것 같았다. "촌장댁에 관해서입지, 물으셨습지?" 그는 그리고 좀 차게 웃었다.

"그랬댔습죠. 좀 도와주실 수 있으실까 해서 온 것입지요."

"그렇지 않아도 말입습지." 그는 좀 머뭇거리더니, "어떤 스님께서 불원간에, 촌장댁을 물으러, 소승의 누처를 왕림해주실 것으로 소승 알고 있었습지." 그는 그리고 한번 웃더니, 여유를 두지 않고, "워낙이 작은 동네가 되다 보니 말입습지, 어떤 스님이 새로 오시고, 어떤 스님이 가셨는지 그 뭐 빤하게 알게 됩습지, 헌데 새로운 스님들 중에는 어쩌다 촌장댁을 물으러 오는 수가 있거든입지" 하고 있었다. "헌데 죄송합습지. 소승으로서도 풍문밖에 일러드릴 것이 없는데 말입지, 그것은 이렇습지. 촌장을 만나려거든입지, 저 허허한 벌판 깊숙이로 나아가, 그저 반나절 정도만 헤매다녀보라는 것입지. 아 물론, 유월에서 팔월까지라는 것인데입지, 소승이 알기로는 말입습지, 그러나 아무도 누가 촌장인지는 모르고입지, 그 석 달을 뺀 남은 일년은 어디서 사는지도 모른다는 것입지. 그도 그럴 것이 허긴 말입지, 여기선 누구라도 밖엘 다닐 때입지, 장옷을 입되 눈만, 그것도 최소한도로 내놓아야 되고입지, 그게 이 유리의 불문율의 한 가지라 하는데 말씀입지, 어쨌든 그러다 보니입지, 서로간 얼굴을 알 까닭도 없고입지, 그래서 때로는 밖에서 범죄한 사람들이 숨어들어온다고도 하지만 말입지, 관에서도 뭐 그런 사람들에 관해 관여하는 눈치도 아닙지. 유리 자체가 일종의 형벌이라고 생각하는 투입지. 그래서 여기서 한 사오년 견디고 나면, 그도 중이 되어버리는 것입지. 헷헷헷, 소승도 그렇게 되어서 된 중입지. 십여 년도 더 전

애깁지. 무료해 결딜 수가 없어 수도승들을 찾아다니고, 조금씩 어깨너머로 듣고, 그러다 보니 이 동네 사정에 밝아졌기도 했지만 말입지, 어느덧 중이 되었더란 말입지. 소승은 존자 스님을 따랐습지. 그분으로부터 법명도 받은 정도였으니 말입지. 그러나저러나 떠도는 말로는 말씀입지, 촌장은 문둥이가 아닌가도 하고입지, 안 그러고서야 무엇 때문에 성한 몸을 폭싹 덮어 가리게 하겠느냐는 것입고, 아니면 사내 목소리의 늙은 수도부는 아닌가 하고도 하고입지, 그런데도입지, 하나는 분명한 사실이라고 알려진 것은 밀입습지, 그분은 육신을 완전히 항복받아, 원한다면 한 식경이고 두 식경이고입지, 숨이며 맥을 끊고 죽었다가도 말입지, 다시 새 활력을 얻고 살아난다는데입지, 그런 수업을 위해서 그분은, 저 사막 가운데로 나간다는 것입지." 그는 이만 쯤에서 잠깐 입을 다물고, 부나비 눈 다 돼서, 촛불을 응시하며, 양미간 태우기를 부나비 제놈 머리 태우고 뻐드러져 죽어가는 그만큼 시간이나 하더니, 결론짓듯이 이렇게 말했다. "하는 말로는 그분은 자기의 머리통을 매달고 다니는 것까지도 쓸모없는 짓이라고 쳐서, 그 머리통을 떼어내 옆구리에다 끼고 다닌다는 헛소문도 있는데 말입지, 소승의 믿음으론, 유리에 촌장이 있다고 한다면입지, 그것은 귀찮아서 떼어들고 다니는 머리통 같은 것이나 아닌가 합습지."

"그러면 말씀이오만." 불빛에 황혼으로 아름다운 해골을 망연히 바라보다 오랜만에 생각하고, 내가 말문을 텄다. "그런 일이 있어서는 안 될 것이지만 있을 수는 있으니 말인데, 어떤 배고픈 수도자가 이웃 수도자의 부에서 얼마를 허락 없이 들어냈다거나 아무튼 그런저런, 사람들 사는 데서 일어날 수 있는 여러 불미스러운 일들의 재판은 누가 하는 것입니까?"
"아 그런 일이란 말입지, 일어날 수 있고입지, 또 일어나왔습지."
"그러면 누가 이 사막의 질서를 보살피냐 이게 의문입니다."
"그런 경우 말입지, 그 둘 중의 얼마는 멀리 도망쳐 가버렸다고 하고 말입지, 얼마는 읍내 관에 가서 자백해버리고입습지, 저 큰 형장에서 형벌을 치른다고 하고 말입지, 또 얼마는, 하필이면 말입지, 물도 없는 저 늪에서 자살을 해버린다고 전합지. 헌데 멀리 도망간 스님들 경우, 대개는 돌아오든가입지, 또는 미쳐서 환속을 해설랑 제물에 죽어간다고 하는 것이 뒷소문이고 말입지, 이상한 것은, 자살하는 모든 수도자마다 저 마른 늪으로 찾아간다 이것입지, 해도 그런 불미스런 일이란 흔한 건 아니곱지, 소승은 하도 오래 여기를 살다 보니 귀가 밝아져 들은 얘기들에 불과합습지."
"마, 마른 늪 말씀을 하셨댔지요?"
"글쎄입지 말른 늪이라 말입지. 전래해오는 말로는입지, 그게 바로 촌장을 낚아내는 낚시터라 하는데입지, 누구든지 말입지, 그 못에서 펄펄 뛰는 고기를 낚아내기만 한다면입지, 촌장이 된다는 것인데 말씀입지, 사실에 있어 그건 한 형벌의 장소라고 합지. 고기를 낚아내기만 한다면 일단 어떤 종류의 죄로부터도 구속되는 것이라고 합지. 허긴 그만한 담력이면 장차 촌장도 되고 남겠습지, 그러나 하필이면 촌장이 범죄승 속에서 나와야 할 이유는 없겠습지. 그러나 마른 늪에서의 고기낚기는, 분명히 공양미 삼백 석에 해당하는 도닦기의 의미라고 보는 모양입지."

나는 이미 내게 주어진 형벌에 거역할 수 없음을 알고 있었다.

그래 나는 어제 촌장을 만나버렸으며, 그가 내게 수다스러히 지껄였던 말은 그것이 곧 선고였던 것이다. 나를 자기의 모든 사고로 젖먹여 키웠던 아버지-어머니, 그러나 그는 한 주술승(呪術僧)이었거나, 한 연예승(演藝僧)이었던 모양이었다. 반야경(般若經) 읽는 소리를 등 너머로라도 들었던들, 바다 가운데서인들 낚여져 올라올 고기가 어디 있었을 것인가. 그러나 나는 그의 선고를 거부치 못하고 있는 것이다.

이제는 일어설 때여서, 그 촌장이 내게 물림한 해골을 챙겨들며, "혹시 현재의 촌장이 오소(五祖)가 아니시오?" 하고 물었다.

"아 말입습지. 그렇게 된다고입지, 들었습지."

"그러구 보니 촌장의 대가 끊어지는 일이란 불 보듯 뻔하지 않습니까." 나는 혼자말처럼 했는데, 글쎄 그 오조가, 오늘 새벽에 압살을 당해버리고 있는 것이다. "대체 누가 마른 늪에서 고기를 낚아낼 수 있을 것이란 말이오?"

"그런데 말입지, 그렇지 않다는 데에 오묘한 데가 있다고 합습지, 아까도 말씀드린 바와 같이, 마른 늪에서의 고기낚기란 해고의 도닭기의 의미라고 하는 말입습지, 고기와 촌장과는 실제에 있어 아무 연척도 없는 것이겠습지, 어쨌든, 삼백 석 공양미를 다 바쳐 뜬 눈으로 말입습지, 글쎄 말입지, 후대 이을 인물 하나 찾아내기란 어렵지 않을지도 모릅지. 어쨌든 촌장들끼리는 서로 물림해 가지는 게 있다고 하는데, 우리 같은 범승(凡僧)은 알 도리가 없습지, 알 도리가 없으니 농으로 하는 말로는, 서로 입맞춰 침이라도 나누는 게 아닌가 하고 웃습지."

그래서 나도 웃고, 이제는 지루해져 일어서려면서, "그러면 그 마른 늪은 어디쯤에나 있는지, 대사께서는 알고 계시겠군요" 하고 물었다.
"아 그야 물론 알고 있습지. 둘러보셔서 아시겠지만 말입지, 읍으로부터 들이 그저 평평히 뻗쳐내리다 말입습지, 미꾸라지라도 잡는 소쿠리모양, 한 서너 길 푹 꺼져내린 곳이 유리가 아니냐 말입지. 헌데 동녘날(脈) 안쪽 아래 존자의 법수가 있고 말입지, 서녘날 기울어진 그 끝 쪽에도 그런 늪이 있는데입지, 그 수맥 끊어진 지는 하도 오래 전이라 하니 몇백 년 족히 안 될까 모릅지, 나무 한 그루 없습지, 수도청이라고, 저 마을 가운데 노란 깃발 꽂힌 집 서쪽 그늘을 따라 한 반 식경쯤 걷는다면 거기에 닿을 것입지. 아주 가깝습지. 좌정할 만한 반석도 놓여 있고 있습지. 낚싯대도 한벌 제대로 갖추어져 있는데 말씀입지, 그 손잡이가 상아라던가, 뭐 고래뼈라던가 그런 것으로 되어 있다고 해서입지, 투도기가 있던 어떤 스님이 그냥 가져갔다 되돌렸더라는 일화도 있습지."

"아, 그러면 후의에 깊은 감사를 드립니다." 나는 그리고 일어서서, 합장하고 재배했다.

"대사의 내방은 소승의 영광이었는데입습지, 대사의 거처는 어디쯤이신지입지." 그도 일어나 합장해 보이며, 그저 인사로 물어왔다.

"소승은 초행이므로, 아직 거처할 곳을 어디에 정할지를 모르고 있습니다."

"아 그러시다면입지, 마침 한 군데 비인 곳을 알고 있는데입지, 거기를 일러드려도 좋습지."

"그렇게까지는 폐를 끼치고 싶지 않으오나, 대사의 배려에 깊이 감사합니다."

나는 그리고 밖으로 나왔다. 그는 자주 내방해주기를 바랐고, 밖의 한꺼번에 쏟기고 드는 햇빛은 내 눈을 가렸다. 그래, 어쩔 수 없이 나는 처넣어진 것이다. 이젠 형장으로 가지 않으면 안 되게 된 것이다. 저 늙은탱이 촌장이, 내 뼛속에 기름을 넣어주었던 아버지—어머니가 아니었다고 하더라도, 나는 어떻게도 내게 주어진 형벌에 거역할 수 없었다는 것을, 드디어 깨달아내고 있는 중이었다. 도피는 불가능하다는 것을 그 늙은탱이는 알고 있었던 것이다. 그러므로 내가, 어떤 종류로든 그 형벌을 치르지 않으면 안 되고 그것을 통해서리야만 내가, 저 양심을 지는 모진 회초리로부터 벗어나게 될 것이라는 것을, 그는 알고 있었던 것이다. 허지만 그는 어찌하여, 자기를 압살하라고 종용했기 전에, 자기의 정체를 드러내, 나로 하여금 한번 더 범하게 될 살생을 방지해주지 않았던가? 어쩌면 난 조금도, 그의 얼굴을 궁금히 여기지 않았던지도 모르고, 바위를 밀어뜨리고 싶은 아무 유혹도 받지 않았던지도 모른다. 그러나 걸으면서 그가 했던 말의 특히 어떤 대목을 생각하기 시작했을 때, 나는 두려워 빠르게 도망치기 시작했었다. "……그러나 자네는 삼백 걸음도 떼지 않아서 되달려올 게야. 내 얼굴이 보고 싶을 게거든." ──그리고 생각해보니 나는, 그의 얼굴을 못 보고 있었던 것이다. 그래도 아마 짧게 천 걸음은 떼어놓았었을 것이었다. "……그러나 자네는 직접적으로, 저 바위 위로 올라가서는, 공으로 공을 덮쳐누른다고 해서, 그것이 어째서 살육일 것인가, 하고 생각할 것이야. 그리고 아마 오줌 한번 갈기겠지." ──허나, 그가 내게 몸을 내준, 이 수수께끼는 종내 풀리지 않을지도 모른다.

나의 걸음은, '피밭'을 향해 가던 어떤 외로운 사내처럼, 비척이고 무거웠다. 아직도 내 몸은 보리수인 채, 살아 너무도 무겁게 잎 피우고 있는 듯하며, 마음은 거울인 채, 먼지며 티끌에 덮여, 심지어 내 얼굴까지도 비춰볼 수 없이 된 듯만 싶다. 허지만 어째서, 하나는 스승으로서, 다른 하나는 촌장으로서, 두 개의 얼굴을 달고 있었던 그 늙은네는, 내게 하필이면 물고기를 낚아내라고, 그런 형벌을 준 것인가? 이것은 형벌이기는 하지만, 허기는 그렇게 해서 울 것밖에 다른 것은 갖고 나오지를 못했던 내가 드디어, 하나의 공안(公案)에 비끌려매어들어가고 있는지도 모를 일이었다. 마을에는 여태도 형벌만 후텁지근히 내려 쌓이고 있을 뿐이고, 아무것도 살아 움직이는 것은 보이지를 않아, 이것은 자궁만 있고 혼령이 가문 고장처럼만 여겨지기도 했고, 또는, 모든 자궁마다, 미래에 나비가 되어 날아갈 굼벵이 같은 혼령을 처넣어놓고 임신이라고 부르는 고통을 참고 있는 듯이도 여겨졌다. 그러나 내가 스며들 곳은 어디에고 없어 보였다. 문, 문들에 대해서 나는 여기 와서 이상스럴 정도로 개의해쌓고 있는 것이다.

  내가 착잡해 있는 사이, 수도청 그늘이 내 그림자를 압살해버리고 있었는데, 거기서 나는 왠지 우물쭈물 머물고 있었다. 그림자는 동북간으로 엇누워가는 시각이었는데, 그 안을 들여다보지는 않았다. 그것은 생각보다 방이 넓을 듯했고, 또 견고히 지어진 것을 알게 했다. 낙엽송 후리하게 건달이로 키 잘 뻗은 것들을 한 예닐곱, 적당한 간격으로 띄어, 엇비슷이 땅에다 박고, 그 끝을 함께 모두어 묶은 뒤, 여러 겹의 가마니 쪽으로 덮어내려, 한 틈의 구멍도 없이 해놓고 있었다. 그 꼭대기에 노란 깃발은 걸려 있던 것이고, 화식을 위한 화덕은 밖에 걸려 있었다. 문에의 유혹처럼, 계집에의 현념 또한 떨쳐내지 않으면 안 될 것이다.

　수도청 그늘로부터 얼른 벗어나, 서쪽으로 두고 반 식경쯤 나아가면서 보니, 천년 전 문둥병에라도 팔꿈치까지 문드러진 듯한, 백호날[脈] 슬픈 것이 보이고, 그 날 끝으로부터도 반 마장쯤은 사막 가운데로 더 나아간 곳에 이상스레 지대가 풀썩 꺼져든 것이 보였는데, 그것이 분명히, 촌장을 낚아낸 늪이었을 것이었다. 그것은 조금도 반가운 것으로는 느껴지지가 않았다. 내가 일단 거기 가서, 그 빈 늪을 내려다보기 시작한 때로부터 나는 이제 이 촌락의 율법에 박제되어버려서, 약대의 의지가 들어 있던 곳에 썩은 바람이나 채워들게 될 것이었다. 아직도 물론 나는, 변절 개종을 하고 돌아설 수도 있기는 하다. 그러나 하늘을 보니 은 삼십이 한 덩어리로 뭉쳐 해로 번쩍이고 있고, 내 어깨는 무겁기만 육실허게 무거웠다.

　글쎄 물 한 방울 괴어 있지 않았고 늪에는, 더위만 후텁지근히 괴어 있었고 늪에는, 뽕나무 한 그루 푸르지도 않은데 늪에는, 그것을 일러 어찌 벽해(碧海)라고 할 것인가. 누가 이런 걸 일러, 물길 사납다고, 삼백 석 공양미를 쏟아넣어야 된다고 하는 것인가.

　나는 아마 씨륵씨륵 웃고 있었을 것이었다. 그러며 늪전을 오른쪽으로 스름스름 돌아보고 있었을 것이었다. 그것은 계란 모양으로, 동에서 서켠으로 길숨했고, 두 마장 정도의 둘레였다. 그리고 널팡한 반석과 낚싯대는, 동서로 길숨한 중간, 백호날 으르렁거리다 이빨 다 빠진, 늪의 정북쪽 둔덕에 있었고, 들은 대로, 낚싯대는 한 벌로 완전해, 하긴 한 손 던지기만 하면 곧장 펄펄 뛰는 고기를 몇 마리라도 낚아올릴 듯 보였다. 그러나 사십주 사십야를 놋낱비가 쉬임없이 퍼붓는다고 하더라도 밑없이 건조

해서 한 방울 이슬인들 고일 것 같지도 않은 저 늪바닥에 물 괴어 있었을 때 살았던 미꾸라지의 혼이라도 하나 머물러 있을 것인가. 그러했더라도 나는 한숨은 쉬지 않았다. 그러며 한편으론 꼬리를 사리고 한편으로는 저 낚싯대의 흰 손잡이에 손을 대보고 싶은 이상스런 충동에 쩔쩔매야 했다. 이 결정적인 순간에 와서 이렇게도 비겁해진 것이다. 그 낚싯대에 손을 대자마자, 내 운명이 일순에 획 뒤바뀔 것만 같으며, 그것이 나를 겁나게 했다. 어쨌든 우선 해골을 돌팍 위에 놓아두고 덜덜 떨며 나는, 두 손을 억지로 내밀어 저 유혹하는 손잡이에 두 손바닥을 대보았다. 그러자 거기 스며들었던 태양열이 일종의 쇳물 같은 뜨거움으로 느껴지며 화상을 입히는 듯해 얼른 손을 떼었으나, 다시 움켜쥐었을 때는 아주 부드러운 육중함, 그것은 뭔지 뻐등뻐등히 솟구쳐오르며 생명감을 전해주는, 그런 활력으로 두번 다시 나를 놀라게 했다. 그것은 뜨거운 것이 아니라 시린 것이었다. 나는 일종의 성기(性器)를 느꼈다. 살아 뛰는 생선을 느꼈다. 그것은 기분 썩 좋은 것이었다. 나는 그래서 그 느낌을 좀더 오래 지속하려고, 다른 낚시꾼들도 그랬을 것이 뻔한, 연좌(蓮座)를 꾸며 돌팍 위에 앉아, 낚싯대 끝을 하늘로 치솟궈올렸다가, 늪 가운데에다 그 줄을 던진 뒤, 그 끝을 손잡이와 거의 평행되게 고쳤다. 그러자 은빛의 줄이 늪의 흰 하늘에서 반짝이며, 붉은 찌를 흔들흔들 방아찧게 했다. 그 흔들림은 계속되었는데, 그것은 어느덧 내 혈관과 이어져, 찌가 홀홀 까불 때마다 그 흔들림이, 줄을 타고 올라와 내 혈맥을 뛰게 하던 것이다. 어쩌면 뛰는 고기가, 내 혈관 속에서 낚시에 걸려, 거부의 몸부림을 하던 것이다. 허긴 어쩌면, 내가 손잡이를 너무 움켜쥐고 있는 중인지도 몰랐다. 저 육중한 손잡이와 내 손바닥 사이엔 땀이 질척하게 고여들고 있었다. 그래서 드디어 내가 관심을 갖고 들여다본 손잡이에는, 반드시 희지만은 않았고, 뭇 낚시꾼들의 손바닥 땀이며, 햇볕이며, 밤이슬에 세월껏 찌들려, 삼복중에 개장국으로 땀 흘리고 돌아오른 달 빛깔이었는데, 그것 위에는 무슨 문자가 대단히 익숙한 솜씨로 파여 있는 것이 보였다. 그러나 손때에 닳고, 낮의 매운 볕, 사막의 정적에 깎이고, 또 가느다란 균열에 토막이 지어져 얼른 알아볼 수는 없었으나, 특히 낚싯대를 전문으로 하는 어떤 장인(匠人)에 의해서, 이것은 특별히 손보아진 것임을 알게 했다.

⁽⁷⁾水母情

내가 판독해낸 문자는 그것이었다. 그리고 나는, 그것이 어쩌면 그 낚싯대의 이름이나 될지도 모른다고 짐작했지만, 그것은 일종의 수수께끼로 내게로 던져진 것이었다. 나는 체머리를 조금 흔들며, 피로를 느꼈다.

다만 한 번 낚싯대를 움켜잡아보았다는 그 이유만으로써, 어쩐지 내 운명이 획 뒤바뀌어진 듯만 싶어, 드디어 한숨이 괴어 올라오고, 내가 왜소히, 늪전에 대롱대롱 매달려 있어 보인다. 처음에 두 마장 정도의 둘레였던 것이, 드닷없이 십만 유순(由旬)으로 보이며, 처음에 한 길 높이였던 둔덕은 수미산 높이로 변해져, 그 늪전을 거부하려고 애쓰는 나는 한 마리의 구더기처럼 보였다. 그러나 실제에 있어 그것은, 물림받아 내가 옆구리에 끼고 왔던 그런 하나의 작은 해골 같은 것으로, 유리에 놓여 있던 것인지도 몰랐다. 어쩌면 유리 자체가 하나의 해골이다. 해골, 두 개의 해골. 임신할 수 없는 자궁. 거추장스러운 유산. 나는 아마 피로한 것이다.

수도청 주위에서는, 가느다란 푸른 연기가 일어나 회적색 하늘로 퍼지고 있는 중이었다. 그리고 그 건너편 마을도 그 동안에 대단히 바뀌어 동면을 깬 듯이, 물항아리일 것으로 짐작되는 것들을 안은 여럿의 장옷들이, 샘 있는 데로 모이고, 또 돌아가는 것이 보이고도 있었다. 이 시각은 아마도, 계절 없는 이 고장의 봄나절이거나 뭐 그런 모양이었다. 굴 속에 죽어 있었던 것들이 한꺼번에 살아나, 수분을 향해 달려가는 것이었다. 나는 그것을 향수로서 멀리 보고 있었던 것이다. 그러느라고 있었더니, 땅거미가 지고, 다시 또 납월이 왔던지, 발자국 소리며 기침 소리들이 멀어갔는데, 어림잡아 한 열댓의 장옷자락이 움직여간 것이나 아닌가 여겨졌다. 거기다 만약, 가능적으로 가산되어질 만한 수도자들, 가령 염불 삼매에서 깨어나지를 못했다거나, 단식 명상에 제 기름을 먹고 있다거나, 또는 앓고 있다거나, 아니면 자기 차례가 아니어서 남아 있다거나, 또는 성교중인 중들을 한 여남은으로 칠 수 있다면, 저 마을엔 장옷 이십오륙 두에다 수도부 몇 대가리가 더 살고 있는 게 아닌가도 싶었다. 아니면 상상도 못할 만큼 더 많거나, 아니면 뒤일곱 그것이 전부의 인구일지도 모르긴 하다. 허지만 그들이 나와 무슨 상관이 있을 것인가마는 그래도 그들의 먼 그림자라도 보고 있자니, 황천감(黃泉感)이 좀 덜해지는 것이다. 나도 그리고, 수분으로 향해 치달려갈 갈증난 목구멍을 갖고도 있는 것이다. 하지만 내가, 이 전례 없는 하초를 내보이며 그들 사이로 나아간다면, 그들은 나를 구정물 얻어맞고 중단해버린 흘레개로나 여길지도 모르긴 하다. 그러나 귀를 귀라고 내놓고 다니며, 코를 코라고 벌름거리며, 혀를 혀라고 낼름거려도, 그것이 수치가 아닌 것처럼 근을 근이라고 내놓고 다닌다고 하더라도 어째서 그것이 손가락과 다를 것인가. 해골을 볼 일이다. 그리고 살에 관해 험담하기나 찬양하기나, 그것이 어떤 의미를 지녔는지, 그래서 해골을 볼 일이다.

4

나는 그리고 이것이 드디어, 스승이었던 늙은이가 그의 제자에게, 어째서 하필이면 해골을 물림했는지에 관해, 가능적인 것을 한번 모두 따져볼 때라는 것을 알았다. 그것은, 유리를 살며 마른 늪에서 고기를 낚는다는 노력의 의미를 밝혀내는 일과도 맞먹을지도 모른다는 믿음인데 왜냐하면, 유리나 마른 늪이나, 그것들이 내게는 갑자기, 하나의 해골로서 주어진 것 이상으로는 아니게 여겨지기 때문이다.

그저 보이는 대로만 하면, 해골이란, 추악하게 뚫린 눈구멍과 콧구멍, 인대로 해서 서로 접되어 있었을 아래턱은 떨어져나가고 없으며, 후두부 아래가 휑뎅그러이 열려 있고, 이마가 번쩍인다는 것뿐이다. 해변에 버려진 나무뿌리가, 소금물에 씻기고 또 햇볕에 마르는 사이, 아주 컴컴한 회색으로 변해, 약간의 고요함, 약간의 괴기를 풍겨내는 것과 그것은, 별로 다를 바가 없는 듯했다.

그러나 그런 나무뿌리도, 그렇게만 보아버리기에는, 그것이 전에 살았을 이야기를 너무 많이 담고 있을 것이 사실일 터인데, 그렇다면 제국을 세우고 부수고, 미워하며 사랑하고, 기뻐하며 슬퍼하던 인두골에 이르러선, 그것이 그저 썩다 남은 한 조각의 뼈라고 보아버리기에는, 그것은 전에 너무도 어기찬 삶을 담고 있었던 것이 사실인 듯하다. 사실에 있어 그것은 오관의 본부였으며, 꿈과 사고와 지성을 담았던 그 그릇이기는 하다. 하지만 그런 것을 담아놓기에 그것은 너무 작은 그릇에, 너무 많은 구멍을 가지고 있어서, 기름종이로라도 도벽을 해놓지 않았더라면, 물 한 방울 괴어놓지도 못하게 생긴 용기인 것은 또 무엇인가. 그것은 무상을 느끼게 한다. 비애를 자아낸다. 살아 있음을 고통으로 바라보게 한다.

그러나 그것은 해골 자체는 아니며, 그것은 유정(有情)의 자기소멸에의 두려움 때문에 일어난 연상이며, 무상(無常)이 해골을 정의하는 것은 아닐지도 모른다. 환언하면 해골 자체는 무상이 아니며, 의미를 전도하면, 유정 자체가 무상이라는 결론이 도출되게 될 것이다. 그리고 보면 해골 자체는 그냥 무(無)인 듯하기는 하다. 그러나 무엇의 체(體)인가?

그리고 보면 그것은, 어떤 암호, 또는 어떤 구조인 듯하기도 하다. 낙수(落水) 깊은 속에서 만년의 세월을 움켜먹고, 손도 발도 잘린 뒤 종내 마흔다섯의 점으로나 남아, 그 점들로 살던 괴물인 듯싶기도 하다. 그것은 그러나 판독되어질 때 그 의미가 살아나며, 그렇지 못할 때 그냥 해골에 머무르는 것일 것이다. 그 의미를 살려내기 위해서는, 저 그냥 머물러 있는 것에서 용(用)을 불러내지 않으면 안 될 것인데, 이런 노력에는 거기 필시 어떤 종류의, 아마도 일종의 화학적(化學的) 실험이라고 부를 것이 개입되지 않으면 안 될지도 모르는데, 가령, 필멸할 신육(身肉) 속에서, 불멸할 신육(身肉)을 뽑아내려는 노력 같은 것을 일종의 화학적 실험이라고 달리 부르는 것이 가능하다면 그렇다. 그래서 그런 화학적 실험에 의하면 용으로 바뀌어져야 될 체는, 그것이 무엇이든, 실험의 대상, 하나의 질료로 변하는 것이다. 그러므로 질료는 체이다. 해골은 체이다. 체는 질료이다. 해골은 그래서 질료이다. 유(有)는 무(無)의 용(用)이다. 무는 유의 체(體)이다. 해골은 체이다. 체는 질료이다. 해골은 그래서 질료이다.

 사실에 있어, 아직 '최후의 심판'을 받지 못해 관곽 속에 누워 있는 '어떤' 해골들은, 장차 '천사'들이 불어제치는 나팔 소리에 잠을 깨일, 잠든 질료들인 것은 분명하다. 그것들은 무(無) 속에, 죽음 속에 무상 속에, 침몰해버린 소녈이 아니고, 부활에의 희원으로 기다리고 누워 있는 암컷들임에 분명하다. 암컷이란 체의 성별적(性別的) 이름인데, 그러고 보면 해골이란, '천문(天門)을 열었다, 닿는 데 암컷'이라고 부를 것인지도 모른다. 그것은 용(用)에의 전 희원 그 자체이다. 그러나 다시 살[肉]은 입지 마라, 그것은 고통인데, 살기뿐만이 아니라 죽기도 그렇다. 허지만 사변이로다.

5

"임자가 몇 살이나 됐느냐고 내가 물어봐도 될까 모르겠네."
"내가 몇 살이냐고라우? 스무 살배끼 안 돼라우. 그란디 시님은 첨 볼 때부텀 나를 임자라고 부르요이."
"그게 싫은가?"
"아무도 날 고렇게는 안 불르는디 시님만 고렇게 불른개 그려라우. 싫던 안허고라우, 좀 요상해서 그러제요이."

"그럼 됐겠네. 헌데 임자는 간혹 여기로 오는가?"
"워디가라우? 오늘 첨 와본 것잉만요."
"그래이? 헌데 달빛이 두터워지고 안 있다구?"
"촛불 시님이 그러는디, 시님이 여그를 묻더라고 허요이. 그람선 워짜먼 낚수질이나 허고 있을 것이랑만이라우."
"이런 참, 그것이 이제야 기억이 나다니. 누가 그러는데 말이지, 임자를 만나거든 이마를 조아리라고 그러더군. 글쎄 그러더라구. 임자는 보살이라는 거야. 그 생각이 이제야 드는군. 그러니 이제 내 큰절 한번 해올리지."
"이힛, 힛, 힛, 아니 끔째기, 요것이 무신 미친다니 짓이끄라우이? 참말이제 넘새시럽소. 일어나쑈이, 워짠다고 또 넘우 발에다 쎄빠닥은 대고 고 지랄이끄라우? 머리끄뎅이를 뽑아놀란개 일어나쑈, 일어나랑개. 힛힛힛. 시님은 미친다니어라우. 지 정신 쬐꿈배끼는 없어라우. 헌디 고 해골 바가치는 워디서 났으끄라우. 워떤 팩 늙은 시님이 똑 조런 걸 각고 댕긴 걸 한번 봤는디라우. 고 시님도 미친다니어라우. 지 정신 쬐꿈배끼 없소이."
"그, 그렇게도 되던가? 허면 보살께서는 언제부터 그 스님을 알아왔던고?"
"나 아매 쬐깐했을 때부털 끼요."
"그, 그렇게도 되던가? 아 그러구 보니 말야, 보살 살던 동네로 염불하며 다녔던 모양이군? 그랬던 모양이지?"
"그렸어라우. 요 시님이 점쟁인갑네."
"호후훗, 해골은 그때부터 본 건가?"
"워디가라우? 여그 와서 월매 전에 본개 그런 걸 각고 있어라우."

"보살께는 얼굴을 보여주었던 모양 아니라구?"
"고 말은 무신 이미속이끄라우?"
"내 말은 그러니깐, 지금 보살이 하고 있는 것모양, 얼굴을 가리지 안했더냐는 말이지."
"여그서는 모두 얼굴 개리고 당기는디, 얼굴을 안 개렸다면 말이 되끄라우?"
"그, 그렇지 아마이? 그럼 보살은 그 스님을 어떻게 알아봤을꼬?"
"누가 우리 사는 디로 쑥 들어와라우. 그라고는 바랑을 벗어 맽김선, 우리 하라고(가지라고) 험선 장옷을 벗고 앉아서 쉈다가 갔소이. 모주랑도 베문시럽덜 안항개요 반갑고라우, 좋아라우. 저녁 잘 해서 묵고 어디로 갔는디, 영 안 비어라우. 고 바랑 속에는 쌀하고, 챔지름하고, 소곰하고, 머 고런 것이 들었덩만이라우."
"별말 없던가?"
"우리가 웃으먼, 고런 해골바가지로 우리덜 이망빼기나 쎄렸는디, 아프던 안항 것이 요상해라우."
"보살네 어머니가 죽었기 때문에, 그 스님이 보살을 어디다 데려다준 것이지?"
"무신 얘기지라우 시방?"
"임자 어렸을 때 말이야."
"요 시님이, 본개요, 눈 말뚱하게 뜨고 앉았음선 점을 허네이. 헌디 울 오매는 안 죽고라우, 시집 갔다요."
"나는 목도 마르구만. 샘에라도 가봤음 싶어."
"나도 시님 따라 가끄라우?"

"나와 같이 가든 말든, 그것은 보살이 마음 내기 따름이겠지만, 나는 혼자 다니는 것을 좋아하거든. 인연이 닿으면 우리 또 만나겠지, 성불하라구."
"내 지다리고 있을 틴개, 그라면 후딱 돌아오씨요."
"집도 절도 없는 중 돌아올 곳이 어딜까 몰라."
그래 어딜까 몰라.
저녁이 조금 더 두터워지며, 흙모래를 딛는 발자국 소리도, 포속포속 더 두터워간다고 나는 들었다. 사막은 다시 또 썩는 듯이 적막해지고, 내가 그림자를 늘이고 있다는 것이, 살냄새를 독하게 풍긴다는 것이 무서워지기 시작했다. 나를 똘똘 뭉쳐서 숨길 곳에의, 문에의 유혹이 다시 싹트고 그것은 성욕 같은 것이었다. 수도청 그늘에 서서 귀도 기울여보았지만 거기서도 숨소리 하나 들려나오지 않았다.
그리고 나는, 목을 축이고 땀도 씻어냈지만, 정처며 행방이 다시 없었다. 춥고, 그리고 외로웠다. 그러나 갑자기, 내가 수인(囚人)이라는 것이 내게 위로가 되었다. 그러고 보니 글쎄, 돌아가서 내가 엉덩이를 붙이고 앉을 하나의 널팡한 돌팍이 내게는 있었고, 그리고 고픈 창자를 위해 고기를 낚아올려줄, 나의 생업이 거기 있었다. 그것은 고향의 의미와도 같았는데, 형장이 갑자기 고향으로 변한 것이다. 어쨌든 이 사실은 내게 위로가 되었고, 사막의, 견딜 수 없이 매워 눈물을 솟구는, 외로움을 이기게 했다. 돌아갈 곳이 있던 것이다. 그래서 나는, 처음으로 코뚜레 뀐 어린 숫소처럼, 무우우 무우 하고, 달 보고 울었다. 엎드려 네 발로써 그리고 무우우 무우 울며, 내 형장으로 돌아왔다. 나는 언제부터인지 너무 많은 자유와는 살 수 없이 된 것이었다. 그 자유를 나는 어떻게 운용할지를 모르게 되어 버린 것이었다. 나는 결국, 고삐와 재갈을 택해 버린 것이었다. 고삐로 어거되지 않은 힘은 집중을 잃고 있으며 재갈을 물지 않은 욕망은 안개 같은 것이었다. 고삐와 재갈에 의해서라야만 나는, 고삐와 재갈을 끊어 버리고 뛰쳐나간, 힘센 황소, 광분스러이 달리는 들말의 꿈을 꿀 수 있게 된 것이다. 내가 네 발로 돌아온 형장은 그래서 드디어 그것의 의미를 획득하기 시작하고 있었다. 나는 내가 슬펐다.

계집은 돌아가지 않고 있었다. 그러나 그것은 잠들어 있었다. 깨우지는 않았다. 세운 무릎 위에다 한 쪽 볼을 얹고, 잘려지기를 바라고 길어난 머리털이 숲처럼 덮은 채, 고르게 숨쉬고 있는 그것은, 하나의 운명의 덩이로 보였으며, 피로한 짐승이었다. 내가 달빛을 등으로 하여 살펴본 그녀의 볼엔, 달빛이 눈물처럼 식어가며 마르고 있는 것 외에, 창녀스런 아무 그늘도 덮여 있지 않았다. 그것은 그냥 정적했고, 무료와 권태에 균열이 가고 푸스러져 보였다. 어쩌면 그녀 자신은 그렇지 않을는지도 모른다. 만약에 해골에 담긴 빗물을 마시고 비리끼한 무상을 누군가 느낀다면, 그것은 해골 자체가 무상한 것이 아니라 그것을 느끼는 자 속의 무상이 갑자기 비린내를 풍기기 시작한 것일지도 모르는데, 그렇게 보는 것이 옳다면 어쩌면 내가, 이 사막의 고적과 권태에 균열이 가고 푸스러진 것인지도 모른다. 계집은 자고 있었다. 그러나 나는 깨우지는 않았다. 돌팍을 베고 나는 번듯이 누워 버렸다. 그랬더니, 돌팍 밑에서 뻗치고 자랐다가 죽은 풀포기 몇인가가 내 등을 간질였으나 따뜻이 달궈진 흙의 온정과 함께 그것들은, 부드럽게 내 등을 감싸주었다. 별들이 드러나 보이고, 그것들은 추억이나 고뇌처럼 보였다. 내가 살아온 서른세 해 동안에, 나를 스쳐간 모든 것들은, 어쩌면 사라졌거나 소멸되어진 것이 아니라, 어쩌면 수풀 우거진 남녘 어디 아홉 구릉에서 살지도 모르는, 억천만 새끼빛들의 어머니, 그러나 질투를 아는 눈을 피해, 어디 그늘 가운데 소롯이 숨어 있다가, 그 어미 질투의 눈에 잠이 퍼붓고 나면, 나타나 명멸하는 듯하다. 그리고 새롭게 나타나는 어떤 경이, 어떤 슬픔, 어떤 체험은, 달 같은 것으로 떠올랐다가 그믐 속으로 침몰해선, 훗날 결국 한 별의 모습으로 또 한 어둠 속을 점유하는 것일지도 모른다. 헌데 한 계집이 내게는 달처럼 떠 있고, 한 조각의 흰구름이 그 하늘을 흘러 지나가며, 달을 가렸다 별을 싸아안았다 한다. 그 구름은 그리고 북녘으로 흐르고 있었는데, 그러고 보면 저 높은 곳으로는 바람이 싸돌아 흐르고 있는 것이었다. 그 부드러운 구름은, 조금 외로운 듯했으나, 저 적요로운 곳을, 고삐나 재갈이 없이 주유하며, 달을 품어선 별가루를 뿌리고, 하늘을 가려서는 달을 깨놓곤 했다. 구름은 훨씬 더 북녘으로 흘러가버리고 있었다. 그것이 지난 자리에는 그러나 여태도 별들은 반짝이고, 여태도 흑록인 채 하늘엔 금간 자리가 없었다. 흐르는 것이 거기를 흘러갔어도, 아무 흐름도 거기엔 없었다. 흐르는 것은 시간을 걸리고 걸려서 흘러갔는데, 어찌하여 저 정적한 곳에 그것이 흐른 시간은 남아 있지 않은 것인가. 다만 정지가 거기 있었으나, 그렇다고 그것은, 도보 고행승이 내게 보여주었던 것과 같은 그런 길 같은 것도 아닌 듯했다. 구름은 그 하늘을 못 견디고 조각조각 흩어져버렸을지도 모른다. 나는 이미 그 구름은 볼 수 없었으나, 정지 속에서, 흐름은, 소멸은, 어떻게 이뤄진 것이었는지, 그것은 하늘이 알고 나는 모른다.

사지가 저리고, 고개가 굳어 불편했던지, 잠엔 계속 취한 채, 계집이 꾸물대며 옆으로 비그르 누우며 추운 듯 몸을 꼬아들이고 있어서, 계집이 내게는 가여운 누이처럼 여겨졌다. 저 허전해하는 걸 감싸줄 것이라곤 그것밖에 없어서, 내가 가슴으로 포근히 감싸주었더니, 그러나 그것은 더 자지를 않고 깨어, 내 가슴 안에서 꼬무락꼬무락하고 있다. 보니 울고 있었고, 나도 참 가슴이 짜안했다.

"시님은 가난한개 불쌍해라우."

그녀가 그런데 그렇게 말하고 있었나. 나는 달이 중천을 지나고 있다고 보고 있었다. 서편으로 이울고 있다고 보고 있었다. 희어져 푸른 빛을 띤다고 보고 있었다.

"나는 말이라우, 잘 자다가도 말이라우, 퍼떡 깨이먼이라우, 잠이 안 옴선, 무신 노래 겉은 것이 불러져라우. 두 번 불를라면 안 돼요. 날보고 모도 청승시럽다고 허요이. 그래도 노래가 불러져라우."

모래에 조금 묻혀 약간 온기스러운 곳을 빼놓곤, 나는 좀 추웠고, 어쩌면 이슬에 덮였을 것이었다. 모래톱에 반쯤 묻힌, 죽은 고기들은 햇볕을 추워했었다. 잠자다 깨인 밤에 떠오르는 노래를 나는 알고 있었고 그럴 땐 호롱불빛이 추웠었다. 퍽 더 젊었을 때, 어머니는 밤외출이 잦았었다. 그러면 난 혼자 잠들어야 했고, 왠지 허전해, 한 마리 강아지꼴로 둥글게 뭉쳐서는 머리를 숨겨야 잠이 들 수 있곤 했다. 그러나 한잠 자고 났어도 어머니는 와 있지가 않다. 어렸을 때의 밤은 모질게도 길었었다. 더욱이 쓸쓸한 혼으로 깨어 있는 밤은 무섭게 길었었다. 내가 깨었을 때도, 아직도 시간으로는 초저녁을 다 지내지 못한 것이 대부분이었다. 그러면 눈물이 괴어올라오고, 흐느낌 대신에 무슨 노래가 떠올라오지만, 두 번 불러보려면 안 된다. 그 노래의 끝은 언제나 공포에 먹혀 맺어지지 않는다. 방안에는, 호롱불빛이 차곡차곡 눌러쌓여 있어서, 심지어는 그림자 있는 데까지도 밝히고 들려 하거나, 아니면 웅덩이처럼 아주 탁해져 있다. 나는 그때, 그 쌓인 먼지 같은 빛 가운데 내가 눈을 뜨고 누워 있다는 것을 발견한다. 바다의 무게처럼, 그러면 갑자기 빛의 무게가 느껴지며, 내가 글쎄 한 마리의 죽은 고기 같다는 생각이 드는 것이다. 그런, 죽어서 물 밑에 깔려 있으면서, 닫힌 듯한 둔한 눈을 하고 하늘을 쳐다보는 고기들은 얼마든지 많았었다. 죽은 지가 얼마 안 된 것들은, 배를 하늘로 향하고, 둥둥 떠 흘러다니기를 오래오래 계속한다. 그러다 비늘을 잃고 밀려서 해변으로 와서는, 모래톱에 던져졌다간, 어떻게 모래톱에 묻혀든다. 햇볕 아래서 추워하며, 둔하게 번쩍이다, 모래톱의 습기 때문에 썩어가는 것이다. 그러나 다시 조수가 돌아오며, 그 모래톱을 적시기 시작하고, 흔들어 덮기 시작하면 죽은 고기는 다시 떠오른다. 그때는 햇볕에 데워졌던 부분을 드러내 옆으로 누워 있는다. 만약에 물새나 송사리들이 그 몸을 파먹지만 않는다면 그런 부표와 그런 침몰이 반복되는 사이, 저 고기의 몸은 솜처럼 피어나고, 그때에 이르면 젖은 몸이 무거워 물 밑으로 가라앉는다. 수사(水死)가 완벽히 이뤄져버린 것이다. 나는 이제는 허전함을 느낀다. 주위가 휑뎅그렁하고, 아무리 더워도 혼이 춥기 시작한다. 잠 못 드는 아이에겐 이제 마녀들이 나타나기 시작한다. 살을 갉아먹으려고 소글소글 웃는 물자락이며, 물새의 뾰죽한 부리며, 송사리의 집적거림 같은 것이 마녀로 화한다. 그래서는 뾰죽한 손톱으로 내 배를 긁어 구멍을 내서는, 저 수백 년 자락지며 모아놓았던 여울, 저 수백 년 노래하며 못다 부른 곡조, 수백 년 출렁이며 아직도 못다 한 한, 그래서 엉긴, 조수의 앙금 맑음한 것을 집어넣는다. 그런 밤으로 나는, 수정돌을 뱃속에 처넣고, 자꾸 무거워 가라앉는다. 그러다보면 어느 녘에 다시 잠들어 있고, 뱃속에 넣은 조수의 앙금이 거품이 되어 끼욱끼욱 울며 날아가는 꿈을 꾼다. 잠자다 밤중에 깨어서 부른 노래는, 그런 끼욱거림 같은 것이었다.

    뒤뜰서 우는 송아치
    뜰앞서 우는 삐들키
    건넛동네 다리 아래
    항수물이 뻘겋네
    앞산 밑에 큰애기네
    심근 호박 꽃폈겄네

자다 깬 계집이, 끼욱끼욱 우는 노래는, 그런 것이었다.

제 4 일

1

"헌디 시님은 무신 못쓸 죄를 졌단대라우?" 계집이 새벽녘 냄새를 풍기며 그렇게 물었다. "누가 나헌티도 그러는디, 여그는 말이제라우, 무신 못쓸 짓 헌 시님만 온담선이라우?"
"이런 때는 말이지, 난 생각한다구, 어디 주막이 있는 강촌에라도 가서 떠들썩하게 한번 취해봤음 좋겠다고, 난 글쎄 그렇게도 생각한단 말야."
"존자 시님허고, 외눈 시님이 돌아오덜 안헌다고 그러요 글씨."
"그리고 그렇지, 소쪽새 우는 걸 따라서, 벼랑 끝에서 말야, 소쪽, 소솟쪽 하고 울다 말야, 천길쯤 떨어져내려도 좋지."
"본개로 질갓에 염주만 떨어져 있더람선이요, 촛불 시님이 각고 있더랑개요."
"진달래도 피겠고야 피겠고야."
"헌디 고 외눈 시님을 염주 시님이라고도 헌단개요, 절단코 염주를 질갓에 베려뻐리던 안할 것이라고 안허요이? 촛불 시님이 그래라우."
"또 그렇지, 새벽달 차가운 것 잡으러, 강언덕에서 뛰어내려도 나쁠 일 없을 터. 지국총, 지국총 놋좆에 침발라라 어사와."
"헌디 시님은 무신 못쓸 죄를 졌간디, 물도 괴기도 없는 디서 괴기를 낚울라고 허끄라우이?"

"임자, 나하고 어디 후미진 골짜기로 나가, 초가 짓고, 밭 갈고, 씨배 먹고 살지 않을란가?"

일자나 한장 들고 봐 일이나송송 야송송, 잇자 한장 들고 봐 이월이라 매화꽃, 굿자 한 장 들고 봐 구월이라 국화꽃 처자 생각이 절로 난다.

도라는 것을 닦다 음극으로 기울어진, 선로(先老)들의 고기(古記) 중의 어떤 것들에 의하면, 일년 열두 달, 열두 나무, 열두 자세, 꽃피는 것도 안 피는 것도 있는 그런 원정(園丁) 성교도 있던 것이다. 매월 매나무에 매다른 아픔이 피어오르고, 매다른 낙화가 따른다. 그러나 계집은, 성내고 뛰쳐일어나, 모래를 쥐어 발악하듯 내 몸에다 끼얹으며, "시님은 쌍넘이어라우. 날 쥑일라고 히어라우" 하고, 섣달 동백 아직도 눈 속에 타는데, 그 낙화 기다리지도 못하고, 물크러진 몸으로 절룩거리며, 제 사는 곳 향해 어죽이 가버렸다. 그년은 타는 굴뚝으로 빠져나간 암코양이꼴로, 후줄근하고 더럽게 해서 도망가버린 것이다. 그 더러운 년을 보다가 나도, 너무 많이 뇌우를 갈겨대다 죽은 어떤 숫룡모양 뼈 드러져 버렸다. 글쎄 비구란, 부지런히 일하는 사내라고 하는 것이다.

2

누군가가 내 잠을 삼베 세 폭 호청으로 덮어주어 있었다. 내가 잠들었던 동안에, 땅은 자꾸 동쪽으로 뒤틀려가서, 저 청청히 그저 정좌만 해있는 하늘의 큰 한 연(蓮)을 배꼽 위에다 피워놓고 있었다. 새벽의 육시럴 구투(狗鬪)에 나만 전상자로 남아져, 허리가 무너나고 목이 타며 치골은 벌겋게 부은데다, 근은 죽어 흑자색으로 나둥그러져 있다. 그래도 어쨌든 떨치고 일어나야 했다. 그러나 어지럼병이 들며, 눈앞에 천만의 별이 떠 스산히 흘러가고, 전에 강인했던 팔이 지푸라기가 되어 시지근히 꺾어져 내린다. 나는, 저 사망의 방 같고, 음부 같은 음녀를 죽어라고 저주해댔다. 그래도 그년은, 내 잠을 호청으로 덮어줄 기력은 남겨놓고 있었던 모양이었고, 또 한 봉지의 미숫가루와 한 알의 계란으로 한 걸사께 공양할 마음의 여유도 있었던 모양이었다. 그리고 두 되 들이는 되어 보이는 항아리 하나에도 물이 가득히 채워져 내 머리맡에 있어 물이 푸르자 하늘도 푸른 것을 알겠는데, 그 계집 말고, 누가 그런 보살행을 했겠는가. 일곱 질 둘러 빌지 못한 건 한이로되, 감사하다는 정을 일으킨다는 것은, 악을 쳐부수는 자라고 불리우는 수놈 중이 속정(俗情) 애와틴 것을 여태도 못 여읜 소치일 터이므로, 그저 눈 내리감고 반 되쯤의 물부터 마시고, 저 애왈븐 왓대, 한 알의 계란을 톡 깨어 입 속에 부어 넣었다. 있는 바 일체 중생 종류 중에서 알로 낳은 것이여, 아 알로 낳은 것이여, 내가 다 하여금 남음이 없는 열반에 들게 하여 멸도케 하리라.

3

나는 우선, 저 마른 늪에 물이 가득히 차올라와 철럭이는 것을 보려는 일로부터, 나의 낚시질을 시작했다. 그것은 가령, 비가 퍼부어내리는 것을 생각한다거나, 또는 땅 속의 수혈(水穴)을 찾아내, 그 혈을 막고 있는 어떤 장애를 틔워주어서, 그 수맥이 이 늪을 줄기차게 뻗어오도록 한다든가, 그런 과정을 겪지 않고도 쉽게 이뤄졌다. 내가, 저 호수에다가 물을 채워야겠다고 생각함과 동시에 그 늪을 내려다보았더니, 그것은 어느덧 그득히 물에 덮이어, 무색인 것이라도 깊어지면 색깔을 입듯, 그것은 푸르러 있었다. 나는 사실 거기까진 바라지 않았는데도 그 둔덕에는 어느새 갈대가 키대로 자라, 그림자를 수면에 드리우고 있으며, 들찔레덤불이 듬성듬성 니, 흰 꽃잎을 흐드리고노 있었다. 그것은 만족할 만한 호수였다. 고요하여도 머물러 있는 듯하지 않으며, 어느덧 흔들려도 움직이는 듯하지 않은, 저 늪은 그리고 오직 나만의 것이었다. 그러나 아직도 거기엔 고기가 유영하고 있지 않아서, 그것은 아직 산 못이 아니었는데, 거기에다 어떤 고기를 풀어넣을까를 생각해보다가, 늪이 있으면 어디에나 있는, 그저 그런 평범한 고기들, 붕어며, 모래무지며, 미꾸라지며, 뱀장어며…… 그런 뒤 나는, 낚싯줄을 본때있게 던져넣었다. 그리고 참을성있게 기다려보니, 찌는 수면에 거꾸로 서 있으며 퐁퐁 자맥질을 하고 있으나, 아직 고기가 물려고 달려든 것은 아닌 듯하고, 수면이 흔들리는 탓 같았다. 바빠야 할 일이란 없어서, 나는 느긋하고 한가한 마음으로, 내 기억에 떠오르는 몇 낚시꾼들의 얼굴이며 이야기 소리 같은 것을 뒤늦게야 기억해내기 시작했다. 나를 손짓해 부르기 좋아했던 한 젊은 낚시꾼은, 그는 된기침을 한 뒤엔 피를 뱉어내곤 했었는데, 내가 따랐으나 늘 무뚝뚝한 얼굴의 한 늙은 낚시꾼을 가리켜 이렇게 말하곤 했었다. 물론 내가, 저 치근치근한 아버지들께 어머니를 빼앗기고 바닷가로 내려가, 혼자 모래집이나 짓고 놀던 때의 얘기인 것이다.
"저기 저 목대기 배에 앉아, 졸기로, 담배 피우기로 세월이나 보내는 늙은네 말이다. 삼백예순 날 동안에 고기라고는 꼭 한 마리 낚은 걸 보았는데 말이지, 그래 내 하도 신통해 그 고기를 좀 구경 안했겠냐 말야. 헌데 그게 반편이라구. 내 말 알아들어? 비린내가 아주 독하더라구. 글쎄 내 말 알아들어? 그걸 낚은 낚시란 건 말이지, 훗훗 거 뭐 녹슨 낫가락이지 그게 낚시겠니? 내 얘길 들어보라구 말야. 삼백예순 날 미끼 꿰는 걸 한 번도 못 보았으니 말이지. 그래 내 나중에 생각해보니 이렇더군 글쎄, 한 가닥 센바람이 휙, 이렇게 말이다. 내가 손짓하는 것 보여? 휙, 이렇게 물 위를 불어갔던 모양이었다구. 그래선 저 늙은네의 낚싯줄을 휙 잡아챘던 모양인데, 내 말 알아들어? 그러자 그 낚시가, 너모양 다리로 반쯤 졸고, 반쯤 꿈꾸는 고기놈의 입을 꿰었던 모양이었지. 훗훗훗, 내 말 알아들어? 그래도 말이다. 하루도 안 거르고 낚시질은 나오는데, 알겠니? 저 노인네 할마씨가 말이지, 글쎄 아주 젊었을 때였겠지, 물 건너 저쪽 친정에서 오던 길에 그만 풍랑을 만났다는 것 아니게? 꼽다시 고기밥이었지. 나 같으면 말야, 저 원수스러운 고기놈들 다 잡아내버릴 거라구. 내 말 알아들어? 자 너 보구 있지? 저 찌가 까불까불 엉덩방아를 찧고 있는 걸 보구 있냐 말야. 나라면 그러니, 글쎄 대략 잡아, 한 식경에 세 마리 정도는 낚아올리지. 너의 어미께, 이런 얘기쯤 해줘도 좋아. 내 이따 해질녘에 그중 큰 놈으로 한마리 꿰들고 갈 테니, 이똥이나 잘 닦아놓고 있으라구 해두라구. 내 말 알아들어? 고기 맛을 제대로 알아들으려면, 이똥뿐만이 아니다, 사태기 새 곱도 잘 닦아야 되는 게야. 내 말 알아들어?"

그는 그리고 외롭게 웃었었는데, 건너편 목선네 영감의 곰방대에서는 그런 웃음이 연기가 되어 포르르 오르곤 했었다. 하지만 지금 다시 생각해보니, 어쩌면 그 늙은네는 아직도 살고 있고, 또 천년은 더 살아가지 않을까도 싶다. 외롭게 으스대던 젊은네는, 벌써 몇 번이고 죽어, 흙 몇 번이고 되었을라, 글쎄 그래서 가만히 생각해보면, 목선 위의 늙은네는 한 식경의 삼분의 일밖에 안 되던 그런 세월을 유유자적 일년으로 펴늘여 살았던 것만 같고, 저 젊은네는, 일년을 삼분의 일 속에다 옹쳐넣어, 손가락으로 튕겨 오소속 흩뜨렸을지도 모를 것처럼 여겨진다. 그러다 보니, 저 늙은네 곰방대에 두대째 담배 지그르 끓고 있을 때, 저 젊은네 댁에선 상여 나가고 있었을 것이었다.

아 물론, 저 젊은 낚시꾼은 허긴, 하루를 스물 네 도막으로도 내고, 열두 도막으로도 내서, 지금이 제 육시라거니, 또는 오시(午時)라거니, 열두시라거니, 제 구시라거니, 미시초(未時初)라거니, 오후 세시라거니 하고 말하는, 어떤 평균 시간을 두고 그렇게 말했었음은 분명하다. 그러나 어떤 경우 그러한 평균 시간에 균열이 생길 때가 있는데, 그 균열을 통해 보이는 평균 시간의 안방에서는, 이해할 수 없는 일들이 무수히 일어나고 있는 것이다. 계집과 지내는 밤은 지극히 짧고, 이레 단식을 목적으로 하고 새우는 이레째 밤은 칠년과도 맞먹어듦은 어쩐 이유인가? 빈자의 춘궁기는 십년이 짧게 길고, 부자에게 있어선, 저 좋은 계절의 아쉬움이 일년 내내 남는다. 그것은 즐기기에 생선의 가운데 도막 같은 철이기 때문이다. 같이 달리는 토끼와 거북의 시간은 같지 않으며, 하루살이의 하루와 용소 밑바닥 이무기의 하루 또한 같지 않으며, 석전경우의 한 나절과 송하노선의 한 나절도 결코 같지 않으며, 늙은네의 하루와 젖먹이의 하루도 같지 않은 것이다. 같은 시간은 어쩌면 전혀 없는 것일지도 모른다. 그러니까 같은 것은 다만, 일러서 평균 시간이라고 하는, 그것뿐일지도 모른다.

이 계제에 이르르면 이제 내가 난감해져버린다. 한 식경에 세 마리의 고기를 낚아내야 될 것인지, 사흘에 한 마리를 낚아낼 것인지, 그것이 문제로 나타나버리는 것이다. 허지만 보자꾸나 어부네여, 이만쯤 지냈으니 창자도 비었고, 비린내에도 코가 밝아졌으니, 맛보기로 갖다가시나 우선 턱하니 한 마리 끌어올려놓고 볼 일이 아니겠는가. 게다가 때 맞춰, 찌까지도 까불며 퐁퐁 자맥질을 해대고 있으니, 술 익자 체장사 돌아가는 것이라야만 궁합이겠는가 어디.

두 번 세 번 스무 번 서른 번 이백 번. 삼백 번 제길헐녀러.

마음은 더욱더 들끓고, 손은 더욱더 차가워갔다. 마음은 더욱더 넘치고, 손은 더욱더 비어져갔다. 제길헐녀러.

나중에 나는 거의 미쳐져서, 낚싯대를 마구잡이로 휘둘러대고 있었을 것이었다. 그러다 못 참고, 대가리를 거꾸로 처박으며 나는 그 늪으로 첨벙 뛰어들었을 것이었다. 아무 놈이든 닥치는 대로, 손으로 휙 움켜채려는 것이었다. 그러나 나는, 첨벙 소리 대신에 철부럭 소리나 들었고, 웬일인지 한동안 정신이 혼미해 그저 누워만 있었더니, 입이 씰룩여지면서 욕설이 뱉어져 나왔다. "색이 공과 다르지 않으며, 공이 색과 다르지 않은 것을. 색인즉슨 공이며, 공인 즉슨 색인 것을." ─그것이, 형상을 향해서, 그 형상을 형상이게 보여주고 있는 세계에 대해서, 내가 덮어 씌울 수 있는 온갖 모멸이었다. 그리하여 세상은, 저 가장 악랄하고 더러운 저주에 의해서 상처받고, 비죽거리고 울며, 고개를 돌리는 듯이 내게는 보여졌다.

모든 선배 낚시꾼들 역시, 이 단계에서 실패하고, 세상에 욕설을 끼얹기 위해서 미치다 죽어갔을 것이었다. 꿈에서 보이는 여자는, 어쨌든 꿈속에서는 여자며 살이어서 꿈을 축축하게 하는데, 저런 낚시질은 몽정과도 달라서, 저 망할녀러 고기 새끼들은, 물을 벗어나기만 하면, 그 찰나로 자연 소멸을 해버리던 이치속은 무엇이던가.

모든 걸 다시, 원점으로 돌리지 않으면 안 되리라는 걸 나는 알고 있었다. 신기루의 샘 속에서 물 길어다 동료들과 같이 시원스레 목욕하는 일이 열 번 가능하다고 할지라도, 또 어물전을 묘사해놓은 그림 속에서 한 마리 연어를 꺼내다 마누라와 함께 구워 먹는 일이 있을 수 있다고 할지라도, 나는 우매하여 그럴 줄을 모르니, 그러므로 내가 우직한 채로 소가 되고 부지런하여 벌이 되어, 현상을 있는 그대로 놓고, 그것 위에서 우직히 투쟁하며, 그것 위에서 부지런히 명상하고, 근면과 우직을 다하여 정진하지 않으면 안 된다는 것을, 자신에게 자꾸 타일러주지 않으면 안 될 것 같았다. 꾀 있는 사람은, 계란을 그저 한 번, 눈깜박할 동안만 소매 끝에다 넣었다 꺼내도 장닭을 품어내지만, 그러나 나 같은 사람은, 하루 세 번 군불을 지핀 아랫목에 품고 누워 식음을 전폐하기를 스무 하루나 한다고 하더라도, 잘하면 병아리나 품어내거나, 그러지도 않으면 곯려버리고 말 것이었다. 그러므로 꾀는 그것이 아무리 작은 것이라도, 내가 바랄 바는 아닌 것이었다.

그럼에도 하나의 무서운 유혹을 버릴 수가 없는데, 그것은, 한

번 마음만 먹은 것으로써 늪을 내려다보면, 거기 물이 넘치고, 고기가 빽빽히 유영하는, 그래서 고기를 낚아내는 일이 매찰나 가능스러울, 저 가능성에의 집념이다. 그렇더라도 수면을 떠난 고기의 자연 소멸을 어떻게도 방지할 수 없는 한, 꾀는 그것이 어떻게 작은 것이라도, 내가 바랄 바가 못되는 것이다.

나는 흙먼지를 풀풀 털고 일어나, 늪 둔덕으로 다시 올라왔다. 그리고 내려다본 늪은, 그저 언제나같이 메마른 것이어서 아무것도 없었고, 나의 절망만이 거기에, 빽빽이 괴어, 내게 위로나 구원이 될, 아무리 사소한 것이라도 그것의 뼈까지를 녹이고 들었다. 자기의 절망과 대면한다는 일은 아마도 그중 비참한 일이다.

나는 산보라도 하고 싶어져, 그 자리를 떠나버렸다. 그리하여, 저 집념의 훈륜에 감싸여 초계(超界)치 못하는 정신에 바람을 넣고, 허랑방탕히 헤매다 돌아와본다면, 자기를 억류했던 저 울타리가 얼마나 높았던가를, 다시 측량하게 하고, 다시 고려하게 할지도 모른다.

나는 그래서, 반줌쯤의 미숫가루를 입에 넣어 물마셔 삼키고 마을 쪽으로 걸으며, 하기는 한 번쯤, 소나무가 있는 저 샘터며, 그 무덤들도 둘러보았어야 옳았다고 생각해냈다. 그러나 무엇보다도, 촛불중이 마음에 걸렸는데, 그를 만나게 될 것이 갑자기 무서워지면서도, 어쨌든 한 번은 만나보아야만 될 듯하기도 했다. 내가 왜 그래야 되는지, 그것은 나 자신도 모른다. 나는 이미 형에 처해져 있는 것이 아닌가.

4

내가 촛불중과 대좌해 있었을 즈음은, 해가 한 발 정도나 남아 있을 때였다. 그는 물론 전날과 다름없이 내방객을 맞았으며, 미숫가루와 계란으로 하여 계집을 내보내던 것이었다. 내가 들어갔었을 때, 그들의 성교는 벌써 끝나 있은 듯했으나, 촛불중의 가느다란 손가락이 저 계집의 허벅지 위에 얹혀는 있었다. 내방객이 없었다면 그들은, 그런 채로 밤을 맞았을지도 몰랐다. 그것에 대해서 나는 아무것도 생각하려 하지는 않았다. 그것이, 내 스승이 말하던, 저 보살이 법륜을 굴리고 다니는 방식인 것이다.

"대사께서는입지, 산책이라도 즐기셨는 듯한데입지."

오늘은 장옷도 입으려 하지 않고, 촛불중이 말하며, 촛불 그늘 아래 놓여진, 예의 그 염주를 주워들더니, 수다스러이 돌려대기 시작한다.

나는 그렇다고 고개를 끄덕이고, "대사께서도 더러 산책을 하시오?" 하고 내 쪽에서도 물었다.

그도 그렇다고 고개를 끄덕이고, "주로 오전에 합습지. 몇 년래 배어버린 버릇인뎁지, 자시쯤부터 시작해 대개 묘시나 진시까지 앉아 있고 말입지, 미시나 신시까지는, 꼬인 다리를 푼다거나입지, 아니면 어느 스님이든 찾아뵙고 법 설하는 걸 듣는다거나 하고입지, 그런 뒤 자시까지는 혁대를 풀고 마음을 풀어놓습지. 허랑방탕히 지내는 것입지."

나는 고개를 끄덕이고 그의 정시를 이상스럽게 견딜 수가 없어서, 촛불에다 시선을 향했다. 그가 염주를 들고 있다는 바로 그런 이유 때문일지도 모르지만, 나는 어쩐지 오늘, 이 사내 앞에서 왜소한 기분이 들고 응축된 듯한데, 내가 왜 그래야 되는지, 그것은 나 자신도 모른다. 나는 이미 형에 처해져 있는 것이 아닌가. 그런데도 내가 확인해본 대로만 한다면, 존자나 그의 문하생의 무덤은 열려진 흔적도 없었으며, 샘도 또한 만약에 무심한 눈으로만 본다면, 전과 같이 맑고 조용했다. 풀려나간 피가, 샘전의 이끼 색깔을 좀더 우중충하고 불그스레하게 바꾸어놓은 듯이도 내 눈엔 보였지만, 그것은 내 눈의 편견 탓이었을지도 모른다. 경도중인 어떤 수도부가 어제쯤, 거기서 목욕을 하지 않았다고 누가 장담할 수 있을 것인가. 그랬음에도 나는, 한번 더 뛰어들어가 흙탕을 친 뒤, 저 봉분이 없는 무덤들 주위에서도, 혹간 수상쩍게 여겨질 것이 있으면 모두 치워 없애버리고, 그리고 돌아섰을 때에는 무심한, 아주 무심한 얼굴을 꾸몄다.

"대사께서는 어디쯤에다 말입지, 거처를 정하셨는가입지."

그러나 나는 대답할 말을 생각할 수 없어, 망연히 촛불이나 건너다보았다. 그것은 흔들림이 없이 고요히 타고 있었지만, 내가 마음으로 흔들리고 있는지, 그 불꽃에 내 마음이 묶여들지를 못하고 훌훌 뛰고 있었다.

"소승이 한번 말씀드렸지만입지, 소승이 한 빈 곳을 알고 있습지. 대사만 괜찮으시다면 말입지, 즐거이 안내해 드립지. 그 빈 곳은, 그분의 열 명의 끌끌한 문하생이 와서 파고, 패목 지르고, 곱게 도벽하여서입지 읍내 장로네 사랑방 정도는 훌륭한데 말입지, 헌데입지, 소승 믿기에 말입습지, 그분이나 그분을 모시고 다니는 스님이나 말입지, 본절로든 어디로든 돌아가신 듯한데입지, 비었으면 이제 어떤 스님이든 말입지, 숙소 없는 스님이 써

제1장 151

도 좋겠습지."

 나는, 그가 무슨 얘기를 계속하고 있는지를 갑자기 알 수가 없고, 촛불의 심지 끝에는, 한 마리의 검은 고양이가 요요히 앉아, 표독스레 나를 노려다보고 있었다.

 "한 분은 존자 스님이라고 부르고입습지, 한 분은 염주 스님이라고 부릅지. 존자 스님으로부터는 게송 하나를 받았는데 그것은 이렇습지……"

 나는 전에, 촛불의 심지를, 저 푸른 물이 감싸고 있는, 한 흑연빛 동혈이, 그렇게도 깊고, 그렇게도 넓은 자리를 차지해왔다는 것은 한 번도 몰랐었다. 거기에 저 철위산 바깥 변두리, 오백 유순 첨부주의 땅밑이 열려, 누구라도 잘못 들어섰다간 영구히 되돌아나오지 못할, 슬픈 고장이 펼쳐져 있었다. 그러나 나는 이미 그 경계를 벗어날 수가 없는 데에 이르러 있었고, 푸른 불이 육만 리의 바다처럼 나를 둘러 노호하고 있는데, 저 흑연빛 동혈이 소용돌이치며 나를 삼키려들었다. 그러나 내가 격렬히 거부하고 보니 그것은 입이 붉은 한 마리의 고양이였고, 그것이 저 높다란 심지 위에 견고히 버티고 앉아, 나를 노리고 여섯 색깔의 살(煞)을 쏘아내고 있었다.

 "몸은 보리수이니입지."

 고양이와 나의 대치는 그렇게 해서 시작되었고, 이 실랑이는 내게 괴로운 것이었다. 우리 주위에론, 우리들의 눈이 뿜어낸 살로 하여, 음독 같은 것이 부옇게 서리고 들었다. 어느 쪽이 패하든, 그것은 곧장 죽음과 연결지어질 것처럼, 그 응시는 살벌했는데, 적어도 어떤 내상만이라도 남길 것은 뻔했다.

 "마음은 밝은 거울 틀과 같네입지."

그러기를 계속하는 동안에, 아마 내 쪽에서부터 피로를 나타내기 시작하고 있는 것 같았다. 내가 상대하고, 내가 주시하고 있던 것은, 어쩐지 그 고양이의 눈이 아니라, 그 눈 속에 앉아 나를 보는 그 나인 듯이만 여겨졌는데, 이 의미는, 내가 내 내부를 조금씩 헐어내며, 열어 보이는 그런 증거인 것 같았다. 물론 그 고양이의 눈 속의 내 눈 속엔 그 고양이의 눈이 있고 그 내 눈 속엔 고양이의 눈이 또 있고 또 있고 또 있고 또 있었지만, 그러나 계속해서 내게 느껴지는 것은, 나로서는 아무리 해도 고양이의 내부를 들여다볼 수 없고 있다는 그것이었다. 이것은 내가, 그것의 인력에 의해, 그것 속으로 자꾸 끌려들어가고 있는 바로 그 의미인 것 같았다.

"때때로 부지런히 털고 닦아서입지."

내가 아마도 패해가고 있는 중이었다.

"먼지며 티끌 못 앉게 하셉지."

눈알이 쓰리고 아프며, 눈앞이 흐려지는 걸로 보아, 나의 집중력이 약해진 증거라고 막연히 느끼고 있었더니, 끝내, 저 표독스러운 것이 찢듯이 짖으며, 내 눈 속으로 뛰어들어, 내 눈을 사정도 없이 할퀴어버리는 것이었다. 빛은 사라져버린 것이다. 그리고 머리가 아파, 두 손바닥으로 눈을 눌러 감으며 이를 악물었더니, 아픈 것이 아니냐고 누가 묻고 있었다. 눈을 떠보았더니, 촛불은 그냥 촛불인 채 요요히 켜져 있고 촛불중이 걱정스럽다는 눈으로, 나를 건너다보고 있었다.

"처, 천만에 말씀이외다." 나는 완강히 부인하고, 해골을 챙겨든 뒤 일어났으나, 비감으로 마음은 미어지고 있었다. "헌데 어떻게 스님께서는, 존자며 염주 스님이 떠나신 걸 아셨는지, 그것이 궁금하군요." 나는 발악을 짓씹으며 물었다.
"아, 그, 그거 말씀이십지?" 그는 한번 징그럽게 웃었다. "글쎄 입지 말씀드렸다시피 말입지, 오전 한때로 산책을 하는데입습지, 보니 길가에 이 염주가 떨어져 있고 말입지, 존자나 그 두 분 스님이 샘터에는 없더란 말입지. 그래서 돌아와봤으나 암자에도 없더란 말입지."
"스님께서는 친절하시게도, 소승께 소승의 거처를 물으셨던가요? 글쎄 날짐승 길짐승 다 거처가 있는데, 어찌 내겐들 없을 수 있겠소. 소승은 저 마른 늪 둔덕에, 널팡한 돌팍 하나 놓여진 걸 거처로 삼았습지요."
"아, 소승도 그렇게 알고는 있었다 말입지."
"성불합시우."
언제든, 어쩌면 나는, 저 촛불중을 상대로, 내 손에 한번쯤 더 피를 묻힐지도 모른다고, 막연히 느끼고 있었다.
밖은 그런 시각이어서, 수도자들이 빈 항아리를 들고, 샘으로 가고 있었다.
나는 아무것도 안 보고, 내 발등만 보며 걸었다. 내 뒤쪽으로는, 두번째 환속에의 욕망처럼, 자살에의 집념처럼 내 그림자가 늘여져 길게길게 깔려 있을 것이었다. 글쎄 나는 눈이 서글거리는 저 똥갈보년과, 어디 강촌으로 나가 술장사라도 해먹으며 살고 싶은 것이었다. 낳고 늙고 아프고 죽는 일을, 그저 남의 개좆부리 같은 것으로나 알며 살고 싶은 것이었다. 글쎄 나는, 내 생명의 심지 위에, 한 동혈다운 것으로 펴늘어져 있다가, 느닷없이 전신(轉身)하고 육박해오는, 모든 불안, 모든 억압, 죽음의 천의 복병에 대항하여, 얼마나 더 견디며 싸울 수 있을지를 이제는 모르겠는 것이다. 내 기름이 얼마나 더 남았는지를 모르겠는 것이다.

5

자정까지 나는 혼자였다. 낚싯대의 손잡이 위에서 달빛들은 고기 비늘처럼 번쩍였으나, 이 형장으로 온 이틀의 마지막 시간까지도 내게는 다만, 절망, 쌓이는 절망, 깊어지는 절망, 절망뿐이었다.

그리고 유리로 온 그 나흘째가 끝나고 있었다.

제5일

1

아마도 을야쯤에 저 계집은 흙모래를 파삭파삭 디디며 내게로 왔었다. 분명히 촛불중네로부터서 오는 길이었을 것이다. 그의 말대로 하자면, 이런 시각부터 그는 중 수업에 드는 것이다.

그녀는 내 곁에 와서는 그저 서서 나를 내려다보고만 있었는데, 헝클어진 머리칼에, 무언가를 두려워하는 얼굴이었으며, 울음을 참고 있는 듯해 보였다. 자다 깨어 노래를 부르고 있던 저 어렸을 때, 밖에서 돌아온 내 어머니가 그랬었다. 그 어머니는 그래서는, 나를 품에 안기를 적이 겁내고 아파하는 얼굴로 외면하곤 했었다. 그 어머니를 내가 그렇게도 기다렸었는데, 그러나 갑자기 밉고 원망스러워 휙 돌아누워버리면, 그 어머니는 소리없이 우는 것이었다. 그러다 보면 내가 어느덧 어머니의 젖꼭지를 물고 있었고, 그것은 내 것이 아닌 독한 침 냄새에 덮어씌워져 있었다. 그러나 나는 휙 돌아눕지는 않았다. 나는 저 서 있는 것의 손을 꼭 잡아, 내 옆에 앉혔을 뿐이다. 그녀의 젖꼭지에도 타인의 침냄새는 덮였을 것이고, 타인의 정액을 흘려내고 있을 것이었다. 그것은 소리없이 울고 있었다. 이 짐승은 아마도 변이해가고 있는 것이었다. 이것이 울 수 있으리라고 나는, 생각해본 적은 없었다. 그녀의 등에 나는 분명히 그녀가 갖다 내게 덮어주었을 그 삼베 호청을 덮어주고, 등이나 쓸어주었을 뿐, 무슨 말도 할 수는 없었다. 그리고도 그녀는 한참이나 더, 날것인 채로의 눈물을 뜨겁게 내 허벅지에 흘려냈는데, 눈물이 더 타고 내리지를 않아 살펴보니, 어느덧 잠들어 있었고, 나는 이 계집과 헤어지지 않으면 안 되리라고 다짐하고 있었다. 집착하지 않으면 만났어도 만난 것이 아닐 것이며, 헤어져도 헤어지는 것이 아닐 것이겠지만, 내게 무서운 것은 그래, 내가 이 계집을 한사코 애착하기 시작한 것이다. 그것도 전심전력을 다해, 애착을 또 집착하려고 드는 것이다.

나는 배가 고팠고, 잠이 왔다.

그런데 내 잠 언저리로, 속삭이듯이 부르는 무슨 노랫소리 같은 것이 들리고, 동이 터 있었다.

"꿈을 꾼개라우" 계집이 어린애 음성으로 말하고 있었다. "시님이 나를 쥑여라우. 내 머리끄뎅이를 훔쳐잡아각고라우, 내 목을 꽉 졸라라우."

나는 병이 들어 웃었다. 내가 그녀를 죽이려고 그랬던지 어쨌던지는 모른다. 그래도 나는, 그녀의 머리칼을 간추려 만지며, 그녀의 목으로 둘러보다 잠에 들었던 것이다. 병이 들어 나는 웃었다.

"헌디라우, 나는 오매(어머니)가 되고 싶은개 요상허제요이."

그녀의 눈으로 몇 점의 구름이 건너가고 있었다.

"배를 요로케 콕콕 쑤시먼" 계집은 내 배꼽을 콕콕 쑤셨다. "고 새깽이 캑 캑 웃음시나, 젖 돌라고 헐 기요이. 그라면 노래도 히어줄 것인디." 계집은 그리고, 뭔지 노래 같은 것을 웅얼거렸다. 그러는 새 그녀의 눈에서, 구름은 다 건너가버리고, 처음 햇살이 고이어 들었다.

"꿈에 나는 죽기 싫다고 히었었소이."

나는 병이 들어 웃었다.

"요새는 벨 생객이 다 나라우. 그라장개 터래기 뽑는 짓은 안 해도라우, 되세기가 다 아풍만이요. 심심헌개라우, 앉으면 터래기를 뽑아라우. 그라면 띠끔험선 덜 심심허요이. 그라다 본개 요래라우."

계집은 킥킥 웃으며, 장옷을 들쳐올려, 힐끔 한번 해 아래 드러냈다. "다른 아(애)들은 말이라우, 바늘로 호복지를 찔르기도 하고라우, 귀도 파고라우, 촛불에다 아주까리 꾸어각고 아금니로 뭄선 꽘 질르기도 허제라우. 그 아는 이가 아프대라우. 그 아들은 저그들 뫔이 인제 못 쓰게 됐다고 그려요이. 시님들하고 자도, 뫔이 영 시랑토 안헌다고 그래라우. 무신 소린 중 몰랐는디

제1장 157

라우 지끔은 알아라우. 시님 만낸 디부텀 내 뫔이 지랄났어라우. 내가 똑 죽겄음선도 시님만 뽀채져라우." 계집은 그러며, 손에 사내를 쥐고, "촛불 시님이 나보고 시님헌티 가지 말라고 그래라우. 그람선 지 각씨 되라고 허요이" 하고 씨분댔다. "헌디 나는 촛불 시님 좋덜 안하고라우, 시님 각씨만 됐으면 싶어라우. 그 아들(그 애들) 모도 그러는디라우, 촛불 시님은 진짜 중은 아니다고 험시롱, 썽내게 하면 안 좋다고 허요이. 그랑개 싫음선도 거그로 가고 히었는디요, 인제 안 갈라고 허요. 똑 나만 뽀채라우. 다른 아들이 워짜다 가면, 똑 울리서 보냉만이요. 그라면 우리는 욕해라우. 씨발놈이라고, 씨앙놈이라고 그러제라우. 헌디 시님은 여그서 요렇게 살라고 헌대라우 시방? 참말로 멍충해라우. 다른 시님들맹이, 조 아래 워디다 굴을 하나 팔 중도 모르끄라우? 요렇게 한데서 지내먼 인제 뼝들 것이요이. 첨 볼 때보당 더 빼싹 말라 비어라우. 낭중에 내가, 삽이랑 꽹이를 갖다줄 것잉개요, 아니라우, 요렇게 생각났일 때 각고와야지, 낭중에는 잊어뻐릴지도 몰루겄소. 나는 머슬 잘 잊어뻐린 게 탈이라우. 터래기를 뽑음선 눈을 감다 보면 띠끔 한번 생각이 나라우. 시님, 그라면 장깐 지다려줘겨요이? 얼렁 갖다 오께라우. 나는 시님이 안 씨러 똑 죽겄어라우." 계집은 그러며 앞으로 고꾸라질 듯이 뛰어갔다.

그 등을 보다가 나는, 뭔지 갑자기 지리멸렬해져, 터래기를 한 개 손가락에 감았다가, 눈을 내려감으며, 획 솟구쳐올려보았다.

2

그리고는 굴을 판다는 일에 대해 생각해보다가, 계집의 충고에 따르기로 했다. 작열하는 태양은 아니더라도, 동결하는 밤은 또한 아니더라도, 어딘지 몸이 감싸질 곳을 갖지 못하고 있다는 것은, 파드러내진 구근처럼, 어쩐지 휴식이 없었다. 나는 확실히, 하나의 발악으로서, '멍충'하게 나의 현실에 대들었다가 도망치고, 도망쳤다간 돌아와 주저앉았을 것이었다. 이제 내 현실을 현실적으로 살아야 될 단계에 온 것이다. 그래, 그러기 위해서는, 최소한도 지친 혼을 누일 곳은 있어야 되며, 약간의 식물 또한 준비하지 않으면 안 될 것 같았다. 그리고 편안스럴 한 벌의 장옷, 그것이 이제 필요해진다. 무엇보다도 절박한 것은 양식이어서, 오늘중으로라도 어떻게든, 다만 며칠분이라도 준비해보는 것이, 적어도 그런 노력이라도 해보는 것이, 내일을 준비하되, 살기는 오늘에 사는 일처럼 여겨진다. 이런 생각들은, 뙤약볕 아래 시들고 있는 푸성귀 냄새를 풍겨냈다.

다른 데도 말고 굴은, 낚시터 바로 아래쪽 그 늪벽에다 파기로 했다. 그것이 비록 빈 늪이라곤 하더라도 여산의 토끼꼴로, 뭍의 몸으로 용왕전에 거한다는 것이 어쩐지 씁쓸하기는 했다.

나는 바로 착수했고, 흙모래로 비계가 찐 곳은 순식간에 헐어냈으나, 이른바 지골(地骨)이라고 믿어지는 데에 이르러서는 생땀을 흘려야 했다. 큰 바위는 아직 나타나지는 않았으나, 그것은 칠년 대한에나 다져진 듯이, 작은 돌들로 굳어져, 바위처럼 단단했고, 한 괭이질에 떨어져나오는 흙의 양은 대단치가 않았다. 그런 만큼, 패목을 쓰지 않고라도, 압살에의 공포는 감축될 것은 확실했다. 비록 아침에, 계집이 작은 소반에 날라온, 어젯밤에 지은 한 그릇 밥으로 배는 불려뒀었다고 하더라도, 그 일은 힘들고 허기졌다. 계집은 그리고, 예의 그런 한 봉지의 미숫가루와 한 알의 계란을 더 덤으로 가져와 내 해골 속에다 넣어주었었다.

 정오에 나는, 파나가던 굴 바닥에 쭈그리고 앉아, 좀 쉬기로 했다. 그만쯤 팠어도 어쨌든 먹장구름 한번 지나가며 흩뿌리는 서너 방울의 비쯤은 피할 수 있을 듯도 싶었다. 그러나 때에, 비 머금은 구름이 아니라, 잠 머금은 소낙비가 퍼부어내려, 내 전신을 흠뻑 적시고 들었다. 그 잠은 그리고, 한 그릇의 식은밥으로 내 배를 불려주던 그 계집이, 늪 아래로 내려와, 장옷 벗어 깔고 누워 둔덕 위의 나를 올려다보았던 그때부터 계속되어온 것이다. 그것은 수렁 같은 계집이었으나, 더 이상, 사내의 뼈를 발겨 눈구멍으로 뱉어내지는 않았다.

3

 노을을 아주 고봉 담은, 수만의 진주 조개를 까뒤집어놓은 듯해, 전체로서 큰 한 연(蓮)이 금방 꽃망울을 터뜨리고 있는 듯이 보이는 사막 위에서 흙 속에서 갓 드러내진 큰 홍옥 빛깔의 하늘의 한 큰불이, 연 위의 마지막 정좌를 지키고 있었을 즈음에, 나는 잠에서 깨었고, 그리고는 늪 둔덕을 느시렁느시렁 거닐었다. 수도자들 마을의 거적때기 문들 위에서도, 양을 죽이고 피를 바른 듯이, 붉은 묽음이 철철 흐르고 있었고 원근과 요철이 분명치도 않은데, 이런 석양은 내가 여기 온 후 처음 맞는 것이어서 내가 환몽에라도 처해진 듯한 느낌이었다. 그러나 낮잠의 후유증으로서의 약간의 두통, 약간의 일시적 눈앓이, 먹먹함을 제외하고 나면, 내 정신은 올바른 듯했다. 어쨌든 이런 석양은, 한편으로는 어쩐지 고향다우면서도, 다른 편으로는 일종의 강풍을 거닐고 있는 듯한 적막함을 느끼게도 한다.
 아, 그래 나는 오늘, 어디에 가서든 약간의 양식을 구해와야겠다고 했었다. 나는 한 군데 믿고 있는 데가 있었던 것이다.
 그러기 위해서 나는 아마도, 돌아오면 새벽이나 될라는가, 그보다 더 걸리려는가 모르는, 먼 여행을 해야 될지도 몰랐다. 그러려니 물도 한 되 가량은 준비해야 되겠고, 도중에서 기진맥진하지 않도록, 한 번의 요기쯤 더 해둬야 쓸 것 같았다. 해골 속에는 물론 한 봉지 반쯤의 미숫가루와 한 알의 계란이 놓여 있고, 쑥과 마늘과 소금의 덩이, 그것은 말하자면 누룩 같은 것인데, 아 그리고 그것을 나는 이제부터 누룩이라고 부르려 하는데, 그 누룩이 좀 있기는 하다. 공중에 나는 새를 보라더니, 심지도 않고 거두지도 않으나 배를 불린다고 하더니, 나는 이 유리에서의 닷새를, 헤헤, 헷 헷 헷, 저 왓대로 살아온 것이었다. 수도청 향해 나는 합장 재배했다. 그러며 반 봉지의 미숫가루를 비워내고, 반 줌은 너무 많아 그것의 삼분의 일쯤의 누룩을 함께하여 녹였다. 배는 조금도 부르지 않고, 식물에 더 보채느라 쭈루룩이며, 자꾸 침을 괴어올렸다. 그러나 샘부터 가, 몇 두레박이고 퍼마신 뒤, 한 줄기 오줌을 갈기고 나면, 당분간은 원기도 내고, 살기도 하리라.
 나는 머뭇거리지 않고 생각난 김에 서둘러 출발했다. 여장으로서, 세 폭 삼베 호청과, 계란 한 개, 그리고 물항아리를 꼈다. 해골과, 한 봉지의 미숫가루는, 낚시터에 가지런히 놓아두어, 그것이 내가 살았던 거처라는 것을 표지삼아 두었다.

샘부터 들른 뒤 나는, 양식을 향해, 오히려 사막 가운데로 부지런히 나아가며, 언젠지 새벽에 내가 디뎠었을지도 모르는, 그러나 희미한 족적을 쫓았다. 동행도 없는, 정확하게는 그 방향도 모르는, 약간의 먼 길을 가려니, 망념이 휩쓸고도 들었다. 고삐와 재갈로 하여 샘에 남은 어떤 사내가 고삐와 재갈을 떨치고 떠나는 사내를 향해 흔들어주는 손짓이 보이는 듯도 싶고, 뒤돌아서 행주치마에 소리 없는 눈물을 닦는 계집의 안타까운 시선이 느껴지는 듯도 싶다. 마을이 시야에서 멀어갈수록 나는 어쩌면 돌아오지 않을지도 모른다고 생각을 해내고 있었던 것이다. 글쎄, 변절 개종을 하고, 어디엔지로 떠나가버릴지도 모르는 것이다. 나는 나를 모르는 것이다. 마음의 행방이며, 배회며, 변절이며, 그것을 모르는 것이다. 나는 자꾸 나아가고 있고, 그러면서 아주 오랜 후에, 그 계집이 잠에서 깨인 지루한 밤중으로 부른다는 그런 노래의 한을 찔금거리기 시작한 것이다. 그렇게도 오랫동안 잠들어왔던 그 청승이 왜 깨어난 것인지는 나도 모른다.

　　건넛동네 다리 아래
　　항수물이 뻘겋네
　　앞산 밑에 큰애기네
　　심근 호박 꽃폈겠네

그런 노래는, 고향 잃은 최초의 형처럼 벌판을 걷는 나를, 뒤늦게 울리기 시작한 것이다. 그것은 어쩐지 실향민의 넋두리처럼 내게는 되들리기 시작하고 잃어버린 고향 같은 것들을 한숨으로 뒤돌아보게 한다. 앞산 밑에 큰애기네 심근 호박 꽃 지고도 하매 한두 십년이나 안 흘렀을까. 그 큰애기 시집간 첫날밤에, 듣기로는 그랬지, 신랑놈 쇠피보러 간다고 나가서는 영 돌아오지를 않았더라고, 듣기로는, 그 문지방에 두루마기 한 자락이 흰 개꼬리모양 끼어 있었더라고, 글쎄 그랬지. 기다리다 지친 그 새댁 아마 아흐레를 더 살았다던가? 헤매다 문득 뒤돌아보니, 홋저고리 홋중의 바람 낭군 몸이 시리고, 객창에 새벽달 찬데, 누워신들 어늬 잠이 하마 오리, 찰하리 안즌 고대서 긴밤이나 새오쟈. 떠난 사내여 그러나 벗고 떠나온 두루마기일랑은 아쉬워만 할 것이지 되찾아 입을 것은 아니다. 재뿐인 것을, 고향은 재뿐인 것을, 재뿐인 것을. 그래도 눈에는 선연한 초록 저고리 다홍 치마, 모밀밭에 노을 비꼈을꺼나, 다소곳이 숙인 아미에 떠오르는 붉은 수줍음, 그때 켰던 화촉 아직도 타고, 동방 여태도 깊지만, 가슴에 껴안지는 말지어다. 그녀 몸 시릴라, 문틈에 창호지나 두터이 바르고, 그렇지, 지붕 위 쇠비름이나 솎아낼 일이다. 고향은 그런 것이다. 떠나서는 동쪽으로 동쪽으로 가며, 벗고 떠나온 두루마기의 훈훈함이나 자꾸 떠올릴 일이다. 고향은 그런 것이다.

 생각이 아니라, 나는 기분을 완전히 돌려야 했다.
 생조시나게 부달리고, 치도곤에 묵사발이 되었을 때, 그저 한번 선연히 떠올려볼 초록 저고리 다홍 치마 — 고향은 그런 것이다. 헤설고, 그리고 독한 감기가 있을 때, 그저 한번 두루마기의 안온함을 생각해볼, 그런 것이다.

생각이 아니라 나는, 기분을 완전히 돌려야 했다. 그러기 위해, 아끼지도 않고 나는, 항아리물을 거꾸로 쳐들어 얼굴에 처붓고 아주 조금 남긴 뒤, 한바탕의 된똥과 센 오줌을 누었다. 그리곤 내뛰기 시작했는데 해는 완전히 사구 속에 묻혀들고 없었다. 그럼에도 서녘 하늘이 붉고 밝은 것이, 광막한 고장을 바람 잔 날의 바다처럼 보이게 했다. 모래 이랑의 서녘은 아직도 석양이며, 그 동녘은 잠풋한 저녁이어서, 가을도 깊을 녘에 담아, 타는 철쭉 아래 잔 들고 앉은, 그것은 머루술 같은 것이었다. 이 행로는 쓸쓸했다. 내가 좀 늘 외로운 것이었다.

달려보았어도, 그러나 도대체 거리가 좁혀지는 것 같지도 않았기에, 멈춰서서 나는, 내가 걸어와버린 뒤쪽을 돌아보았다. 그리고 나는 어쨌든 내가 부지런히 움직여온 것을 알았는데, 마을은 이미 저녁 그늘 저쪽 어디로 사라져버리고 없으며, 나를 둘러싸고 있는 것은, 그 변두리만 푸르스름한 황막한 공간뿐이었다. 물론 몇 개의 족적은 남아 있겠지만, 그러나 내가 지나왔으리라고 생각되어지는 길도 불확실하게 여겨졌다. 갑자기 내게는, 내가 서 있는 그 밑 어디 땅속으로부터 솟아올라왔거나, 하늘의 어디로부터 뚝 떨어져내린 듯한 기분이 들고, 왔던 곳도 갈 곳도 없는 듯한 막연함이 휩싸고 들었다. 이것은 아주 낯선 느낌이었는데, 나를 휩싸고 있는 세계가 느닷없이 멈춰버린 듯한 것이다. 그러나 나는 분명히, 북녘의 어느 한 점에서 출발하여, 남녘을 향해 움직여, 지금 내가 서 있는 이 지점까지 온 것이었고, 나는 또 내가 목적삼고 있는 데까지 가려고도 하고 있는 것이다. 허지만 만약에 그런 운동을 휩싸고 정지가 깊고 넓고 길게 뻗어 있는 것이라면, 대체 그런 정지 속에서 어떻게 운동은 가능한 것인가? 그리고 운동이 가능했다손 치더라도, 정지 속에서 가능된 운동은, 그 운동의 과거, 그 운동의 현재의 아무것도 스러지지 말아야 옳을 터인데, 그러니까, 내가 다섯 발짝을 걸어왔다면, 그 다섯 발짝에 해당하는 모든 거리에, 그것이 허상이든 실체든, 나는 머물러 있어야 옳고, 내가 왼발을 떼어놓으며 오른팔을 처들었다면, 떼어놓은 왼발과 처들린 오른팔의 풍경이 거기 머물러 있어야, 그것이 정지 속에서 가능된 운동일 듯한데, 그러나 내가 정지라고 생각하고 있으며 처한 이 상태는 어떤가 하면, 뱀 타고 넘은 반석 같으며, 오줌 누어버린 음녀만 같아서, 아무것도 남기지를 않고 있는 것은 왜인가. 이것은 참으로 정지라고 정의될 수 있는 것인가, 아니면 거대한 질서 밑에 깔린 한 왜소한 의식의 곡해인가? 만약에 그것이 곡해된 정지라고 하는 것이 옳다면 내가 걸어온 길의 시작과 이 종점 사이의 거리와 공간은 물론 나의 시점에서는 원근을 다소 갖고는 있다고 하더라도, 그리고 그 원근은 시간과 약간의 관련을 갖는다고 하더라도, 별에 사는 어떤 늙은네가 본다면, 그저 공시적(共時的)으로 존재할 뿐일 터인데, 그렇다면 원근도 시작도 끝도 없는 동시적 거리와 공간은 무엇인가? 그것은 차라리 무시적(無時的) 현상이라고 해야 할지도 모르는데, 만약에 그렇다면, 지렁이의 운동은 어떻게 무시(無時) 속에서 일어났다 소멸되며, 지렁이의 운동의 과거, 운동의 현재, 운동의 미래는 도대체 어떻게 가능될 수 있는가. 어떻게 무시와 정지 속에서 흥망과 성쇠는 자기의 시간과 장소와 공간을 획득해내는가?

   그러고 보니 나는 다시 한번, 도보 고행승의 뒷전에 앉아 저 길의 끝까지를 내어다보며 한숨짓고 있는 것이다. 나는 다시 한

번 볕에 누워 팔베개를 하고 하늘을 흘러가던 구름 조각을 올려다보고 있는 것이다. 아니 그때 나는 한 마리의 독수리여서 굽어 내려다보았었고 지금은 나는, 한 마리의 몸이 긴 지렁이여서, 꿈틀거려가고 있는 것이다. 허기는 꿈틀거리는 이 괴로움으로 인하여 그러한 의문에 맞닥뜨려지기는 한 것이다.

나는 더 나아갈 힘이 하나도 없어, 풍든 듯이 좀 떨다, 비그르 무너져앉고 말았는데, 내가 자꾸 앞으로 나아간다 하더라도, 나는 제자리걸음이나 하거나, 아니면 내가 지나와버린 곳으로 자꾸 되돌아가거나 할 것처럼 자꾸 믿기어지던 때문이다. 나는 애써서 거인적으로 생각해서는, 내가 딛는 걸음은 별에서 별로 딛고 다니는 것이라고 믿으려 했어도 소용이 없고, 내가 자꾸 왜소해져 나중엔 개미만하게 되어선, 개미지옥에라도 빠진 듯만 싶어져버린 것이다. 도대체 나는 헤치고 나갈 것 같지가 않고, 스스로가 무서웠다.

나는 그 자리에 그냥, 무릎을 꼬으고 앉아 머물러버렸다. 내가 그 경계를 벗어나려 발버둥질을 치고 몸부림을 했더라도 벗어날 수도 없었지만, 그랬다가는 차라리, 저 구덩이 밑에 잠들어 있는 것의 잠이나 깨우며, 저 삼엄한 정적과 무시(無時)나 사태지게 하여 압사를 면할 길이 없었을 것이었다. 그럴 때일수록 마음을 가다듬고 몸을 겸비히해, 비록 그것이 험로일지라도, 그것을 찾아, 마음과 몸을 빼어내는 것이 현명함일 것이었다.

나는 오래 전에, 이 문제에 대한 나대로의 어떤 해답은 갖고 있었어야 했을 터인데, 내가 세상에 태어나기 전에, 아니면 조수에 감싸이며 병든 손들을 보고 있었을 때, 뒤늦게라도, 저 존자와 그의 문하생을 살해하고 이 광막한 곳을 헤매고 있었을 때,

하늘을 흐르던 저 한 조각 구름의 무상을 만났을 때, 그러나 무엇보다도 도보 고행승의 죽음을 보았을 때, 나는 이 공포, 이 무서운 현실과 맞닥뜨렸어야 옳았었다. 그러나 어쩐 일로 그것을 회피해왔던 듯한데, 하기는 젖빨기에, 병든 손들에 의해 수음당하기에, 남들 태우고 잔치 열었던, 지혜의 꺼진 모닥불에 시린 손 쬐기에, 살해하기에, 갈보년 똥구멍 채우기에, 또 무엇에, 바쁘기는 했던 것이다. 그러나 이것은 한 마리의 고기의 값어치가 그 얼마인지는 지금은 모르되, 그 무가의 고기 한 마리를 마른 늪에서 낚아내는 일과도 맞먹게 시급한 듯한데, 그것이 무슨, 목숨을 갖고 있음의, 움직임의, 소멸의, 어쩌면 재생의 그런 모든 고통과 비극이 상연되는, 어떤 구석진 무대라서가 아니라, 무엇보다도 이 현재, 내가 그 구덩이로부터 일어설 수가 없기 때문에 그런 것이다.

달은 전날보다 조금 게으르게 한 모서리가 깎인 중머리로 돋아올라오며, 그늘이 기복해 있던 자리에다 외꽃을 피우고, 석양 담겼던 붉은 이랑에다 검은 두엄을 덮었다.

제6일

1

……이 두개골도 그의 것이지만, 이 속에 담긴 것도, 여기

앉았던 나 같은 늙은이 위에 파리가 쉬 슬어놓은 걸, 내가 거둬 말렸다가, 쑥잎하고 생마늘하고 소금하고 침 뱉어 이겨설랑 말려 바스러뜨린 것이야. ······허나 나로서는, 이런 이상스런 인연으로 해서 어쩔 수 없이 내가 죽어야 된다면, 나의 죽음이 너에게 쑥과 마늘이 되기를 바라는 바이지.

엎드려, 저 하늘을 떠받치다 죽었던, 강한 팔의, 강한 척추의, 강한 다리의, 강한 목의, 아 힘의 선조 ─ 그러나 촌장의 몸에는, 쉬 슬 자리가 그렇게 남아 있지도 않았지만, 어쩌다 쉬가 슬어 있다고 하더라도 그것들은 아직도 너무 가늘고, 너무 여리고, 너무 작아서, 햇볕에 널어말릴 것도 못 되었다. 수분이 빠져버리고 나면, 그것들은 비듬이나 뭐 그런 비슷한 것이나 남길 것에 불과했다. 글쎄, 까마귀며 독수리들이 그의 내장이며 살을 며칠째나 파먹고 쪼았던지, 뼉다귀만 여기저기 흩어져 있고, 그 뼉다귀들 위에는, 개미며 쉬파리들이 먹구름처럼 엉겨 있었다. 구더기로 보아서는 내가 너무 일찍 왔고, 살로 보아서는 너무 늦었다. 어느 부분들에 그 고기가 조금씩 붙어 있었다 치더라도, 그것은 벌써 상해져 있어서, 모닥불에 바싹 태워, 그 숯가루나 물에 풀어, 창병 걸린 놈처럼 마신다면 몰라도 내가 계획했던 대로, 그걸 말려 양식삼을 수는 없을 듯했다. 마음먹고, 양식 구하러 이곳까지 내가 왔던 것은, 바로 이것이었으나, 목불인견의 광경만 보고, 오늘 새벽에 가부좌 풀고 먹어두어서 이미 똥물이 되어버린, 저 계란까지도 토해버리고 말았다. 그 묽음 위로는 쉬파리들이 비구름처럼 몰려들었다. 그럼에도 나는, 조그만 구덩이 하나 파고서, 뼈들을 간추려 묻어주는 일은 하지 않았다. 가까운 저쪽에,

더러운 부리, 더러운 대가리들로 눈치보며 앉아 있는 독수리들이며, 파리처럼 하늘을 덮고 갸갸갸 우짖어대는 까마귀며, 독수리처럼 쪼아대는 파리며 개미들로 하여, 그들의 배를 불릴 수 있는껏 불리게 하는 것이, 스승에 대한 나의 도리라고 나는 믿었다. 그래서 혹시, 저 살과 저 뼛속에 축적되었던, 불심(佛心)이나 법력(法力)이, 또는 박애(博愛)의 불순물이 조금이라도 있었다면, 그것으로 인해서, 저 벌레며 날짐승들의 환생은 보다 나아지기를 바란 것이다. 아마 그것이 그가 내게 설법했던 몸 보시의 의미였던 것일 것이다.

나는 질리고, 의기소침해 돌아섰으나, 전날 내가, 그의 얼굴 보겠다고 벗겨 던졌던, 죽은피 얼룩진 그의 장옷은 내가 취했다. 장옷이든, 살이든 뼈든, 허긴 그것들 모두 꺼풀인 것이다. 그것에 대해서는 더 슬프게 생각지 말기로 해버린 것이다. 혼 위에 뼈며 살을 입고 있다는 것은 무겁고 거추장스러우나, 그래도 그 탓에 혼은 좀 덜 추운 것이다.

나는 다른 데로 방향을 정해서 떠나지는 못하고 말았다. 공(空)으로부터 한없이 떠났으나 결국 공으로 돌아와버린 죽음의 말로는, 색(色)으로부터 늘 떠나며 색에 머물러버리던 그 죽음의 말로를 다시 떠올렸고, 떠난다거나 돌아온다는 것이 무슨 의미를 지녔는지 다시 고려케 하던 것이다. 떠나도 돌아와 있으며, 돌아와 있어도 어느덧 떠나버리던 것이다. 그 죽음의 다름은, 하나는 묻히지를 못했고, 하나는 묻혔다는 것뿐이었다. 그것이 공(空)과 색(色)의 의미이고, 그러나 어떻게 다른지는 모를 뿐이다.

되돌아오는 길은 지루하고, 같은 길인데도, 열 배도 더 되는 거리처럼 여겨졌다. 그러고 보면, 시간뿐만이 아니라, 거리 또한 일정치 않은 것처럼 여겨지는 것이었다. 또한 심리적 거리라는 것은 있고, 물리적으로 따진다고 하더라도, 삼척동자에게 있어서의 십 리의 거리와 축지(縮地)꾼에게 있어서의 그것은 절대로 같지 않은 것이었다. 어쨌든 그런 문제로 나는 신고의 밤을 새워버렸고, 아침에 계란을 깨어 입 속에 부어넣으며 머리를 흔들어보니, 그런 계란 껍질 같은 것들이 내 머릿속에서 덜그럭였었다. 생각들이 살을 잃고 뼈만 남아, 알 수 없는 기호나, 주춧돌만 남겨버린 것인데, 그것들은 재조립되어도 좋고, 잊어버려도 좋은 것으로 된 것이다.

나는, 앞도 뒤도, 동도 서도, 둘러보지 않았다. 두 마리의 독수리가, 처음 얼마 동안, 내 머리로부터 별로 높지 않은 황회색 하늘에서 빙빙 돌며, 내가 쓰러지기를 기다리는 듯했는데, 아마도 내가 비틀거리고 있었는지도 모른다. 계속되는 굶주림, 식물에의 탐착, 그런데도 나는, 양식을 못 구하고 만 것이다. 별수없이 나는 샘가의 저 소나무 다섯 그루 늙은 것들을 찾아가, 얼마쯤의 잎이나 구걸할 수밖엔 없는 듯했다. 칼을 빌려서든, 아니면 돌로 찧어서든, 미숫가루 정도로 몽글게 썰거나 빻기만 한다면, 그것의 기름[松油]으로 해서, 그것 또한 양식삼을 수 있는 것이기는 하다. 나는 거기로 가고 있는 중이다. 그리고 그 샘에서 죽은피 얼룩진 장옷도 좀 매매 치대 빨고, 기름땀 내놓은 몸에 덕지덕지 앉은 흙먼지며, 죽음 냄새며, 거웃에 아직까지도 아주 조금 엉겨 있는 계집에의 추억도 씻어내버리려는 것이다. 그런 뒤, 그 위에다 장옷 입혀, 나도 또한 눈만 내놓고 외계를 내어다보려는 것이다. 아주 심술궂게 바라보려는 것이다. 육신 따위, 누구도 볼 수 없을 때까지 지워 없애려는 것이다. 그러기 전에 마지막으로 한

번, 한낮의 마을로, 나는 내 정체를 드러내고 통과해 나갈 것인데, 내가 전에, 백주에 몸으로 살았었다는 것을, 한번 내 자신께 확인시키려는 것이다.

2

빨아 반석에 널었던 장옷이 아주 가슬가슬히 말랐을 때는, 다시 해거름이었고, 이 해거름 또한, 한 쪽은 볕지고 한 쪽은 그늘져, 세상 외눈스러운 것 붉은 눈을 뽑아내 검은 피를 흘려내고 있었다. 악환(惡幻)은 내게서 떠나지 않았으나, 그러나 그것으로 해서 내가 두렵거나, 가슴이 타들고 있는 건 아니었다. 밑둥이 썰려 나둥그라진 나무와 깨어진 거울에는, 먼지나 티끌뿐만이 아니라, 이승의 매운 볕이며 저승의 달착지근한 그늘도 드리울 수 없게 되었을 터이니, 크거나 작거나, 있거나 없음에 분별이 없는 자리가 그것일 것이며, 낳고 죽고, 가고 옴에 변함이 없는 자리가 또한 그것일 것이며, 선악 업보가 끊긴 자리가 그것일 것이었다. 짧게지만 한잠 깊이 자고, 지난밤 새운 걸 벌충한 뒤, 일종의 고행으로서 나는, 똥이 마려울 때까지 솔잎을 꾹꾹 씹어 꿀꺽 삼키고, 또 씹어, 또 삼켰다. 그것은, 몽글게 썬 가루를 털어넣고 물 마셔 넘기는 일보다 훨씬 더 고역스럽고, 송진으로 입이 쓰리고 아렸으나, 똥이 비어져나올 때까지 계속하고 보니, 그것 속에도 약간의 당즙, 약간의 염분, 약간의 구수함이 있어왔다는 것이 발견되었다. 그러나 맛에 대해 시비한다는 일이란, 죽은 스승부터도 과히 탐탁잖게 생각하던 일이다.

솔잎 따 담은 항아리는 옆에 끼고, 장옷이며 호청은 함께 접어 목에다 건 뒤, 이제는 바쁘게 내 형장으로 돌아갈 시각인 것이다. 솔잎 따는 일에 대해서는, 난 그렇게 욕심을 부리진 않았다. 대략 닷새 계산하고, 그만큼의 양만 훑어냈는데, 그 닷새 후에는 어쨌든 목욕도 한번 해야 될 터이며, 장옷도 또한 빨아 입어야 될 터이니, 그때 다시 와서 따모으면 그뿐일 터이다. 그런 일이란 일어나지 않기를 바라지만, 송충이가 그 잎들을 일시에 갉아먹는다거나, 누군가가 그 둥치를 베어넘겨 어디로 운반해가는 일만 없다면. 그러고 보니 식량 문제는 그냥저냥 해결된 셈이었다. 그리고 만약에, 한나절 품만 열심히 들인다면, 거처할 굴도 그럭저럭 불편 없을 터이니, 그 문제도 해결된 것이나 다름이 없었다. 게다가 한 벌의 장옷 — 아 그래서 세속이 다시 틀을 잡은 것이다. 울 것을 갖고 나온 것이 아니라, 나는 저 세속을 갖고 나온 것이었었다. 만약에 어떤 날, 생선이라도 한 마리 낚여 올려진다면, 내 식탁은 부유스러지리라.

그러는 새, 지나느라고 지나다보니, 촛불중네 거적문 앞을 지나고 있어, 나는 그것을 갑자기 깨닫고, 우뚝 멈춰섰다. 왠지 그가 갑자기 보고싶어졌는데, 그도 나 모양 '진짜중'은 아니고, 그런데 어쩌면 한 마리의 고양이일지도 모른다는 생각이 치밀어오른 것이다. 아, 그러나저러나 어쨌든 우리는, 각기 다른 근으로 한 곳에다 정액 쏟기를 치열히 해온 것은 사실이다. 한 곳에 선 두 나무, 어쩌면 그 그늘을 하나는 저승에 드리우고 하나는 이승에 드리우고 있는 한 곳의 두 나무, 아니 어쩌면 한 뿌리에서 갈라진 두 줄기.

이런 생각은 나를 쿨쿨 웃게 만들고, 그의 후문이라도 한번 쏘고 들고 싶게 했다. 그러나 어쨌든, 지나다보니 하필이면 그의 문전이었다.

이번엔 나는 밖에서 하는 정중한 기침 따위 생략해 버리고 거적을 휙 떠들고 성큼 들어섰다. 바깥도 전혀 밝은 빛이 아니어서 눈을 그 안의 탁한 촛불빛에 익힐 필요는 없었으나, 뭔지 싸아한 연기 같은 것이 내 코를 쏘고 들며, 약간의 현기증을 일으켰다.

"대사, 어서옵시지." 안에서 반기는 듯한 소리가 이내 들려나왔다. 그러나 그는, 오늘은 성교중은 아니었다. "소승 생각에는입지, 대사께서 이 유리를 떠나셨는가 했습지. 어제 벌판으로 나가시는 걸 보았었습지. 그러나 대사는 이내 돌아오시리라 했었는데 말입지, 역시 돌아오셨군입지. 이제 보셔서 말입지. 아셨겠지만입지, 일어나 영접치 못함을 용서하십지. 아 좌정하십지, 좌정하십지." 나는 촛불을 삼척간에 두고 가부좌를 꾸몄다.

"소승은 지금, 한 대의 아편으로 하여서 말입지, 한 마심(魔心)을 항복받으려 시작했는데입지, 그게 정진이 없고입지 마심만 더 돋구어져 상당히 위험을 느끼던 차였는데입지, 대사의 내방이 한 계기가 되어서 말입지, 이 단계를 뛰어넘었으면 합지."

그래도 내게는, 그가 지금 무엇을 하고 있는 중인지, 그것이 얼른 이해되지가 않고 있었다. 보이는 대로만 말하면, 그는 발가벗은 채, 천향하고 번듯이 누워, 두 다리를 적당히 벌려 무릎을 세운 뒤, 그 두 다리 사이의 불알 그중 가까운 데다 촛대를 세워두고는, 대가리 밑에 목침 세워 높이 고이고, 입 귀퉁이로 물고 있는 장죽으로 촛불을 빨아 연기를 아주 조금씩 아껴 솟구며, 그 촛불을 자기의 배꼽 건너로 바라보고 있는 중이었는데, 그런데 그의 배꼽과 촛대 사이에, 그의 것인 한 대의 가늘은 나무가, 풍우설상에 시달리고 중두막이 휘어졌으나, 초연히 서 있었다. 그것은 피마자 기름병에라도 사려넣어졌다가 풀려나왔을 것인데, 그래서 음험히 번쩍이며, 그 끝에다 촛불을 켜놓고 있었다. 그러나 그는 고양이 같지는 않았고, 반쯤 짐승되어가는 중에 하늘 보아버린, 가령 지렁이라든가 구렁이, 또는 거머리 같은, 무슨 뿌리처럼 보였다.

"소승이 말하는 마심이란 말입지, 결국 그 출처가 어디냐고 따져올라가보았더니 말입습지, 결국에 말입지, 내가 저 한 대의 마근(魔根)을 갖고 있는 그 탓이더군입지. 헷헷헷. 글쎄입지, 그 탓에 모든 번뇌의 열매가 맺히더라 이런 것입습지, 그래 내 말입습지, 저 마근과 대좌해서입지, 그것으로부터 항복을 받으려는 싸움을 벌였는데입지." 그는 이 대목에서, 물고 있던 장죽을 놓고 대단히 흐린 눈으로 나를 건너다보더니, 아주 느리게 이었다. "이런 고장을 살기 위해선입지, 허긴 아편이든 계집이든 있지 않아선입지, 참기 어렵습지. 아 헌데입지, 소승이 마근에 관해서 말씀했었습지? 그랬었습지. 그러다 보니 말입지, 계집이며 아편의 뜻이 조금 밝혀지는 듯도 싶은데입지, 글쎄 그건 말입지, 일종의 깊은 수렁이더라 이것입습지. 한번 빠져들었다 하면입지, 뼈까지 녹아 흐믈뜨러지는데 말입지, 그런데 이해할 수 없는 건 입지, 그런 수렁에 투신하여설랑은 끊임없이 죽고 싶어하는 게 있더라 이것입지. 그것입지." 그는 그리고 침묵하며, 망연히 촛불을 건너다보고 있는데, 그때쯤엔, 풀죽은, 그의 마근은 쓰러져, 치골 위에 자빠져 있었다. "그런데 말입지, 마근을 대상으로 할 때엔, 자기의 일부로서의 마근은 말입지, 썩 좋은 대상은 아니더군입지. 글쎄 좀 들어주십지, 자기의 마근을 삼자로 놓고 말입지, 바라보기 시작한 때부터입지, 헷헷헷, 항문이 말입지, 가렵기 시작터라 이 말입지."

그래서 내가 그의 항문을 보았더니, 그것은 치질을 비죽 내물고 방심한 듯이 그 안쪽을 조금 열어 보이고 있는데, 거기서도 불빛은 번쩍거리고 있어서, 내가 유리로 왔던 첫밤에, 저 거적문이 들쳐지며 잠깐 보였던, 그 불빛을 아스라이 떠올렸다. 나는 그때 문에의 유혹을 느끼고 있었던 것이다.

"글쎄 뭐입지, 우리 말입지, 솔직하게 심정을 토로하자 이 말입뎁지, 글쎄 항문이 가렵더라 이 말입지." 그는 그러며 이번엔, 자기의 것이 아니고 내 것인, 마근을 탐하듯이 건너다본다. "글쎄 그도 그럴 것이 말입지, 자기가 보는 마근과 말입지, 보고 있는 나와의 사이에입지, 이상스럽게도 간극이 생기며 말입지, 내 것은 내 것일 텐데도 말입지, 내 것이 아닌 남의 것을 훔쳐보는 기분이 들면서입지, 내가 괜스레 마음이 들뜨더라 이런 말씀입지. 허긴 소승의 부친께선 조그만 여관을 경영했으니 말입지, 그런 절시의 쾌감은 아주 어려서부터도 알아온 터였습지. 헷헷헷, 모르시겠지만입지, 소승은 말입습지, 소승이 장가들었던 계집의 방에입지, 소승의 친구를 들여보내고 말입지, 그 둘을 다 살해한 뒤 유리로 떠들어온 것이었습지, 십여 년도 더 전 얘깁지. 그런 뒤에 말입지, 이만쯤 세월이 흘렀는데입지, 이제는 타인을 두고가 아니라, 스스로를 두고 절시를 즐기려 든다 이 말입습지." 그는 그리고 병든 듯이 조금 체머리를 흔들었다. "솔직히 말씀드리면입지, 계집과 더불어서였을 때라면 말입지, 간극이 생기기는커녕입지, 내 전체가 마근에 잘 합세하고입지, 그것에 정신이 집중되어설랑 말입지, 수렁이라고 일컬어야 될 그것 속으로 그냥 송두리째 투신되는 것인데입습지, 그런데 그렇지가 않더란 말입지. 자신이 대상이었을 때엔 말입지, 자기 속에서 분산 괴리가 일어나며 말입지, 자기가 대상하고 있는 것이 남근이라는 이유 때문만으로입지, 그것을 보고 있는 것은 젖앓이 비슷한 것을 하더란 말입지. 조금 수줍은 듯한 기분이 들면서입지, 어딘지 빈 곳에의 불만이 싹트더란 이 말입지. 마심은 그래서 더욱더 자극되고 말입지, 초조하여 더욱더 벗어날 수가 없는데입지, 모쪼록 대사께서는입지, 이 얽히고설킨 한 대목을 쾌도로히 풀어주셔서입지, 소승으로 히여금 조금만 너 성진할 수 있도록 하여주십지." 그는 그리고 입을 다물었다. 나는 그의 항문에의 그리움을 느끼고 있었다. 촛불은 탁하게, 조금 더 타들고 있었고, 우리 사이에서는 말이 끊겼는데, 어쩌면 안의 공기가 나빴겠지. 우리는 숨을 고르게 쉬일 수가 없고만 있었다. 이것은 상스럽게도 거북한 상태였는데, 촛불중의 응시 아래에서, 내 근이 그 눈빛을 저어하고 분노하여, 팽대하고 떨었다.

"대사께서는, 살을 취한 양(陽)과, 그 살 속에 숨어앉아 밖을 내어다보는 음(陰)의 한 거처로서의 우리 몸에 관해서, 강석하신 게 아니었던가요?" 나는 묻고, 촛대를 내 앞으로 끌어당겨 쥐어, 그것이 내 손 속에 담긴 느낌을 음미하며, 그의 후문에의 그리움을 더하여 느꼈다. 그 촛대에는, 그런 굳굳함, 그런 팽창, 그런 저항감이 있었다. "그리고 이어서 대사께서는, 동화의 원칙에 관해 설법하신 걸로 소승 이해했는데, 양의 음에의 동화는, 수렁을 비유로 들어, 매장(埋葬)과 관련을 갖는다는 것을 설명하시려는 것이 아니었댔습니까?" 나는 그의 항문에의 그리움을 느끼고 있었다. 그는 물론 같은 자세를 지키며, 어쩌면 약간의 흥분, 약간의 타는 눈으로 나를 건너다보고 있었을 것이었다.

"봄마다 우리가 뿌리는 씨앗도 허긴 그런 관계에서 이해될 것인지도 모르겠습죠. 그리고 아마, 두어 천년 전이 아니었겠습니까, 우리가 하나의 큰 촛불을 땅에 심은 적이 있었을걸입쇼."

그러는 순간, 그러나 안은 일시에 칠흑처럼 어두워지고, 그 어둠 가운데서, 흰 살이 사태기를 꼬으고 주리를 틀며, 목젖이라도 뜯어뱉듯이 비명을 질러내는 소리가 들렸다. "이 사미는 오늘, 헤헤헤, 그래서 대사가 대오철저한 암구렁이인 것을 알았댔습죠."

나는 물항아리를 찾아 끼고, 어느덧 늪을 향해 걸어가고 있었다. 그러며 나는 휘파람을 홰홰 불어제쳤다. 그것 또한 보살행 말고 무엇이랄 것인가. 그의 똥구멍엔 아직도, 저 허여멀쑥한 건달이, 한 대의 잘 타던 초가, 깊숙이 깊숙이 꽂혀 있을 것이었고, 그것의 정액이 그만한 크기의 수정이나 호박돌 모양으로, 그 사내의 창자 속에 뜨겁게 사정되어 있을 것이었다. 글쎄, 양(陽)에의 인식의 저변에는 언제나, 혼은 치마를 입고 앉아, 두 개의 혀를 날름거리며, 그 불빛을 핥고드는 것인데, 혀의 하나는 부나비 같은 것이어서 자기를 송두리째 태워 없애려는 것이고, 혀의 다른 하나는 번데기 같은 것이어서, 장차 날개를 입고 날아갈 것을 꿈꾸고 있는 것이다. 그 둘의 의지가 일원화하는 장소는 매장(埋葬)이며, 그래서 그의 똥구멍은 열려 있었다 닫힌 것이다.

허지만 나의 형장에 다 닿기도 전에 나는, 오줌을 갈기다, 미운 마음으로 내 하초를 흘겨보아야 했다. 어쩐지 저 바람난 듯한 놈은 저 돌팔이 중놈의 똥물에라도 덮어 씌워진 듯 더러워 보이는데다, 이상스런 얼운함까지를 귀두 끝에 뭉쳐갖고 있던 것이었다. 그러고 보니 나도 언제든, 그에게 한 봉지의 미숫가루와 한 알의 계란을 쥐어 보내야 할지도 몰랐다. 또 어쩌면 받아내야 될지도 모르지만, 어쨌든 더 이상 나는, 저런 씨부랄녀러 면(男娼) 따위 개의치는 않게도 될 것처럼 믿기어지기는 한다.

귀두에 뭉친 듯한, 똥 냄새 같은 것으로 하여 나는, 여간만 미치지 않아서, 내가 파나갔던 그 굴벽 찍어내기를, 다시 시작했다.

제 7 일

밤새도록 굴을 팠고, 흴 녘에 잠도 잤고, 노랄 녘에 일어나 하늘 한번, 적막한 들 한번, 그저 한눈에 휘둘러도 보았고, 또 굴을 팠고, 붉을 녘엔, 둔덕 위에 턱 고이고 요요히 앉아 나를 보는 계집도 보았고, 그러다 주저앉아 한 대쯤의 싸아한 연기도 생각했고, 그러다보니 녘은 검어지고 있었는데 어느덧 계집도 돌아가고 없었고, 오늘은 하늘이 별로 맑지는 않았고, 엷은 구름이 덮고 있었고, 나는 별로 생각한 것은 없었고, 얼핏얼핏 저 계집이 촛불중의 근을 달고 아편에 취해 누워 있는 것이 보였고, 또 그 촛불중이 계집의 젖을 달고 항문을 치질째 열고 있는 것이 떠올랐고, 그것 위에다 나는 괭이질을 퍼부어댔었고, 그러는 새 굴은 상당히 용신하고도 더 남을 품으로 넓어졌고, 그래서 마지막 손질을 끝내고 연장을 던져버리고 났더니, 처음에 이상하게 허탈이 밀려왔고, 배가 육실허게 고파왔고, 그리고 왠지 내가 처량해 체머리를 흔들자, 내가 별가루처럼 흩어지며 내가 무지개가 되어 어둠 가운데로 선연히 흘러가는 것이었다. 혼신이 피로에 녹아나고 있는 것이다. 살들은 아픔을 알배고는 푸들거리고, 뼈의 마디마디들에서는 타고 있었다. 손발가락이 계속적으로 푸들푸들 떨어대는가 하면, 호흡까지도 영 자리를 못 잡고 방황하는 것이었다. 게다가 몸은 기름땀으로 푹 쉬어, 더러웁고 시지근한 냄새를 풍기며, 그 땀에 엉긴 흙먼지가 끈적끈적해, 안 씻고 안 닦으면, 사람은 개보다도 더 참혹히 더러운 것이었다. 왜냐하면 사람의 몸은 보리수이기 때문이다. 이러한 잡스런 아픔과 악취는 글쎄 몸에서만 비롯되는 것이 아닌 데에 병은 있었을지도 모른다. 그것은 무엇인가 하면, 안일을 탐내고, 좋은 음식만을 갈구하며, 수면을 즐기려 하는 바로 그런 것인데, 이것은 또 무엇인가 하면, 개는 안 가진 것을 사람만 갖고 있는 저 속의 망할눔의 거울 속에 때가 덮인 그것이고 마음이 육신에 복종된 증거였을 것이었다. 글쎄, 마음엔 도대체 평정이 없고, 그것은 산만하여, 아무것 하나도 명확히 붙들어매두지도, 씻어내버리지도 못하고 있는 것이었다. 그것이 거울이란다면, 그 속에 팔만 잡스런 영상이 바람 센 날 검불처럼 구르고 있지만, 그 어느 것 하나도 명확히 볼 수가 없는 것은, 허긴 너무 황진이 두터이 뒤덮은 탓이었을꺼나, 이것은 다시 하나의 위기로서 내게 나타난 것이다. 그러한 위기는 그리고, 매순간 매찰나, 도처에서 나타나는 것이고, 저고리나 치맛자락의 우아함으로 보건대 그 얼굴이나 몸매 또한 고울 것으로 여겨지는, 그러나 얼굴이나 몸매는 보이지 않는, 허상 같은 것이다. 그러나 얼굴 없는 저고리 동정에서 미소는 찾을 일이 아닌 것이며, 유혹하는 고운 눈을 볼 것은 아니다. 만약에 그러한 상상에 의해서 그것의 유혹에 견디지 못하여, 그녀가 이끄는 대로 따라간다면, 눈에는 선연히 보이는 대로를 따라 그대가 그녀를 쫓았다 하더라도, 어디 먼 인가에서 닭이 홰치고 울 때쯤에 그대는, 그대가 얼마나 험한 가시 틈새며, 돌밭길이며, 독사가 득실거리는 풀섶을 지나왔는가 알게 될 것이고, 그리고 천야만야의 낭떠러지 일보 직전에 서 있다는 것을 알게 될 것이다. 그러므로 치마 저고리의 우아함은 쫓을 것이 절대로 못되는 것이다. 그러므로 그런 치마 저고리는 벗겨내 버리지 않으면 안 되는 것이다. 옷이란 계집을 우아하게 보이도록 하나 사내에겐 울타리인 것이어서, 자유에로의 통로를 차단한다. 그러한 장애를 뛰어넘고 보이는 계집은, 지혜의 원광만을 몸에 두르고 발가벗은, 완전히 성숙한 [8]열여섯 된 흠 없는 처녀, 왼발로 그대의 젖가슴을 딛고, 오른다리는 구부려 발바닥을 쳐들어올리며 춤추는 계집, 그러나 그녀는, 어둠 가운데 선연히 보이는 대로를 따라 그대를 인도하지는 않을 것이다. 오른손에 날이 시퍼런 낫을 들어 휘둘러서, 차라리 그대의 목을 잘라 그 목을 왼손에 들고, 그대의 골과 피를 빨 것인데, 그것이 비어버렸을 때, 그녀는 그 해골을 실에 꿰어, 구슬처럼 그녀의 목에 매달 것이다. 그럼에도, 저 벗고 춤추는, 열여섯 먹은 계집의, 부드러운 혀가 뼛속을 핥고듦은, 폐부 밑바닥까지, 그리고 발가락 끝까지 번지는 심호흡 같은 것이고, 산소 같은 것이고, 불 같은 것이다. 모든 불순한 냉독은 그래서 녹혀져, 스러져버리는 것이다. 나는 [9]이만 일천 육백 번을 한하고, 심호흡하기를 시작한 것이다.

　물론, 저 열여섯 살 된 계집의 벗은 영상 아래 명상하며 나는, 그리하여 호흡에 가락이 생기고 그 줄기가 확실해지기 시작했을 때부터는, 그리하여 훔— 하고 들이쉬는 숨이나, 옴— 하고 내뱉는 숨이나를, 그리하여 그것이 코끝으로부터 목구멍을 통해 폐부를 채우고, 그리하여 그 밑바닥에 무겁게 가라앉았다가, 그리하여 다시 폐부를 닫으며 짜여져 올라와, 그리하여 목구멍을 통해서 입술 끝으로 빠져나가는, 그리하여 그런 숨이 미치는 영향이며, 색깔이며, 오대〔地水火風空〕며에까지, 그리하여 마음을 모았다.

그러는 중에 내가 보니 물론, 저 계집의 휘두르는 낫이 내 목을 자르며, 그러는 중에 내가 보니 물론, 저 계집의 휘두르는 낫이 내 사지를 토막치며, 그러는 중에 내가 보니 물론, 저 계집의 휘두르는 낫이 내 창자를 터뜨려 처참히 흩뜨리는데, 나는 들숨이나 날숨이나를 살펴 심호흡을 계속하고 있고, 그러는 중에 내가 보니, 저 계집이 천년이나 굶은 듯이 내 골을 핥고, 그러는 중에 내가 보니, 저 계집이 천년이나 굶은 듯이 내 피를 마시고, 그러는 중에 내가 보니, 저 계집이 천년이나 굶은 듯이 내 뼛속에다 혀를 넣어 휘저으며 이빨로 갉아대고, 그러는 중에 내가 보니, 저 계집이 피에 미쳤는지, 광무스러이 돌아가며 붉은 젖가슴을 흩뜨리듯이 흔들고 엉덩이를 치까부는데, 그러는 중에 내가 보니, 닫혀 있었던 저 붉은 요니가 두 닢짜리 붉은 연꽃처럼 트이더니, 그러는 중에 내가 보니, 복숭아밭 무릉 삼월 뱃길이 트였던지, 기슭에 누웠던 천 마리의 양떼가 노을을 털해 입고 한꺼번에 계곡으로 내려오는 듯이 보이는, 그런 하혈이 홍그렁한데, 그것은 하늘 복숭아 향기로 휩싸고 있었고, 그러는 중에 내가 보니, 그녀의 요니도 깊디깊은 속으로부터, 한 송이, 아마도 천의 꽃잎짜리 흰 연(蓮)이 돋아올라와, 저 깊고도 깊은 피의 붉은 못

에 몸 잠그고 청청히 피었는데, 그것은 흩어졌던 내가 돌아온 것
이었고, 아름다웠고, 나는 아름다웠다.
 훔——

제8일

1

 "이걸 받아두십지. 미숫가루와 계란입지. 글쎄 말입지, 내 열심
히 생각해보고 말입지, 비록 졸렬한 대로이지만 말입지, 이런 결
론을 얻었더라 이런 말입습지. 화대(花代)입습지. 생각해보고 소
승은, 이만쯤의 해웃값은 분명히 내 쪽에서 지불해야 된다고 했
습지."
 그는 그러며, 그 해웃값을, 내 곁에 놓인 해골 속에다 가지런
히 담아주었다.
 이제 목욕이나 다녀오면, 정작으로 마음을 가다듬고, 몸을 다
해, 그 결과가 어떻게 되든, 낚시질에 몰두하려 작정하고 날을
다시 맞았는데, 뜻밖에 촛불중의 내방을 받은 것이다. 그도 물
론, 숯검정 물들인 장옷을 발가락 끝까지 덮어 입은데다, 얼굴가
리개까지 다 가려버리고 있어서 처음엔 누군가도 했고, 또 십이
월 검은 달에나 뭉쳐서 행악하는 것으로 사는 무슨 악귀나 아닌
가도 여겼더니, "대사께서 말입지, 소승의 내방을입지, 용허하리

라 믿는데입지"라고 시작해, 그의 음성이며 어투로, 그가 저 마근의 응시자였던 것을 알 수 있었던 것이다. 그는 헌데 아직도 항문이 성치를 못한 듯, 가랑이를 어중간히 벌리고, 엉덩이를 뒤로 내뺀 자세로, 어줍게 걷는다는 것을, 그가 돌아갈 때 보아서 알았다. "다름이 아니고 말입지, 내가입지, 대사께 뭔지 빚이라도 진 것이 있는 듯해선뎁지, 그 빚을 갚을 겸해서 왔습지." 그는 그렇게 잇고, 장옷자락의 주머니 속에서, 예의 그 낯익은 해웃값 두 가지를 꺼내는 것이었다.

"이것으로 이제입습지, 우리 관계는 청산된 것이겠습지, 그럼에도입지, 소승은 말입지, 소승의 창자 속에 잘못 심긴 애의 아비는 말입지, 찾아주어야 된다고 믿고 있는데입지, 빛의 이물(異物) 말입습지, 글쎄 그것은입지, 구운 돌이라도 임신한 것처럼 말입지, 거북하고 말입지, 그래서 낙태를 시키려 해도 안 되고입지, 그저 견디기가 어렵기만 합지. 빛의 이물, 거북한 이물입지, 그것이 그래서 말입지, 내 속을 지혜로나 밝혀주면 좋을 터인데입지, 그렇지가 않고 말입습지, 체한 듯이 가슴이 답답하고입지, 토해져 나오려고만 하는데입지, 글쎄 그것은 일종의 눈알 같은 것이나 아닐지 모릅지, 손가락에 뽑혀진 눈알 같은 것 말입지. 헷헷, 눈으로 빛은 보는 것이니 말입지, 그렇게 생각하게 된 건지도 모르지만입지, 그러니까 소승의 서투른 비유는 말입지, 한 개인에 이르르면 촛불이 눈을 정의하는 것이 아니고 말입지, 그 개인의 눈에 의해서 그 빛이 빛이 될 수 있다는 이런 말인데입지, 이 말을 뒤집어보고, 그런 뒤 합쳐보면 말입지, 눈과 빛은 그래서 같은 것이다, 말입지, 그런 결론이더라 말입지. 그러고 났더니 말입지, 뽑혔어도 산 눈이 말입지, 소승의 창자 속을 떼굴 떼굴 구르며입지, 그 안의 왼갖 추악함을 보며 핥고 있는 듯합지, 그런 고통스런 눈이군입지, 이물입지, 창자의 어느 구석에 뭉친 돌 같은 것입지. 그것은 어쨌든 뽑아내야겠습지? 아직 소승은 어떻게 유산시킬지는 모르지만입지, 그 애의 아비는 대사가 아니겠느냐 말입지, 헷헷헷. 그럼 평강하십지. 아 성불하십지."

그는 그리고, 합장한 뒤, 더러운 걸음걸이로 돌아갔다. 나는 그러나 당분간 아무것도 생각할 수도 느낄 수도 없어, 소갈머리 없이 실실 웃다가, 해골 속으로 눈을 떨구었더니, 어디서 비롯된 것인지도 모를 비린내가 느껴지고, 그것은 종내 입 속에 끈적히 괴어서는, 창자를 뒤집어놓았다. 그렇다고 해서 나는, 저 이상스러운 화대를 집어들어 팽개쳤거나, 눈이라도 흘겼거나, 뭐 그런 짓은 하지 않았다. 다시 생각해 보니 그것은 아마도 내가 노동하고 번 임금인 듯했으며, 그런 의미에선 정당했다. 그런 일이란 있을 수 없겠으나, 그래도 만약 있을 수 있다면, 언제든 나도, 부자스럽게, 그에게 이만쯤의 놀음차는 치르기 위해서, 그러기 위해서라도 간직해두는 것은 좋을 듯했다. 허기만, 이런 비린내 독한 날따라, 젠장하겠다고 하늘까지 된통 흐려, 그것도 비린내를 풍겨내고 있었다.

그러나 어쨌든 목욕재계하고설랑, 유리의 세사, 속진 잊고, 떨쳐내버리고 볼 일이라고, 장옷 꿰고 물항아리 긴 뒤, 삽이며 괭이도 돌려줄 양으로 챙겨들었다. 삽이며 괭이는 하나의 구실로써 챙겨든 것인지도 모르긴 했는데, 할 수 있으면 난, 그 계집을 꾀어내어, 같이 목욕을 하러 갔으면 하고 바라고 있던 것이다. 그래서 그런 어떤 계집에 의하여, 한 창남(娼男)이 그 창남의 누명 벗게 되기를 바란 것이었다.

2

"요 메칠 백찌 되세기가 아픔선, 무신 생각 겉은 것이 차꼬 드는디라우, 그래서 나 말이라우, 시집 갈라고 형만이라우."
 우리는, 그녀와 나를 말이지만, 어느덧 촛불중네 굴 앞을 지나, 소나무가 있는 샘으로 이어지는 길을 걸어가고 있었다.
"아, 에헤, 그 그러니깐두루 말이지."
"그렁개로 나는 말이라우, 기양 혼차서 시집 갈라고 헌당개라우. 그래 각고 한 사나 지집험선, 고 사나만 늘 봤으면 싶으당개요."
"아, 헤헤, 그, 그러니깐두루 말이지?"
"그람선 아도 낳고라우, 마당도 쓸고라우, 호박도 싱구고라우, 헐일 없으면 정제(부엌) 문테기 택(턱) 받치고 앉았고라우, 노래도 하고라우."
"아, 헤헤, 그, 그러니깐두루 말이지!"
"글씨 나 말이라우, 생각해본 남친(나머지)디라우, 시집 갈란당개요. 고렇게 맘 딱 묵어버렸은개, 고렇게 알겨라우이."
"아, 헤헤, 그, 그러니깐두루 말이지?"
"시님이 날 싫단대도 워짤 수 없어라우 인제는. 내가 맘 딱 묵어삐렸다고 안허요이. 그랑께 누가 시님보고 장개 오라고 허든 안헝개라우."
"아, 헤헤, 그, 그러니깐두루 말이지!"

"그랑개 인제부텀, 시님을 내가 임자라고 불러도 되고라우, 낭군님이라고 불러도 될 것이요이. 그려요. 참 좋아라우. 내가 인제 시님 안댁이어라우. 각씨어라우. 제집이어라우. 그랑개 우리 고렇게 정해 뻐렀소이? 나는 인제 절단코 다른 시님 안 받을랑개 요렇게 흰옷도 안 입었겄는개뵤. 월후 비칠 때만 요런 옷을 입는디라우, 가(그 애)들은 나보고 시나 월후냐고 묻는디라우, 워디 가요? 그래도 하매 오널 니얼 새 시작은 헐 것이요."
"아, 헤헤, 그, 그러니깐두루 말이지!"
우리의 이야기는 여기서 끊겼다. 그런 대신 우리는 서로의 손이나 꼭 잡고, 간혹 한숨이나 한번씩 불어내며 걸었다.
샘에 닿았기에 우리는, 장옷들을 벗어버려 흰 몸을 하늘 아래 드러냈고, 그리고 그저 마주 보고 서서 서로를 바라보기나 했는데, 머뭇거리며 악수라도 청하듯이 그녀가 오른손을 내밀었기에, 그 손을 나도 오른손으로 잡아주었더니, 그녀가 다시 왼손을 내밀어, 또 나의 왼손으로 그 왼손을 꼭 잡아주고, 그리고 우리는 아마 눈으로 이야기하기 시작했을 것이었다. [10]오른손이 오른손을, 왼손이 왼손을 잡아 서로 가로건너지르게 하고 있었기에, 우리는 서로 껴안지는 못했다. 그녀는 눈으로 이렇게 말하고 있는 것 같았다.
[11]"서방님, 날 임자헌티 복종케 허셔라우."
"여자여, 나로 하여금 그대의 남편이 되게 하라."
천번이라도 나는 그렇게 외쳐주고 싶었었다.
우리는 그러다 그런 채로, 한 발씩 잠가 샘 안으로 들어섰고, 그리고 [12]서로를 바라보며 그 샘바닥에 앉았다.
[13]"내가 말이지, 너를 힘있게 안는 것처럼, 자네도 그렇게 좀 날

안아보라구."
 그녀를 드디어 껴안으며, 내가 그렇게 말했고, 그러자 그녀가 킥킥거리며,
 "수탉이 암탉헌티 그러는 것맹이, 임자는 나헌티 그렁만이요이" 하고 말했다.
 그리고 우리는 그 ⁽¹¹⁴⁾샘 안에 누웠는데, 그때 우리는 죽어, 그 물 밑에 가라앉아 있었을 것이었다.
 광야에서 은혜를 얻었나니.

제9일

1

 거미며 전갈 따위의 암수 관계는, 그것이 다시 어떻게 해석되어져야 좋을지를 모르는 데에, 나는 이른 듯했다. 수놈은 자기의 목숨을 해웃값삼아, 암놈의 등에 기를 쓰고 들러붙는데, 그리하여 암놈이 수놈을 수용하기 시작하면, 저 수놈의 해골 속에 암놈의 혀가 박혀 골을 핥고, 수놈의 사지가 절단나는가 하면, 똥창자가 흩어지고, 암놈은 천년이나 굶은 듯이 그것들을 움켜먹는다. 그것은 참으로 살벌한 육교인 듯한데, 구국을 위한 전장에서도 아니고, 그렇다고 보살행도 아닐 터인데도, 다만 한 번의 사정(射精)을 위해서 수놈은, 꽃다운 젊은 나이, 씩씩한 몸을 산화

시켜버리는 것이다.

　나는, 그런 종류의 집착의 관계를 어떻게 이해해야 할지를 모른 데에 와버린 것이다. 그런 분골쇄신의 교미가 실제로 행해지는가 않는가와도 상관없이, 왜냐하면, 선인들이 관찰하여 후생들께 전해주고 있는 저 정사의 장면은, 그것이 거미나 전갈에 관한 춘담(春譚)만은 아닌 것 같기 때문이다. 어쨌든, 거미나 전갈의 암수에 이르르면, 계집과 어미의 구별이, 남편과 아들의 구별이 전혀 안 되고 있는 것이다. 그것들의 암컷이, 그것들의 수컷의 꼬리를 용납하고 있을 때, 그것은 엄연히 수컷의 계집인데도, 그 교미가 절정에 달하고 있을 때, 그 암컷은, 자기의 남성이었던 것을 씹어서, 목구멍으로 삼켜, 자기의 자궁 속에다 넣어놓아 버리는 것이다. 이러는 동안에, 남편은 아들로 변해 있고, 저 암컷은 어머니로 둔갑되어 있는데, 그러나 이 과정에 무리는 없는 듯하다.

　그러나 수컷에 이르르면, 자기의 암컷이자, 자기의 어미인, 저 선녀자가 어떻게 이해되고 있을 것인가. 자기 파괴를 전제하고서라도 그 성교를 강행군하려드는, 저 선남자의 색탐은 이해키 적이 곤란하다. 다만 추측하고 얘기할 수 있는 것이 있다면, 그것은 어쩌면 두 개의 혀를 가진 짐승일지도 모르는데 — 생명이 '말'과 혼동되고, 그 '말'은 혀에 의해 의미를 획득하는 것이라면 — 혀의 하나는 자기를 부나비로 만들고 싶어하고, 다른 하나는 나비가 되어 날아가기를 바람으로 해서, 저 선녀자를 하나의 제단, 하나의 장소로 택한 것은 아닌가, 그런 것이다. 그렇게 따지고 보면, 그때 암컷은 생명이 아니라, 수컷의 의지를 수용하고, 그 의지의 발효를 돕는 하나의 요니 전체에 머무는 듯한데,

수컷은 그래서 자기 몸을 저 그릇에 바쳐 피 뿌린 뒤, 그 속에서 유아로 환신한다. 그리고 보면, 이 요니의 의미는, 운동으로서의 수컷에 저변했거나 휩싸고 있는, 어떤 정지 같은 것으로도 이해되고, 있음으로써의 수컷을 휩싸고 있는 무(無)처럼도 이해되는데, 그녀는 그래서, 저 수컷에 의해 세월을 얻고, 어려지기도 늙어지기도 하는 듯이 여겨진다. 그래서 곡신(谷神)은 죽지 않으니, 그것을 신비스런 암컷(玄牝)이라고 부르는 것이다.

그리하여 부차적으로 따르는 결과는, 아직 늙어본 적 없는 저 어미가 어리게 낳아놓은 아들은, 그 어미 뱃속으로 들어갔던 그 아비만큼은 늙었으리라는 것이며, 그래서 젊은 어미가 늙은 아들을 낳았으리라는 것이고 그 늙은 아들은 그리고 정작에 있어 그녀의 어린 남편인데, 그 어린 남편의 현재의 아내는, 자기 어미만큼 늙은 바로 그 여자라는 이런 것이다.

이런 관계는 그리하여 하나의 (15)도식을 도출해낸다.

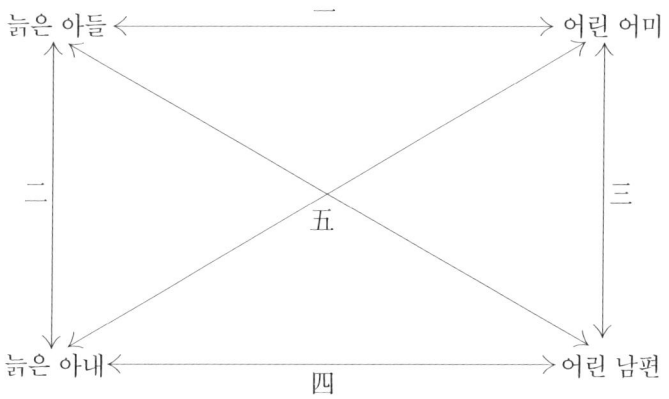

제1장 189

2

　그런데 만약, 이 도식에 의해 생각을 진전시키는 것이 가능하다면, 이것은 양성(兩性), 또는 태극(太極)을 이뤄내거나, 팔괘에서 육십사괘로까지 분화하거나 할 듯도 싶은데, 생각의 진전이 상향인가 하향인가에 의해 좌우될 것인 듯하다.
　우선 가정해서,

　　늙은 아들 ── 太陽 · 大用
　　늙은 아내 ── 太陰 · 大體
　　어린 남편 ── 少陽 · 小用
　　어린 어미 ── 少陰 · 小體

라고 명명하는 것이 가능하다면, 그리고 그것은 가능한데, 같은 도식 위에서 그 이름만이 바뀌어져 나타난다. 그리하여 그 이름에 의해, 상향식(上向式)으로 관찰한다면, 이런 결과가 도출될 것이었다.
　도식의

　　一. 陽 속의 陰의 관계
　　二. 太極 또는 兩性
　　三. ── 이름하여 ── 少太極. 少兩性
　　四. 陰 속의 陽의 관계
　　五. 陽 속의 陽의 관계. 陰 속의 陰의 관계

여기에서 二는 큰 자아(自我), 또는 우주라고 보는 것이 가능한 듯하며, 三은, 큰 자아에 대한 작은 자아로서의 어떤 개체라고 보는 것이 가능한 것처럼 여겨지고, 무엇보다도, 저 두 선이 교차하는 五의 일점은, 방위에 있어선 중앙을, 색깔에 있어 누름〔黃〕을, 오행에 있어 흙〔土〕을, 수(數)에 있어 절대적 양수(陽數)를, 맛에 있어 닮을, 계절에 있어 토용을 담당하고 있어, 참으로 신비한 방처럼 여겨진다.

그러나 하향식 관찰에서는 아마도, 선인들의 도식을 그대로 빌려쓰는 것이 허락되어질 듯한데, 태극이 양의(兩儀) 사상(四象) 팔괘(八卦)로 분화하는 도식이다. 그런데 아마도, 상향식 관찰을 보다 완벽하게 하기 위해서는, 심리를 연구하는 학술의 보조를 받는 것이 필요한 듯하며, 하향식 관찰을 위해서는 역술(易術)의 보조를 받는 것이 필요한 듯하기는 하다. 그러나 그 어느 것도 내가 관여할 분야는 아니다. 나로서는 다만, 그리하여, 거미나 전갈의 암수 관계의 춘담이, 그것에만 머물지는 않을지도 모른다는, 수수께끼만을 얻어낸 셈인 것이다.

3

그럼에도 나는, 전갈이나 거미 따위의 암·수컷의 관계를 조금도 이해하고 있는 것이 아니다. 헌데 이것은, 저 계집과 나와의 관계를, 정시해서 판단해야 될 때인데, 왜냐하면 나는, 한 마리의 전갈의 수컷, 거미의 수놈으로서, 저 계집의 주안(呪眼)의 둘레를 벗어나지 못하고 있으며, 두 개의 혀로써 내가 내 혼을 갉고, 마시려 들고 있는 것이다.

4

 진종일 나는, 아무 진전도 집중도 얻을 수 없는, 그것은 망념이라고나 해야 할 그런 것으로, 마른 늪 둔덕을 배회했다. 구름은, 어제쯤은 은빛과 구릿빛이 섞인 섯이었는데, 오늘은 납빛을 띠고 세상을 우중충하게 했다. 오래 가물었던 모양이었는데, 그 버석거리는 고장 위에, 하마 언제쯤은 비라도 한줄금 할 듯도 싶었다.
 진종일 나는, 둔덕을 배회하며, 나의 죽음을 생각했는지도 모른다. 어쩐지 산다는 일은 무척 피곤하며 불능스러운데, 혼은 납처럼 무거워, 뒤꿈치까지 가라앉아내려, 몸에 족쇄라도 채워놓은 듯만 싶은 것이었다. 그래서 걸음은 힘들고, 등은 휘이려 하며, 눈은 세 치 밖을 내어다보기에도 힘들어한다.
 진종일 나는, 그리고 둔덕을 비척이며 유리로부터의 도주를 생각했을 것이었다. 아무것도 작위되지 않으며, 그렇다고 무작위도 아니며, 살아 있는 듯하지도 않지만 죽어 있는 것도 또 아닌 듯한, 이 고장의 살벌스러운 아늑함에 대해 나는 지치고 넌더리를 내고 있었던 것이다. 그런 살벌스럽기까지도 한 아늑함의 납양(納陽)에, 생명은 그 꼭지 부분에 수분과 접착력을 잃고, 이승 가지로부터 떨어져내려, 저승 마당 귀퉁이로 굴러들어가려고 하고 있는데, 그런 조락(早落)은, 저승 귀퉁이 그늘, 아직 덜 익은 여름 위에다 진눈깨비를 뿌려넣는 것이다.

5

　결국 나는, 종잡을 수 없이 흘러가고, 떠밀려오고, 또 가라앉았다 치솟아 올라온 것이었다. 납빛 하늘로부터, 저 우중충한 빛까지도 검게 바뀌어지고 있을 때, 결국 나는 죽지도 떠나지도 못하고, 내가 그렇게도 땀 흘려 판 토굴 속으로, 한 마리의 땅강아지처럼, 뻴뻴거리고 들어가 누워버렸다. 그러나 어쩐지 으시시 추웠다. 물론 해골이며, 물항아리며 삼베 호청까지도 다 가져다 적당히 배치해 두었으므로, 그것이 아늑해야 할 나의 거처일 텐데도, 이 저녁엔 추웠다.
　계집은 당분간 와주지 않을지도 모르는데, 내가 그렇게 타일렀던 것이다. 그것이 또한 나를 춥게 했다. 그러나 어쨌든, 사타구니 새에 머리를 묻고, 개처럼 둥글게 안온히 자며, 내일 짖어댈 것을 가슴에다 따뜻이 데워놓는 일뿐일 것이다.

제 2 장

제 10 일

　예의 연꽃 자세〔蓮花坐〕로, 하루도 종일토록 나는, 반석 위에 피어 있다가, 졌다가, 또 피기는 했으나, 술시(戌時)가 되기까지도, 방황하고 의혹하고, 또 단계도 없이 비약했다가, 깊이도 모를 데로 굴러떨어져내리곤 했었다. 나는 아마도 꿍꿍 앓았을 것이었다. 그러다가, 터진 그물이라도 손보기 시작하게 된 것은, 아마도 술시초쯤이었으리라고 생각된다.
　나는 종일, 전날 실패했던 그 마지막 순간을 어떻게 포착할 것인가로 앓기는 된통 앓아댔었다. 그러니까, 물 속에서는 유영하고 있으나, 수면의 밖으로 몸이 드러내지기만 하면, 유성이 대기권 속으로 떨어져들면 어쩔 수 없이 제 몸을 태워버리듯이, 그렇게 자연 소멸을 해버리던, 저 고기의 이민을 어떻게 가능시키느냐의 문제였던 것이다. 그러나 어쩌면 나는, 낚시 끝에 고기의 '생명'을 낚아내기는 했었을지도 모른다. 그것이 '형태'를 잃어버림으로 해서, 내가 낚아낸 것의 무의미를 늘 내게 보여주곤 했던 것이지마는, 나는 그래서 그것들의 형태를 적확히 파악하고 포착하려는 데서부터 다시 어부업을 시작한 것이다. 그리고 발상은 쉬웠다. 하지만 그 문제로 나는, 바다밑 이만 리를 팔만 번 한하고 자맥질해대지 않으면 안 되었는데, 고기의 형태를 그려놓았을지도 모르는 무슨 낙서(落書)나, 비경(秘經)이라도 찾으려는 것이었다. 글쎄, 저 깊고도 넓은 그릇 속에는 송사리 크기의 작은 고기도 있는가 하면, 연어나 상어 같은 큰 고기도 있고, 납새미나 가오리 같은 넓적한 고기도 있는가 하면, 뱀장어나 미꾸라지 같은 길고 가늘며 둥근 고기도 있고, 문어나 오징어 같은 것이 있는가 하면, 그것이 어류든 아니든, 물밑 모래 속에 박혀 있는 조개 같은 것도 있어서, 도대체 그것의 크기로부터 속(屬) 그리고 양태들을 분류해내고 종합해낸다는 일이란, 일종의 미친 짓에 속한 듯하며, 그것도 또한 어류·어족학적 분야인 듯하기만 한 것이다. 그러했대도 만약에 내가, 그런 여러 종류들 중에서, 각각 한 마리씩의 '비린내 독한 반편이' 고기라도 낚아 올려낼 수만 있었다면, 문제는 아니었다.

 이런 문제는, 참으로 막연하고, 또 울침스러이 나를 눌러대서, 나중에는 내가, 그러한 무게 밑에 깔려 납작해져버린, 바다밑 무슨, 비린내 독해서 먹도 못할 놈의, 조개라도 되어진 기분이었다. 그런 시간이 계속되어갈수록, 내 속에서는 번열이 나고, 미친병이 솟아나, 대체 누가 미쳐서 날뛰다 공중에서 죽어 거기 머물렀다더냐 하고, 고함을 꽥꽥 질러대며, 코 막고 늪바닥으로 뛰어들었을 것인데, 그러나 나는 공중에서 죽어 거기 둥둥 떠 있지는 못했고, 그런 대신 똥이 마려웠다. 그러며 나를 낳은 모태를, 낳은 날을, 낳자마자 죽지 않은 것을, 나만을 피해 다른 데로 도는 급살을, 내가 선 땅을, 머리 두른 하늘을, 내 혀를 저주했었을 것인데, 내 목구멍에선 구린내가 되게 뽑아져 올라왔다.

술시초의 나의 시작은 그리하여 모든 고기들을 있는바 그대로 그냥 놓고, 그것들을 서로 비교해가며, 서로 사이에 일치되지 않는 점이 있으면, 그것이 지느러미든 아가미든, 심지어 귀때기든 뿔이든 다 떼어내버리고, 상사점만을 남겨, 그 상사점의 총계로 하여, 고기의 일반적 공통적 형태로 삼자는 것이었다. 그러는 과정에 물론, 일차적으로 고기들은 이름까지도 잃게 되는데, 왜냐하면, '꽁치'라는 이름과 '연어'라는 이름 사이에는 '고기'라는 것 빼놓고, 아무런 일치점도 있는 것이 아니기 때문이다. 그래서 이차적으로는 즉슨, '가오리는 넓고 납작하며 원만히 둥근데다, 그 몸 전체가 지느러미처럼 보이는 데 반해, 물구렁이는 가늘고 길며, 뾰죽하게 둥근데다 지느러미가 거의 없다. 그러면 그것들에선 무엇을 취하고 무엇을 버릴 것인가?'라고 계속 질문해가며, 계속 답변해가는 것이다. '상어와 멸치는 비슷한 모양이지만, 하나는 눈이 크고, 하나는 눈이 작고, 하나는 입이 크고, 하나는 입이 작고, 글쎄 전체로서는 하나는 턱없이 크고, 하나는 턱없이 작은데다, 하나는 사납고, 하나는 순한데, 그것들에게서는 무엇을 덜어내고 무엇을 남길 것인가?'

그렇게 해서 이제, 내가 이름도 알며, 그 모양도 생생히 기억할 수 있는 모든 고기들과, 그들의 사돈들과, 그 사돈들의 팔촌 고기까지들을 다 만나고, 다 저울에 달아보기에, 다시 한 식경쯤이 흘렀다. 하지만 한 식경을 누가 수유라고 말할 수 있겠는가? 그 한 식경 동안에, 한 마리의 양기 좋은 연어가, 암놈이 갈겨놓은 천 개의 알 위에, 정액을 살포했다면, 한 마리의 연어가 그저 일년만 산다고 해도, 천년의 세월이 그 한 식경에 옭혀든 것이며, 그 한 식경 동안에, 삼백 년 살아온 소나무 삼백 그루의 숲이 타버렸다면, 그 한 식경 속에서 구만 년의 세월이 재가 되어버린 것이다. 그리고, 후, 곬으로 곬으로, 후, 잘 집중되어지는 명상이란, 홋, 그런 것이어서, 한 식경 동안에 천년을 싸아안기도, 구만 년을 흩뜨리기도 하는 것이다.

— [16]'고기의 형태는 그리고 양극(兩極)을 갖는 타원형이라고 불리어질 것 이상의 아무것도 아니다.'

이것이, 그 탐구의 도달점으로, 내가 해시초에 얻은 것이다.

'고기는, 양극을 갖는 타원형이라고 불리어질 것으로 형태지어져 있다.'

그러나 어쩐지 나는, 병에 걸린 듯이 자꾸 웃음이 나와 참을 수가 없고, 각혈모양, 기침이 콩콩 넘어와 불편스럽기만 했다. 글쎄 그것이었다.

'양극을 갖는 타원형이라고 불리어질 것' — 눈도, 코도, 입도, 귀도, 생식기도, 생명도 없는 그것, 애초에는 없던 뿔이 양극으로 돋아난 그것, 그것 하나를 낚아내기 위해 나는, 그렇게도 번열을 일으켰던 것이다. '고기는 양극을 갖는 타원형이라고 불리어질 것으로 형태지어진다. 그러나 그런 타원형이란 실제의 고기에겐 무의미하다, 그러므로 고기는 무의미하다.' 그러며 나는 캑캑 웃고, 콩콩 기침을 해댄 것이다. 허지만 별로 오래 웃지는 못했다. '고기는 무의미하다'라는 저 구절이 어쩐지 스스로도 의문스럽던 것이다. 삼라만상 중에서, 어째서 하필이면 고기만이 무의미할 것인가? 만약에 고기가 무의미하다면, 그것은 연쇄적 반응을 일으키게 될 터인데, 짐승도, 새도, 나무도 무의미한 것으로 되어야 옳은 것이다. 그러므로 세상도 무의미하고, 우주도 무의미하다는 부차적 결론이 도출될 수 있는 것이다. 혹은 그럴는지도 모르긴 하다. 그러나 그렇다고 해서, '양극을 갖는 타원형은 무의미하다'라는 하나의 가정에 의해서, 내게 형벌로 주어진 것을, 내가 방기해버려도 좋다고는, 아무리 해도 믿기어지지가 않았다. 우주도 무의미하므로, 산다는 것도 무의미하다, 그러므로 자살이라도 하는 것이다 — 하나의 가정에 의해서, 그것까지도 무의미할 자살을 감행하는 것과 자기 복역의 파기는 어떻게 다른가? 아마도 나는 생각을 부정적인 데로 진전시키고, 캑캑 짖었을지도 모른다.

그래서 내가, '그것은 그 속의 공(空)이나 무(無)에 의해서 보건대, 양극을 갖는 타원형이란 어쩌면 하나의 체(體)에 머문 듯하고, 그래서 그것은 해골 같은 것일지도 모른다'라고, 재가정했을 때, 그것은 반드시 무의미한 것 같지만은 않았다.

나는 거기서부터 다시 살펴보기를 시작했다.

그러다가, 우라질녀러, 존재의 비극과 대면하고 말았는데, 바로 저 양극을 갖는 타원형이라고 불리어질 어떤 것이, 저 고기들의 구속, 고기들의 자유와 해탈의 한계를 구획해왔던 그 전부의 본인이었다는 것이 알려진 것이다. 어떤 고기든, 그 고기가, 저 양극을 갖는 타원형으로부터 벗어날 수만 있었다면, 그것은 이미 고기는 아닌, 제삼의 존재로의 전신(轉身)을 치렀을 것이었으며, 저 약육강식의 고해로부터 자기를 빼어나왔을 것이었다. 그런 뒤 물론, 그것이 어떤 것일지는 모르되, 다른 새로운 운명에 처하게 되었을 것이었다. 그러나 그 고기가 양극을 갖는 타원형이라고 불릴 어떤 형태 속에 감금되어버렸을 때, 그것은 그냥 고기며, 저 살벌한, 휴식 없는 세계를 어쩔 수 없이 살아야 되며, 그 세계 밖에로의 탈출은 성취할 수 없는 것으로 운명지어져버린다. 고기 중에서도 상어여서, 상어인 것을 기뻐한다고 하더라도, 어쨌든 그 유적(流謫)은 비극이다.

여러 고기의, 여러 형태의 저변에 놓인 한 공통 분모, 어쩌면 한 구조라고 불러야 될지도 모를, 양극을 갖는 저 타원형은 그래서, 사실에 있어, 고기의 업(業)을 규정하고, 또한 생명을 규정하는 것처럼 보인다.

하지만 어쩌면 나는, 어부로서는 실패해가고 있을는지도 모른다. 나는 점차, 반드시 고기만을 한정해 생각하고 있는 것만은 아니었다. 고기의 천만 가지의 형태 속에서, 그 어떤 하나의 공통 분모를 취해낼 수 있었을 때, 형태가 주는 비극에 대해 나는 계속적으로 집념하기 시작한 것이다. 반복되지만, 그래서 형태란 업으로까지 규정할 수 있는 어떤 것이라고 믿게 된 것인데, 어떤 생명이 어떤 형태 속에 일단 유형되어졌을 때, 그래서 그 생명은, 그것 자체의 근본과도 상관없이, 그 형태가 구획하고 있는 것의 비극에 어쩔 수 없이 당하지 않으면 안 된다는 것이, 내게는 슬펐다. 그리고 나는, 아무리 해도 이러한 결론에는 거역할 수가 없었다. 근원적으로 그냥 무구한 생명이었던 것이, 일단 지렁이의 형태 속에 구속당하면, 두더지나 새에게 먹히고, 그것이 독수리의 형태에 제휴되면 낙락장송 꼭대기에서 세상을 하시하는 것이다. 그러고 보면, 형태라는 것이, 어디 토기장에서 구워지는 옹기 그릇들처럼, 이 세상의 어디엔가 병렬해 있는데, 생명이 바람처럼 떠돌다, 그 무(無)를 당해 이(利)로서 나타나는 것이나 아닌가 하는 의심도 든다. 그러면 도대체, 저 형태들을 구워내는 토기장은 어디에 있으며, 또 그 형태들 속에 스며들 생명은 어디로부터 흘러오며, 어찌해서 모든 생명들은 독수리나 사자나 상어의 형태에 제휴하지 못하고, 지렁이며 빈대며 굼벵이 따위의 몸을 빌리지 않으면 안 되며, 어떻게 저 빈 그릇과 흐르는 생명은 서로 화합할 수 있는가. 하지만 이런 문제들을 풀기 위해서는, 다시 어머니의 뱃속으로 들어가보는 수밖에는 없으리라, 그리하여, 한낱 하늬바람으로 흘렀던 자기가, 어떤 의지에 의해서, 자기의 형태를 입혀주는 그 어미의 자궁으로 들었는가를, 열심히 살펴보는 수밖에 없으리라. [17]바르도로 가자, 아으 바르도로 가자. 망자들의 마흔아흐레의 객숙소, 그래서 운명들이 산지사방으로, 팔만 유정으로 헤어져가며, 흔드는 손들을 보자. 하직하는 손들 위에 떨어지는 눈물을, 그 눈물 위에로 번지는 어두움을, 그 어두움을 통해 어머니들의 사타구니가 환하게 열리는 것을, 그 모두를 보기 위해, 바르도로 가자, 아으 바르도로 가자.

 그러나 어쨌든, 그렇게도 많은 고기들의 형태가, 하나의 구조 위에서 성시를 이룬 것이 분명하다면, 또한 팔만 유정의 팔만 형태도 어쩌면 한 원전(原典)의 개성적 개변(改變)에 불과하다는 가정이 또한 가능해진다. 어쩌면 그것은 가정으로서가 아니라 실제로서, 팔만 유정은 한 원전의 팔만 후손일지도 모르긴 하다. 그러나 그 원전을 얻어내기 위해서는, 다시 겁(劫)의 산법으로써나 계산될 세월을 걸려서, 팔만 유정들을 다 만나고 그들의 임신으로부터 죽음에 이르기까지의 과정 너머에 있는 것까지를 소상히 관찰해보는 것이 필요할지도 모른다. 그러나 나는, 나대로 고기의 형태는 취해낸 셈인데, 그리고 출발은 이 형태를 취해냄으로 하여 시작되었던 것이므로, 이것을 다시 출발점으로 하여, 고기가 아닌 다른 유정들 속에서도, 가령 솔개라든가 고슴도치라든가 사람이라든가, 아무튼 어떤 존재 속에서라도 고기와의 유사점을 찾아내는 것이 가능하다면, 그리고 그것들은 종내 같은 것들이라는 결론을 얻을 수 있다면, 팔만 유정들을 다 만나야 할 필요는 결코 없는 듯하다. 그러니까, 만약에 '사람과 고기는 같은 것이다'라는 결론이 도출될 수 있다면, '사람의 형태 또한 양극을 갖는 타원형이다. 그러므로 고기나 사람의 형태의 원본은 양극을 갖는 타원형이다'라고 말할 수 있는 것인데, 그와 같은 방법에 좇아 조금만 더 복합화시킨다면, '사슴도 참새도 고기며, 그러므로 양극을 갖는 타원형의 형태를 취한다'라는 결론이 저절로 도출될 것이었다. 그러므로 팔만 유정 속에서 고기와 비교될 어떤 유정을 먼저 뽑고, 그런 뒤 고기와의 상이점이나 유사점을 발견해나가는 것이 급선무일 듯하다. 헌데 만약에, 영겁의 주가 창조하여, 팔만 유정·무정이 선물로 주어진 자가 사람이란다면, 사람이란 그중 좋은 재료이며, 그러므로 그 영장이 고기와 완전히 같은 것이라고 할 땐, 쥐새끼야 따져서 무엇할 것인가. 그러므로 나는, 하나의 재료로서 사람을 택하기로 했다. 그리고 선인들의 고기(古記)가 아직도 그 가치를 지니고 있다고 하면, 그러한 기록들로부터 얼마쯤의 조력을 얻는 것은 훌륭할 터인데, 그렇게 해서라야만, 장차 얻게 될 결론이 보편화를 획득할 수 있을 것이기 때문이다.

그러한 고기(古記)의 어떤 것에 의하면 그리고 참으로 다행하게도, 고기와 사람이 완전히 혼동된 대목이 있다.

즉슨,

―― 저희는 어부라, 말씀하시되, 나를 따라오너라, 내가 너희로 사람을 낚는 어부가 되게 하리라. (「마태」 4: 18~19)

라는 기록에 의하면, '사람'이 완전히 '고기'로 취급된 예인데,

　　우리가 이와 같이 하여 모든 의를 이루는 것이 합당하니라. 〔……〕 예수께서 세례를 받으시고 곧 물에서 올라오실새 〔……〕 성령이 비둘기같이 내려…… (「마태」 3: 15~16)

에서는, '사람'이 '세례'를 통하여, 고기처럼 물 속에 잠겼다 뜨는 광경을 보여준다. 그러나 '내가 너희로 사람을 낚는 어부가 되게 하리라'는, 얼핏 보기에, 대단히 잘못 쓰여진 문학적 비유인 듯하기는 하다. 소박하게 그대로 이해해서, 고기를 물에서 낚아올리는 행위는, 그것이 사람의 편에서는 경제적 수단임에도 불구하고, 고기의 편에서는 그것이 곧장 죽음과 연결지어지기 때문이다. 그러므로 '사람'을 '고기'에 비유하여, 그 사람을 고기처럼 낚아낸다는 일은, 그 사람을 살해하는 행위로밖에는 여겨지지 않는다. 그래서 그것은 서투른 비유인 듯하지만, 정작에 있어, 이 점이야말로 중요한 듯하다. 그래서 저 비유가 큰 의미를 획득하는 것일 터인데, 그것은 '거듭 낳음'의 과정을 은연중에, 그러나 소상히 밝히고 있는 말일 것이기 때문이다. 거듭나기 위해서, 생명은 그것이 어떤 것이든, 한번 죽지 않으면 안 될 것인 듯하다. 그러니까 말을 바꾸면 그러한 어부업이란, '사람'은 죽이되 '생명'은 낚아내는 행위로 여겨진다. '세례' 또는 '침례'가 또한 그런 의미인 것으로 해석되어져온 것인데, 물을 죽음과

동일시하여, 그 물 속에 잠겨 앉았다 일어서는 것을 중생으로 여기는, 의식(儀式)이라는 것이다. 그것이 이른바 '모든 의를 이루는 것'이며, '물에서 올라오실새 〔……〕 성령이 비둘기같이 내려'는, 한 마리의 고기가 물을 극복하고, 등천해가는 광경인 듯하다.

그러나 어째서, '세례' 또는 '물 속에 잠기기'가 '죽음'과 관련을 갖는가는 아직도 의문이기는 하다. 그 점에 관해서도 하기는, 고기(古記)의 기술자들이 소홀히하지는 않은 듯하다. 그런 기사들을, 그 문맥과 상황에 따라 병렬해 보면, 그 내용이 보다 명백해진다.

— 요나를 들어 바다에 던지매 (「요나」 1: 15)
— 요셉에게 시체를 내어주는지라 (「마가」 15: 45)
— 여호와께서 이미 큰 물고기를 예비하사 요나를 삼키게 하였으므로 (「요나」 1: 17)
— 요셉이 세마포로 싸고 예수를 내려다가 이것으로 싸서 바위 속에 판 무덤에 놓으매 (「마가」 15: 46)
— 요나가 삼일 삼야를 물고기 배에 있으니라 (「요나」 1: 17)
— 누가 우리를 위하여 무덤 문에서 돌을 굴려주리요? (「마가」 16: 3)
— 여호와께서 그 물고기에게 명하시매 요나를 육지에 토하니라 (「요나」 2: 10)
— 제삼일에 죽은 자 가운데서 살아날 것과 (「누가」 24: 46)

이 관계는 그러니까, 바다에 던져졌다 삼일 만에 살아난 요나와 땅에 장사되어 삼일 만에 부활한 예수의 죽음이, 완전히 같은 형태로 취급된 것이다.

저 요나의 죽음과 중생(重生)은, 예수에 의해 미리, 자기의 죽음과 부활의 한 예시로서 이해되어왔었던 것이긴 하다. '악하고 음란한 세대가 표적을 구하나 선지자 요나의 표적밖에는 보일 표적이 없느니라. 요나가 밤낮 사흘을 큰 물고기 뱃속에 있었던 것같이 인자도 밤낮 사흘을 땅 속에 있으리라.'(「마태」12: 39~41)

이 기사들은 그리하여 '물'과 '뭍'이 동시에 '죽음'인 것을 나타내고, 저 '큰 물고기'와, '사람'을 장사한 일이 없는 바위에 판 무덤(「누가」23: 53)을 같은 것으로 보고 있다. 어쨌든 쌍어궁에서 태어난 한 마리의 물고기, 저 '사람의 아들'이, 하필이면 '땅' 속에 장사지내진 것만을 괘념하고 보아도, 땅과 바다가 동일시되어 있는 증거이고, 그것은 '죽음'의 비유인데, 죽음의 예행으로서 그래서 세례는 치러지고, 그래서 의미를 획득하는 것인지도 모른다. 그러나 문제는 저 '죽음' 또는 매장이 그냥 완전한 소멸에 끝나지 않고, 다른 삶, 이른바 중생 또는 재생과 직접적으로 관련을 갖는 데에 있는데, 그러고 보면, 땅과 바다는 동시에 자궁과 상사를 갖는 것이 분명하다. 출산을 가능케 하는 장소란 자궁 말고 다른 데는 없는 듯하기 때문이다. 그래서 그것은, 무척 잦은 성교 바로 그 자체의 은유적 환치인 듯하기도 하다. 결국 매장되었다 다시 살아나는 과정은, 한 마디로 성교인 것이다.

고기(古記)의 몇 기사에서 살펴본 대로 하자면, '물과 뭍은 같다, 그것은 죽음이라고 불릴 것임에도 재출산이 저변되어 있으므로 자궁이라고 해야 할 것이다. 사람을 낚되, 하나의 죽음을 통해 생명을 낚으려는 것이 그 목적이므로, 그 결과에 있어 고기 와 생명은 같다. 그것은 세례, 또는 던져지기와 매장, 또는 자궁 가운데로 들어서야만 재생을 가능시키는 용(用)이므로, 남근(男根)이라고 부를 것이다. 그러므로 생명과 고기와 남근은 같다. 그런데 고기는 양극을 갖는 타원형이라고 불릴 것으로 형태지어져 있으므로, 고기와 생명과 남근의 형태는, 양극을 갖는 타원형이라고 불릴 어떤 것이다'라는, 결론이 도출된다. 이 결론에 의한 부차적 결론은 그리하여, '팔만 유정의 원형(原型)은, 양극을 갖는 저 타원형이라고 불릴 어떤 것이다'라는, 결론이 도출된다. 이 결론에 의한 부차적 결론은 그리하여, '팔만 유정의 원형(原型)은, 양극을 갖는 저 타원형이라고 불리울 어떤 것이다'라는 것이 된다.

그러나 어쩌면 나는, 광증에 부대끼고 있을는지도 모른다. 내 하초를 낚시에 꿰어놓고, '나는 고기를 낚아냈다'라고 선언해야 될 단계에 나는 이른 듯하기는 하지만, 어쩌면 나는, 가설(假說)의 흡혈귀에게 목줄기를 물렸는지도 모른다.

무엇 때문에 나는, 더 앉아 있어야 되는지 그 이유를 모르게 되었다. 정진은 더 바랄 수도 없는 것을 나는 어설프게 수긍해야 되었는데, 그리고 구름의 냄새, 밤이 흐르는 소리, 적막의 냄새, 검은 모래들의 잠꼬대를 엿들어보니, 밤은 자정을 훨씬 기울고 있었다. 구름은 보다 더 두터워 있었고, 거기로부터 한습한 냄새가 안개처럼 깔려내려왔다. 그리고 어쩌다 조금쯤 미지근한 바람이 흐르고 있는 듯도 싶고, 없는 듯도 싶었다.

제 11 일

1

늪바닥에다 대고 오줌을 한번 들입다 갈겨댄 뒤 나는, 그 둔덕을 어슬렁어슬렁 걸으며, 몸의 맥을 터주었다. 몸이 왠지 몹시 찌뿌둥하며, 코끝에 열이 길러, 숨쉴 때마다 머리를 찡하게 하고, 뼈마디들 속에서 한기를 일깨워낸다. 이것은 완전무결하게도 어두운 밤인데다, 어디에고 불빛은 새어나오는 곳이 없어서, 아무것도 볼 수는 없었으나, 그냥 그런 방향쯤을 잡아, 수도자들의 마을을 건너다보기도 하고, 수도청도 찾아보았다. 이것은, 망자가 몸을 떠난 뒤, 터벅터벅 걸어야 되는, 그런 고장인 듯이 내게는 다시 한번 느껴졌다. 그리고 나의 날이 얼마나 흘러가고 또 얼마나 남았는가를 셈해보다 한숨을 쉬기도 했다. 더우면 소금이 땀이 되어 나오는 냄새처럼, 아주 소금이 되어 배어버린 외로움이, 이런 시각에 진을 흘려, 외로운 냄새를 풍겨낸다. 그것은 땀냄새보다도 더 더럽고, 싫고, 더 칙칙히 휘감는다. 내가 서성이는 발소리며, 미지근히 어쩌다 흐르는 바람이며, 그리고 어쩌면 안개일지도 모를 약간은 찬 이슬 같은 것이 반죽이 되어, 사람은 하나도 없는 듯한 고장의 대개의 밤중으로 나는 냄새를 더 독하게 하며, 친구를 그립게 하고, 친구 중에도 특히 암컷을 그립게 하고, 살림이라도 차려 자식새끼들 낳아 그것들 속에 숨어 살고 싶게도 하는 것이었다.

서성이다 보니, 요 며칠째 별로 불려본 적 없는 창자가 또한 한기와 같은 괴로움으로 느껴진다. 그래서 나는, 약간의 식물을 생각하고, 더듬고 더듬어 내 굴로 내려갔다. 그러나 식사란 즐거움으로서가 아니라 고통으로서, 내가 어쩔 수 없이 치러야 되는 일처럼 여겨진다. 입에 고이는 송진, 그것을 싫어하는 창자의 꿈틀거림, 그러나 그것에만 끝나지 않고, 그것은 또 배설의 아픔까지를 보태는 것이었다. 그럼에도 내게는 아직도, 두 봉지의 미숫가루와 한 알의 계란이 있기는 하다. 그것들은 매번마다 내 손을 유혹해 들이고, 타액을 분비시키지만, 그때마다 스스로 달래기를, 이보다 더 혹심한 보릿고개를 위해서, 아껴두지 않으면 안 된다고 했다. 그것이 왓대이든 해웃값이든, 그런 것에 관해서 나는, 더 이상 개의치 않기로 했고, 또 개의해 쌓는다 해서 무슨 뜻이 있는 것은 아니었다. 그런 식의 유리의 세사로부터는, 나는 언젠지 한번 더 출가해버리고 있었는데, 어쩌면 뻔뻔스러워져 버린 것인지도 모르긴 하다. 어쨌든 출가란 한 번으로 족한 것은 아닐지도 모른다.

약간의 솔잎, 그리고 약간의 '누룩'을 입에 넣고, 나는 굴 바닥에 번듯이 누워, 맛을 생각하지 않으려 하며 씹었다. 씹으며, 동이 틀 때까지나 자두려고 잠을 청했다. 했으나 왠지 잠은 오지 않고, 으시시 추워서 호청으로 몸을 감쌌으나, 오히려 정신이 더욱더 새록새록해지며, 뭔가 끝났어야 될 한오라기 문제에 자꾸 집념하고 있었다. 저 '양극을 갖는 타원형이라고 불리울 것'이 자꾸 눈 위에 떠오르며, 내 양미간으로 자리잡아드는 것이었다. 그러나 나는, 대표적 명상 자세 같은 것은 꾸미지 않았고, 그냥 편안스레 누워 그것을 바라보기나 했다. 그것은 어둠 가운데, 내

양미간에, 가운데가 텅 빈, 안으로 굽은 두 개의 선이, 그 끝과 끝이 맞닿은 꼴로, 광채 없는 촛불처럼 머물러 있는데, 사실로 그 선이 흰색인지 붉은색인지, 그것은 나도 알 수가 없고, 그냥 선이라고 생각되는 것이 그 형태를 나타내 보여주고만 있다. 내가 그 선이 푸르다고 하면, 그것은 푸르게 보였고, 검다고 하면 검어 보였는데, 그러고 보면 그것은, 색깔 이전의 것이거나 이후의 것이었다. 그것은 그러니까, 관찰자의 염색(念色)에 의해서 염색(染色)되는 것이고, 그것 자체로는 무색(無色)인 것이었다. 그럼에도 그 형태는 고착되어 있어 흔들리지 않았다. 물론 그것의 크기 또한 관찰자의 마음에 의해서 수미산만큼 커지는가 하면, 겨자씨만큼 줄어들기도 했으므로, 그것 자체로서 그것은 아마 크기를 갖고 있는 것도 아니었다. 그것은 다만, 안쪽으로 우아스르이 굽은, 두 개의 활선[弓線]이 맞닿아 양극을 이룬 타원의 형태만을 가졌을 뿐, 다른 아무것도 아니었다. 게다가 그것은, 안이 채워져 있는 건지, 비어져 있는 건지, 그것까지도 보여주지 않고 있다.

이 단계에 이르러 나는, 내가 확실하게 움켜쥐었다고 생각했던 저 괴화가, 내 손아귀에서 빠져나가고 있음을 인정해야 되었다. 그리하여 모든 것이 원점으로 돌아가고 있는 느낌이었다. 이 것은 날 초조하고 불안하게 했다.

나는 어쩌면, 저 괴물의 성별(性別)을 명확히해두지 않은 것이었다. 처음에 나는, 그것이 해골과 상사를 갖는 듯해, 체(體)며 음(陰)일 것이라고 생각했었는데, 어느덧 그것을 잊고 나는, 그것이 매장과의 관련하에서, 요니를 쏘고 드는 양(陽)이며, 용(用)이라고 어느덧 고쳐 생각해온 것이었다. 나는 이 문제를 명확히해두지 않은 것이다.
 그러나 그것을, 체며 음이라고 했을 때, 그것이 느닷없이 성전환을 해버리고, 굳건한 양물로 하여 저 체를 뒤흔들어버린 것은, 내가 뒤늦게 당한 실연(失戀)이지만, 그것을 그렇기 때문에 양이며 용이라고 보려 시작했을 때, 그것이 또한 내게 변절을 하고, 양물을 사려넣어버리는데 남은 것은 깊고 넓은 체뿐이다. 그녀인지 그놈인지도 모를 저 작것에게는 짝사랑 바치기도 용이치가 않다.
 그러고 보면, 형태라는 것은, 그것이 아무리 강장한 남근이라고 할지라도, 그것이 용으로 바뀌어져 이(利)로서 나타나지 않는 한엔, 그냥 체에 머물며, 동시에 음으로서 무(無)에 머무는 것 이상의 것은 아닌 듯도 싶다. 이렇게 보면, 저 양극을 갖는 타원형은 어쩌면 성별을 갖고 있는 것이 아닌지도 모를 일이었다. 이것은 내게 무서운 혼란을 일으켰다.
 나는 누워 있을 수만은 없어, 다시 결가부좌로 앉아, 저 형태를, 색깔과 크기나 성별을 무시하고, 그저 수수한 것으로 하나, 내 양미간에 떠올려놓아보았다. 그런 뒤 나는, 그것 위에다 마음을 모으고 생각의 전생적(前生的) 업력(業力), 다시 말하면 선입관념이나 고정관념 같은 것의 뿌리를 끊어버리는 일부터 시작하여, 마음이 업을 여의면, 그것 위에서 다시 출발하려고 했다. 그런 일은 그리고, 그렇게 어려운 일은 아니었다.
 헌데, 저 양극을 갖는 타원형은 그것의 밖에서 보면 양의 형태인데 안에서 보면 음부나 자궁의 모양으로 보인다. 어쨌든 싸아안는 것은 그것이 무엇이든 체라고 해야 할 것이다. 그런데 저 두 선의 밖에는 더 큰, 더 무서운 체가 휩싸고 있어 보인다. 허지

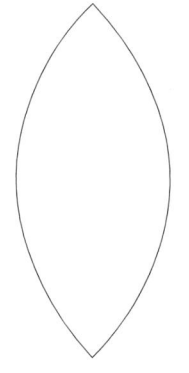만 어쩌면, 저 타원이 구획한 안의 체와 밖의 체는, 꼭 같은 크기일지도 모르긴 하다. 왜냐하면 저 구획은 고착된 것이 아니어서, 팔만 유정·무정, 팔만 성좌, 팔천 대천 세계를 다 휩싸아 안고도 남을 품이 있을 것인가 하면 한 들꽃의 마음자리 하나 닮을 터선노 없어 보이기 때문이다. 어쨌든 저 체를 무(無)라고 한들, 정(靜)이라고 한들, 그것은 다를 바 없을 터인데, 무엇인지가 그것을 구획지어 이(利)되게 한다는 것은 용이라고, 또 유(有)라고, 또 동(動)이라고 보는 것은 틀리지 않을 것이다. 그런데 용이며, 유며, 동은 모두 양의 국면, 양의 다른 이름들이라고 보아지는 것이므로, 저 형태는 다시 양으로 환원한다. 반복되지만, 그럼에도 그것은 반드시 양은 아니며, 반드시 음도 아닌 것이다. 그것은 그러고 보니, 제길헐, 물형부(物形符)라고나 해야 될 것인지도 몰랐다.

  이것은 참으로 이상스런 원(圓)이었다. 이해할 수 없는 것은, 그것이 달고 있는 두 개의 뿔[角]인데, 만약에 뿔을 제외하고, 순수한 원만을 두고 본다면, 그 원을 성격짓는 일이란 그렇게 어렵지는 않을 것이었다. 그것은 완전히 둥글어, 시작이 없으니 끝이 없고, 끝이 없으니 시작이 없어, 영원히 돌아오는 듯하나 영원히 머물고 있는 듯해, 선현들이 우주의 법도를 그런 눈으로 이해도 해왔을 법하지만, 그러나 홍기가 없으니 쇠망이 있을 수 없고, 쇠망이 없으니 작용 또한 있을 수 없어, 그것은 허(虛)하여,

세월로 따져 말한다면, 이미 흘러버린 과거의 시간 같은 것, 색깔로는 검은 것, 체며 음, 그리고 멈춘 흐름[靜] — 그것은 그것대로 완전무결하지만 그래서, 이름 붙여 허원(虛圓)이라고나 해도 될지 모른다.

 그러나 저 뿔을 갖고 있는 원은, 어쩌면 삼세(三世)를 잉태하고, 산월에 접어든 임부 같기도 하다. — 그러나 망할눔의 삼세 처할 곳 어디겠는가. 이눔의 풍진 세상 살이는 몸이 무겁고, 저쪽 저승살이는 업이 무겁고, 업도 몸도 없는 곳은, 어디 무슨 무게로 진드근히 한 군데 잔 잡고나 앉았겠는가. 허긴 해질녘 목이 컬컬한 것이나, 치골이 가렵고 바짓가랑이가 점잖치 못한 푼수로 따져서는, 그래도 허긴, 바람 좀 상스럽게 세다 해도, 이승살이밖에는 없을 듯도 싶긴 하지 — 이렇게 생각하는 것은 왜인가 하면, 만약에 한 변을 양이라고 하면 다른 변은 저절로 음이 되는데, 그것은 삼각형과는 적이 다른 형태로 변이하여, 참으로 이상스런 짐승이 되어버리기 때문이다. 그것은, 양성(兩性)을 그냥 생채로, 일체 속에 갖기 시작한 듯이 보인다. 삼각형의 경우라면 한 극, 한 각, 한 변이 양이란다면, 다른 극, 다른 각, 다른 변은 음이 되고, 남은 극, 남은 각, 남은 변은 음양의 화합으로서의 '충기(沖氣)'가 되어, 그 전체로서 하나의 화(和)라고 보는 것이 타당할지 모르나, 양극을 갖는 타원형의 경우, 거기엔 한 극, 한 각, 한 변이 모자라 있어, 음양의 대대(對待)는 화(和)가 아니라, 차라리 대치(對峙)처럼 보인다. 허원으로 따진다면, 이것은 그 안에 태극선을 내접하고 있는 것과도 같은데, 그러나 이것은 태극선을 내접하고 있는 것이 아니라, 그 태극선이 뭔가를 외접하고 있는 것이라고 해야 할 것이어서, 이것은 참으로 이해할 수 없는 짐승인 것 같다. 따져보면 따져볼수록, 이각, 이극, 이변의 저 이상스런 원은, 참으로 불완전하고, 참으로 무소속이며, 참으로 불순한 듯하다. 그러했기 때문에 아마도 그것은, 삼각이나, 사각이나, 원이, 선현들 입술 끝에서 우주적 상징을 입어 비누방울처럼 떠흘러다니고 있었을 때에도, 어디엔지 숨어서, 아주 작은 듯이 존재해온 것이었을지도 모른다. '생명'이 '상징'을 입을 수 있다면, 그러나 저 '양극을 갖는 타원형' 말고 다른 무엇이 있을 수 있을지는 나만은 모른다. 그것은 머문 듯하여도 머물지 않으며, 움직이는 듯하여도 움직이지 않으며, 빈 듯하여도 비어져 있지 않으며, 채워져 있는 듯하여도 채워져 있지 않으며, 산 듯하여도 살고 있지 않으며, 죽은 듯하여도 죽어 있지 않으며, 형태인 듯하여도 형태가 아니며, 형태가 아닌 듯하여도 형태이며, 성별로 이름 붙여줄 듯도 싶으나 성별이 없고, 성별이 없는 듯하나 없는 것이 아니다. 가장 작은 듯하여도 또 가장 큰 것이 그것처럼도 보인다. 그것은 그래서, 금(金)이나 불(佛)처럼, 순수하지도, 완전하지도 못한데, 그런 탓에 그것은 진원(眞圓)이라고 불리어져야 될 것인지도 모른다. 그리하여 드디어 나는, 생명이란 그런 것이라고 알기 시작한다. 죽음의 바다에서 헤엄치는, 한 마리의 물고기.

 새벽이 그러는 새 왔고, 어스무레한 밝음을 통해 보이는 천지간에는, 어느새 덮였는지 안개 삼라로, 그 속에 새벽빛만 희부연히 있지, 지척은 분간할 수가 없었다. 그것은 코에 싸아한 냄새까지 풍기며, 추지게 매웠다. 약간의 으시시함, 약간의 한기가 관절염처럼 뼈마디 속에서 일어나고 있는 것만을 빼놓으면, 그런 안개는 그러나 싫진 않았다. 허긴 내가 조금쯤 앓고 있는지도 모른다. 새운 밤엔 신열이 대단하기는 했었다. 비라도 내리리라, 황무한 고장으로 젖처럼 비는 내리리라, 그러면 마른 늪을 순례하는 어떤 돌팔이 고기라도 한 마리 있어, 비에 싸여 내려줄지도 모르는 것이다. 저 늪바닥에 쏟아지는 소나기 속에서 공중으로부터 떨어져내린 커다란 한 마리의 고기가 몸부림하며 퍼득거리는 것을 상상해 보라, 그러면 계집이며 촛불중 청해다 잔치도 벌여볼 것인데. 장마철로는 글쎄, 어디로부터인지 한 기둥의 물보라가 휘몰아와서, 마당 가운데 보독씨려졌던 데를 살펴보면, 송사리며 피라미 새끼들이 살아서 뛰놀고도 있던 것이다. 그런 일이란 일어날 수 있는 것이다. 회오리 바람이 싸아안은 물기둥, 그 속에 이무기라도 묶여들 수 있는 것이다. 동해 청룡지신(靑龍之神) 내조아(來助我), 북방 흑기지운(黑氣之雲) 내조아, 서방 백기지풍(白氣之風) 내조아, 지하 음기지신(陰氣之神) 내조아, 내조아, 아으 내조아.

2

살포시 한소곰이라도 잠은 못 자고, 결국 아침이 와버렸다. 새벽에 짙은 안개였던 것은, 부슬비보다는 더 부스러져 부슬비라고 할 수도 없고, 안개보다는 더 굵고 무거워 안개라고만도 할 수 없는, 그런 비가 되어 칙칙히 내리기 시작하고 있었다. 굴 속에다 한 무더기의 모닥불이라도 피웠으면 싶었으나, 불을 일궈낼 아무것도 내겐 없었다. 항아리 속에선 솔잎만 누렇게 떠가고, 물도 없어, 이 아침엔, 저 마을 가운데 샘에라도 다녀와야 될 듯했다. 생각만 그렇게 했고, 나는 그러나 항아리를 끼고 출발은 하지 않았다. 그런 대신 늪의 둔덕에로 올라와, 마을 쪽을 건너다보았으나, 눈에 보이는 건 뿌연 안개의 묽음, 우중충한 습기, 겉이 아니라 안을 가로막고 드는 한랭한 폐쇄뿐이었다. 다섯 발자국 앞도 보이지 않아, 그쪽 밖이 궁금하고 무섭기까지 했다. 허긴 이것은 그러나 '차라리 부드럽고 아늑한' 것이라고 해야 할 것인지도 모르긴 하다. 저 산자락 포개 덮고 누워 손가락 빨며, 벽자색 산수국 피었겠다고 하고 있으면, 어느덧 알밤 들드르는 소리에 잠을 설피는, 그런 넋을 싸아안고 있는, 그런 구름의, 그런 안개의 혼돈인지도, 글쎄 모르긴 하다. 그러나 아직은 모른다, 어떤 날, 느닷없이, 하늘이 그냥, 푸르게 엎질러져버리고, 길이며 지붕 꼭대기들이 아주 낯설게 번쩍이기 시작했을 때, 안개에 알이 배고 세상 바람을 쏘이고 싶어할지, 아니면 뼛속의 곰팡이 핀 한숨으로 인하여 자살을 해버릴지, 그것은 아직 모른다.

나는 느시렁느시렁 둔덕을 거닐고 있었다. 나는 그러나 더 이상, 양극을 갖는 타원형이며 고기 따위들은 생각하지 않고 있었다. 그 일로 나는 밤새도록 머리가 뜨겁고, 몸이 성치를 못했었다. 한 번의 극한 오한, 심한 신열이 가시면, 몸은 이완되어 무겁게 늘어져 있으나, 그래도 모진 뙤약볕을 피해 그늘 밑에라도 누워 있는 듯한, 약간의 휴식이 느껴지며, 마음은 이상스러운 허탈에 평온해지는데, 그럴 때엔, 별로 연결도 닿지 않는 듯한 상념들이 재유입(再流入)해들거나, 아니면 아직 체험해보지도 않은 미래에로 상념들이 떠나는 수가 많다. 이 아침은 그리고 내게 그런 타락 그런 허탈로 던져진 것이다. 나는 어쨌든 환자이다. 형벌에 의해서든, 안개비에 의해서든, 스스로 거부치 못해서든, 어쨌든 주류(周流)에의 의지를 형장에 묶어두고, 거기서 앓으며 살아온 것이고, 또 살아가게 된 것이다.

나는 느시렁느시렁 둔덕을 거닐고 있었다. 그러며 마음으로 주류하고 있었다. 그렇게 해서라도 환자는, 썩으며 냄새 풍기는, 혈루병적 몸은 병상에 누이어놓고라도, 쾌유된 몸, 힘찬 근육으로 자기의 병상을 뛰쳐일어나는 것이다.

   (18대지의 힘센 저 황소,
   저 초원의 말.
   저 힘센 소가 노호하고 있구나,
   초원의 저 말이 지축을 뒤흔든다.

나는 느시렁느시렁 둔덕을 거닐고 있었다. 그러며 마음으로 주류하고 있었다.

   나는 사람, 자네들의 위에 있는
   영겁의 주가 창조하여
   모든 선물에 주어진 자.

나는 느시렁느시렁 둔덕을 거닐고 있었다. 그러며 주류하고 있었다.

   오라, 그리하여 가르치라, 저 초원의 말이여!
   나타나라, 그리하여 대답하라, 우주의 경탄할 황소여!

나는 느시렁느시렁, 주류하고 있었다.

    지휘하라, 오 힘의 주여……
    오 여자, 나의 어머니, 나의 실패가 무엇이며,
    내가 반드시 따라야 할 길이 어디인지를, 내게 가르치라!
    내 앞에 날으시라, 대로를 따라서,
    나의 길을 예비하시라!

니는 주류하고 있있다.

    오 너 아홉 구릉 남녘에 사는 태양의 정령들이여,
    오 빛의 어머니여, 질투를 아는 자여,
    내 너에게 간청하노니, 그대의 세 그늘을 높이
    하늘 아주 높이 남기라.

나는 주류하고 있었다.

    그러고 서녘, 그대의 산봉우리에 있는,
    오 나의 주, 강한 목의 경외스런 힘의 선조여,
    제발 나와 함께 있으라!……

3

항아리를 끼고 샘으로 가고 있었을 때 나는, 나의 갑작스런 변

모를 뒤늦게 알아내고, 조금 웃었다. 나도 한 벌쯤의 장옷을 꿰고 있는 것이고 그래서 이제 나도, 이곳 촌민으로서 정착하고 있는 것이었다. 얼굴을 가리고 눈만 내놓고 나니, 어쩐지 누구에게나, 자기 은폐의 본능이 있는 것처럼 여겨져, 그것이 입에 좀 떫었다. 이 은폐 본능은 그리고, 있어보았어도 백해무익한 체면(體面) 모양으로, 더욱더 그 껍질을 두터이해온 것처럼도 여겨진다. 가령, 수놈 똥개라면, 월후 하매 삼 년도 전에 멈췄을 대감 마님 앞이고, 월후 하매 석 달 전부터나 시작했을 부엌데기 좌전이고, 뭐 가리는 법 없이, 앉기만 하면 뻘그렇게 숨아내야 편한 모양인데, 그것을 추악하게 생각하는 것은, 대체 수똥개 쪽인가 마님 쪽인가 — 나는 샘터로 걸으며, 장옷의 저 편안함을 생각하고 있었다. — 허나 어째서 서서 걷는 것만은, 그렇게도 은폐시킬 것을 많이 갖게 된 것인가? 그것은 도대체 언제부터, 어디로부터 시작된 것인가? 혹자는 믿기를, 이것은 지혜로 인한 것이라고 하고, 이 지혜는 죽음을 초래했다고도 한다. 서늘할녘에 동산을 거닐던 어른이, "아들아, 글쎄 이 사람아, 네가 어디에 있는가?"라고 물었던 데서부터, 저 은폐의 본능이 백일하에 드러나버린 것이다. 그 은폐는 그러니까, 자기네의 수치를 감추려는 외향적 행위였던 모양이었다. — 나는 샘으로 걸으며 장옷의 저 편안함을 즐기고 있었다. — 헌데 어떻게 되어서, 저 '사람'은 수치와 느닷없이 대면해버린 것인가? 어떤 도사들에 의하면, 허기는 그날, 저 최초의 선남자 선녀자는, 자기네들이 갖기도 하고 못 갖기도 한, 저 흉물스럽게 생긴 하나의 나무와 하나의 해골이, 대체 무슨 내력을 지녔는지 한번 거들떠보자 하구설랑은, 별 좆 같은 짓을 하고 난 뒤에, 갑자기 눈이 밝아졌다고 하고, 그래서 자

제2장 217

기는 덜 가지고 자기는 더 가진 것에 대한, 그 인식이 수치의 감정을 도발해낸 것이었을 것이라고까지 짐작해내지만, 어쨌든 서서 걷는 짐승만이 하복부를 가린, 가장 오래된 풍문은 그렇게 들린다. 그러나 그때까진 아직 나뭇잎으로만 간신히 덮고 있는 중이어서, 그들이 행여 허리를 구부리거나 무릎을 처들기라도 할 양이면, 나뭇잎새 사이로 뛰어가는 숫노루 뿔이며, 그래보아도 한번 문혀 시들면 그만이라는 무상(無常)이 금세, 금세 드러나버리곤 했는데, 헌데 저 씨버무거갈녀러 것이 거기서 끝나지 않은 것이다. 물론 추위도 왔고 봄날이라도 저녁으론 바람끝이 차갑기도 했다. 허나 나중에는, 최소한도로 제 계집 하나씩은 집구석에 처박아놓고도, 행여 이웃집 자부네 복숭아뼈라도 언뜻 보일라치면, 얄궂게 가슴을 울렁이고, 대체로 어중간한 자세로 어기죽거리며 집으로 돌아가, 제 마누라를 족쳐대는데, 이런 정도는 도덕 군자적이어서 탓할 바는 절대로 아닌 것이다. 똥 묻은 오리 대갈통 같은 체면이라는 것이, 그래서 거론되는 것이다. 그가 얼굴을 백일하에 드러내놓고 있지 않았더면, 또 그를 어기죽거리게 한 이웃 자부도 얼굴을 가렸더라면, 까짓것 노상에서 한번쯤 노닐었다고 해서, 손상당할 체면이 어디에 남아돌았겠는가. — 나는 샘으로 걸으며 장옷의 저 편함을 찬양하고 있었다. — 아 어쨌든, 이럴 때 이제, 꾀 있는 사람들은, 체면도 지키고 이도 득할 양으로 검은 수건으로 얼굴을 감추어버린 뒤, 마지막 잠 곤드라떨어지는 새벽쯤에, 칼 들고 부자 과택네 담을 넘는다, 그러나 밝은 날, 그가 저 검은 수건을 떼내고, 아름다운 미소에 고담준론을 물고, 그 과택네 사랑방에라도 찾아들 양이면, 체면을 존중히 아는 귀한 손님이 내방했다고, 물 좋은 곳 인삼주에, 주인 과택의 미소가 안주로 나온다. 체면이란 그런 것이다. 그것은 정조 같은 것이어서 정결할수록 좋은 것이지만, 그러나 사실에 있어, 정작 당자인 저 정조라는 것은 보리밭과도 달라서, 서른 놈 도적이 삼백 날 한하고 지나가도, 오줌 누어버리면 발자국 하나 남아돌 더러움이 남지를 않는다. 그래서 정조란 정결한 것이며, 은 같은 것이어서 닦을수록 윤이 나는 것이다. 체면이란 그런 것이어서, 자꾸 새 체면을 드러내지 않으면, 묵은 체면이란 독록(毒錄) 슨 은 같은 것으로나 보인다.

 그러고 생각해 보니, 장옷을 입고 내가, 마을 가운데 샘으로 이렇게 훗훗거리고 나아가기는, 이것이 처음이고 있었다. 내가 이제 나아가다 길 가운데서 설사를 갈긴다 하더라도, 이제 내가 누구인 줄 알겠는가. 그래서 가리려면, 야 '사람'아, 처음부터 얼굴이나 가릴 일이지, 하초는 별 육실헌다고 가렸던가. 진짜로 은폐시켜야 했을 것은, 하초가 아니라 얼굴이 아니었겠는가. 얼굴을 열고 다니는 데서부터 이제 본격적인 은폐가 시작되었을 듯한데 말이시, 에끼 이 '사람'아, 지혜를 깨쳤다는 게 똥개 지혜만도 못할 것을 깨우쳤더군 그래. 나는 그러는 새 샘에 닿고 있었고, 이방인이 아니라 나도 이곳의 촌민이라는 것 때문에, 약간 건방져지고 있었다. 입을 찡그리고 쨍그려 나는 웃어도 보고, 코를 벌름거리기도 하며 먼저 도착한 두엇의 수도자들이 물 긷는 것을 보았다. 그런데도 그들 중의 누구도 나를 미친 놈으로 보고 있지 않은 것은, 내 표정이 장옷 속에 은폐된 탓이었다. 속에서는 내가 헐렁이가 되어 있는데도, 그들은 나를 정상으로 보고 있는 것이다. 나도 또 그들을 그렇게 보고 있을 것이었다. 그러고 있는데, 노란 장옷 둘이 동이를 이고 왔기에 나의 아침은 아주

신명나는 것으로 변해졌다. 가만히, 그리고 다소곳이 서 있기만 한데도, 자꾸 흐르는 허리며, 엉덩이며, 팽팽한 젖가슴들을, 나는 자꾸 뒤돌아보며, 입맛을 다셨다. 색념으로써는 아니고, 은폐를 한번 즐겨본 것이고, 마을의 건달이 행세를 한번 해본 것이다. 노란 장옷들은 저희들끼리 뭐라 뭐라 귓속말하며, 나를 향해 킥킥 소리를 냈는데, 짐작컨대 웃는 소리였다. 그래도 그것이 내게는 아무렇지도 않았는데, 그럴 것이, 나도 나를 가려놓았다는 순전한 그 탓으로, 그녀들의 얼굴을 벗겨내 보고 싶은 생각은 들지를 않은 것이다.

그러는데 내 차례가 되어, 내가 한 두레박 끌어올려, 그 두레박을 노란 장옷들께 내밀어주었더니, "아유, 대사님은 친절도 하셔" 하고 그 중에서 좀 작으나 통실해 보이는 수도부가 말하고, 동이를 내민다.

"대사님은 혹은 벽 스님이 아니셔요?"

다른 수도부는 그렇게 묻는다. '벽 스님'이란 아마도, 늘 벽을 마주하고 앉아 선(禪)하는 스님일 터이다.

"소승은 늪중이라고 합니다요." 나는 제법 에헴스럽게 대답해 주고, 다시 다른 두레박질을 했다.

"참 이상스런 스님도 다 있으셔." 조금 큰 쪽에서 말하고, 저희들끼리 킥킥 웃는다. 이것은 감기만큼이나 청량한 아침이며, 뼛속의 오한만큼이나 청량한 아침이었다. 그런 청량함으로, 안개비 죽림(竹林)이 내리며 휩싸고 있다.

"자네들 말입지, 이 대사와 더불어서입지, 무슨 설법을 주고받는 중입지?" 그때 누군가가 또 점잖스레 끼어들었는데, 음성이며 어투로 추측컨대 촛불중이 분명했다. 체면이라는 것이 그러고 보니 말 속으로 스며든 느낌이지만, 인연에 의해서 그의 얼굴을 볼 수 없었다면, 그렇다고 해서, 그의 입술이 두터운지 얇은지는 알 수가 없을 것이었다. 그런데 그는, 다림질까지 잘된 흰 장옷을 입고, 우산까지 든데다, 가죽신까지 윤내 신고 있어서, 어딘지 사람 많이 모여 사는 곳에 여행이라도 떠나고 있어 보였다.

"아유 스님, 오늘 읍엘 가셔요?" 비교적 작은 편에서 그렇게 묻는다.

"이제입지, 짐수레가 도착되면입지, 그 편으로 가려는 것입지, 헌데 오늘은 도착이 좀 늦군입지. 아 그리고입지, 언니 수도부는 안녕하신가입지?"

"그 앤 별일 없어요. 허지마는요, 여기서 눌러살겠다고 고집인걸요. 어쨌든 스님은 우리허구 동행이시겠에요. 잘됐지 뭐예요."

"아니 여기서 눌러살겠다고 말입지? 헛허웃. 그럼 어느 대사분과 더불어 정분이라도 두터워진 게 아닌가 말입지. 파계로군입지, 파계로군입지. 헌데 대사께서도 평안하신가 말입습지."

그가 아마 내게 묻는 것 같았다.

"아, 대사께서도 평안하십니까?" 나도 그래서 그렇게 받고, 이번엔 내 항아리를 위해 두레박질을 했는데, '파계한 언니 수도부'가 정작 누구의 의미였는지는 모르되, 그 수도부가 자꾸 내 마음에 쓰였다.

"일곱 달이나 가물었는데 말입지, 허긴 좀 내려야 쓰겠는데입지." 촛불중이 아마 내게 향해 말하고 있는 눈치였다. 그러나 내 눈에는, 갑자기 모든 것이 음울해 보이고, 안개비 죽림 속에 서 있는 우리가, 실체처럼은 보이지 않는데다, 모서리도 표정도 잃어, 문둥이들 죽은 것들이 습기 때문에 일어서 있는 것처럼 여겨졌다.

"글쎄 말입니다, 이내 큰비라도 한줄금 할 것 같지 않습니까?" 나는 대답하고, 내 항아리를 옆구리에 낀 뒤, 샘에서 비켜서주었다.

"믿을 수 없습지." 촛불중은 안개 덮인 하늘을 올려다보는 시늉을 한다. "이런 비나 한 대엿새 오고 말입지, 끝나버리는 것이 여기 실정이니 말입지. 해도 이제, 장옷의 편안함을 드디어 알게 되는 것입지. 허긴 맑은 날 볕 아래에서도 마찬가지입지. 볕의 권태, 그렇습지, 몇 년을 살며 소승이 알아낸 건 그것인데 말입지, 그런 볕의 권태를 이겨내게 하는 것도 장옷이더군입지."

"스님은 읍에 가셔서 얼마나 지내시려구 그러셔요?"

한 수도부가 나섰고, 그러는 중에 다른 둘의 수도자들이 다가오는 것이 비현실적으로 보였다.

"아 그러면, 평안한 여행을 하시기 바랍니다." 나는 그리고 그 자리를 떠나려 했다.

"아, 혹간 대사께서는입지, 부탁하실 것이라도 없으신지 말입지." 촛불중이 내게 물었는데, 내가 얼른 이해할 수 없어 좀 머뭇거리고 있자니, "본사(本寺)에 보내는 서신이라든지, 소승이 장보아다 드릴 무슨 일용 일습품이랄지, 돈으로 말입지, 바꿀 무슨 송금표랄지 그런 것 말입지" 하고 설명해 주었다.

"고마운 말씀이시외다만, 그렇게 필요한 것도 없을 뿐 아니라, 워낙이 빈손이라 놔서요."

"헛헛헛, 말입지." 촛불중은 말하면서도 거기 당도한 둘의 수도자들께 합장해 보이고 있었다. "소탈하신 말씀입지. 물고기는 말입지, 어떻게 낚일 만하시냐 말씀입지."

"평안합시오." 절하고 나는, 되도록 부지런히 발걸음을 옮겼다. 샘에서는 자기들끼리, 뭐라고 뭐라고 말을 주고받는데, 내가 뒤돌아보았을 땐, 말소리만 어디서 들려오고, 사람은 안개비에 먹혀 보이지 않았다.

부지런히 늪으로 돌아가다 나는, 이상스레 수도청 앞에서 걸음을 더 떼어놓을 수가 없어, 멈춰서버리고 말았다. 그렇다고 내가, 그 안으로 들어가보자는 것도 아니었고, 이름도 모르는 여자의 이름을 불러, 불러내자는 것도 아니었다. 성욕도 없이 그러나 나는 그녀를 만나보고 싶은 것이었는데, 어쩌면 안개비 탓이었을지도 모른다. 순전히 감기 탓이었을지도 모른다. 정분으로 하여 파계해버린, 어떤 수도부에 대해 말하던, 문둥이의 혼신(魂身) 같은 것들은, 그러나 지금은 안개비 속에 묻혀버려, 내 눈에는 더 이상 보이지도 않고 있다. 그런데도 나는, 수도청 앞을 떠나지를 못하고 고개를 쳐들어, 닫힌 하늘이나 올려다보고 서 있다.

얼마를 그렇게 서 있었는지 모른다. 그런데, "어마, 늪 스님이시죠? 늪 스님이 웬일이셔요?" 하고 묻는 소리가 나는데, 그래, 그녀들은 샘으로부터 뒤늦게 거기에 도착한 것이다.

"아, 평안들 하시오?" 나는 그렇게 물었는데, 그 소리는 내게 들리기에도, 어쩐지 새가 빠지고 모서리가 달아나 얼뚠했다.

"호호호, 우리가 뭐 처음 만나나요 뭐?" 조금 작지만 통실한 쪽에서 말하고, "늪 스님이란 낚시질하는 스님이란 말씀이셨죠? 지금이라면 알아요. 그럼 잠깐 기다리셔요 네? 이 물동이 들여놓고 얼풋 되돌아나올께요 응?" 하고, 내가 뭐라고 미처 말도 꺼내기 전에 들어가버렸다.

"그 앤 저 혼자서 시집갔다고 하나 봐요." 남아 있던 계집도 마저 들어가려 하며, 그렇게 말했다. "그리곤 노래만 부른다구요." 그리고 그 계집도 냉큼 사라져버렸다.

나도 그 자리를 비켜서, 늪으로 향하고 있었다. 안개비는 밖에서가 아니라, 나의 안에서 휩싸고 내리는 듯이 여겨졌다. 그것은 그래서 내 오장육부를 습습히 적시고 곰팡이를 띄워내고 있는 듯했다.

"시님, 거그 좀 지다려 주씨요이, 지다려라우이?" 누가 내 등뒤에서 소리치고 있었다. 그리곤 내 가슴속에서 쿵 소리가 났는데, 역시 그 계집이었고, 그것이 이마로 내 가슴을 사정도 없이 받아붙인 것이었다.

"왜 왔지라우? 왔으면 지다리제, 지가 머슬 그렇게 똑벨났다고 꽁대기를 빼제라우? 왜 왔었냔개? 날 보고자팠으면, 보고자팠다고 말을 좀 해야 할 거 아니냐고라우, 말을 좀 해겨요. 허랑개라우. 들어보구로 좀 허씨요."

"그래, 네가 보고자팠다."

"히었으면, 워짠다고 가(그 애)들하고는 시시닥거리제라우? 가들 말이, 시님이 물도 질어줌선, 궁뎅이를 때렸다고 히어요. 그람선 조슬 세우드란디, 고것이 참말이끄라우? 들어보구로, 어디 말 좀 히어보씨요, 히어보랑개. 말 못하겄어라우? 제 지집 두고시나, 워짠다고 무신 육갑헌다고, 넘우 지집들헌티 생 조슬 세우고, 고 지랄이란디요 지랄이?"

4

 경도의 시작이어서 더러운 내 계집은, 그래 허긴 진육(眞肉)이 란 더러운 것이다. 읍에서 소달구지가 왔을 것이라며, 즐거워 죽 겠다는 얼굴이었다. 다른 수도부들이 오고, 그녀들은 소주병이 라도 숨겨가지고 왔을지도 모른다고 말하며, 쿨쿨 웃어댔다. 그 러는 새, 덮였던 피찌꺼기들이 굳어, 부스러 떨어지고 있었는데, 읍으로 돌아가는 것이 좋을 것이라고 내가 몇 번이나 타일렀어 도, 그것에 관해서는 함구하면서, 나중에 저녁때쯤, 자기와 목욕 하러 가지 않겠느냐고, 내 계집은 졸랐다. 풍문에 어떤 수도부가 파계했다고 들리던, 그 출처는 결국 이런 것이었다. 게다가 그 계집은, 속칭 부정하다고 일러지는 그 상태에 있는데도 불구하 고, 사내를 세 번씩이나 불러들이고 있었다. 그래서 그 부정을 탄 것인지, 내가 모를 일이, 나의 뼈마디들이 타는 데서는 오히 려 찬바람이 돌고, 척추와 엉덩이판은, 고드름에라도 계속적으 로 찔리고 있는 듯해, 이것은 음허(陰虛)에 음황(陰黃)인 듯하다.
"헌데 읍은 살기가 어떤고?" 기분이라도 바꿀 겸, 내가 그렇게 물었다.
"임자는 그러면 대처니 워떤 질로 오싰단대라우?"
"글쎄 그게 말이지, 나도 잘은 모르겠는데, 걷다가 걷다가 보 니, 호롱불이 빤한 데가 있어서 말야."
"시방 그랑개로, 시님은 소금장시 이약을 허고 있단대라우?"
"내 얘긴 말야, 조그만 마을을 하나 만났더라는 그것이지, 어쨌 든 그것이 내가 여기 닿기 전에 들른 마지막 마을이었는데, 그 마을에서 듣자니, 길 닦여진 데로 따라서 여기엘 오려면, 한 백 삼사십 리길이나 되는데 그러는 중에 물론 마을이며, 읍도 나올 것이라는 말이더군. 헌데 지름길로는 한 칠팔십 리길이라며, 그저 한 삼년씩이나 가다가, 나 같은 중이나 하나씩 지나곤 해서, 길이란 것도 못된다고 하더군."

"잘은 모루겄어도 재미는 있어라우. 나는 말이제라우, 옛날 이약 겉은 걸 참 좋아허요이. 그래서 호랭이라도 만냈으끄라우?"

나는 대체로 쓸데없는 이야길 하고 있었다. 음허 탓이라고 생각했다.

"웬걸. 늙은 중이나 하나 만냈지. 나는 생각에 까짓 칠팔십 리길쯤이라면 해지기 전에는 닿을 수 있으리라고 했는데, 헌데 그게 길이 못되는데다, 첩첩산을 넘어야 했고, 들을 건너다 잃기도 했고, 황토 고개도 누렇게 돌아야 하다 보니, 해가 꼴깍 져버렸더군."

"그랑개 또 불이 뺀하게 빕녀?"

"그랬기라도 했음 좋았게? 사람이 지치더군. 그래 아무 데나 음팡한 데 쭈그리고 잤지. 그러다 이마가 뜨뜻해 깨어보니, 해가 한발 반은 떠올랐더군. 또 한 모랭이 돌아 들을 잊어버리고 걷자니, 길이 나오더군. 헌데 말야, 그 늙은 중은 나와 헤어진 뒤 죽었어. 길중이라더군."

"그랑개 시방. 그렇제라우 참, 임자 이약을 듣고 있었구만이라우이. 그랑개로 읍내로 히어서 온 것이 아녔구만이라우."

"허나 대체로 쓸모없는 얘기지."

"임자, 나랑 거그 한번 앙 가볼랑그라우? 한번은 귀경해볼 만은 허요이."

"글쎄, 어떤 늙은네 하나가 날더러, 읍내 장로네쯤 한번 들러도 좋다고 말한 적은 있었지. 객승에 대한 대접이 나쁘잖더라고 그러더군. 말로는 그렇게 했지만, 그 유언을 좇아서 나도 한번쯤은 가보려고 마음먹는 중이지. 그러니 임자가 먼저 가서 있으면, 그렇지, 인연이 닿으면 만날 것이고, 못 닿으면."

"나는 읍내 앙 갈 것이요." 계집은 다시 뚝 잘라 말했다. "맘을 바꿔 뻐렸당개요."

우리는 잠시 이을 말을 찾지 못해, 굴 밖에서 내리며 안으로까지 서리고 드는 안개비를 내어다보았다. 어쩐지 우리는 서로가 불쌍하고 처량한 생각이었다.

"달구지꾼 할아부지는이라우, 버버린디, 참 웃워라우." 계집이 뭔가를 생각해내고 킥킥 웃었다. "질 가다가시나, 소가 앙 간다고 숭내를 냄선, 질 가운디다 달구지를 시워놓소이. 그라고는 쌌을 내야 헌다고 허요이. 그라면 가새·바우·보 해각고, 진 아가 치매만 쬐끔 올리줌선, 송장 태운 생이도 나갈라면 쌌을 걸어야 한다고 험선 웃어라우. 심이 엔간하덜 안혀라우."

"그럼 대개 몇 점이나 돼서, 그 달구지는 여기에 닿는고?"

"짬 없어라우. 거그서 원제 떠났는가 고것인디라우. 낮에 일깜이 있으면 밤에 떠나고라우, 없으면 아침에 떠나온개라우. 그란디도 읍내로 갈 사람들은, 새복부텀 깨나 서둘러싸라우. 가심이 두군거리싸서 그란다요. 거그는 질 가상(갓)에도 불을 환하게 써놔서라우, 밤도 대낮 겉어라우. 아까 시님이 말헌 고 장로님이요 장로님인지는 몰라도라우, 장로님이라고 허는 할아부지가 거그 읍장님이란디요. 고 할아부지 아들님은 판관님이랑가 머 그렇대라우. 판관님은이라우, 말만 타고 댕김선이라우, 껌운 옷에

다가시나 노란 실로 사내끼(새끼줄) 꼰 걸 둘루고 댕긴개라우. 뵈기 좋아라우. 모도 절허요이. 헌디 나를 늘 오라고 그래싸서 탈이라우. 모도 날 불법다고(부럽다고) 그러요이. 헌디 머시 불법운지 나는 고것은 모루겄고요, 좋덜 안해라우. 애편 한대 묵어야 심이 나는디 고것 불 붙이주기끄장도 싫은개요. 그라고 나면 인제 발바닥부텀 핥음선 깨물어돌라고 그러요이. 그래도 모지래면, 말 쎄리는 매로 갖고 쎄리돌라고도 그래라우. 그라고 나야 제우 뫔이 쪼꿈 썽낼라고 허는디라우. 고 임시는 내가 심이 하나도 없음선 잠민 와라우. 그래도라우, 월매나 월매나 고운 딸이 있다고라우. 고 딸은 할아부지네 집에서 사는디라우, 읍내 휜칠한 서방님덜 모도 퇴짜맞았당구만이요. 우리는 말도 못 걸어보는디요, 모두 눈 훌김선 머시라고, 욕을 못해 환장이라도라우. 나는 고 아씨하고 성님 동생이나 삼았으면 싶고라우, 보면 백택없이 좀선, 내가 부끄러져라우. 시님도 만내 보면, 내 말이 거짓소리 아니다 헐 것이요이. 요번 달구지편으로 내가 가면이라우, 또 고 판관네 집우로 가서 메칠 살아줘야 될 것이었는디라우, 내가 요번에 앙 가면, 모주는 썽내고 죽을라고 헐 것잉만이라우. 쬑기날랑가도 몰라라우. 그래도 인제는 안 무섭고, 나는 조 읍내 살이가 싫어라우. 내 눈에는 사람덜이 모도 미친다니로배끼 안 비어라우. 새복부텀도 취해각고라우, 개가 아들(아이들)을 물어도 얼렁 말길라고는 안하고, 귀경부텀 험선 웃어라우. 씨앙놈덜 많아라우."

"헌데 임자네 모주는 팩 늙었는가 몰라? 슬하에 자식도 있는가도 모르고."

"모주라우? 진갑이람선 잔치한 지 월매 안 돼라우. 모주는이라우 진짜 여자 중이었당만이요이. 첨에 우리는 조 읍내서 안 살았다고라우. 다른 디 워디, 산 짚은 디 쬐꾸만 암자서 살았는디, 조 해골바가지 똑 같은 걸 들고 댕기던 시님이, 날 거그로 덱고가 떼어놨제라우. 가봉개 나 같은 지집아들이 펄쎄 많이 와 있더랑개요. 조 모주는 참말이제 썽 한번 낼중 모르고라우, 맨날 웃음시나, 우리덜 배 앙 고프고 안 춥게 히어줬어라우. 그람선, 우리 모도 고것이 무신 이약인 중은 몰루겄어도, 우리덜 모돠놓고 늘 이약해줌선, 우리를 키웠는디, 고것 잘한 일이람선, 여그저그서 돈도 보내오고라우, 쌀도 보내오고 그랬당구만이라우. 그라다 우리가 컸는디, 워떤 날은 고 암자에 불이 나뻐렀어라우. 모주랑 우리는 서럽게 울었네라우. 그라다 소달구지 타고 거그서 떠나왔는디, 몇 날 메츨을 왔는지 몰라라우. 와본개 조 읍낸디라우, 조 읍내 기중 복판에 지얼 큰 집이 우리 살 집이라고 허요이. 고 집을 수도청이라고 허등구만이라우. 그란디 월매 안 지내다 봉개요, 묵어보면 얼굴이 붉어짐선 다리에 심이 하나도 없는 물을 팜선이라우. 남자들이 와각고 징그럽게 굴어라우. 남자는 비구라고 하는디, 죽어서 여자 면하고 남자 돼서 태어날라면, 남자 거절하면 안 된다고 하고라우, 되떼(도리어) 꽈들이야 되는디, 그래도 정을 주면 안 된다요. 그런 말 써놓은 무슨 책이 있단다요. 징그럼선도 남자가 싫던 안해라우. 암자서 살 적으는 심심했응개요. 조 읍내 와각고, 암자서 왔던 나 같은 수도부도 지끔은 셋배끼 안 남았어라우. 우리 셋이는 성님 동생 함선 친헌디요, 요번에 올 아 속에 하나 있을 것잉만이요. 그 아는 빼꽹이라우. 묵어도 살이 안 붙고라우, 그래도 애인이란가 머 고런 것이 있다고 험선 비밀이란다요, 나도 봤는디요, 수도청 문밖에다 장작짐

제2장 229

세워놓고 문 열리기 지다리는 고 촌사람이랑만요. 다른 아들은 애를 배각고 쬑기났다고도 허고라우, 벵이 걸리 더 못씨게 됐다고도 허고라우, 머 서방 따라 도망갔다고도 허요. 모도 보고잡제라우. 우리는 정해놓고 무신 알약을 묵소이. 모주가 주는디라우, 묵으면 벵이 안 걸린단개 부지런히 묵제라우. 경도 때만 안 묵는디, 살다 봉개요, 전에는 앙 그랬는디 요 메칠 급째기 그래라우, 읍내가 싫고라우, 수도부가 싫어라우."
"허, 허기야 시주를 받는 방법도 여러 가지가 안 있겠다구. 헌데 그 시주는 이디 본절에다 보내거나 어니 고아원 같은 데나 보내는가 몰라?"
"고건 암도 모르제라우. 우리는 밥하고, 술하고, 잠자리하고, 옷하고, 분연지만 얻어라우. 그랑개 머리도 끊거 팔고 허는디요, 그래도 새로 온 아들 말을 들으면, 우리 수도청 살기가 기중 낫다요. 우리는 비싸서, 금테 두른 것이나 마찬가지란디요, 그렁개 말여라우, 이똥 꾸룬내나는 촌놈덜 상대 안헝개 좋단 것여라우."
"으? 후훗. 아, 이거 말이지, 나도 뭐 손가락에 검불이라도 감아서, 이똥을 좀 문질러내야겠지엥?"

우리는 그리고, 그런 시들없는 소리 때문에 붙들고 웃었다. 그러나 그 웃음의 꼬리는 어쩐지 공허했고, 재재거리던 계집은 갑자기 울기 시작했다. 그러나 나는 그것이 왜 울기 시작했는지는 모를 뿐이고, 나도 약간의 울음을 느끼고 있다는 것뿐이었다. 어쩌면 그녀는, 자기가 거부해버렸음으로 해서 어쩌면 뒤바뀌게 될 운명을 울고 있었는지도 모르긴 하다. 현실적으로, 그래서 그녀가 모주로부터 내쫓김을 당하게 될 것이라면, 그녀에게 새로운 자유가 주어지는 대신에, 고통이 또한 주어질 것은 사실이다.

그렇든 저렇든, 때로 그저 울어버린다는 것은 필요하다.
 울다 계집은, 서답 찬 맨살 위에 흰 장옷을 꿰어입고, 안개비 속으로 뛰어나갔다. 그것이 내게는, 꼬리가 짧은 것을 흔드는 암노루같이 보였는데, 다시 마음 고치고 그녀가 읍으로 돌아가려고 한 것인지, 어떤 것인지, 그건 나도 모른다. 되도록 돌아가주기를 나는 바랐고, 그래서 언제든 운명이 바뀔 것이라면, 이똥구린내나는, 어떤 우직한 촌놈의, 금테는 둘러본 적 없어 본때 없는, 얼굴에 방울지는, 그 땀방울 안에서 바뀌기를 바랐다. 금테는 바랄 바가 아닐지도 모르는데, 왜냐하면 그것은, 마찰을 통해 약간의 금가루를 남길지는 모르지만, 혼으로부터 방출되는, 정액은 아낄지도 모르기 때문이다.
 그런데 아마도 나는, 기를 너무 탕진해버린 것 같았다. 계집이 온기로써 내 품에 안겨 있던 동안엔 잘은 몰랐었는데, 그 따뜻한 것이 눈물이 되어 흘러 빠져버리자, 갑자기 참을 수 없는 배고픔이 밀리고, 손발끝들이 가늘게 떨리며, 이빨이 부딪치느라 더그덕거리고 있었다. 추위가 시작된 것이다. 여름도 칠월에 망할녀러 한파가 휩쓸고 있는 것이다. 나는 물론, 장옷 입어 여미고, 그 위에 삼베 호청으로도 감싸고, 그랬어도 속에서 견딜 수가 없고만 있는데, 어떤 성급한 눈의 겨울 귀신 나그네 몇이, 화톳불도 없이, 내 속의 어디서 노숙을 하고 있는 중인 것이다. 급살맞을 녀러! 어쨌든 허기진 것을 생각해서 나는, 해골 속의 누룩의 조금과, 한 알의 계란은 남기고, 남은 미숫가루는 모두 먹어치웠는데, 이보다 더 극심한 보릿고개도 또 없을 것이라고 생각해서 그런 것이다. 맛을 구태여 생각하려 했으나, 어쩐지 혀가 또한 미각을 잃었다. 그럼에도 한 알의 계란은, 뜨거운 피를 잘 알배고 있는 것처럼 내 시선을 아주 붉게 이끌어가고 있다. 하루에도 열두 번씩, 내 생각은 간절히 그것에 닿아왔었고, 그래서 목구멍이 뜨겁게 마셨었으면 했었다.

 나는 그것으로 손가락을 가져가고 있었다. 그리고 둥그스럼히 차가운 그것의 성기다운 육중함을 우선 즐겼다. "그러니 받아두십지. 화대입습지." ― 그런데 촛불중이 내 귓속의 어디에서 속삭이고 있었다. 그래 나는 조금 웃고, 송곳니에 톡톡 두들겨, 그것의 두 끝에 구멍을 낸 뒤, 천천히 빨아들였다. 그러자 그것은, 외출했다 돌아온 저녁으로, 어머니의 젖통이에서 나던 침냄새를 풍겼다. 간질쟁이며, 새끼문둥이며, 폐결핵 환자들이 쓸었을 그 젖통이를, 나도 쓸면서 자는 것이다. 그 젖꼭지는, 더럽도록 시커멓게 굳어 있는데다, 액근(液根)이 메마른 지 하도 오랜 뒤이어서, 젖이 흘러나올 리는 없었지만, 그래도 빨아보면 뭔가가 입안에 괴곤 했는데, 피는 아니었던지도 모른다. 그것은 비릿기했고, 뜨거운 듯했다. 그것은 '해웃값'의 맛이었었다. 어머니는 그럴 때, 입으로만 짜증을 부렸고, 발가락은 꼬무락거리고 있었다. 해웃값은, 그런 맛이 있다.

 밖에서는, 소리는 없는, 마른번개가, 어쩌다 한번씩, 안개비 속을 헤치며 지나가고 있었다.

 나는 내가 거의 죽어가고 있는 것이라고 생각했다. 그러자 죽음이 겁나고 내가 외롭다는 생각이 치밀어올랐다. 눈뫼를 참지 못하고, 어째서 그 도보 고행승이 뛰쳐나왔는지를, 지금이라면 이해할 수 있을 듯도 하다. 밖에서가 아니라 안에서 눈이 퍼부어 내리고, 찬바람이 가지를 휘이며, 눈보라를 휘몰아간다. 어디 별로 멀지도 않은 데선 이리떼가 길게 길게 울고 있고, 찌그덕여놓은 사립문은 밤새도록 찌그덕 소리를 내고 있다. 군불을 지필 화목도 없어 얼음장 같은 구들막, 고콜에 관솔을 얹어야 될 때여서 무릎을 풀면, 그 슬관절에서 서리 가루가 흩어져 내린다. 그리하여 이만 일천육백 번을 한하고 심호흡을 해보며, 열여섯, '꽃 활짝 핀 나이,' 시집 아직 안 간, 그러나 실 한 올 걸치지 않은, 분홍 젖꼭지의 물오른 계집을 떠올려, 그 몸 위에 수음하며, 그 계집이 자기의 해골을 핥고, 뼈를 갉고, 사지를 자르는 광경을 화목(火木)삼아, 추운 몸에 군불을 좀 지피려 한다. 하더라도, 냉동은 이미 귀두에도 비롯되어 있었다. 그래도 어쩌면, 그 계집 그리워하기를 치열히 계속한다면, 그 계집이 뜨거운 젖방울을 짜내어, 저 언 귀두 끝에 흘려줄지도 모르긴 하지만, 그보다도 나는 참, 목욕을 가기로 했었다. 울며 암노루모양 뛰어가던 계집이, 날더러 목욕을 하러 가자고 졸랐었다. 허나 그 계집은 지금쯤, 읍으로 가는 달구지 위에 앉아 있을지도 모르고 아니면 새로 온 다른 수도부들과 함께 어울려 들떠 있을지도 모른다. 어쨌든 나는 혼자서라도 가기로 했고, 그래서 저 소나무숲이 있는 샘을 떠올렸다. 거기 떠돌고 있을 악령들은, 이제는 이미 죽은 것들이어서, 사립짝에 걸린 해묵은 부고나 같은 것일 것이다. 내가 해낼 수 있는, 그중 좋은 음한의 조리 방법은 그것이었는데, 즉슨, 마을을 벗어나는 길로 우선, 장옷을 벗어 허리에 띠고, 아주 빠르게 역마보다도 빠르게, 미친 듯이 빠르게 달려, 전신에 땀을 흠뻑 돋군 뒤, 대번에 물 속으로 잠겨드는 것이다. 심장이 멈추든 말든 그것은 따질 바도 아닌 것이었으며, 그래서 저 얼음처럼 극심할 물의 차가움을 관절의 곳곳에다 밀어넣는 것이다. 훈련은커녕, 아직 초보에도 못 들어선 나 같은 돌중으로서는, 결국 그런 방법에 의존해서라도, 저 열여섯 먹은 통실한 계집년을 떠올릴 수밖엔 없고 그리하여 그녀의 난도질과, 매운 혀를 체험할 수밖엔 없는 것이다.

 그러기로 하고, 몸을 부르르 떨며 떨치고 나서니, 저 참을 수 없을 차가움에 대한, 미칠 듯한 수사(水死)스런 향수가, 그 계집이 휘두르는 혀처럼, 마른번개처럼, 내 전신의 곳곳으로 핥으며 지나간다.

 오 여자, 나의 이미니, 질두를 아는 자여,
 오 여자, 나의 어머니.

제 12 일

1

⁽¹⁹⁾오씨요, 임자 오씨요, 돌아오씨요,
척진 일 없었을 임자, 집으로 오씨요.
오 끼끗허든 양반, 돌아오씨요, 날 보로 오씨요.
임자 기렸던 나는 임자 시악씨,
날 베리고 임자 참말이제 못 떠날 것이요이.
오 끼끗허든 서방님, 서방님 집우로 오씨요.
임자는 있음선도 안 뵈는디, 속으로 나 임자 원험시나

눈으로 나 임자 보기 바라요.
임자네 시악씨, 임자네 안댁헌티로 오씨요, 임자 제집헌티로 임자는 참말이제 고렇게 떠나던 못헐 것이요.

나는, 내 누이처럼만 여겨지는 여자가, 내 시체를 놓고 통곡하며, 초혼(招魂)하는 소리를 들었다. 그녀는, 촛불을 한 구석에 켜놓고, 저 시체의 머리를 자기 무릎 위에 받쳐놓은 채, 저 시체의 옛주인 돌아오기를 빌고 있었다. 내 시체와 그녀는 내가 팠던 굴 안에 있었는데, 그 굴 밖은 지척도 분간 못할 어둠이며, 구질게 내리는 안개비며, 이따금 스치는 마른번개 말고는, 그저 죽음뿐이었다. 그러나 나 망자여, 너 고매하게 태어났었던 모성모씨(某姓某氏)여, 이런 상태도 그러나 두려워할 것은 아니다. 나의 신부여, 나는 드디어 업보의 무게로 무거운 곳 바르도로 왔구나. 나의 시악씨, 나의 제집, 나의 안댁, 내 시체를 안고 있는 너는 순전히 아름다워, 여자보다 지고해 뵈누나. 너는 열여섯 먹은 어머니 같구나. 너는 누이 같구나. 아 그러나, 나는 싫고도 외로운 행로에 처해, 드디어 너를 꿈꾸는데 너의 애곡밖에, 친구도, 인도해주는 별도, 위안될 아무것도 없는, 이것은 참으로 외로운 배회로구나, 업보의 무게만 자꾸 나를 누르고, 일숙할 뻔한 불빛 하나 볼 수가 없는 곳, 어찌 내가 거기로 내려와버린 것인가. 그러나 나 망자, 모성모씨여 저 계집이 함께하고 있는 빛을 더불어, 나의 나아갈 길을, 지금은 찾아야 할 때인 것이다.

하늘끄장 밤끄장 말짱 임자헌티 고개 숙이고,
임자 땜시 울고 있는디라우……

내가 임자 뽀챔선 운개요
조 하늘끄장 내 우는 소리 들었는개빈디,
워짠다고 임자만 귀가 먹어뻐렸단대요?
아직도 나 임자 제집, 임자가 탐냈던 제집,
임자가 뽀챘던 고 예핀네.
오씨요, 임자네 안댁헌티로, 임자네 제집헌티로,
임자라우, 낭군 —

2

"읍내서 새로 온 동무들하고 이약 좀 허다가시나 봉개, 하루가 홱 가뻐렀어라우이, 그래각고 인제 임자헌티 왔일 때는 캉캄히어라우. 저녁이더랑개요. 헌디 임자가 안 비어라우. 나는 그래서나, 아매 똥이나 누로 갔능개비다 허고라우, 기양 캉캄헌 디 앉아 지다려봤다고라우. 임자가 나 땜시 깜짝 놀랠 걸 생각헌개 속으로 재미가 솔솔 나라우. 헌디 고 톰박에(그 동안에) 하매 똥 열 번도 더 눴겄는디, 스무 번도 더 눴겄는디, 임자는 오덜 안해라우이. 그라장개 내가 전녀묵덜(견디지를) 못하겄어요이. 무서움선, 걱정이 실부제기 들어라우. 그런 건 또 첨이요이. 그란디 번개만 생 육갑을 제기요이. 뻴 생객이 다 나라우. 좋은 생각은 안 들고라우, 고때는 인제 무선 건지 안 무선 건지도 몰루겄고라우, 임자헌티 탈이나 없이먼, 고것만 바래져라우. 그라장개 칠성님전에도 빌어지고라우, 서낭님전에도 빌어지고라우, 번개님전에도 빌어져라우. 살리돌라고 히었소. 나헌티 딕꼬(데리고) 와

돌라고 히었소. 워짜먼 워디 읍내만침이나 가뻐렀능가도 물론 히었었제라우만, 고렇게 생각허기는 싫던디요, 싫여라우. 헌디 추워라우. 나는 안 울덜 못허겄어라우. 워떻기 좀 히어돌라고, 움시나 동무들헌티 갔더니라우, 암도 없어라우. 죄용해라우. 쇠주들 묵고 시님덜헌티 갔을 것잉만이요이. 시님덜은 심들이 좋다고라우, 읍내서 오먼 모도 고 길로 시님덜헌티 가기를 좋아해라우. 한 사날 지내먼 인제 하품을 시작해도라우. 워쩌겄어요이? 등에다 불 쓰고 초 챙기고, 성냥도 챙기고라우, 나 덮던 이불끄장 싸서 이고, 또 혼차 왔일 수배끼요. 비는 와도라우, 젖도 안헌개 더 외시시해라우. 하매 고란 새 왔일랑가, 그랬어도 임자 안죽도 안 왔네라우이. 울어짐선 차꼬 빌어져라우. 머 배우도 안 히었는디 달리는 빌겄어라우? 돌아오라고, 임자네 안댁 못 베릴 것이라고, 기양 고렇게 빈 것이제라우. 월매나 고라고 있었우꼬? 그란디 머시 엉떡에서 보독씨러져니리는 소리가 나라우. 무섭어라우, 반가라우. 워디 가서 술 묵고 늦었는갑다 고렇게도 맘이 들기도 허고라우. 얼렁 등 들고 나가봉개라우, 임자, 임자는 고렇게도 버파(바보)끄라우? 글씨, 워짠다고시나 꺼꿀로 떨어져 니리각고, 고렇게 꿈털꿈털허고 있으면, 대천지 세상이 횃딱 꺼꿀로 돌아줄 것맹이든그라우? 참말로 버파제라우이. 니얌새를 맡아바도 술은 묵은 것 겉든 안헌디, 고라고시나 있은개 알아묵을 터시레기가 안 잽히라우, 첨에는 숭푹 떠는가도 안 히었겄소이? 헌디 고것이 아니어라우. 그라장개 더 안씨러 똑 죽겄어라우. 욕이 다 나와라우. 워짠녀러 씨발눔의 사나가, 멋헌티 와달이 씰디가 없어서, 아만도 못헌 제집헌티 요 지랄이냐고, 고렇게 욕이 나와라우. 그람선, 움선, 등 니리놓음선, 보둠움선, 눈물 딲

음선 참 바빠라우. 헌디 들어봉개, 임자가 머슬 머시라고 씨분대 싸요이. 무신 말인 중은 암만히어도 몰루겄는디, 죽을라고 인제 환장을 히었는갑다 생각을 헌개, 내가 다 미칠라고 험선, 무멩지 (무명지)는 고까짓것 시뿌잖고(시원찮고)라우, 쎄바닥(혀)이라도 똑 짱글라 피를 내 믹있으면 싶은디, 울라, 시님 부를라, 말헐라, 멋헐라 허장개 바빠서라우, 고짓도 되덜 안해라우, 나도 참 씨발년이어라우. 헌디도 임자헌티는, 무신 틱벨시리 볼일이 엉떡 위에 있었간디, 차꼬 엉떡으로만 올라갈라고를 시작허요이, 고때는 그랑개 정선이 좀 들었던게빈디. 징신이 든난 것이 어만 데로 들어각고라우, 미쳤어라우. 웃음이 나와라우. 홀래 홀래 춤을 춤선이라우, 가만 봉개 글씨, 짬마리(잠자리)가 번갠 중 알았는개빈디, 본개 고것 잡을라고 고 지랄이라우. 그라다 워떻기 엉떡 우로 기어올라갔소이. 그라더니 요번에는, 낚숫대를 잡고는 휘둘러라우. 그람선 막 인제 꽥꽥 소리를 치는디요, 누가 시님더러 사람 아니랍뎌? 지가 사람이람선, 썽낸 황소맹이 식식거려라우. 그래도라우, 재미가 없는 건 아니라우. 나도 그라장개, 번개가 지내갈라먼 홀목이 뻘치나가라우. 헌디 또 생각히어봉개라우, 고것이 장난이 아니고라우, 임자 눈 봉개로 까뒤집힜어라우. 하릴없고, 내가 처량시럽소이. 돌팍에 앉았제라우. 그라고 울고 있장개, 워니 녘 번개 지내갈 때였던동, 시님이 날 봤덩개벴어라우, 히히 히히 웃어라우. 고때는 다른 것은 안 무섭고라우, 끔째기 시님이 무서라우. 고 시님 때미 쎄끄장 짱글라 줄라고 허던 고젱이 홱 배낌선, 고 시님이 무섭드라고요. 꼼도 못 치겄고라우, 도망가도 못허겄고라우, 기양 눈치만 보고 있장개, 요번에는 내 목에다가라우, 낚숫줄을 거요이. 그라고는 막 잡아땡겨라우.

모가지가 비어질람선 아파 죽겄고라우, 숨도 막혀라우. 지금 본개, 그래도 비어지던 안했던맹여요. 나 죽기 싫다고 히었소. 움시나 손 비빔선 살리돌라고 히었소. 고 토막에 그런디, 낚숫대가 중두막이 나뻐려라우. 그랑개사 시님이 열 질썩(열 길씩)이나 뛰어댐시나 웃어대는디요, 참말이제 정이 떨어져라우. 그라더니 패시시 씨러지더니라우, 내 아랫배다 머리를 얹고는 아무 기척도 안해라우. 고런 일이 기양, 눈 깜짝할 새도 못돼서 배끼고 배끼고 헌개 정선을 못 채리겄는디, 시님이 소롯해라우. 자는 것맹여라우. 안 자라우. 죽었어라우. 꾸둥꾸둥해라우. 죽었어라우. 밤은 궂어라우. 번개는 자꼬 지내가라우. 처럽어라우."

밤은 궂었었다. 번개는 쉬임없이 지나갔었다. 처럽은 밤이었었다. 그리고 나는 내 시체를 보았었다. 그런데도 내가, 혼이어서 무장애로 떠나지 못했던 것은, 뭔지, 내 시체와 혼 사이에 강인한 끈 같은 것이 연결지어져 있어 혼이 떠나려 하면, 그 끈의 다른 끝에 매달린 시체가 무거운 탓이었었다. 업(業)은 아니었었을 것인가 모른다. 글쎄, 시신과 혼 사이의, 다하지 못한 연(緣)의 점질대(粘質帶)는 아니었던가 모른다. 그리고 보면 몸은, 무서운 유형지여서, 벌이 다하지 않은 혼의 족쇄를, 그렇게 쉽게는 끊어주어버리지를 않는 듯한데, 그러나 어쨌든, 몸과의 잠시의 죄면(阻面)을 통해서, 이상스럽게도 혼은 열예 같은 것으로 넘치고 있는 듯하며, 혼과의 한 수유간의 불목을 겪고 몸은, 비록 손발끝을 가늘게 떨고는 있다고 하더라도 괴이쩍은 활력, 그것은 불 같은, 그런 신신감에 알배어 있는 듯하다. 영육간 어쩌면 회포가 많았던지도 모른다.

그럼에도 나는, 이러한 열예, 이러한 생명력을 어떻게 이해해야 될지는 모르고 있을 뿐인데, 왜냐하면 현재로서 나는, 내가 한번 음한을 내고 뛰어나간 그 이후의 일의 한 끝도, 명확하게는 기억해낼 수가 없고만 있기 때문이다. 그러나 뭔지가, 내가 기억해낼 수 없는 저 공백을 메꾸고 있는 것이고, 그것도 그저 범상적인 사건은 분명히 아닐 터인데 피에 섞여 몸 속을 도는 어떤 느낌 자체가 일상적인 것이 아니기 때문이다. 몸 한번 뒤척임으로 해서, 밤새도록 자기가 누구였던가를 잊고 깨어난, 어떤 거지의 아침이 그림에도 괜스레 싱그러운 것이라면, 그는 어쩌면 밤새도록 임금님이었던 꿈을 꾸었을지도 모르는데, 그런 꿈은 결코 거지의 일상은 아닌 것이다. 뭔가, 내 의식 속에는 상혼이 있는 것이다. 그 상혼이 어떻게 이뤄졌는지를, 어떤 방법으로든 나는 재생해내지 않으면 안 될 듯한 것이, 이 싱그러움의 출처가 언제가지나 수수께끼로 남아갈 것이라면, 그것도 일종의 병이라고나 불러야 할지도 모르기 때문이다. 머릿속에서 어떻게 잘못 자라난 혹 때문에 어떤 백치가 느닷없이 수재가 되었다는 것과, 이것은 조금도 다를 바 없는 병인 듯하다.

"여그 와각고, 시님 늘 배가 고팠제라우이? 나는 워처키 고렇게나 쇡이 안 뚤폈었는지 몰라라우. 나 배 불르면 임자도 앙 고픈 중만 알았었소이. 헌디 봉개 임자는, 솔나무잎이나 씹어묵었던 개비지라우? 불쌍히어라우, 참말이제 내 쇡이 씨립소. 헌디 암껏도 안 묵을라고 히었었는디, 인제 정선이 쪼꿈 들었으면, 저그 끓이다 논 미움 좀 드씨요. 자 입만 쪼꿈 벌려줘겨라우. 그려요. 요것 다 묵고라우, 쪼꿈 쉈다가라우, 조 흰밥 한 그럭만 다 묵으먼이라우, 인제 심이 날 것이요. 아직도 쪼꿈은 뜨뜻헐 것이요이. 입을 쪼굼만 더 벌리씨요. 아직도 비는 와라우."
"헌데 어제 짐수레가 왔다고 했던가?"
"정섬때 훨썩 지내서 왔다고 그러요. 그랬어도 머 그랬어라우."
"같이 있던 친구들과는 헤어지고, 헤어졌던 친구들과는 만나게 되어, 아주 눈물깨나 흘리고, 또 웃곤 했을 터이지."
"그랬어라우. 그래도 묵을 때는 말허는 것 아닌개, 쎄바닥은 기양 두고, 입이나 짝짝 벌리쑈. 내가 요렇게 믹이줌선 생각헌개, 내가 참말로 각씨 각고라우, 오매(어머니)도 싫응구만이라우. 그란디 내 동무 하나가 기양 되돌아가뻐렸구만이라우. 위쨌던 움내는 비는 안 오더라고 허요. 높은 디에 얇은 구름만 덮였드라요."
"임자가 돌아갔어야 했었는데 말야."
"워째서 시님은, 똑 넘우 말 허뎃기 고렇게 말헐 쑤 있으끄라우이?"
"임자가 불쌍해서 그러지."
"나 불쌍헐 건 없어라우. 겡도도 하고라우, 뵘이 썩 성털 못허다고 했응개요. 거짓소리로 그랬어도라우, 모도 날보고 얼굴이 안됐다고 허요이, 그래도 그 아헌티는 참 안됐제라우. 빼쨍이다가 뼝골인디, 내가 아매 말했었제라우? 나무해다 파는 저 촌사람 허고 정든 그 아 말이라우. 여그 온단개, 그 나무꾼이 한숨을 쉼선, 가지 말고, 저하고 저그 오매헌티 가서, 낭자 울리고, 지심(김)매 묵고 살자고 허드랍뎌. 나는 그 아가 불법어요."
"허지만 임자는, 이런 데서 한 달이고 두 달이고, 우격다짐으로 살아서 좋을 일은 또 뭐겠는가?"
"임자만 있으면, 워디라도 나헌티는 좋와라우."

"그래도 말이야 보살님, 내일이라도 나는, 여길 훌쩍 떠날지도 모른단 말야."

"나도 알아라우, 시님은 원지든 홱 없어질 것맹이기는 허그덩이라우."

"그럼 임자는 대체, 여긴 뭣 때문에 머물러 있는 것이지?"

"없어질 때 없어지드래도라우, 안 죽은 시님이 여그 있응개라우."

"그럼 내가 없어지면, 그때 읍에로 가겠군."

"그렇지두 않을 것잉만이라우, 나는 읍내가 싫어졌어라우. 나는 여그서 살랑만이라우. 다른 시님들도 살잖애라우? 여그서 시님 만냈잖애라우. 고날 밤 달이 참 좋았어라우이? 꼴리각고 뱅신맹이 시님은 왔는디라우, 제집도 없어 조라고 댕긴다 생각헌개, 시님이 불쌍해라우. 가찹게서 봉개라우, 첨 본 시님인디, 내가 맘으로 꼴리라우. 그 전은 한 번도 그란 적 없어라우, 참 요상해라우. 가심이 월럭벌럭험선도 웃음이 나와라우. 그란디도 나를 뽀채도 안했제라우? 그랑개 울음이 날라고 허요이. 헌디 궁뎅이를 맞고 난개라우, 정이 홱 들어뻐렸는디, 서러야 헐 것인디, 정든 것은 요상체요이? 집에 가서 봉개 내가 찢어졌어라우. 몸도 그렇고라우, 맘도 그래라우. 여그 떠나면 내가 멋헐 것이요? 나는 여그가 좋아라우. 시님 없어도 좋을 것이요. 읍내라우? 읍내, 읍내 말은 허지도 마씨요."

"임자, 이제 말이야, 돌아가서 푹 좀 쉬며 말이지, 나 때문에 밤 새운 것 벌충 좀 해야 안 될까 몰라."

"거그는 기양 바빠라우. 모도 돈 벌라고 그란다요이. 돈 있으면 절해라우. 없으면 춤 뱉아라우. 모도 눈이 뻘그래라우. 애핀쟁이, 술쟁이, 똥깔보, 노룸쟁이, 걱다가시나 합치각고, 머릿벵쟁이가 참 많아라우. 글씨, 가난시러먼 머리가 아프대라우. 그람선 괴회당(교회당) 귀신헌티 탓을 돌리요이. 거그 그런 괴회당이 있응개라우. 여그서 읍내로 가자먼 첫번채로 비는 큰 벡돌집이 고것인디라우, 오른짝 엉떡 우에 있지라우. 원지부턴지는 몰라도라우, 고 좋은 집을 꽝꽝 닫아놨는디요. 비가 오먼 귀신이 운다요. 괭이(고양이) 소리로 운다요. 거그 능금이 제복 솔찮이 굵어졌겠네. 헌디 고것을 헐어낼라고 헌다요이. 헐렀는가도 모르제라우. 읍내는 머리 아푼 데여라우."
"허허허, 이야길 듣다 보니, 거기 한번 가보고 싶어지는군. 가고 싶건 말건, 나도 한번은 가보도록, 그렇게 되어 있단 말야."
"임자는 그래도 돌아오겄제라우맹?"
"내가 돌아올 것이라고 생각하는가?"
"내가 임자를 못 베리는디, 임자는 워처키 날 베릴 수 있으끄라우? 베리도 고뿐이어라우. 제집이란 건 집 지킴선 지다리는 것이겄제라우. 돌아오라고 손 비빔선, 나는 지다릴 것이요."
"허, 헛, 허지만 말이지, 그러는 동안에 늙는 건 그만두더라도, 다른 사내들이 화를 낼 것이 문제야. 글쎄, 그따윗 녀석 하나만 사내고, 세상엔 사내가 또 없드란 말이냐? 이럴 것이거든, 수절과부는 그렇기 때문에 비록 꼽추일지라도 추파를 받는 게야. 그렇지 않겠느냐 말야."
"세상 사나덜 나 많이 품어봤소마는, 고 중에 그래도 내 사나는 없던디라우. 그라먼 말 다 해뻐린 것이제 또 머시겄소. 좆만 단 것이 사나라먼, 워째서 방마치(방맹이)는 사나가 아니겄는그라우."

"설할 만한 법이 있는 것 아니라고도 하나, 보살 설하신 법은 가히 설할 만하시니다."

"그랑개로 여부, 날 염리(염려)헐 것은 없겄고만이라우. 나는 여그를 내 집으로 생각해뻐렸응개요, 임자 허고 싶은 대로 허시 겨라우. 그래도 임자네 안댁이 안씨럽게 지다리고 있는 것만, 워 짜다 한번썩, 기양 생각해줴겨요. 불 뺀하게 써놓고, 그라고 있 을 팅개요이."

"자 그럼 임자, 가서 한잠 푹 자구려. 그러는 동안에 나도 말이 지 한참 자기도 하고 말이지, 임자 어떻게 지내는가 생각도 할 테니 말이지."

"임자는 지끔, 혼차 있고 싶어서 그러제라우? 눈 봉개 그러라 우."

"임자도 말이지, 어떤 때, 혼자 있고 싶을 때가 있지 않던가 몰 라. 그래서 노래도 부르고 말이지, 콧수염도 한 오래기쯤 뽑아내 보고 말이지."

"임자는 혼차 있고 싶어서 그렁만요. 혼차 있어도 괜기찮으까 몰라라우이? 그라면 냉중에 또 오께라우. 웃목에 채리논 것, 냉 중에 더 잡세겨요이. 그라고 쉬면 좀 나슬 것이요. 아, 그렇구만 이라우, 요 등은 각고 가야 저녁에 불 쓰제라우. 이불 따숩게 덮 고시나, 일어나던 마씨요이. 그라고 시님 장옷은이라우 홉빡 젖 었기 땜시로, 내가 수도청 갖다가 널어놨응개요, 마르면 각고 오 께라우. 허리다 월매나 딴딴히 짬매놨는지라우, 고것 푸니라고 손톱이 다 훨라고 히어요. 비는 툽툽헌 것이 아직끄장도 오는디, 꺼적때기 문이라도 하나 해달았으면 싶으요."

"글쎄 말이지, 꽤는 궂군 그래. 전엔 그랬었지, 구름 위에다 울

치고, 거기서 나 살고도 싶어했었지. 헌데 그러고 보니, 내 안댁 자네랑 나, 지금 그 구름 가운데 울 치고, 마당 쓸며 살고 있는 듯하잖다구? 우리 그럼, 내일쯤에나 만날 수 있을지 몰라. 내일쯤 말이지."

3

나는, 내 기억의 꾸리에, 한 매듭 공백이 끼어버린, 어제 오후의 일을 상기해내려고 기를 모았다. 아직도 나는 쇠약한 채여서, 도저히 결가부좌를 꾸며 앉을 수는 없었으므로, 그냥 번듯이 누워 있는 채, 어제로 시간을 역행시키려는 일을 시도했다. 그것은 일종의 전생을 밝혀보는 일과도 맞먹는 듯이 믿어졌다.

계집은, 내가 번갯불을 향해서 낚싯대를 휘둘렀었다고 말했었다. 근래의 나의 모든 노력이 물고기를 낚으려는 데에 바쳐진 것이었다면, 그리고 보면 그러한 행위는, 자명한 결론으로, 내가 어쩌면 번갯불을 고기로 보았었다는 애기인 것이었다. 그런데 또 그녀의 이야기대로 하자면, 그러다 나는, 그녀를 발견하고, 그녀의 목에다 낚싯줄을 걸었다고 했었다. 그러고 보면, 그것도 또한 똑같은 이치로, 번갯불과 고기와 계집이 혼동된 예인데, 그러면 어떤 과정에 의해서 저 세 개의 질료가 일원화를 획득하고, 그리하여 계집에 의해 육화를 성취하여, 한 돌중의 낚시에 걸려 든 것인가? — 이것은 아무리 해도 석명해낼 길이 없다.

문제는 아마도, 그 결과가 아니라, 그 과정인지도 몰랐다. 그러므로 나는, 그 시초로부터 더듬어내려, 어떻게 하여 그런 결과에 닿았는지를 싫고 괴롭더라도, 그것의 매듭들을 풀어내지 않으면 안 될 듯했다.
  그랬었다, 나는, 동구를 벗어나자마자, 장옷을 벗어 허리에 단단히 참맨 뒤, 뛰기 시작했었다. 그것은 조금도 유쾌한 운동은 아니었었다. 땀이 얼마쯤 솟기도 했으나, 뛰기를 조금이라도 멈추면, 순식간에 땀이 식고, 새로운 한기를 더 크게 보탰었다. 나중엔 땀에 의해서 내가 채찍질당해졌고, 현기증은 더 심하게 계속되었다. 그래서 샘 속에다 몸을 잠갔을 때는, 그래, 왼몸에 경직이 일어나며, 손발가락이 뒤틀리고, 이빨이 갈렸다. 그러나 그 샘은 수심이 깊은 것이 아니어서, 아직 나를 익사시키지는 않았었다. 그러는 새 쥐가 풀리자, 이제 한기가 땀구멍 구멍 속으로, 뼈마디 마디 속으로 스며들며, 굼벵이들모양, 내 열기를 파먹어 댔다. 나는 그럼에도, 스스로에게 모진 매를 가해, 이만 일천육백까지를 세어나가기로 했다. 그때는 안개비가 더욱더 두터워져, 김이라도 피어오르는 듯 수면에는 안개로 뭉슬거렸었다. 아마도 그렇게, 한 팔구백까지는 세었으리라고 기억되는데, 그러는 동안에 그런데, 나는 어쩌면 얼음이 되어버렸던지도 모른다. 무엇보다도 못 참을 것은 불알이었고, 그것을 통해 창자와 척추가 굳어들며 뒤틀리는데, 아무리 해도 깊은 숨을 들이쉴 수가 없었다. 그런 뒤에는 그런데 무슨 일이 일어났던가? 나는 익사를 해버린 것인가? 허지만 여기에 나는 지금도 살아 있는 것이다 ── 그러므로 결과로써, 나는 아마 뛰쳐 일어났으리라고 추리하는 수밖엔 없을 것 같다.
  나는 그리고, 추웠으므로, 또 뛰기 시작했을 것이라는 것은 쉽게 짐작된다. 안개비는 물론, 지금이나처럼 내리고 있었을 것이어서, 어두워지면서는 더욱더 지척을 분간할 수가 없었을 것이다. 그럴 때 비로소 낮부터도 스산히 스치던 번개가 분명히, 그리고 어둠 속의 한 큰 빛, 한 큰 위력으로 나타나기 시작했을 것이었다. 그래, 그랬을 것이었다. 그리하여 번개를 통해 보이는 사막의 메마름을, 고적을, 밀폐를 공포로써 바라보았을지도 모르는데, 그것이 사실이라면, 나는 분명히, 내가 죽어서 낯선 고장을, 혼자서 쓸쓸히 헤매고 있을 것이라고 믿게 되었을 것이다. 사실에 있어 내 가슴에는, 그 바르도의 풍경이 늘 자리잡아왔던지도 모르는데, 극락의 풍경을 가슴에 지니지 못한 자는 불행하다. 그래, 그러고 보니 그것이 내게 기억난다. 나는, 바르도란 그러나 공포스러운 고장은 아니다, 한 번 죽음으로 족하고, 아무도 두 번 죽을 수는 없으니, 어떠한 참경에 처해서도, 그것은 물 위에 뜬 달과 같은 허상의 풍경이지 실재가 아니라고, 자꾸 인지하라, 라고 스스로에게 일러주었던, 그래, 그러구 보니 그런 기억이 난다.

그러면 도대체 나는, 어디를 그렇게나 헤매다녔던 것인가? 나중에 종합해보고 나는, 아마도 샘과 마을 사이의 어느 일점을, 아마도 불과 한 마장 정도의 거리를, 맴돌았을지도 모른다고 짐작했다.

그러면서도 나는, 저 망자의 몇 박(泊) 숙소로부터, 할 수만 있으면 옛집으로 몸째 돌아가고 싶어했을 것이었다. 그것은 처설프고 외로운 행로였던 것이다. 번갯불이 나의 길잡이였었다. 나는 아마, 동으로도 달리고, 서로도 달리고, 남으로도 북으로도 헤맸었다. 그러나 아무 곳에도 나를 향해 열린 문은 없었고, 어디에나 밀폐된 어두움, 안개비의 뻘뿐이었을 것인데, 그래서 나의 행로는 춥고 초조로우며, 휴식 없고, 지치게 했을 것이었다. 번갯불은 쉬임없이 스쳤으나, 스치고 나면 나는 다시 제자리에 서 있고, 아무리 진행했으나 진행이 가능하지 않은, 맑은 정지가 나를 휩싸아 빽빽했다. 그것은 수렁과 같은 밤, 수렁과 같은 고장이었다. 이제는 차라리, 길잡이로서의 불기둥이 두려운 것으로 변했다. 두렵다고 일단 느끼기 시작하면, 잠재해 있던 모든 두려움이 일시에 깨어나버리는 것이고, 그래서는, 이제까진 의연히 견디게 했던 풍경을, 영 못 견딜 것으로 바라보게 하는 것이다.

그리하여, 기억뿐만이 아니라 완전히 죽었던 의식까지도 되살아나 모든 광경이 생생히, 내 눈앞에 재현되기 시작했다.

그 스산히 스치는, 잠시의 빛이, 나를 완전히 주저앉지 못하게 하는 장본인이었던 것이다. 그것은 차라리 내게 꺼끄러움을 느끼게 했다. 미끄러우나 한번 스치면 살을 베어내는, 칼날 같은 꺼끄러움, 비늘 같은 꺼끄러움, 독아 같은 꺼끄러움. 길고 뜨거운 꺼끄러움. 그러나 그것은 거기에서 그치지 않고, 나를 착 휘감아틀어 뺑돌이를 치며, 땅바닥에다 내팽개쳤다. 그것은 그리고 계속해서 이제 내 위에 후리쳐댔다. 그것은 천수 천족으로, 천의 방향에서 나타났다, 천의 방향으로 숨어들었다. 짐승다운 천의 팔, 천의 다리, 천의 불도리깨를 휘두르며, 천의 뒤꿈치로 나를 짓찍어댔다. 그 아래서 나는, 사력을 다해 허덕였어도, 도대체 벗어날 수가 없을 뿐이었고, 나는 나약하게 죽어가고 있었다. 아, 대지의 저 힘센 황소여, 경탄할 우주여, 그대 노호를 멈추라. 초원의 말이여, 그대 흔드는 지축을 멈추라 — 나는 간신히 간신히 빌 수 있을 뿐이었다. 아 빛의 어머니여, 질투를 아는 자여, 내 너에게 간청하노니, 그리고 강한 목의 외경스런 힘의 선조여, 제발 나와 함께 있으라, 나를 수호하라 — 나는 간신히 간신히 빌 수 있을 뿐이었다. 그러나 어디에서고, 어떤 종류의 구원도 나타날 것 같지는 않았다. 그래서 내가 더 이상 나를 지탱할 수 없이 되었을 때, 나는 빠른 죽음을 바랐더니, 후려치는 번개가, 내 목을 잘라 뒹굴리는 것이 내 눈에 보이고 팔이 잘려나가 훌훌 뛰는 것이, 다리가 나로부터 떠나 저 혼자만 도망치는 것이, 내 창자가 한바탕 터져나와 안개비 속에 산철쭉 한 모닥불 지핀 것이, 눈이 방울 소리로 구르는 것이, 혀가 잘려서도 비명하는 핏방울이, 보이고, 다 보이고, 그런데도 난도질은 멈추지를 않았다. 그러나 그것은 난도질만으로 끝난 것은 아니었다. 그 스치는 칼날보다도 더 아픈 혀의 무참한 밤이, 저 흩어진 몸에서 골을 빨아내고, 피를 마시며 뼈를 갉았다. 그러나 이런 광경 또한 물 위에서 휘두르는 회초리 그늘 같은 것이다, 그러므로 고통만 해쌀 일은 아니다 — 나는 간신히 간신히 스스로에게 들려주었으나, 나의 타일러줌은 차라리, 허상이 실체를 향해 하는 것처럼 실감이 안 되고 공허했다. 어쨌든 나는 죽었으므로, 이제는 한번 웃어라도 볼 때라고 생각도 했다. 저 초원의 말이여, 대지의 황소여, 질투를 아는 어미여, 힘의 선조여, 이제는 그러면 내 눈을 감겨다오, 전에 나, 영겁의 주가 창조하여, 모든 선물로 하여 단장되었던 자, 사람, 그로부터 이제 학대의 혀를 거둬가다오. — 나는 항복해버리고 있었다. 사람, 그래, 그의 모든 눈을 감겨다오, 하나씩 하나씩 저 어기찼던 마을의 등을 꺼다오, 영생의 주로부터 특히 생명 받은 자, 사람으로부터 — 나는 항복하며 어둠을 수락했더니, 마음이 조금 평온해지는 것이었다. 그러며 한번 웃어보려고 입술을 오무작거리다가, 갑자기 나는, 하나의 논리에 의한 분노를 느껴내야 했다.
 영생의 주가 창조하여, 우주까지도 선물로 주어, 주로서 보냄받은 자, 나는 사람, 모든 것을 지배토록 태어난 자, 나는 그래 사람.
 그런 논리적 분노는 나를 뛰쳐일어나게 했다. 그러자 흩어졌던 내 몸이 내게로 돌아와, 자석에 쇠붙이 붙듯, 내 가기 위에 붙었다. 그리하여 논리는 사라지고, 광분만이 남아서, 나는 호령해 대기 시작했다. 사 내가 지배하노니, 너 방자한 대지의 황소여, 노호를 멈추라. 너 분수를 모르는 초원의 말이여, 광란을 멈추라. 힘의 선조여. 빛의, 어머니여, 내 또한 사람의 육성으로 하여 그대들을 불러내노니, 와서 저 모든 광란과 광분스런 혼돈에 재갈을 물리라 — 나는 주먹을 휘두르며, 발을 굴러 소리쳤다. 그때도 번개는 스침을 멈추지 않고 있어서, 나는 그것의 목줄기를 잡아, 내 뒤꿈치로 짓밟아버리려고 또 달려들었다. 그럼에도 나는 그것의 대가리를 볼 수가 없는 것이 이상했다. 다만 그것의, 칼날만 같은, 번쩍이는 비늘 덮인 몸의 중두막과 꼬리만이, 뜨겁게 내 전신을 베어대며 자꾸 휘감아가기나 할 뿐이었다. 그것은 커다란 고래나 용처럼, 한번 지날 때마다, 하나의 큰 소용돌이를 일으켰었다. 그럴 때마다 나는 휩쓸려 쓰러지고 또 소리치며 일어나면 다시 내동댕이쳐져, 나는 한 이파리 목선만 다웠다. 아, 그리하여 알겠노라, 너는 밤바다에서 미친 듯이 유영하는, 한 마리의 거대한 고기인 것을, 아, 그리하여 알겠노라. 나를 삼키려는 고기로구나, 헌데 나는 누구인가. 아 그러면 나는 누구인가, 누구인가 하면, 어부일레라. 나 너를 지배토록 태어난 인간 어부, 너로 하여 생업삼은, 나는 어부일레라. 너 나로부터 도망칠 수 없을레, 왜냐하면 나는 너의 주 사람. ─ 나는 그러며 달리고, 날뛰며 최소한도 그것의 허리에라도 팔을 걸어, 밤바다 육만리라도 헤매다녀볼 참이었다. 그러나 불가능했고, 그것은 하나의 수단, 낚시나 그물에 의해 유혹해들여야 되는 그런 어떤 것 같았다. 그것은 사실에 있어 나를 유혹해들이고 있었고, 나로부터 도망치고 있는 것이 아니었다. 나는 그 사실을 나중에 알긴 했으나, 그것은 아름다웠다.

두 [20] 겨드랑 밑의 두 날개,
계집의 유방, 풍요한 자궁,
비늘 덮인 물고기의 하반신.

내가 붙들려 했던 저 스산한 번갯불은, 그녀가 우아스러이 날아서 유영해가는 길을 트고 있었던, 그녀가 거느린 사대(四大) 중의 한 종자(從者), 그녀의 오른손이 든, 감로수병 속에 담긴 독사가 내뿜는 불.

그것은 내게 순종했을 때, 밤바다 수심 깊은 곳으로 희게 가라앉아내리며, 바다보다도 더 깊은 요니를, 붉은 네 잎짜리 연(蓮)스러이 열고 있었다.

그때 나는, 하나의 용해를 느끼고, 맥을 풀었더니, 내가 액체가 되어 저 붉은 연 깊은 속으로 흘러들어버리는 것이었다. 그 안은 그리고 새둥지다운 안온함이었고, 나는 하나의 알이어서, 그 안온함 속에 휩싸인 듯했다.

그런 뒤 얼마의 세월이 흘렀는지는 모른다. 알로부터 내가 부화할 만큼 세월이 흘렀다면, 허긴 그거 뭐 긴 세월은 아니라고 하더라도, 어쩐지 나는 혼자였고, 사방은 소조롭고, 적막하고, 추웠다. 나는 어찌할 바를 모르겠는데, 조금 헤매고 있으니, 내 누이처럼만 여겨지는 여자가, 내 시체를 놓고 통곡하며, 초혼하는 소리가 들렸다.

오씨요, 임자 오씨요, 돌아오씨요,
하늘ㄲ장 밤ㄲ장 말짱 임자헌티 고개 쉭이고,
임자 땜시 울고 있는디라우……

제 13 일

나는 그러나, 어떻게 하여 한 마리의 물고기가, 그렇게도 종잡을 수 없는 양태로 진화할 수 있었던지를 아무리 해도 알 수가 없었다. 그것은, 한 마리의 암독수리가, 마늘과 쑥 잘못 먹고 계집이 되어가는 판에 눈멀어 측은한 아비 생각하고 인당수에 뛰어들었다가, 별주부하고 눈이 맞아 살다 보니 애를 낳는데, 둘만 낳았어도 한 겨드랑에 하나씩 끼고 떠나왔을 것을, 그만 셋씩이나 낳게 되어 못 떠나고 반만 고기 된 그런 무슨 효녀 독수리 이야기 같기도 하고, 또 신판 처용담 같기도 한데 귀신은 처용이 각시 앞에서 자고, 처용은 제놈의 각시 뒤에서 잤다던가 아무튼 뭣해서 얻었다는, 그 딸내미 같은, 저 한 마리의 고기를 두고, 나는, 생선 비린내에, 계집의 액기(腋氣)에, 새털 누린내에 코가 미어져, 축시부터 깨어선, 더 잠에 들 수가 없었다.

　전날 나는, '고기의 형태는 양극을 갖는 타원형이라고 불리는 것'이라고 생각했었다. 그러나 그 '양극을 갖는 타원형'의 형태와 두 겨드랑 밑의 두 날개, 계집의 유방, 풍요한 자궁, 비늘 덮인 물고기의 하반신'의 저 잡종 잡년과의 사이엔 어떤 유사점이 있는 것인가? 전날 나는, '양극을 갖는 타원형'은 암수 공존의 일체여서, 양성(兩性)이 아닌가 하고까지 생각했으나, 비린내에 액기에 누린내까지 풍기는 저 고기는, 보기에 순전히 암컷이어서, 그것은 요나를 삼킨 물고기, 구주를 싸아안은 무덤 같은 것으로밖에는, 달리 생각키지 않는다. 허긴 그 문제로 그래서 나는, 밤을 새우고 아침을 맞은 것이고, 안개비 때문에 아침은 느리게 왔으나, 그 아침 함께 내 계집은 부지런히 달려왔다. 그녀는 두 손에 하나의 차린 소반을 받쳐들고 온 것이다.

　나는 그래서 다시 한번, 저 '양극을 갖는 타원형'을 정리해보지 않으면 안 되었었다. 전날 나는 그것을 정의했기를, 밖에서 보면 그것은 남근의 형상인데, 안에서 보면 요니의 형태라고 하고, 그 탓에 혼란을 느낀 적이 있었다. 어쩌면 거기에, 저 혼혈 잡종의 한 마리의 물고기를 이해할 단서가 있는지도 몰랐다.

　그러니까, '양극을 갖는 타원형'을 이루고 있는 두 곡선은, ⁽²¹⁾ '눈에는 보이지 않는, 어떤 남근을 휘감고 있는, 두 마리의 뱀 같은 것'이라고 한다면, 그것은 곧장 요니의 의미와 통하는 것이라고 보아지는 것이다. 남근과 요니의 관계에는 그리고 언제나, 임신이나 출산이 저변되는 것이므로 전날 나는, 요나를 삼킨 물고기의 뱃속과, 예수를 묻은 무덤은 동시에 자궁과 상사를 갖는 것이라고 했었다. 그리고 고기, 또는 '양극을 갖는 타원형' 자체는, 그 외양에 있어 남근의 형태이지만, '고기와 생명은 같다'의 관계에서 본다면, 그 형태가 생명을 싸아안고 있음으로 해서, 성전환을 하여, 여성화한다는 것을 밝혔었다. '생명은 남근과 같다'의 관계에서, 그 형태가 생명을 싸아안고 있다는 의미는 그러니까, 동시에, 그 형태는 보이지 않는 남근을 싸아안고 있는 요니라는 결론을 이끌어내는 것이다.

그래서 어쩌면, 저 혼혈 잡종의 고기는, 유방에, 요니를 열고 있는 모습으로 나타난 듯하기도 하나. 하지만, 그러나 그 잡종의 고기가, 보이지는 않더라도 어쨌든 남근을 싸아안고 있는 것이란다면, 그것은 보이는 그대로의, 순전한 계집일 뿐일 것인가? 사내를 묻은 무덤은, 도대체 계집인가 사내인가?

그럼에도, 그녀가 달고 있는 두 겨드랑 밑의 두 날개의 의미는, 나로서는 알아낼 재간이 없었다. 다만 나로서 추측할 수 있는 것이 있다면 그것은 분명히 범어(凡魚)는 아닐지도 모르며, 어쩌면 어떤 범어(梵魚) 같은 것일지도 모른다는 것뿐이고, 그 날개에 의해서, 어떤 한계나 장애로부터 비월(飛越)해가며, 더 크고 더 넓은 세계에로 나아가는 것이나 아닌가 할 뿐이다. 재갈과 고삐에 어거되어진 짐승에게는, 재갈과 고삐를 벗고 들로 뛰쳐나간 짐승이, 그런 날개를 달고도 있어 보이는 것일 터이다. 그러나 어쩌면, 의식을 넘어선 곳에서 형성되어지는 것은, 그것이 무엇이든, 논리의 고삐와 재갈로 하여, 일상 속에다 끌어다 놓고 길들이려는 짓은 하지 않는 것이 현명할지도 모른다. 어쨌든 아침은 왔고, 계집을 데불었다.

그러나 이 아침에 내 계집은 왠지 쭈볏쭈볏해하며, 얼른 다가

오려고를 안해, 내가 손을 펴 영접하자, 그제서야 기쁜 얼굴로 다가와, 다소곳이 앉는다. 그리고, "요것 좀 들어배겨라우"라고 말하며, 덮었던 소반보를 거둬낸다. 그러자 아직도 뜨뜻이 김을 풍겨내는, 고봉 담은 한 그릇의 흰 밥과, 고추장 바른 더덕구이, 약간의 무장아찌가 호화판이다. 내가 그만한 상을 받기에 족할 만큼, 그녀에게 한 것이 무엇인지는 모른다. 어쨌든 그것은, 한 되의 나드 기름만큼은 정을 고봉 담은 것은 사실이었다. "나는 벨로 음석 솜씨가 없어라우. 헌디 자민시나도(자면서도) 걱정이 돼라우. 그란디 시님 봉개라우, 시님이 끕째기 어린아 얼굴맹여 라우, 흰빛이 돌고라우, 불콰하니 맑음선, 끼끗해 비는디라우, 고 쉬염이나 좀 밀어내먼, 뵈기가 영 달르겄어라우." 계집은, 내가 먹는 것을 부지런히 거들며, 그렇게도 말했다. 목구멍이며 창자가 탐욕 부리는 대로만 한다면, 숟갈질을 크게, 아주 크게 해서 퍼넣고, 혀 한번 내둘러 침 돌린 뒤, 꿀꺽꿀꺽 삼켜넣었으면 도 싶었으나, 한 숟갈의 밥을 적어도 백여 번 이상씩은 씹어서 넘기려니, 진저리가 다 쳐졌다. 주린 창자가 좋은 음식에, 영양 잃은 기관이 영양에, 혀가 맛에, 호착하는 것처럼, 만약에 정신이 도에 집중되기만 한다면, 대 물려가며 깨우치고도 다 못 깨쳐, 만 대도 더 대를 물릴 것을, 하루아침에 말짱 깨쳐버리고, 저녁엔 죽어도 좋았을 것이었다. "시님만 안 싫다면 말이라우, 내가 좀 쉬염이랑 손톱이랑, 발톱이랑 다 깎아줬이먼 싶으요이. 에려서부텀 배왔는디라우, 모주가 우리 머리를 다 깎아줄 수가 없었응개요. 서로 돌아감선 깎아주었제라우."

"아, 그것 참 좋은 생각이겠군. 그렇잖아도, 오늘쯤은 머리도 좀 깎았으면 싶었더라구."

"내 그라면, 얼렁 가서 모도 챙기각고 올란개, 고 동안에 찬찬히 고 밥 다 들겨라우이."

계집은 말하고 쭈루룩 달려나갔다. 돌아온 그녀의 손에는, 삭도며 비누 같은 것이 들려 있었다.

"여그로 보낼 때는이라우, 우리 모주가 꼭 이런 것을 챙기넣어주는구만이라우. 그래서나 시님들이 원허면 깎아주라고 허제라우."

그녀는, 그런 일에 거의 믿기어지지 않을 만큼 익숙해 있어서, 머리며, 수염이며, 손톱, 발톱을 깎아나가는 사이 나는 한 마리의 굼벵이가 나비로 되어가는 과정이, 이만큼은 시원하리라고 했다. 그리고 수도자도 어쨌든 한 마리의 굼벵이여서, 날개를 달고 날아갈 것을 바라는 것이다. 그러나 내가 머리며 수염을 밀어붙인 것은, 내가 중이라는 것을 스스로 확인시키기 위해 그런 건 절대로 아니었다. 나는 그런 종단에 속해진 중은 어째도 못되는 것이다. 머리칼쯤 길어서 발가락에 감겨도 그뿐이고, 수염쯤 자라서 음식 찌꺼기가 고드름져도 그뿐이지만, 깎고 싶으면 깎고, 안 깎고 싶으면 안 깎는 것이다. 이런 문제쯤은 그리고 어떤 종단이나 타인의 눈으로써 기저귀 채워질 성질의 것은 아닌 듯하다. 그래도 허기는 해쌓는 말로는, 기저귀 채워줄 손이 많으면 많을수록, 애가 샘에라도 빠져죽을 횟수는 줄어든다고 한다. 허지만 샘에는 빠져죽지 않을는지는 몰라도, 별로 얼마 지나지도 않아, 그 많은 손들에 의해서 그 애가, 갈기갈기 찢겨져버릴 것이라면, 통째로 자기를 한 다발 해서 샘에 빠지는 것이 나은지, 아니면 맛보기로 조금씩 여러 손에다 나누어주는 것이 나은지, 어쩐지는 모를 일이다.

"그라먼 임자, 내가 요것조것들 갖다 놓고, 나도 얼굴도 좀 씻고 분가루도 좀 바르고 올 팅게라우, 고렇게만 아씨요이. 시님이 고렇게나 끼끗해진개로요, 끔째기 내 얼굴이 추접은 생객이 드는 게 말어라우. 그라고 봉개요, 시님 말이라우, 맑은 빛이 돔선 헌출허게 잘생깄어라우. 볼 때마둥 놀래져라우이."

계집은 다시 쪼루룩 달려나갔다.

내게는 아무것도 부족함이 없었다. 그런 생각이 들었다. 그렇다고 괜스레 싱글벙글 웃을 일도 없었지만, 한숨 쉬며 짜증낼 일도 없었다. 내게는 부족함이 없었다. 넘칠 것이 그렇다고 있는 것도 아니었다. 나는, 부담없는, 생각할 것도 안할 것도 없는, 노래할 일도 못할 일도 없는, 그런 마음으로, 그저 앉아 있거나, 걷거나, 눕거나, 자거나, 아무렇게나 나를 맡겨도 좋았다. 늪을 내어다보았지만, 그것이 그렇다고 뭐 내게 고역으로서만, 반드시 형장으로서만 보이는 건 아니었다. 부상과 함지에 걸쳐 길숨하게 누워 있는 그것은, 병아리를 깨낸 알껍질처럼도 보였고 아늑한 둥지처럼 보이기까지도 했다. 그 속에 담긴 공(空)이나 무(無)로 당해보건대, 그것은 해골이었다. 보이지 않는 남근을 싸아안고 있는 요니, 이 순간, 내게는 아무 구속도 장애도 없었다. 나는 다만 가난할 뿐이어서, 아무것도 덜려나갈 것이 없을 뿐인 것이다.

그리하여 나타난 계집은, 허긴 날 놀라게 했다. 그녀는, 내 앞에서 수줍은 듯이 고개를 숙이고 서 있었지만, 화장한 얼굴에, 성장을 하고 온 것이었다. 어깨를 거의 드러내고, 허리는 짤룩히 해서, 둔부로부터 한 무더기의 흰구름을 흩뜨려 뿌리고 있는데, 저 운봉의 꼭대기를 볼작시면, 거기 보름달이 막 솟아오르고 있다. 목은 탁월했고, 어깨는 우아했다.

"워처키 생각허신데라우?"

그녀는 묻고 있었다. 순전히 하나의 꺼풀에 의해서, 그러나 나는, 그녀를 다시 고려치 않을 수가 없었다. 내 기억에, 전에 그 어깨, 그 목에 얹혔던 얼굴은, 죄를 너무 몰라 거의 백치다운 것이었었는데, 그같은 목에 얹힌 오늘의 얼굴은 그런데 대체 어떻게 되어서, 죄를 너무 많이 알아, 차라리 청초해버린 암뱀다운 윤기를 띠고 있는 것인가.

"워처키 생각허신데라우? 유행이 지내시 모냥이 없세라우?"

계집은 다시 물으며, 거의 겁먹은 눈을 했다.

"당신은 건강히 아름답소."

"오매! 참말이라우? 우리덜 모도라우, 요런 것 한 벌씩은 다 각고 있네라우이. 서방도 없음선이라우, 시집갈 때 입을라고 그런 당만이라우. 헌디 말짱 허는 말로는, 요론 모냥은 인제 귀식이 됐단구만이라우. 그래서라우, 얼렁 입어 떨어티릴라고 허는디도, 입을 디가 있어야제라우."

그런데 말을 하다 말고 그녀는, 왠지 모든 것이 갑자기 막연해 졌다는 눈을 하고, 멍하니 밖을 내어다보고 있다. 허기는 그래, 우리는 지금부터 무엇을 해야 되는지를 모르고 있는 것이다. 어머니가 옷을 바꿔입으면, 그녀는 아랫녘 뱃놀이에 갔거나, 저자 거리를 다녀왔었다. 허지만 여기는, 뱃놀이도 저자도 없는 것이다. 그 탓에 그녀는 의기소침해졌을지도 모르긴 하다. 그래 내가 달래느라고, 그녀의 손을 잡아 앉혀, 나와 마주보게 한 뒤, "아가 어떻니, 우리 말이지, 읍내 구경이라도 같이 가본다면 말이지?" 하고 물었다.

그러나 그녀는 슬픈 미소로, 고개를 쌀래쌀래 저어버렸다. 그리고 조금 눈물을 떠올리며, "시님이 날 곱당개, 나는 좋아라우" 하고, 거의 들리지도 않게 말한다. "내가 정든개, 고 정 땜시, 나도 사람 겉고라우 여자도 겉여라우."

우리의 이야기는 거기서 그쳤다. 마른번개가 어쩌다 우리들의 침묵 사이를 가르고 지나가곤 했다. 우리는 서로의 눈을 바라보기나 했다. 이 단계에서 우리는 한 번의 격렬한 성교를 서로 요구하고는 있었던 것이다. 그리하여 그런 소진을 통해, 잠시의 이별을 감행하고, 이별을 통해 또 그리움을 느껴낸 뒤, 성교가 행해지기까지 뭔가 얘기하며, 같이 있는 걸 또 흐뭇하게 여기는 것이다. 그러나 우리는 바라보기나 했다. 우리는 아직 소진을 겪지 않았으므로, 그러한 응시가 싫증나는 것으로 바뀌어질 것은 아직 아니었다. 차라리 그 탓으로 해서 우리는, 서로의 응시의 둘레를 벗어나지를 못하고 있었다. 그리고 생각해보니, 우리는 서로 진정으로는 아직 한 번도 바라본 적이 없었던 것도 같았다. 사실에 있어, 태어나서 죽을 때까지, 얼마나 많은 눈을 한 번씩이라도 정시해볼 기회를 갖는지는 모르긴 하다. 내게 얼른 떠오르는 눈은 어머니의 것이었고, 다음으론 스승의 것이었지만, 그러나 그는 나의 눈을 깊이 들여다보았으나, 나는 별로 그래본 적이 없다. 그리고는 아무의 눈도 기억되지 않는 것은 이상하다. 유아는 젖을 빨며, 저 맑지만 뭔지 닫힌 눈으로, 그냥 어머니를 바라보는 것이다. 그러다 젖꼭지를 놓고 소리없이 웃는데, 그 웃음의 의미는 모른다. 다시 젖꼭지를 물고, 그리고 잠이 눈에 퍼부어 더 뜰 수 없을 때까지, 어머니를 올려다본다. 그렇게 바라본 어머니의 눈은, 성년이 되고 났을 때도 확연히 기억나는 것은 아닌 것 같다. 그래도 그 어머니의 눈을, 그 사내는 이해하고 있는다. 그 이해가 어떻게 그 사내의 행동과 사고 속에 나타나는가를 알아보는 일이란, 어쩌면 그 사내의 전생(前生)을 밝혀보는 일과도 맞먹을지도 모른다. 그러나 풍요가 끝나고, 더 이상 생산할 수도 아름다울 수도 없을 때, 어머니는 죽는 것이 아마도 좋다. 늙고, 허리 굽은데다, 더러운 노쇠의 냄새나 풍기며, 매사에 간섭만 많은, 번데기 같은 어머니는 아들에게 있어서, 모든 추악함의 여성적인 덩이로밖에는 보여지지 않는다. 그것은 이미 어머니는 아닌 것이다. 쭈그렁지고 비듬 돋은 젖퉁이를 볼 때마다 자기가 그 젖을 빨았을 것이라는 데 대한 혐오감이 싹튼다. 현실적인 어머니에 대한 배반은, 그렇게 이뤄진다. 이것은 하나의 친모 살해며, 그런 뒤 아들은, 저 늙은 여편네로부터 떠난다. 여자에게 있어서의 아름다움과 풍요함은 자기의 남편 때문이 아니라, 자기의 아들 때문에 영원히 지켜지지 않으면 안 된다. 바람나서 떠난 이 아들은, 긴 쓸쓸한 행로 끝에, 자기가 살해한 옛 어미를 다시 그리워하기는 한다. 그때는, 그 어머니의 눈이며, 젖퉁이며, 배꼽이며, 아무것도 생생하게는 기억나는 것이 없을 뿐이다. 그리하여 다가온 어머니는, 영원히 아름답고, 영원히 풍요로우며, 아들의 정액을 삼킨다.

　요람으로부터 묘혈에까지, 그래, 얼마나 많은 눈을, 저 혼의 깊이까지를 들여다보는지는 모른다. 서른 세 살까지 살고 나서, 나는 오늘, 그 두번째의 눈과 대좌해 있을 뿐이다.

　처음 얼마간 그녀의 눈은, 조금쯤 당황하고, 조금쯤 초조해하며, 무엇엔지 질리고 겁먹은 듯한 빛이었는데, 내 짐작에 그녀는 한 번도 타인의 정시를 의식해본 적이 없는 듯했다. 그 눈의 당혹은, 그녀 속의 어떤 일상의 분열, 붕괴로 나타났던 것인지도 모른다. 그것은 연깃빛 같은 것에 암울히 싸여, 안개비 내리는 유리보다도 더 탁했다. 그런 다음, 그녀의 눈은 그러한 정시를 견뎌낼 수 없는 듯, 괴로운 빛으로 한 순간 핏발을 세우며, 어쩐지 절시증적인 증세를 나타냈는데, 이 상태는 오래 가지 않았고, 그런 대신, 저 동공의 그중 안쪽으로부터, 하나의 가는 푸른 빛을 순간 쬐어내는 듯했다. 그것은 거의 포착키 어려운 빛이었고, 그 빛이 사려들어버리자, 그녀의 눈꺼풀이 포르르 한번 떠는가 했더니, 눈자위에 분홍빛이 어리기 시작했다. 눈물이 한꺼풀 엷게 입혀지며, 그 흐린 안막 속에서, 자신을 완전히 풀어버리고 있었다. 이것은 일종의 위기여서, 아픔을 갈망하고, 도덕적 의식이 사라지면서, 외계의 빛이 붉게 보인다. 그런데 이 상태는 심히 오래 갔고, 그것은 우리 둘에게 다 괴로웠다. 내 눈에도 물론 엷은 눈물이 덮이려 하며, 입 속엔 타액이 괴어들고, 전신이 대체로 습기스러우며, 허리뼈에 통증이 모여든다. 그런 한 찰나에 그런데, 그녀의 눈 아득한 속에서, 흐린 노란빛이 나타났다 꺼지는 것이 포착되었다. 그래서 우리는 더 이상 성교 같은 건 바라지 않게 되었다. 않았으나, 그녀의 눈은, 아무리 해도 거기서 더 진전을 보이지 않았다. 그것은 그리고 우리 둘을 다 지치게 했다. 그래서 이번엔 내 쪽에서 눈을 돌려, 그녀의 눈을 외면했다.

안개비는 여전히 유리를 폐쇄시키고 있었다. 그 폐쇄를 그리고, 마른번개가 열며 지나가고 있었다.

오래잖아 계집은, 조금 슬픈 미소를 짓더니, 팔을 둘러 내 등을 감곤 흐느낌은 없는 눈물을 흘려냈다. 그 눈물을 이해할 수 있으리라고, 나는 생각지 않았다.

안개비는 여전히, 유리에 내리고 있었다.

그러다 그녀는 수도청으로 되돌아갔는데, 서답을 갈아차야 될 때라고만 말했었다.

나는 그저 그런 채로 아마도 어물쩡히, 자정을 맞았는데 별로 생각한 것은 없었고, 그저 살아 있다는 것의 즐거움만을 아꼈을 뿐이다. 그러며, 하는 말로, 산다는 것은, 그리고 유전은 고해라고 하는, 저 사는 것들이 많이 모여 사는 유전의 고장들이나 한 번 둘러보았으면도 했다. 이제쯤은, 스승의 유언쯤 들어주어도 좋을 때에 온 듯도 싶은 것이다. 허지만 유전이란 아마도, 아름다운 것일지도 모른다. 제석삼천불 법륜(法輪)이 다지고 지나간 자리에 돋은, 저 계집 같은 한 포기 들꽃의, 그 들꽃의 크기의 고해(苦海)는, 제석삼천불 거하는 삼천대천세계보다도 혹시는 더 클지도 모른다. 저 한 포기의 들꽃의 고해가 없으면, 삼천대천세계 주춧돌 놓을 자리가 어디이겠는가? 저 들꽃 크기의, 고통의 바다 가운데에, 제석삼천불 거하는, 한 연꽃만한 삼천대천세계가 있고, 거기서 불(佛)들은 명멸한다.

제 14 일

옴 바즈라파니 훔*

---

* 'hail to the Holder of Dorje, 'Hūm (Dorje —— 벼락 —— 男根).

제 3 장

제 15 일

1

 부슬거리는 비는 그치질 않고 있어서, 저 유리를 비실재적인 고장처럼, 길로부터, 읍으로부터, 그리고 하늘로부터 제척해버리고 있었다. 내가 뒤돌아보았을 때, 그것은 형체를 잃어버렸고, 그런 뒤 어둠과 운무에 휩싸여버려서, 거기 마을이 있었다는 것까지도 의문스러울 지경이었다. 그래도 그것을 나로 하여금 실재로 여기게 하는 것이 하나 있었는데, 동구 밖까지 바래다 주던, 내 계집의, 저 오열에 짓흐느러진, 그러면서도 그것을 짓누르고 일어서려면서 해맑게 웃어주던 얼굴, 그것 하나가 거기 있던 것이다. 유리가 그리고 사실에 있어 비실재의 고장이라고 가정한다더라도, 그녀에의 내 향수 때문에, 그것은 그래서 내게 실재하기는 할 것이다. 어쨌어도 나의 느낌은, 저 유계(幽界)를 뒤돌아보지 말았어야 되는 그 이승의 경계에 서 있는 듯했으며, 내가 뒤돌아보았을 때 모든 것이 그냥 희게 주저앉아버려, 내게 하직의 손을 흔들어주는 듯했다.
　나는 뒤늦게사, 뒤는 더 돌아다보지 않기로 하고, 소달구지가 구르느라 길을 홈 파고 간, 그 가운데로만 따라서 걸으며, 속이 적이 씁쓸해진 것으로 한대의 담배 생각을 하기도 했다. 내 계집이 뭉쳐, 깨소금 바른 한 덩이의 주먹밥을 담은, 해골바가지 하나를 끼고 떠난, 이 여행은 표표스러운 듯했다. 나는 결국 유리를 떠난 것이다. 나는 분명히, 별로 며칠 지나지도 않아서 다시 유리로 돌아오게 될 것이라는 것은 알고 있었다. 그럼에도, 이 떠나는 아름다움은 간직해둘 만한 것처럼 여겨졌다. 아마도 도보 고행승은, 그런 것들을 아껴서 바랑 속에 간직해두었었을 것인데, 떠나는 슬픔과 도착에의 가슴 두근거림 — 허지만 그것은 해묵을 때, 개혁 이전의 지폐나, 또는 고향 떠나올 때 씹어 삼켰다가, 먼 훗날 언젯적 어딘지에 정착하며 토해내놓은, 흙 같은 것일지도 모른다.
　유리를 떠나 두세 식경을 걸으니 병야였고, 거기서부터는, 안개의 희끄무레한 양(羊) 몇 마리 같은 것들이, 웅크리고 누워 잠자고 있거나, 풀섶의 밤을 뜯으며, 흐느적이는 바람을 풀피리 소리로 여겨 따라가고 있었다. 그래서 오랜만에 하늘을 올려다보니, 구름이 좀 두텁게 덮여서 보이지 않는 새벽달, 그 빛을 검게 뿌리고 있었다. 그 아래서 모든 것이 검게 뭉쳐 죽고 있으며, 어쩌다 길을 토막내고 흘러 들로 뻗는 도랑도 흐르는 것 같진 않았고, 길 건너다 잠들어버린 구렁이처럼 보이게 했다. 정적하고, 적막하고, 삭막하고, 소삭하고, 소조하기만 하다. 이울어지고 있음에 틀림없지만 보이지 않는 달빛으로 염색하고 구름이, 희미하게 드러내 보여주는 아주 멀리에론, 어쩌다 숲 같은 검은 짐승이 달려가다 멈칫 서 있고, 또 구름이, 야음을 틈타 언덕 아래로 걷는 비구의 뒤통수를 해달고, 느릿느릿 어디로 떠나고도 있었다. 올빼미까지도 두려워 울지도 못하는 이 빈 들은, 의식하며 걷는 자를 외롭도록 자극했으나, 살아서 그런 세계를 휘어 휘어 지난다는 것도 그렇게 나쁘지는 않았다.

그러는 새에도 하늘에는 바람이 있었던가, 하현달 창백한 빛이, 내 그림자를 길 위에 까는데, 구름 그늘은 상여처럼 반 뙈기 달빛을 떠메고 들을 지나간다. 그러는 새에도 하늘엔 바람이 있었던가, 바람이 있었는갑다.

2

벌이 그 날개로 기후를 알아내듯이, 내게도 말하자면 어떤 그런 것이 있어, 그것으로 하여, 뭔지 사람 많이 모여 사는 곳의 냄새 같은 것을, 소음 같은 것을 느껴낼 수 있었는데, 때는 동틀 녘이며, 검게 잠들었던 것들이 희게 깨어나고 있었다. 그때에 이르러선, 걷기에 편하도록 끌어올려 붙들어맸던 장옷자락도 내리고, 얼굴 가리개도 덮어버렸다. 그러고 나니 내가, 내 해골을 떼어내 옆에 끼고, 머리 없는 몸으로 걷고 있는 듯하다는 기분이 들었다.

나는 이제, 이 길로 통해지는 읍의 입구, 처음 건물이 교회당이라는 데를 먼저 들러볼 작정으로 하고 있는데, 비록 헐린다 헐린다 하고는 있다고 한다더라도, 그것이 헐리기 전까지는, 아무

방해받음 없이 노독을 풀 자리는 거기밖에는 없는 듯해서 그런 것이다. 내 계집은 행여 그 집에는 발걸음도 하지 말라고 신신당부도 했었지만, 그렇기 때문에 내가 십 년 한하고 낮잠을 잔들, 누가 내 잠을 침노할 것인가. 이미 헐려버렸으면 또 그런대로, 주춧돌이라도 베고 쉬어도 좋을 터.

그러는 새 날은 완전히 밝아져버렸고, 해의 아주 센 빛이 구름을 엷게 녹였다가 붉게 밀어내고 있어서, 내게서도 그림자가 돋아나고, 색깔을 잃었던 것들에서도, 그 내부로부터 색깔이 번져 올라왔다. 들은 푸르고 냇물은 맑고, 꽃은 붉기도 노랗기도 하며, 세상은 세상이었다. 시야에는 아직도 한참을 더 걸어야 될 저쪽에, 그리고 읍일 것이라고 믿어지는 지붕들의 아주 높은 것들 몇 개가 드러나 보였고, 그것은 읍일 것이었는데, 내가 거기 도착했을 때는, 늦은 조반이 끝나고나 있을 무렵이었다. 먼 여행이었다.

교회당은 아직도 헐려 있지는 않았다. 그 주위로, 능금나무와 벚나무들이 적당한 간격으로 늘어서 숲을 이루고 있는 언덕에, 삭다리 십자가를 아직도 높이 세우고 있는 그것은, 담쟁이덩굴에 덮인 붉은 벽돌 건물이어서, 대번에 나의 시선을 끌어갔다. 그것은 번쩍이는 햇빛 아래, 고풍으로 정숙히 서 있어 아름다웠는데, 왠지 고향 없는 한 돌중의 심사를 불편스러이했다. 한 쪽만 올려다보아서 잘 모르겠지만, 그래도 추측컨대, 백오륙십 명의 신도를 수용할 수 있지 않을까도 싶었는데, 그 속 어디 제일 깊숙한 데에, 그러면서도 햇빛이 잘 드는 곳에, 아늑한 방은 하나 없을 것인가. 난(蘭)이라도 가꾸면 좋지. 서늘할 때엔 뜰을 거닐고, 한낮엔 벌들이 윙윙대는 소리에 졸고, 밤중쯤에는 어디

별에서라도 흘러내리는 애 울음 소리를 들어도 좋다…… 이러한 바람(願)은 또한 바람(風)이어서, 나를 자꾸 불어간다. 내가 어느덧 도보 고행승의 문하생이라도 되어졌던 것인가?

옛날에는 분명히, 풀포기는커녕 모래 한 톨도 구르지 않았을 것이었지만, 지금은 각시풀이며, 엉겅퀴 줄기 같은 것으로 가려, 계단으로도 보이지 않는 돌계단을 딛고, 나는 올라갔다. 철이 그런 철인지, 서리라도 맞아야 볼이 붉어질 그런 종류의 능금이, 파랗게 주렁주렁 매달려 있어, 잡히는 대로 하나 따서, 얼굴가리개를 열고 씹어보니, 시고 또 떫떨했으나, 솔잎 씹어 배불리기에 비할 바는 아니었다. 그러나 잘려진 가지며, 씹혀지다 버려진 능금알이 뒹굴고 있는 것으로 보아, 어디에나 있는, 호기심 많고 극성스러운, 그런 개구장이들이 이 읍에도 많이 있어서, 낮이 기울도록 윙윙댄다는 것을 알게 했다. 듣고 보니, 몇 마리의 매미들이 울음을 시작하고도 있었다. 허긴 날개를 무겁게 했던 이슬도 말랐겠었다.

정문은, 내가 딛고 올라간 계단과 마주해 있었는데, 두터운 판자를 가로질러 대고, 큰 못으로 쳐, 단단히 봉해놓아버리고 있었다. 그런 위로 담쟁이는 뻗어 올라가고 있었는데, 얼핏 보아도, 큰 개 한 마리는 들락일 만한 구멍이 하나 밑에 쪽으로 뚫려 있어서, 나중에 나도 그 구멍으로 들어가 쉬어야겠다고 했다. 그 구멍 또한, 개구장이 녀석들의 호기심의 눈말고, 무엇으로 뚫렸겠는가.

나는 세개째의 애능금을 씹으며, 천천히 건물을 돌아보면서, 바람(風)인 바람(願)에 휘청거리고 있었다. 난이가 키우지. 애 울음 소리나 듣지. 창을 열고 밤에는 달빛에 끄슬려도 좋고, 때로 저승 간 이웃들을 추억해도 좋다. 높이 매달린 창들도 역시 판자로 봉해져 있었으며, 깨어진 유리창 구멍 속으로도, 담쟁이는 절시(竊視)의 가는 눈을 박고 있었다.

지대가 훨씬 높았으므로, 그것을 높이 세울 필요가 없었겠지만, 나지막한 종각은 그리고, 그 건물의 동쪽편, 그러니까 회당의 뒤쪽에 따로 떨어져 있었고, 그 종각 바로 아래 왼쪽엔 한 옹달샘이 있었으며, 분명히 목자의 가족이 살았을 한 채의 작은 기와집이, 그 샘의 바로 곁에, 북쪽 바람을 막아시, 부엌을 잇대고 있었다. 그 기와집 문 또한 판자로 봉쇄해놓았지만, 문창살은 다 부러져나가버렸으며, 마룻장 또한 참혹하게 부서져 내려앉아, 게으른 바람이나 머물러 있고, 생활은 떠나 없었다. 어쨌든 갈증이 심했으므로, 그 샘에 머리를 처박아 물을 들이켜고, 거신(巨神)까지라도의 그런 쇠망, 그런 몰락 속에서도, 샘만은 아직도 맑고 티없이 연면해온 것 때문에 몇 가닥 회포도 일었다. 거신뿐만이 아니라, 한 서낭의 몰락도 슬프게 한다. 그가 비록, 만세 전부터도 그리고 만세 후까지도, 강한 목으로 하늘의 보좌를 지키고 있다고 한달지라도, 어쨌든 이 읍의 한 귀퉁이에서, 그의 뒤꿈치는 상처입은 것이 사실이었다. 문제는 그가, 만세 전부터 만세 후까지, 외적(外的)으로 존재하느냐 못하느냐는 아닌 듯도 싶으며, 내적으로 얼마나 깊이, 그가 그의 그림자를 던질 수 있느냐에 있는 듯도 싶은 것이다. 산 채, 이 읍의 호적과에 사망 신고를 당한, 저 거신의 슬픔을 생각해서, 종줄이나 잡아당겨 저 산신의 울음이라도 울려내주었으면도 싶었으나, 나는 그러다 그만두었다. 소리까지도 몰락했을 것을, 황폐해졌을 것을, 그래서 울려퍼지지도 못하고 소리의 녹이나 부스러뜨릴 것을, 무엇 때문에 다시 깨워낼 것인가.

　한눈에 보이는 읍은, 한 이천 호로부터 한 이천오륙백 호 정도를, 그 주름주름에 싸아안고 있었다. 그 읍을, 동에서 서로 갈라서, 큰 한 냇물이 흐르는데, 강(江) 못된 이무기였고, 완만한 무지개형의 석교 둘에다, 목교가 하나 있어, 차안에서 차안으로 이어주고 있었다. 그것 중에서 맨 서쪽켠, 목교가, 이 교회와 유리로 이어지는 것임은 금방 알 수 있었다. 그런데 대체로, 호박잎을 얹은 초가집이며, 작은 칙간들이 밀집해 있는 것으로 보아, 물의 이쪽켠, 그러니까 남촌은 별로 풍족치 못한 사람들이 모여 사는 듯했다. 거기서는 어쩌다 닭 우는 소리가 들려왔으며, 굴뚝 옆 감나무잎들은 푸르게 번쩍였다. 그리고, 가운데 석교 건너편 북촌에서는, 끼니때 지난 지도 한참 된 오전의 중두막인데도 연기가 파랗게들 피어오르는데다, 몇 떼씩으로 둘레둘레 뭉친 사람들이 피우는 소음이 주로 거기서 나는 것으로 보아, 장은 거기에 있는 듯했다. 거기서는 대장간 쇠망치 소리며, 팔러 온 촌 송아지가 우는 소리, 한발길 걷어채이고 깨갱거리는 장터 개, 거간꾼 홍정 붙이는 소리 같은 것이 들려오고 있었지만, 아직 소주가 되려면 너무 이른지, 문턱으로 나와 바지춤 까내리고 오줌 줄기를 퍼내지르는, 동촌 어디 아지배 얼굴이 안 보인다. 희고 큰 건물은 읍청쯤일 것이고 우중충히 검고 큰 건물은 재판소쯤일 것이고, 또는 그런저런 건물들, 수도청, 공지니네, 도가집, 황토고개 과부댁네 상점. 동북간 대단히 완만스러이 기슭져 내려온 산뿌리에, 한 숲을 돌로 담 둘러, 오백 가구가 살아도 남을 터에, 고대롭고 광실스런 집을 지닌 자는, 장로라고 불려지기를 더 좋아하는 읍장일 터이고, 서북간에 또 그런 집을 차지한 자는, 판관 나으리 — 이런 건 모두, 유리에 있는 내 계집의 여행 안내로 알게 된 것이다. 어쨌든 읍은 푸르게 보이는 고장이었다. 가로수며, 샘 곁에 선 배나무며, 사거리의 수양버들 같은 것으로, 그것은 속이 푸르른 고장이었다.

그러나 나는 거기로부터 잠시 눈을 돌렸다. 저 읍은, 나중에 천천히 속곳 살콤 열리는 데로 따라내려가, 그 내정을 진하게 느껴도 좋은 것이었다. 허긴 지금도 마찬가지일지도 모르지만, 열세가 좀더 덜 되었을 때에는, 처음 닿게 된 촌락이나 읍의 입구에 서면, 가슴이 설레어서 빨리 들어가보지 않고는 견디질 못했었다. 그러나 지금은 그러기 전에 먼저 그런 촌락이나 읍을 다른 방법으로 사모하기를 바라고, 그런 뒤, 저 설레임을 잠시의 비밀로서 간직한다. 어쨌든, 사람 사는 곳은 다 그렇고 그런 것이다. 울타리엔 빨아널은 월경대가 걸려 있고, 어느 집 마당 귀퉁이에서는 금잔화가 피고 있거나, 또 섬돌 위에서 파리를 가득히 물고 자는 엷은 뱃가죽에 채독병 든 아이, 유릿곽 속에 든 알이 큰 눈깔사탕, 그 뚜껑 위의 먼지, 도갓집의 술찌끼 냄새, 정미소의 꺼끄러운 먼지, 웃음 소리는 그러나 별로 없고, 개장국집, 생사탕집, 저녁녘, 어쩌다 곱창 구워지는 냄새가 나는 골목을 지나다 보면, 으레 병든 목소리의 작부의 노래가 느려터지게 흘러나오고 있고, 떼뭉친 건달이패들, 해수 걸린 노파의 기침 소리, 소박 맞고 돌아가는 며느리의 누런 삼베 적삼에서는 땀냄새가 풀신거린다. 그런 것이다. 그러나 지금은, 어떻게 그런 것들을 즐길 것인가를 조금쯤 알고 있는 것이다. 그러기 위해서 무엇보다도 먼저, 노독을 푸는 것이 나의 방식이다.

나는, 저 정문에 트여진 개구멍을 통과하느라고, 버르적거리고 있었다. 그러자니, 삭은 송판이 부스러 떨어지기도, 부숴 떨어지기도 한다. 그럼에도 아직, 그 내부가 확연히 드러나 보이는 것은 아니었는데, 거기는 현관이어서, 한번 더 문을 열고 들어가야 청이 될 것이었다. 그 안쪽의 문에 손을 대며 나는 몰락하고 색폐(塞閉)되었던 교회당이 간직해올 수 있는 온갖 것을 다 떠올렸다. 무엇보다도 습습한 곰팡이 냄새가 썩어가고 있을 것이고, 먼지 또한 한 뼘 두께는 채워 있을 것이며, 혀를 토해내어 길게 길게 태워올렸던 방언(方言)의 제연(祭煙)이 그을음이 되어 천장과 벽에 붙어 있을 것이고, 노파 신도들이 남긴 눈물의 흐릿한 소금 냄새, 사라지지도 못한 송가의 꼬리들, 젊은 여신도들이 앉았던 곳에의 냉 자국들 — 그런저런 원귀들이 그 안엔 있을 것이었다.

그래, 그 안은 그런 것으로 빼꼭 채워져 있었으나, 그렇다고 해서, 그것들의 가닥가닥을 구별해서 느껴낼 수는 물론 없었다. 천의 잡음이 일시에 일어나면, 허긴 거기 하나의 화음이 나타날지도 모르긴 하다. 냄새도 그런 것이어서, 그것은 거의 들척지근하기까지 했다. 지붕의 구멍들을 통해, 하늘로부터 푸른 빛의 동앗줄이 몇 가닥 흘러내려져 있었지만, 몇 마리의 거미를 빼놓고, 혼령 같은 것은 하나도 매달려 있지는 않은 걸로 보아서, 복음(福音)이 좀 뒤늦게 내린 것 같았다. 복음도 광년(光年) 같은 것이어서, 이천 년 전쯤에 한번 반짝했던 빛이, 이천 년 다 지나서야 보여지기도 하는 것이다. 그러한 빛의 줄기는, 일종의 희망으로서 쏠려드는 듯이도 보였으나, 어떤 종류의 희망은 때로, 고문 같은 것으로 변해져 있기도 한다. 완전히 절망할 수 없을 때 고통이 따른다. 삶의 경우만 하더라도, 영혼에의 희망에 의해서 그것은 학대당하고, 비참하며, 구원에의 확신이 없을 때, 죽음이 가장 큰 두려움으로 화한다. 자기가 구원될 것이라는 확신은 그러나 구주 자신도 가질 수 없던 것이어서, 어찌 자기를 버리느냐고 깊이 탄식하며 죽어갔던 것이었다. 물론 그렇게 해석하는 것이 반드시 옳은 것은 아마 아닐지도 모르긴 하다. 어쨌든, 지붕으로부터 쏟아져내리는 몇 줄기의 빛이 없었다면, 이 안의 어둠은 차라리 아늑한 것일 수도 있었을 것이며, 황폐나 몰락이 슬픈 것으로만 보이지 않을 수도 있었을 것이었다. 그렇게 본다면 극락이란 저승에 향해서 고문으로 던져진 것이다.

의지라곤 물론, 하나도 그 안엔 없었다. 그러나 내가 어림잡아, 거기쯤에 설교단이 있었으리라고 생각되는 곳으로, 한 발자국 한 발자국 떼어놓을 때마다, 마룻장이 삐끄덕이며, 나를 그 밑의 무슨 땅굴 속에라도 떨어뜨릴 듯이 했는데, 그 삐끄덕이는 소리는 벽에 부딪쳐 이상스런 반향을 내며, 먼지의 수십 년 잠, 모든 추억의 수십 년 잠, 음침스러운 것의 수십 년 잠을 일시에 깨워 빛줄기가 내려쏘이는 곳으로 푸르게 운집해들었다. 나는 호흡이 거북하고, 재채기가 터져나오려고 해서 불쾌했으나, 되도록 조용히 걸어, 저 잠들의 언저리만 그저 조금 건들기만을 바랐다. 그러며 다시 둘러보니, 저 푸른 빛줄기는, 반드시 지붕에 뚫린 구멍으로부터만 쏟아져내리는 것 같지는 않았고, 차라리 그것은, 저 어두운 안에서 밖으로 뻗쳐올라가는 것처럼도 보였다. 그리고 그것은 내 기가 약해질 때를 틈타, 내 위에로 덮쳐 누르려는 것처럼 느껴졌다. 이때에 이르러, 나는 조금쯤 초조해지고도 있었다.

허지만, 내가 설교단 위에로 완전히 올라서게 되었을 때, 그것은 표독스러이 짖으며, 바람처럼 사라져버렸다. 한 번의 위기는 지나간 것이었는가. 그리고 그것은 어쩌면, 저 악명 높은 늙은 검은 고양이였던 것이었는가. 검은 늙은 고양이 아니면 그것은, 뼛속으로 흘러다니는 실뱀바람이었는지도 허긴 모른다. 나는 왠지 뼛속이 시립고 왠지 으시시해서 빨리 이 회당으로부터 도망쳐버렸으면, 그것을 바라기도 했다.

그러는 새 눈이 그 안의 어둠에 익어, 보니, 기도대 위에는, 한 벌의 검은 법복이, 엎드려 있는 꼴로 얹혀 있는데, 그것은 어떤 반쯤의 형체를 싸아안고 있는 듯이도 보였다. 유리에 남은 계집으로부터서, 그러다 나는 이런 법복에 관해서는 들어본 적이 없었다. 어쩌면 육갑하고 둔갑한 고양이가 법복 밑으로 숨어들었을지도 모르는데, 아무래도 나는 기를 좀 모아야 했다. 왠지 비겁해지려 하며, 어쩐지 싫다는 정이 치밀어오르고 있는 것이다. 그러나 이것은, 내가 예기했거나 못했거나 간에, 일상적인 데에 끼어든, 비일상적인 것 앞에서 당하는 불쾌감이며, 다른 것은 아니라고, 스스로에게 자꾸 일러주지 않으면 안 되었다. 그러며 내가 접근해 갔어도, 그것의 자세는 흐트러지지 않았다. 그때 다시, 저 파란 눈의 검은 바람이 소리없이 냉기를 뿌리더니, 한번 무섭게 짖고 그리고 어디엔지로 사라져버렸는데, 역시 고양이였고, 사나웠고, 검은 놈이었다.

그때 나는, 모든 것을 가슴으로 느껴 알고 있었다. 저 설교복으로 엎드려져 있는 자는, 분명히 마지막 목자였을 것이며, 그는 어쩌면 기도하던 채로 죽었을지도 모르는데 한 마리의 고양이가 그의 주검을 수호해왔을 것이라는 것을, 글쎄 나는, 뭔지가 속삭여 듣고 있었다.

만약 그것이 사실이라면, 그리고 그가 아직도 썩지 않고 있다면, 그것은 고적과 고독의 몰약 탓이었으리라. 그러나 어찌하여 그는, 하필이면 한 마리의 고양이로 하여 자기 주검을 수호받아 왔는가 — 이것은 내게 하나의 수수께끼로 던져졌다. 이 의문만을 빼놓는다면, 이제는 저 설교복을 향해 더 다가갈 아무 의미도 없는 듯해 그의 평안한 깊은 잠을 흔들어 깨우지 않으려 되돌아섰다. 나는 그리고, 한숨을 한번 불어내고, 천장 구멍으로부터 새어드는 낯빛에 망연해 있다가, 또 생각해 보고, 이것도 무슨 인연으로 마주친 듯해, 그의 어깨라도 한번 안아주고 싶어 안았더니, 처음에 무슨 맥박 같은 것이 느껴지는 듯도 싶어 기꺼웠는데, 내가 잡고 있는 건 종내, 그 검은 옷 한 귀퉁이뿐이었다. 뭔가가 소리를 내며 떨어지기에 발밑을 보았더니, 타다 만 모닥불 모양, 오소록이 쌓인 뼈무더기 위에로, 그의 두개골이 마지막으로 굴러떨어져내리며 투박한 소리를 냈던 것이다. 그래서 내가 들고 있던 해골이 떨어지지나 않았나 하고 살펴보았으나, 나는 여전히 내 것을 끼고 있었다. 그 기도대 위에는 다른 것이 하나 더 있었는데 그것은 성경이었고, 그러고 보면, 성경과 해골과 쇄골만 기도대 위에 얹혀 있었던 모양이었고, 정갱이며, 대퇴골이며, 무명골 따위들은, 전에 벌써, 설교복 밑으로 슬슬 흘러내려와 있었던 듯했다. 나는 체머리를 흔들며, 조금 한숨을 쉬고, 조금 클클 웃었을 것이었다. 이 주검이, 비록 나에 의해서 그것의 오랜 잠의 처녀를 잃었다고는 하더라도, 내게는 그러나 전혀 생소한 것은 아니다. 우선 나는 혈루병자를 알고 있으며, 도보 고행승의 임종을 보았고, 그러나 무엇보다도, 독수리와 까마귀와 개미와 파리 들이 쪼아대던, 내 스승의 뼈들을 나는 생생히 기억하고 있는 것이다. 게다가 또, 내 스스로도 하나의 해골을 끼고, 이 먼 길을 걸어온 것이었다. 그럼에도, 내가 서서 있자니, 내 좌골도 내 장옷 속에서 슬슬 흘러내리고 있는지, 내가 자꾸 흔들흔들해지며, 무너나려고 한다. 나는 그래 뼈무더기를 앞에 두고, 흩어지려는 내 뼈를, 결가부좌에 붙들어맸다. 나는 피로를 느꼈다. 그래서 노독도 풀 겸 한잠 자두려고 하고 있자니, 뭔지 파란 눈이 나를 쏘아보며, 살기를 쐬어내고 있어, 나는 그것의 목부터 비틀어버려야겠다고 생각했다. 어디로부턴지 소리도 없이 나타난 그 고양이였고, 그것은 뼈무더기의 건너편에 웅숭그리고 있었다. 그 고양이 역시, 그러나 내게 조금도 생소하지 않다는 것을 나는 알아내고 있었다. 글쎄 전에 나, 촛불중네 촛불 속에서 그런 고양이를 보았고, 그때 그것은 참혹하게도 내 눈을 파고 뛰어들었었다. 그런데 그 설욕을 아직까지 못하고, 나는 거의 까맣게 잊고 지내온 것이었다. 그래서 나는, 조용히 손을 올려, 내 장옷의 얼굴덮개를 열고, 머리덮개를 벗어, 내 얼굴을 저 검은 짐승 앞에 정면으로 드러냈다.

　전에 나는, 저 촛불 속의, 저 빛의 한가운데, 그 빛이 닿지 못하는 한 둥근 동혈에, 내가 먹혀들 것을 겁냈었다. 그 어둠, 모든 중력이 일점에로 쏟겨들어 무서운 소용돌이를 일으키는 유암에, 억류당해 만년을 헤어나오지 못할 것을 겁냈었다. 그것은 지금 돌이켜보면 그리고, 어쩌면 내가 최초로 인식해낸, 한 생명이 타며 휩싸고 있는 불길 속에 냉엄히 자리잡고 있는, 하나의 깊은 절망, 구원이 차단된 괴로운 고장이었던지도 모른다. 생명이 작열하면 할수록, 그것은 그 심지 가운데, 흑암을 더욱더 두터이하는 것 같은데, 그래서 그것은 생명이 어쩔 수 없이 같이하고 태어나는, 어떤 원죄처럼도 여겨진다.

　이것이 바로 그런 고양이와의 재회인지 아닌지는 모르지만, 그러나 문제는, 작열하고 있는 내 생명의 어떤 불꽃이, 어떤 시꺼먼 고양이의 붉은 피를 요구하고 있다는 것이고, 그런 희생, 그런 제물에 배고파하고 있다는 것일 것이다. 글쎄 나는, 설분하기를 보류해온 것이다.

　그래서 오늘은 나는, 천천히 심호흡을 해가며, 아주 오래 오래 전에 철위산 밖, 첨부주 땅밑, 오백 유순 어두운 곳에로 쏟겨들어갔던, 한 빛을 떠올리고, 그 빛 위에 명상해나갔다. '빛'이, '말씀'이, 인육(人肉)을 입고, 이 세상에 나타났다가, '해골의 골짜기'에 던져져, 어떻게 저 흑암의 고장을 밝혔는지, 그 과정을 할 수 있는껏 소상히 살피며, 빛에 쏘이자마자 괴롭게 신음하고 주리 틀려 형체를 녹여, 한가닥 연기 같은 것으로 영원히 스러지던, 그 고장 슬픈 백성들의 소멸을 초롱히 떠올려보았다. 흑암으로 해입은 살이란 그리고, 닭이 세번째 울어 트는 동이, 복숭아 나무 동쪽 가지 끝에 걸리면, 저절로 파괴되어, 서러이 울며 사라져버리는 것이다.

　나는 심호흡을 계속해가며, 저 소용돌이치는 듯이 느껴지는 동혈 속으로 발을 디뎌나갔다. 그러며 양미간에 기를 모아, 두 개의 눈이 하나로 합쳐져, 그것이 빛을 쏘아내는 하나의 칼이 되어지기를 바랐다. 그러는 동안에 해는 얼마를 더 굴렀는지 모른다. 그러나 내 눈으로도 나를 보니, 내 양미간에 하나의 복숭아 나무가 서 있는데, 그 동쪽 가지에 빛이, 뱀처럼 쓰르륵 쓰르륵 흘러내려오고 있었다. 그러며 그 빛은, 저 유암 속으로 쑤물거리고 들어, 그 안의 형체들의 목을 옭죄이고 드는데, 이 황충에 물린 모든 흑암은, 괴롭게 죽어 희어져버렸고, 그런 뒤 붉은 불길이 일어 그 안을 일시에 태워버렸다.

이제는 손을 뻗쳐, 저 검은 짐승의 목을 옭죄어도 좋았다. 나는 그것의 패배를 알고 있는 것이다. 그것은 벌써 죽어버린 듯이, 머리를 가슴에 사려넣고, 암흑 그 자체로, 정적 그 자체로, 소롯이 머물러 있었다. 나는 그것 위에로 아주 조용히 손을 뻗쳤다가, 느닷없이 움켜쥐어버렸다. 그리곤 그것의 따뜻하고 부드러운 목을 비틀어대기 시작했다. 목숨이란 괴로운 것이다. 한번 숨 넘기가 괴로워서 이 고양이는, 신음하며, 괴롭게 발버둥치느라고, 내 장옷을 찢고, 내 가슴을 할퀴기도 했으나, 그것은 목숨이 괴로워 그런 것이다. 나는 그러나 마음이 더 차분해져, 그것의 고통을 지키며, 그 숨이 끊일 때까지 그것의 목을 자꾸 비틀어갔다. 그러나 쾌감은 느껴지지 않았다.

종내 그것의 목뼈가 부러져가는지 어쩌는지, 무슨 으드득 소리 같은 것이 나고, 캑캑이는 소리가 나더니, 차차로 그것이 사지를 풀어가고 있었다. 그러며 말초 부분들을 바르르바르르 떨었는데, 허긴 나도 어지간히는 힘이 진해, 현기증이 나기도 했으나, 그것의 늘어진 몸은 그래서 뼈무더기 위에 올려주고, 그것의 대가리는, 그것이 지켰던 두개골 속에다 쑤셔넣어주었다. 나는 그런 뒤, 그 자리에 그냥 비그르 무너져누워, 마룻장에 내리고 있는 빛자국들이, 세 치씩만 더 동으로 옮겨앉을 때까지나 자두려고, 눈을 감았다. 내 마음은 평안했으며, 상심될 일은 없었으므로, 내가 잠들고 싶을 때, 잠은 얼른 내 눈꺼풀을 덮어주었다.

그러나 얼마나 잤는지는 모른다. 밖에서 한떼의 아이들이 벌떼모양 윙윙 거릴 뿐만 아니라, 유리창에다 돌팔매질을 해대는

제3장 277

판에 잠을 깨이고 말았다. 그 애들은, 물장구치기에도 신물이 나고, 또 군것질 생각도 난데다가, 뭐 좀 부숴대며 놀 일이 없을까, 그래서 올라온 것이었을 것이다.

"아이갸. 그라고봉개요이, 니 말이 맞는개빈디. 어저께 봤일 때는, 여그 요런 뽀시래기(부스러기)가 없었는디, 그라구 구먹(구멍)도 훨썩 더 커졌어."

第一의兒孩가말하고있었다.

"고 족거튼 괭이할매가 오넌은 여그로 들어갔는개비제?"

第二의兒孩가말하고있었다.

"고 새깽이 지엔장 앉아 똥싸 뭉개는 소리를 다 허고 있네."

第三의兒孩가말하고있었다.

"야, 헌디 들어바, 들어바, 들어보랑개. 무신 소리가 안 나냐?"

第四의兒孩가말하고있었다.

第五의兒孩는무섭다고그린다.

第六의兒孩도무섭다고그린다.

第十三의兒孩도무섭다고그린다.

十三人의兒孩는무서워하는兒孩뿐이모였다.

다른事情은없는것이차라리나았을것인가,

十三人의兒孩가道路로疾走하는데,길은뚫린큰길이다.

다른 사정은 없는 것이 차라리 나았을지도 모르는데, 그 애들에 대한 나의 짝사랑으로, 내가 회당 바닥을 삐그덕이며 걸어가, 우선 내게 유산된 해골부터 먼저 내민 뒤, 내가 다시 그 구멍으로 나가려 목을 내밀었을 때, 그 애들은 도망가버린 것이다. 목교 위를 질주해가버린 것이다. 때는, 점심을 끝낸 농부들이 그늘 밑 오수를 즐기려 큰나무 밑으로 찾아들 즈음이나 되어 있었다.

내가 고양이를 죽인 얘기를, 결국 그 애들에게 들려주지는 못해 버린 셈이다. 나중에 그러나, 내가 읍내로 내려가게 되면, 그 애들 불러앉혀놓고, 내가 어떻게 고양이와 싸웠는지, 그 무용담을 한번 신나게 엮어갈 수도 있을 것이다. 그 아해들은, 길로는 대로를 따라 질주해갔지만, 마음으로는 막다른 골목으로 뛰어들고 있을 것이었다. 그 아해들은 무서워 뒤도 돌아다보지 못하고 있었다.

나는 어쨌든, 활개를 펴 기지개를 한번 했다. 그리곤 해골을 옆구리에 낀 뒤, 회당 앞마당의 능금나무 밑을 조금 어슬렁어슬렁 걸어 선잠 깨서 아픈 머리도 좀 맑히고, 신선한 공기도 폐부 가득히 호흡해 넣었다. 어쩌면 내가, 저 공기의 신선함에 너무 욕심을 부렸는지도 몰랐는데, 배가 쭐쭐거리며 건트림이 나와 트림을 했더니 매미 소리까지도 괴어 올라왔다.

한 뭉치의 주먹밥을 기억해내고 나는, 그런 뒤 종각 밑 샘 곁으로, 갔다. 그녀는 그랬었다, "가심선, 요것으로 요구(요기)하먼이라우, 읍내가 될팅개요, 아척(아침)은 거그 장로님네로 가볘겨요. 고 댁네서는 시님덜헌티 대접이 참 좋다고 형개요. 알았지라우?" 나는 고개를 끄덕였었지만, 그러겠다는 마음이 있어서는 아니었었다.

어쨌든 청랭한 물로 입술부터 축이고, 전망을 찾아, 샘을 뒤에다 두고, 읍내를 내려다볼 수 있는 곳에, 아무렇게나 나는 퍽적 지근히 주저앉았다. 그리고 아끼며 한 입 뜯어, 오래 오래 씹으며, 읍내의 거리며, 지붕이며, 분위기의 이내를 내려다보았다.

그러는 사이 내 손은 비워져버렸고, 달게 괴어든 유리의 계집의 정이 창가에 무거워, 그것 좀 삭고 나면 가벼이 몸을 일으키려, 시간으로는 대개, 골통담배 세 대쯤이나 다 태웠을까 했을 만큼 앉아 있는데, 헌데 무슨 일이 일어났던가, 내 뒤통수를 벼락이 때렸던가, 급살이 끼었던가, 무슨 일이 있었던가. 내 뒤통수가 한번 와싹 탄 것뿐으로, 대체 어찐 일이었던가 — 나는 아무것도 모르게 되었다.

3

 너무 잘 들기 때문에 꺼끄러운, 삭도 같은 것으로나 내 발바닥 살을 포로 떠내며, 거기다 소금을 끼얹는 듯한 아픔 때문에, 나는 깨어났다. 그것은 인고의 한계를 훨씬 넘는 것이어서, 도대체 비명을 참아낼 재간이 없었다. 나는 지금 산 채, 이 초열지옥의 고문을 당하고 있는지 어쩌는지 그것까지도 알 수가 없었다. 기억나는 일이란 아무것도 없고 또 기를 써서 주위를 살펴보아도 연기로 보이는 무슨 푸른 것이 나를 두텁게 휩싸고 있어, 재채기에 따라 눈에서는 눈물이 비처럼 흘러, 아무것도 볼 수가 없었다. 숨을 쉬면 가슴이 쓰리고 터져나가려는 것으로 보아서, 이것은 한 마리의 물고기가 물에서 낚여져 올라와, 숯불에라도 던져진 그런 상태인 듯하다.
 "히히히, 조, 조골 들어배겨, 글씨 괭이가 우는 소리 안 걑냐고 이?"
 아스라한 어디, 아래쪽인지 위쪽인지에서, 어떤 아수라가 고자 목소리로 떠들며 웃는 소리가 들렸다. 그건 십 년 전에나 했던 소리가, 십 년이 지난 이쪽으로 뒤늦게 울려오는 듯, 도대체 내게 실감이 되지 않기는 했다.
"요배겨들, 에끼 이 사람덜, 요게 시방 무신 짓이단댜? 아이덜도 아닌 어른덜이 시방 요런 짓을 장난으로 헌단냐? 글씨, 고만침 해뒀이먼 인제 실폭허기도 안허냐고. 인자 구만들 둬겨." 누가 굵은 목소리로 말하고 뭔가를 걷어차내는 소리를 낸다. 그러자 나를 푸르게 휩쌌던 것이 흩어지며, 발바닥의 에이는 아픔이 좀 얼운한 채 머물고, 사물이 흐릿하게 나타난다. 아직은 그래도, 여울지는 수면을 통해 보는 것처럼, 무엇이든 포르르포르르 떨며, 스무 개도 서른 개도 넘는 몸으로 내 눈앞을 스쳐지났다. 손을 쳐들어 눈을 닦고도 보려고 나는 했다. 그러나 손이 쳐들어 올려지지가 않았고, 그런 대신 압박감이 느껴졌는데, 그리하여 내가 내 몸을 훑어보니, 내가 염되듯 꽁꽁 열두 매로 묶여 있었다. 그것도, 내 등의 척추를 따라, 뒤꿈치까지, 무슨 막대기 같은 것으로 등받이를 해놓고, 그렇게 염해놓은 것 같았다. 그런 탓에 나는, 대꼬챙이에 꿰어져 마른, 약재용 지네 같다는 기분이었는데, 그런데 내가, 전체로서 뻣뻣한 채, 왠지 흔들리고 있어서, 전혀 안정감이 없는데다 현기증이 났다. 초열은 저 아래 발바닥 밑에서 비롯되었던 모양이었다. 도대체 알 수도 없는 그들은, 그래 그러고 보니, 나를 태우고 있던 중인 것이다. 내 짓문 이빨 사이론, 사실로 고양이 죽던 때 짜여내지던 그런 소리가 부숴져나갔는데, 그래 그러고 보니, 그들은 한 마리의 요사스런 고양이라도 태우고 있던 중인 것이다. 대여섯의 사내들이 날 둘러서 있고, 그들의 얼굴은 벌겋게들 부어 있었고, 대략 여덟 살에서 열뒤 살까지의 사내애 한 여남은 놈들은 조금 멀찍이 서 있고, 그놈들은 여차하면 도망치기라도 할 양으로 궁둥이들을 빼내놓고 있고,

남루한 옷을 입은 계집아이 하나는 재미있어하는 얼굴로, 내 발치 아래 퍽적지근히 주저앉아 있다. 그러나 무엇보다도, 내 시선을 온통 빨아들이고 있는 것은 아주 멀찍이, 한 스무남은 발자국 떨어져, 능금나무 우거진 데 몸을 반쯤 숨기고 말에 타고 앉은, 금사슬 두른 옷의 기름진 사내였다. 나는 어쩌면 그를 잘 알고 있을는지도 모른다. 글쎄 그는, 한 곬에 심긴 세번째 나무거나, 어쩌면 첫번째 나무일지도 모른다. 그의 눈은 충혈되어 번들거리고 있을 것이며, 입술엔 습기가, 가슴엔 불이, 치골엔 가려움증이 일고 있는 것이었나. 제일의 처용은 숨어서 보고, 제이의 처용은 각시의 뒤에서 자고, 제삼의 처용은 각시의 앞에서 잔다.
"두고 봉개 사람 참, 너무형만이. 조놈우 아새깽이들은, 지언장, 무신 굿 났냐, 굿 났어?" 굵은 목소리의 사내가, 모두 들으라는 듯이 소리친다.
"허헛따나 십장 사둔은, 넘우 뒈세기병(두통) 좀 나수겄다고 요라는디, 백찌 나서각고, 훼방헐 것은 없잖냐고."
다시 고자 음성의 사내가 받는다. 그러며 그는, 여기저기로 흩어져 연기를 파랗게 피워내는 모닥 끝을 주워모으고 있었는데, 제일의 사내가, 아까 한 발길에 차던졌음에 틀림없는 것들이었다.
"사둔은 그라면, 조 객을 쥑이겄다는 짓인가 먼가? 머리며 장옷 봉개 중 겉은디 말여. 고렇게 무장무장 더 헐 것이 없잖애?"
"십장 사둔은 고거 무신 고런 숭칙헌 소리를 다 헌디야 참말로 이? 내가 그랑개 쥑이잔 것이 아니고 말이라, 실토를 허라는 것 아닌개비."
"실토를 허란다니? 아니 실토는 무신 실토여? 잔네덜 첨에 조

객네 얼굴 보고시나, '나는 요것이 요사시런 귀신인중 알았는디, 봉개 사람 아니라고?' 히었잖냐고?"
"고것이 그래서 워쨌당거여, 사둔헌티 시방? 그래도 혹깐 모룬 개, 꼬랑지(꼬리)를 내노라고 요라는 것 아니냐고?"
"참말이제 나는 몰루겄고만. 잔네덜은 않던 짓덜을 잘험시나 좋와허드라고. 원제 녘에는 떠들어온 워떤 새비(새우)젓 장시(장수) 하나를 안 그랬더냐고. 고 장시가 무신 죄가 있다고시나, 빨개를 홀딱 베끼고, 똥을 칠허더니, 똥개헌티 핥으라고 히었난요 말이여? 그래각고 갈라묵고난 고 새비젓 맛은 워떻던고?"
"요놈우 괭이야. 꼬랭이(꼬리)를 횟딱 내놓아라, 안 그러면 꾸워 살라묵어 뻐릴랑개."
제이의 사내는, 그리고 다 모은 모닥에다 입김을 불어넣기 시작한다.
"아 글씨 이 사람아, 요런 짓을 히어도 눈치를 좀 바감시나 허라고. 저그서 판관 나으리가 아까부텀도 보고 안 있냐고. 잔네들 머랄 것이어 인제?"
"십장 사둔은, 고때 고 새비젓값을 누가 갚아줬는지, 여태끄장도 소석이 깡깜허단 것 아녀?"
제삼의 사내가, 낮은 음성으로 말한다.
"판관 냥반 말이제, 사정 돌아가는 것을 조만침이나 빠르게 안 개로, 우리 읍내가 끄덕도 없이 잘 지켜져나가는디, 누가 한번 방구를 꾸었다고 허먼, 조 냥반 그림재가 거그 있은개 말여."
제사의 사내도 낮은 음성으로 말한다.
"그래각고 기양 보고만 있는디, 새비젓장시 일도 그랬제, 그랴. 그래서나 나중에 엄히 나무래기는 히어도 말이제, 우리 줌치(주머니)에서 고 새비젓값이 나올 만헌가?"
　제오의 사내도 낮은 음성으로 말한다.
"내 알기로는, 조놈우 가시나가 쥑일 년이여. 조것이 끈나풀이라고. 그래각고 쪼로록 일러바친당개로."
　제육의 사내도, 말한다.
　제칠의 사내는, 마상에서 귀두 끝으로 수분을 떨어뜨리고 있을지도 모르는데, 나는 다시 태워지며, 꼬리를 고백할 것을 강요당하고 있다. 그러는 동안에, 내 눈에는, 마상의 사내가 한 점만하게 보여졌다 사라지고, 그런 대신 이 현장엔 부재중인 사내들이, 어지럽게 내 눈앞을 스쳐가는 것을 보아야 했다. 사내 하나는, 타는 초를 항문에다 꽂곤, 밤 속을 등처럼 지나가고, 다른 사내 하나는, 물 속에 앉아 자기의 근을 물어 끊는데, 그 광경을 보던 사내 하나는, 자기의 외눈 속에다 손가락을 깊이 꽂아넣는다. 바위가 무너져 내리고, 그 아래에 앉았던 사내는 척추를 부러뜨리는데, 나무에 못박힌 사내의 가슴엔 창이 꽂히고 든다. 내게는 어째서 꼬리가 감추어져 있지 않았던 것인가. 창자라도 토해질 것이라면, 그것이라도 한 열뒈 발 토해낸 꼬리모양 보여줄 것인데.
　나는 얼마나 애를 쓰고 힘을 썼던지, 입으로도 뭔지 썩은 걸 토해내고 있는 것으로 보아, 똥오줌을 또한 질금질금 갈겨내고 있었을 것이었다. 그러다 보니 내가 흔들흔들 흔들려지고 있었던지 나를 둘러섰던 사람들이 빙글빙글 돌고 있으며, 똥물처럼 참았던 그들의 웃음이 일시에 터져버렸던가, 내 고막이 찢어질 듯이 떠는데, 내 머릿속은 굉음으로 채워져 나를 절도시키려 들었다. 그 소리는 그리고도 계속되었다.

"에게 사람덜, 고 좀 너무헌다 싶응만. 워짜겄다고 또 종줄은 잡아땡김선, 사람을 뻥뻥 잡아 돌리는겨, 에헥, 거 좀 고만들 해 돼겨."

"보제 야 사람? 안 본다고? 물 속에 처넣은 괭이 대가리를 흔드는 꼴이여."

나는 어쩌면 청각을 잃었을지도 모른다. 아직도 소리가 나고 있다는 막연한 느낌만 빼놓으면 나는 아무것도 들을 수가 없고 있었다. 나는 어쩌면, 종 불알에 매달려 있는지도 몰랐다. 모든 새벽마다 모든 주일마다 그것은 깊고도 청아스러이 울어, 고달픈 혼들을 어루만져주었을 것이었는데, 지금은 저 소리의 녹슨 것, 소리의 황폐한 것이 평온했던 혼 속에서 쇠스런 아픔과 신음의 녹을 부스러뜨린다.

체념하고 나는 눈을 감았더니, 연기 탓으로가 아니라 비겁 탓으로, 속으로부터 눈물이 괴어올랐는데, 그러자 왠지 소리가 멎고, 흔들림도 멎더니, 발밑의 초열도 가셔버렸다. 그 순간에 이르러 내 정신이 아스무레해졌는데, 그래도 까무라치지는 않기 위해서, 호흡에다 기를 모았다. 가슴 또한 단단히 묶여 있었으므로, 깊은 호흡은 할 수가 없었어도 어쨌든 정신을 숨통에다 간신히 붙들어매둘 수는 있었다.

"끌어내리도록 하시오!"

한 스무남은 걸음 저쪽에서, 한 스무남은 해나 걸려서 하는 소리였다. 그러고 보면 아직도, 내 고막은 파열되지 않은 상태인 듯했다. 그럼에도 물론 귀는, 저 소리의 악몽을 덜 깨고, 아직도 괴로워 윙윙거리고는 있었다.

"대체 당신들이 하고 있는 짓들은 무엇이오? 어디 십장께서 설명 좀 해보시오."
 스무남은 걸음 저쪽에, 말에 타고 있던 사내가 어느덧 다가와, 마상에서 힐난조로 묻고 있었다.
"파, 파, 판관 나으리께, 께서도 보, 보아서 알고 계신 것맹이로."
"내가 알고 있다니?"
"헤, 보, 보아서, 헤헤헤, 아, 알고 계시잖은개벼요이?"
"보아서 알고 있다니?"
"그, 그러싱구만이라우이, 그, 그라면 요것 참, 죄송, 송히어서, 디, 디릴 말씸이 어, 없는디라우."
"죄송해야 할 필요는 없겠소. 무고한 객승에 베푼 사형(私刑)에 대해서는 나중에 법이 공정히 그 죄과를 다룰 것일 터인데, 본인이 보았다면 여러분의 두터운 행악이며, 한두 번 같이 사는 읍민으로서 너그러이 훈계했음에도 불구하고, 재차 재삼 그런 행악이, 그것도 백주에, 그리고 질서를 지키는 자 앞에서, 의연히 행해지고 있다는 것에 대해, 본관으로선 깊이 깊이 유감으로 믿는 바이오. 어쨌든 저 스님을 끌러내리도록 하시오."
"예이, 예이! 아, 야, 이 참, 아 요 사람덜 여태끄장도 멋들을 허고 있단댜? 원 씨버무거갈! 내가 머시라고 허드냔 말이제. 일을 벌일 때는, 똑 무신 썩은 괴기 본 여시겉이 달기들더니, 요론 판에 이른개는 죽을 상판을 해각고는, 능장코만 빠추면 워짜잔 것이여, 지엔장!"
 나는 그제서야 풀려내려졌다. 그들이 나를 매달 때, 그렇게 했을 것이 틀림없는, 아마도 그 방법을 거꾸로 써, 한 사내가 다른 사내를 목 위에 받쳐 올리면, 그 목에 사태기를 감고 있는 사내가 종 불알에 나를 묶은 새끼줄을 풀고, 남은 사내들이 나를 받아내리는 그런 식이었다.

"내가 알고 싶은 요점은," 판관이라는 사내는, 익혀져버려 고칠 수 없이 된, 사람을 깔보는 눈으로 나를 내려다보며, 이번엔 언사를 좀 누그러이 해서 이었다. 나는 도대체 앉아 있을 수가 없었음에도, 눕지는 않았고 두 다리를 뻗치고 앉아 두 팔로 몸을 괴는 자세로 앉아, 그를 올려다보았다. "당신들의 이유는 무엇이었느냐는 점이지. 목적이 나변에 있느냔 말이야."

"그, 그랑개, 내가 머시라고 허등감? 머시라고 히었더냔개?" 십장이라는 사내도, 여기에 이르러선 분기를 돋구고 나섰다. "워디, 자네 말 좀 해뵈겨, 판관 나으리께 좀 고해보랑개." 그는, 고자 음성의 사내를 향해 그렇게 족쳐대고 있었다. "아니, 고렇거니나 똑똑허든 사램이 끝째기 쎄(혀)가 굳었단댜, 워쨌단댜? 뼹을 나술랬으면 뼹을 나술랬단다고 허든지, 머시라고 히어야 알 거 아니냐고."

"히, 히히, 판관 나으리시라우, 쪼꿈만 뇌기를 가라앉히시고라우." 그제서야 고자 음성의 사내가 나섰다. "요 쇠인넘이 몰루고 저재질른 이약이나 좀 들어바 줴겨라우. 그라고 우리 모도 용서나 좀 히어주씨요."

"용서하고 안 하고는 법이 알 일이고, 내가 알 일은 아니오. 그리고 대개 요점만 얼른 말해보시오."

"그러라우 글씨. 그런디 요 괴회당에 괭이귀신 살고 있단 건 다 아는 일 아닌개뵤이. 판관님도 아실 경만이요이."

"아니, 그런 일도 있어왔댔구료? 그래서 당신이 보았댔소?"

"워, 워디가라우? 헤, 헤히히, 판관 어르신도 아심서나 백찌 몰른 체허서요이."

"내 말은, 당신이 눈으로 보았느냔 말이오."

"아 앙 그라고사, 백택없이 그라면 워짠다고 요런 좋은 집을 묵히고 그라다 인제는 헐어낼라고 할 까닭이 없잖애라우? 그라장개 우리가 지금 요 공삿일 시작되기만 지다림선, 요런 좋은 날 허릴없이 가는 거 원망허고 있잖애라우? 그랑개요, 판관 나으리도라우, 장로 어르신께 좀 말씸 좀 디려서라우, 요렇게 좋은 날씨 때, 조 공삿일을 시작허도록 좀 심(힘) 좀 써주먼, 우리 참말로 아심찮겠구만이라우. 아 안 그랴 모도?"

"당신 지금 낮꿈을 꾸는 것이오, 아니면 나로 더불어 희롱을 하자는 것이오? 어째서 이런 불미스런 일이 일어났는지를 요점만 말하라고 내가 그러지 않았소?"

"허믄이라우. 그라장개 시방 고런 이약끄장도 나오는 것여라우. 헌디 말이제라우, 해만 질라면 요 쇠인놈은 뒈세기가 아픈디, 나만 그런 것이 아니고라우, 그런 사람이 쎄뻐렸어요."

"지금 하고 있는 객담엔 또 무슨 뜻이 있는 것이오? 간단명료히, 어째서 저 객승께 행악을 했는지, 그것만 밝히라고 내가 말하지 않소?"

"글씨 그랑장개, 요 쇠인놈 애가 씨잉구만이라우. 헤, 헤히, 요번 일도 전번 일맹이로, 우리헌티 몇 말씸 훈계나 주시고라우, 우리덜 유야무야해뻐리지라우 예? 요렇게 머슬 일을 크고 복잡허니 맹글어 좋을 일 없잖겠어라우? 아 앙 그랴 모도? 그라고 조 시님 발바닥 봉개, 물집 한뒤 군데 맺힜는디라우, 판관 나으리께서는 너그럽우신개요, 한두 푼 줘서 의원네라도 보내먼 말여라우."

"내가 바로 목격자이므로 여러분의 죄상에 관해서는 더 따질 말이 없겠소. 어쨌든, 무고한 여행자를 이유도 없이 살해할 목적으로 분사형(焚私刑)을 가하다가, 목격자에 의해 목적을 달성하지 못하자, 그것을 일종의 장난인 것처럼 꾸며 은폐하려는 악랄한 저의라든가, 또한 그러한 범죄 행위에 대한 뉘우침은커녕, 오히려 법으로 하여 다스리는 자를 모욕하고, 또 공정히 써야 될 읍민의 세금으로 하여 여러분이 행한 상해의 보상금으로 써주기를 바라는, 그런 철면피하고 냉혈적이며 후안무치한 태도에 대해, 공정을 위주로 하는 법이 침묵할 수 있으리라고 본관으로선 생각할 수가 없소. 본관으로서는 지금 당장 여러분을 체포 구금하여야겠으나, 같은 읍에서 같이 뼈를 굵혀온 처지로서, 여러분께 오랏줄을 씌워 관서로 간다는 것은, 화평과 우의로 사는 읍민께 경악이 되며, 여러분께는 씻을 수 없는 치욕이 되고, 그런 일로 관과 민 사이의 거리가 소원해지는 것을 본관으로서도 바라는 바가 아니니 어쨌든 관에서 부르면 여러분께서는 여러분의 발로 관서에 출두해주기를 바라는 바이오."

"아니, 요것이 고렇게나 큰 일이었으께라우?" 고자 음성의 사내가 등신불 같은 얼굴로 묻는다.

"나는 그리고, 당신이 주범이라고 지목하는 바인데, 법의 조문이 결정할 일이겠으나 앞서 말한 이유만으로도, 당신은 최소한 삼 년 징역형이나, 그에 상당한 벌금형에 처해지지 않을까, 그것이 나도 당신과 함께 염려되오."

"아니, 그랑개 요것이, 좀 짓구진 짓였단대도, 헐 일 없는 사람덜 장난이 아니었으끄라우?"

"할 이야기가 있으면 법정에 서서 해주시오."

그리고 판관은 말머리를 채, 돌아가려 한다. 그러자 십장이 얼른 말고삐를 잡아 매달리는 시늉을 하며, "파, 판관 나으리, 쪼, 쪼끔만 지, 지다려줍선, 우, 우리딜 이약이나 좀 들어보쑈이" 하고, 무릎을 꿇는다. 그는 오십은 넘은 얼굴에 두터이 눈물을 괴어내고 있다. "쇠, 쇠인놈들이 몰라서 헌 일을 그, 그저, 똑 한번만 너그러이 보아서, 그저 이약이나 좀, 이약이나 좀, 들어바 주면 원이라도 없겠네라우."

그러자 판관은, 양미간을 좀 찡그렸으나, 말을 몰아 떠나지는 않았다.

"우리도 말이라우, 우리 죄를 몰루는 건 아니구만이라우. 헌디 말이지라우, 조 친구네 늘 머리 아파해쌓는 걸 우리 눈으로 바왔응개 말이요, 뼹 좀 나수겄다고 그러는디, 대처니 우리가 워쩌겄어요? 뼹 나술라고 워떤 사람은 죽은 아 간도 내 묵는단 말도 안 있는그라우이? 헌디 야 사람아, 고라고 등신맹이 있으면 워짠단 것이여? 얼렁 돼 온 사탈이를 판관 나으리께 고해바쳐얄 것 아녀? 다른 쓸디 없는 말은 혈 것이 아녀 글씨. 톡 뿐질러서, 알아 딛기 좋구로 말허란 말여."

"윗따나 사둔은 지엔장, 아 누구는 안 그라고 싶어서 안 그라는 중 아는갑네. 십장 사둔도 여그 있었응개, 그라면 사둔이 좀 나서서 말 좀 히어보라고. 시방 그럴랑개, 내 뒈세기 아픈 뼹 이약이 나오는 거 아니냐고."

"앗따 건 그랴. 그라면 바쁘신 어른 너무 지체 않구로 허라고."

"헤헤, 저 그랑개요." 고자 음성의 사내는, 너무 일그러뜨려 보기에 추악해 뵈는 웃음을 물고, 판관의 말 곁으로 다가선다. "요 쇠인놈이 고 말씸은 디릴라고 히었는디요, 판관님이 어만 말로

시나, 내가 헐 말을 못허게 하셨제라우이? 헌디요, 그라장개, 쇠인놈이 아까판에 워디끄장이나 말씸을 디렸었제라우?"

"내 고려해 보겠소."

판관은 그리고, 말잔등에 가벼운 채찍질을 한번 해서, 여유있게 떠나갔다.

"사람 참." 십장이 의기소침하여, 고자 음성의 사내께 한마디 투덜댄다. "워짠다고 고 모냥 고 꼴이여?"

"머시여 내가? 고 좀 십장 사둔은 가만이 처져 있으라고. 워짠다고 고렇게, 헌 중우에 좁 불거지뎃기 고렇게 차꼬 나서쌓냐고." 그는 그리고, 이미 스무남은 발자국도 더 저쪽으로 멀어진 판관을 부르며, 몇 발자국 달려간다. "파, 판, 관 나으리요, 죄 없는 사램이 워째서 관엘 가야 쓰끄라우? 글씨 죄는 저그 저 시님헌티 있다고라우."

그러나 그는, 힘없이 돌아서더니, 자기만을 쳐다보고 있는 눈들 때문에 기가 질렸는지, 좀 비실비실하고 있었다. 그러더니 뭘 생각했는지, 능금나무 한 가지를 꺾더니, "요놈의 새깽이들, 무슨 귀경 났냐? 귀경 났어?" 하고, 괜스레 아이들을 다그치고 나선다. "귀경 났냐고? 요것이 굿이여?"

"씨발, 우리가 워쨌간디 우리헌티 야단이대라우?" 애들은 삥병아리들처럼 헤쳐져 도망간다. "족거치, 에이 족거치."

"글씨, 조놈우 새깽이들 때미 요런 일이 안 벌어졌냔 말여." 애들이 다 도망가버리자 그는, 회초리를 던지고, 탓돌림을 시작한다. "글씨, 사둔들하고 같이 안 들었었냐고. 조 구멍 워디서, 먼첨 해골바가치가 굴러나오는디, 본개로, 대가리가 없는 귀신이 피를 뻘겋게 묻혀각고 또 나오드라고 말여. 아 안 그랬었더냐고? 삼년 재수 없을 놈우 호리야덜놈들! 그라고야 가시나야, 나이는 옹골차게 다 처묵은 지집아가, 대처니 멋허겄다고 여그 요라고 있는 것이여? 또 상내가 났단댜? 한번 히어주까?" 그는 이번엔, 남루한 옷을 입은 한 소녀에게 화를 덮어씌운다.

"음지랄이냐? 조쪽 옴팡한 디로 가까? 씨버무거갈녀러 가시나."

"그래도 나는, 똥개가 아니니까요 아저씨 아랫두리를 물어뜯지 않을 테니 염려 마셔요."

그 계집아이도 그리고 표뵤히 떠났는데, 모두 얼굴을 돌리고 감추어서 웃는 것으로 보아, 그 계집아이는 그들을 감격하게 했음에 틀림없었고 내막도 있었음에 틀림없었다. 그러자 저 무죄하고 무안했던 사내의 얼굴에 일순 핏기가 사라졌으나, 그래도 한 사십 년 산 나이값을 하느라고, 얼른 고쳐 웃곤, "조것 조래 비어도 말이라, 제복 음쪽거리는 디가 있더라고. 한번은 말인디, 요것 사설(사실) 이약인디, 지랄을 험선, 조 작것이 쎄바닥을 빼 물리길레 씹다 봉개 말여, 고것이 조 작것의 쎄바닥이 아니고 말이제, 끄텡이는 무신 끄텡인디 고것이 글씨 내 끄텡이드라고" 하고 말했다.

"쏵해, 에이 쑤악허드랑개. 쏵해."

그 계집아이와 이 사내는 우리를 감격케 했다. 내 발바닥에 독하게 남아 있는 얼운함까지도 잊게 하는 감격이었다. 우리를 감격케 한 그 계집아이는 열네댓으로밖에는 보이지 않는, 허약한 아이였었다.

"아 그러나 야 사람들." 십장이 한숨을 한번 불어내고, 어두운 얼굴로 나섰다. "우리가 요거 생각보당 큰일을 저지른 것 겉은

디, 워째얄까를 몰루겄는디, 위선 조 시님헌티도 멘목이 없고 말여."

그때쯤엔 나도, 한 객승으로서 본읍 사람들께 인사도 차려야 될 듯해서, "듣고 보니, 모든 잘못은 내게 있었던 듯한데 말입죠"하고, 한마디 참견하고 나섰다. "이거 너그러이 용서하십시오. 소승은 어젯밤 유리를 떠나, 오늘 아침에 여기에 닿았는데, 밤길을 걷다 보니 노독이 심해, 어디 한 군데 유해볼까 하고 들렀던 데가, 글쎄 저 회당이었습니다요 그려."

"아 그러신 걸 몰루고 말이요," 십장이 겸손한 어투로 말한다. "우리가 이거 손님 대접을 옳게 못했으니."

"아니, 우리가 손님 대접을 잘못 히었단 말이여?" 고자 음성의 사내다. "조 시님 이약도, 자기가 잘못했다고 허잖냐고? 글씨, 들어봤제? 나는 잘못헌 짓이 없었드라고."

"글쎄, 소승이 잘못했던 것 같습니다. 유리의 풍속은, 이런 장옷을 입되 얼굴가리개까지 가리는 것이라고 할지라도, 여기서는 그래서는 안 되는 것을 깨닫지 못한 것이 불찰이었으며, 비록 소승의 스승이 내린 것이라 하더라도, 유리를 떠나면 이런 두개골은 지참치 말았어야 옳았을 터인데, 그것 또한 불찰이었습니다. 하오나 소승께는, 그 두개골이 소승의 스승이 내린 법이나 계만큼은 중요한 것인데, 지금 소승이 그것을 잃고 있으니, 어느 분께서 참으로 친절하시게도 그것을 좀 찾아주시겠습니까? 소승이 일어설 수만 있으면 소승이 찾아보겠습니다만."

"아 그야 어렵잖지라우." 어떤 다른 사내가 말하고 일어선다. "아까 시암갓(샘가)에 있는 것 봤응개요."

그는 일어나 샘터엘 갔다 되돌아오며, 무슨 막대기 끝에다 두

개골의 눈을 꿰어가지고 온다. 그랬기에 두개골이 뒤집혀져, 그 속의 '누룩'이 다 엎질러져버렸지만, 엎질러지지 않았다고 하더라도, 그것은 이미 못 먹을 것으로 변해져 있었을지도 모른다. 흙먼지며, 풀잎 따위 같은 것이 채워졌던 흔적이 보인 것인데, 그 애들 말고 누가 그랬겠는가.

"듣고 봉개," 고자 음성의 사내가 다시 말한다. "시님이 말씸 한번 잘히었소이. 불찰은 똑 시님헌티 있었다고라우. 헌디 죄도 없는 내가 삼 년 징역이나 살아야 된다면, 고것이 옳은 짓이끄라우?"

누구의 불찰이든, '무고한 객승에게 베푼 분사형'에 대해서, 그는 깡그리 잊고 있는 투였다. 그러나 나는 그를 미워해야 된다고는 생각지 않았다. 어쩌면 그의 그런 태도는 그의 생활하는 방식 속에서, 그만의 땀내처럼 번져버린 것인지도 모른다. 그렇다고 그런 땀냄새가 내게 훌륭하게 느껴지고 있는 것도 아니었다. 다만 뭔지, 우리 사이엔 청산될 것만 쌓여온 것 같았다.

"글쎄 거 어째야 되겠습니까? 어디 소승이 한번 관에라도 가봐야 될까요? 그래선, 그것 모두 나의 불찰이었으니, 벌을 주려면 내게 달라고 말해볼까요? 허긴 그럼 무슨 방도가 있을지도 모르죠."

"참말이제 고건 옳은 말씸이구만." 고자 음성의 사내다. "일이 고렇게 돼야 순서라고. 아, 안 그랴 모도?"

"자네는" 십장이다. "자네 터럭 하나라도 빠지면 아깝고 말이제, 다른 사람은 발을 못 써도 된단 말여, 무신 말여? 비록 말이제, 조 시님이 얼굴을 개리고 말여, 해골박을 들었단대도 말여, 자네가 조 시님 기절시켜놓고, 자네가 조 시님 얼굴 열어봤지 안

했더냐고. 점잖고 도량 짚은 시님헌티 탓 돌릴 건 없제, 없어. 나로 말히어도 말여, 자네들 못 말긴 죄가 있은개, 그랑개 나도 받을 죄는 받을라고 작정히었응개."

나는, 그의 이야기를 들으며, 흐트러졌던 장옷자락을 여몄다. 그것은 분비물의 냄새를 풍기고 있는데다, 그 끝이 조금씩 타고, 가슴팍 부근은 찢겨 핏방울에 덮여, 더 입을 수 없이 되어 있었다. 찢겼거나 핏방울에 덮인 곳은 분명히, 고양이가 죽어가며 표독스러이 내 가슴을 할퀸 탓이었다.

"그란디 나도 말여, 여태끄장 생각히어봤어도 말여," 나중에 듣고 보니 그는 돌팔이 측량사였는데, 그가 드디어 한마디 하고 나섰다. "머시 뒤집어씌웠던 것맹여. 헌디 요것이 물론이나 에리석은 이견(의견)일랑가는 몰라도 내 이견으롤랑은 요렇구만. 워쨌던 여그 오신 시님덜은 장로님 댁에 묵기가 일쑨개 말이고, 또 장로님이 시님덜 대접을 잘헌개 말인디 나중에 원지, 시님께서 우리가 좀 밉고 싫드래도, 우리들 불쌍헌 것 생각하시서 말이제, 고 장로님헌티 살째기 한번, 우리덜 잘못헌 것 용서 좀 히어주라고, 귀띔만 해주면, 만사 잘될랑가도 몰른다는 생각인디, 그라면 인제 우리가 시님 치료비는 대고 헐 것인개, 내 이견이 모도헌티 워뗘?"

"그라고 봉개, 고것 이곈(의견)인디. 조만침이나 꾀가 있응개 말여," 채석공이라는 사내가 얼굴을 펴고 나섰다. "배운 디는 없음선도 측량을 해서 묵고 사는겨. 헌디 조 시님헌티 먼첨 물어 바야 안 될랑가 몰라."

"고것도 또 독(돌) 한번 쪼개고 나선 소리 겉구만."

"아, 그런 일이라면, 우선적으로 소승의 불찰이었고 하니, 여러분이 원한다면 즐거이 해드리지요."
"고만헌 도량이먼," 듣자니 회계꾼이라는 사내가, 오랜만에 한 마디하고, 십장은 읍내 쪽을 망연히 내려다보고 있는데, 고자 음성의 사내는 자기 발등만 보고 앉아 있다. "큰시님도 한번 돼묵기도 에럽잖겄소이."
 이 대목쯤에서, 그들의 말소리는 숙어들었는데, 나뭇가지들에서 매미만 울어쌓고, 별로 할 일도 없는 여름날 오후의 고단함이 밀리고 들었다. 그들은 이제쯤 내려가서, 하다못해 주막집 그늘쯤에서 고누라도 한판 벌여도 좋았을 것인데, 그러나 그러기는커녕, 번듯이 눕거나, 게으르게 눈알이나 굴리거나, 한숨을 쉬거나 했다.
 "나는 미쟁이 노릇을 해묵고 사는디, 한 십여 년 전에 떠들어왔지라우. 헌디 시님 본절은 워디시라우?" 이제까지, 내게 향해서는 한 마디도 없던 사내가, 내게 그렇게 물어왔다.
 "이런 돌중 행색에, 헤, 어디 본절인들 있겠습니까?"
 "허기사 제 혼자 중질허는 중도 많은개라우. 고렇게 벌어묵고 사는 기 펜하겠지라우이."
 "허허허, 옳은 말씀이시오."
 "헌디 워짠다고 고런 숭칙한 해골바가치는 들고 댕긴대라우?" 회계꾼이었다. "고것 각고 댕기면 몽뎅이 맞기는 똑 좋아 비어도, 동냥허기는 에럽겄소."
 "헌데 사돈은," 내가 고자 음성의 사내를 부르는 소리가 그랬다. 나중에 알자니 그는 목수라고 하는 것 같았다.
 "늘 머리가 아프시다는 말씀이셨는데, 속담에도 있듯이 병이란 건 숨겨두면 도지고, 밝히면 약이 생긴다고도 하지 않습디까요?"

"아니, 그라면 시님헌티 무신 좋운 약이라도 있다는 고 말이요?"

"그런 뜻으로 드린 말씀은 아니지만, 그래도 좀 듣고 싶어 그럽니다."

"약도 없음선, 넘우 뼝 이약은 멋 땜시 들어볼란단 것이요? 허허 내참. 히어도 시님이 말 한마디는 잘 허겼어라우. 뼝이란 건 천상이제 감추고 지낼 것은 아니요이. 헌디 내가 말을 헐라면 모도 웃는 디에 사탈이가 있소. 글씨 넘은 뼝 이약을 허는디, 저는 웃는단 요 말이요. 삘 씨식찮은 소리를 다 헌다고 하는 기요. 허나 시님 들어보씨요이. 에려서 짐성헌티 크게 놀랜 사람은, 다 커서도 그라는지 워짜는지는 몰루었어도 아무튼 나는 고놈의 짐성허고는 사이가 썩 좋덜 못해봤어라우." 그는 그리고 침을 삼켜 넣는다. 그러나 다른 사람들은 흥미를 잃은 듯, 읍을 내려다보기도 하고 우는 매미를 향해 투덜거리기도 하고, 그리고 아마 무슨 공사판 이야기도 하는 것 같았다. "그랑개 들어보씨요. 요 괴회당에 꽹이귀신 살고 있는중은 다 알고 있소이. 본 사람은 없어도라우, 소문만 각고 이약 책을 꾸미도 서른 권은 될 틴개, 고 말은 허지 맙씨다잉. 헌디 보씨요, 해만 질라고 허면 나는 머리가 아팠더라 요 말이요. 우리 집은 조쪽 아래 있는디, 모도 감나무집이라고 그러제라우. 헌디 해가 질라면, 요 괴회당 그림재가 살망살망 니리와 각고는 우리 집을 콱 웅키잡아묵어뻐리는 것이랑개. 아니, 헌디 시님은 안 웃는그라우?"

"옷을 까닭이 없는 말씀이신걸요."

"아, 그라면 안심히었소. 글씨 나는 사설 이약을 헌개로. 그라먼 인제 갖다가시나 머리가 아파지기 시작허제라우. 고 아픈 징세는, 일로 치면 뒈세기 속에서 괭이가 운다고 허까. 움선 고 붉은 쎄바닥으로 내 골을 핥아묵는다고 허까, 워쨌던 그렇소. 애초에 시작은 그랬는디, 고것이 차채 차채 도지면서 인제 밤이나 낮이나 아풍만이요. 그래도 더 소싯쩍에는 몰랐는디, 마누라가 데리고 온 자석놈 홍진에 죽어뻐려, 묻고 돌아온개 워디서 밤새도록 괭이가 울어싸라우."

"아니 이배겨들." 십장이 생기있는 목소리로 주의를 환기시키고 나선다. "조 다리 우에 발여, 조 냥반이 장로 어르신 아녀? 잔네들 붉은 눈으로 좀 뺴겨."

"그렇고만 그랴. 그라고 촛불 시님이시구만. 헌디 오녈은 워짠 서낭귀신이 씌었단댜?"

"좋은 소식이나 좀 갖고 왔이면 싶으구마는. 인제는 배도 고푸다고. 여그로 오시는 기 핵실허제?"

"조 촛불 시님은 에지간히 큰 시님이 아니여. 워디, 유리서 왔이면 시님도 조 시님을 만내밨이끄라우?"

나는 고개를 끄덕이고, 목교를 내려다보니, 두 사람이 걸어오고 있는데, 얼굴은 확실치 않았으나, 백발의 약간 등이 휘인 늙은네를, 젊은네가 부축하고 오는 것이 보였다.

"아, 그러니 그 내용이 그렇게 되었군입쇼. 소승도 저 어린 죽음에 대해 심심히 조의를 표하는 바이외다."

"고맙구만이라우. 내가 참 귀애했었는디라우."

"그렇다면 거기 전혀 묘약이 없을 수도 없겠습니다요 그려."

"아니, 고것 참말이랍뎌? 흐흐흐, 그래서나 뼁이란 소문을 내고 볼 일여."

"그나따나 말이제." 십장이 이번엔 풀죽은 소리로 혼자말하고 있었다. "워짠 일이 있었냐고 물으믄, 내가 요거 머시라고 헌다제? 걱다가 다른 청부업자가 둘썩이나 더 나스고 있는 판인디 말여."
"만약에 그런 고양이가 죽어버렸다면, 사돈 머릿속은 깨끗하지 않겠소."
"아 고것이사 베문헌 소리겄소이?"
"소승이 저 회당 안에서 그런 고양이를 한마리 죽였는데, 그게 그 고양인지 모르겠군요."
"허히, 고것이 참말이랍뎌? 송아치만하게 큽뎌? 서서 걷습뎌?"
"뭐 그렇지는 않습디다요. 그냥 설교대 밑에 던져놓아뒀습죠."
"고것 좀 얼렁 보고 싶응만." 두통쟁이는, 좀 넋떨어진 놈처럼 웃으며, 회당 정문 쪽으로 걸어간다. 오며, 내가 살해한 그 고양이의 뒷다리를 거머쥐고 나오는데, 그의 얼굴엔 조금도 기쁜 빛이 없었다. 밝은 데서 보니, 그 고양이는, 생각했던 것보다는 크고 살기스럽기는 했으나, 털에 윤기가 없어 거의 누르스름하게 보이는 것이, 천했다.
"시님이 말씸한 괭이가 요것이었든그라우. 요것 본개 머리만 더 아프요."
나는 대답할 말을 찾지 못했다.
"다른 괭이라면 몰라도, 요 괭이라면 불쌍시런 걸 괜시리 쥑있소. 요놈은 집도 절도 없는 놈이라 배가 고프먼 기양 느시렁느시렁 댕기도 벨 해꾸지 한번 안허는 놈이었더랑개요." 그는 그 고양이를 땅바닥에 던지며, 다시 내 곁에로 왔으나, 앉지는 않았다. "요 읍내 사는 사람 치고, 조 괭이 안 본 사람은 없을 것인디, 불쌍헌 것만 쥑있소."
 그는 차라리 나를 원망하고 있었다. 이 사내의 병은 낫지 않을 모양이었다. 이 사내의 병은 그러고 보면, 고양이라고 풍문으로 전해지고, 실제로는 어떤 그늘뿐인, 그 그늘의 주술에 의해 돌여진 것인지도 몰랐다. 그러나 누군가가 있어, 이 사내에게서 그 주술을 풀어주지 않는다면, 이 사내는 분명히, 그 두통을 관 속에까지 넣어갈지도 모를 것이었다.
 "아, 그러고 보니, 사돈이 말한 고양이 이런 것이 아니었었지요? 그랬습죠. 그러고 보니, 다른 고양이 말씀이시구만. 글쎄 그 고양이였어, 그놈의 고양이 말씀이시구먼."
 "아니, 시님도 보싰단대라우?"
 때에, 장로와 촛불중이 거기에 도착했던지, "여러분께서는, 한 대사로 더불어, 한 마리 고양이를 놓고, 무슨 뜻깊은 말씀들을 나누고 계시오?" 하고, 한 열댓 발자국 저쪽에서, 웃음으로 묻는 소리가 들려왔다.
 "아, 요, 요, 참 죄송시럽게 돼뻐렸는디요." 십장이 뒤통수를 긁으며 하는 소리였고, 다른 사람들도 모두 일어나 절하며, 뭐라고 제가끔씩은 한마디씩 인사를 해올린다.
 "헌데, 나도 내 아들로부터 대강은 이야길 듣고, 지금 부랴부랴 오는 길이오만." 노인은 내 쪽으로 다가오며 말하고, 촛불중은 약간 좀 놀란 듯한 눈으로 나를 쏘아보더니, 고개를 돌려 읍을 내려본다. "대체 무슨 짓들을 하였단 말이오?" 그리고 장로는, 내가 지참한 해골을 보고서인지, 일순 창백한 얼굴이 되며, 입술을 좀 떨고 있어 난 좀 민망함을 금할 수가 없었다. 그러나 그는 이내, 전의 온화한 얼굴로 돌아가, "대사, 이거 참 못 당하실 곤욕을 당하셨구료" 하고, 연민 어린 눈으로 날 내려다본다.

"어찌 한 학승을 대사라고 부르십니까?" 나도 대답하고 합장 재배해 보였다. 그런 뒤, 다른 사람들이 말을 꺼내기 전에 내 쪽에서 먼저, 어떻게 되어온 사정인가를 요약해서 들려주고, 일이 이렇게 되어온 모든 원인은 내게 있었다는 것을 강조했다. 그리고 그런 불미스런 일에 따르는 벌과는, 그것이 어떤 것이든 새로이 고려될 여지를 갖고 있다는 것을 밝혔다.

이 계제에 이르자 노인은, 호걸풍으로 웃으며, "듣고 보니, 서로들 몰라서 그랬지, 누구의 잘못도 아닌 듯하구료. 그러나 법은 판관이 다스리는 것, 판관이 고려할 일이겠으나, 그래도 일이 그런즉 나도 거들어 이야기해보리다. 허나 어쨌든, 이런 불상사는, 그 내용이야 어쨌든 전혀 두둔할 만한 것은 아니라는 것을, 이 기회에 모두 명심해두는 것이 좋겠소. 허고, 상처를 보니 그렇게 심한 듯하지는 않으나, 속히 치료를 받는 것이 후환을 없이할 터이니, 어디 십장께서는 들것이라도 하나 만들어보는 것이 어떻겠소. 그래서 비록 이 늙은네 집이 불편하다 하더라도, 이 늙은네 집으로 대사를 좀 모시도록 하시오" 하고, 분부도 했다.

"암만이라우, 암만이라우. 그랍지라우." 십장은 대답하고, 채석공과 미장이를 손짓해 불러, 교회당을 옆으로 돌아갔다 돌아온다. 그들은 그래서 두 쪽의 퇴색한 송판을 가져왔는데, 떨어져 나갔던 부엌문을 가져온 것 같았다.

"하온데, 아까 소승은, 여기 계시는 분과 함께, 고양이에 관해 이야길 주고받고 있던 중이었습죠."

"예, 그랬었지라우 장로 어르신."

"허락하신다면, 소승이 지금 그 말씀을 끝냈으면 하옵니다."

"아, 어서 계속하여 주십시오. 이 늙은네도 경청해드리리다."
"감사합니다." 장로께 나는 목례해 보이고, 두통쟁이에게 향했다. "그러니까 말씀입죠, 혹시 사돈 말하는 고양이가, 해가 지려고, 서산 마루에 걸려, 그렇지 꼭 지금처럼, 뉘엿뉘엿할 때로, 산으로부터 스름스름, 아주 조용하게, 산그늘모양."
"그래라우, 그려요. 아 그려라우. 그람선 고것이, 진 낮잠 자다 깬 것맹이 입을 짤 벌림선, 하품을 하요이. 그라고 몸뚱이를 한 번 쭉 늘였다가시나는, 냐옹 하고, 내 우에로 덮치각고는, 내 머리를 씹어대요이." 그는 수다스러이 떠벌이며, 친구 만난 듯, 내 발치에 털썩 주저앉았다.
"그러고 나면 밤중까지나 열이 나지 않소?"
"것도 맞는 말씸인디. 헌디 고것도 변허드랑개."
"전에는, 구름 낀 날이나 비오는 날은 아프지 않았었다는 말 아니겠습니까?"
"요냥반이 그라고 본개요, 점쟁이 치고라도 솔찮한 것맹인디?"
"그거 하나도 틀린 말씸이 아닌디. 조 친구네 그래각고, 꾸름한 날로만 좋아했었응개." 십장이 거들며, 그도 자리잡아 앉는다.
"사돈네들, 만약에 그렇다면, 그 고양이는 이 읍에만 있는 고양이는 아니겠습니다요."
"아니 그라면, 딴 디도 있습뎌?" 측량꾼도 묻고 앉고, "참말이제 열시〔閱世〕많은 시님덜 말씸은 들어놓고 바알 것이당개." 회계꾼도 앉고 다른 사람들도 앉았다. 장로와 촛불중만, 열외에 서 있었는데, 그러나 장로는 서 있는 것이 좋아서인 것 같았고, 촛불중은 흥미가 없어서인 것 같았다.
"설매 그러끄라우?" 두통쟁이 당자는 정작 못 믿고 나섰다.

"사돈, 글쎄 나도 그렇게 의심했었더라구요. 허지만 이야길 좀 들어보시지요. 서녘산이 있는 마을 이야기지. 그 서녘산 꼭대기 소나무 가지에다 그만, 모년 모월 모일 모시에, 한 처녀가 목을 매달아 죽어버렸구만. 그런 이후, 그 처자의 원귀가 검은 고양이가 되었더란 이런 말이지."

"아 그런 일이사, 뭐 해 가다끔 한 번썩은 있는 일이제. 봄에는 동촌 큰애기 하나가 쏘에 빠져 죽잖앴다고?"

"허지만 그 고양이를 본 사람이라곤 마을의 무당 할미뿐이었고, 사실로는 아무도 본 사람이 없었다니까, 실제로 그 처자가 고양이가 된 것인지 아닌지는 모를 수밖에요. 어쨌든 마을에는, 홍역에 애들이 더러 죽기는 하고 염병에도 땀을 못 내는 환자가 있는가 하면, 늙은네들 중의 어떤 이는 노망을 시작하는데, 비만 좀 세차게 와도 괜스레 논두렁이 무너나고, 고목은 웬일로 끝부터 말라죽는데, 무당 할미 생각에 그것은 원귀 탓이라고 해서, 원귀풀이도 몇 차례씩이나 지냈다고 합니다." 장로가 호인스럽게 웃으며, 촛불중께 뭐라 귓속말을 하고 있다. "그러자니 무당 할미 장사는 썩 잘돼서, 새로 태어나는 애는 뭐 말할 것도 없지만, 심지어 칠순 노인네들까지도, 수명 좀 길게 해달라고 무당께 파는 것이 이제 통속으로 되었는데, 그러자니 그 마을의 손주로부터 할애비까지, 무당 할미를 어머니라고 부르지 않는 사람은 없는 형편이었다고 합니다 그려. 부적도 그렇지, 장길에도 부적 없이는 못 가고, 심지어는 칙깐 벽에까지도 붙여두어, 칙깐길 오르내리는 데 낙상이나 하지 않게 해달라고 비는 판이었다니깐. 그랬어도 그런 흉액이 줄어들지가 않는 걸 사람들은 알게 된 것이지. 글쎄 모두 머리 한 귀퉁이씩은 아픈가 하면, 가슴이 아프고, 체한 듯이 늘 끄르륵거려야 되었는데, 산다는 일은 아무 재밋속도 없고, 열심히 일해보아도 배는 늘 고프더라지. 마을의 사내들이 그래서는 분노를 하고, 작당을 해버렸다는구료, 그래서는 횃불에 몽둥이를 들고, 징 쳐대며, 저 서녘산으로 올라닥쳤겠습니다, 그래."

"웟다나, 그라고 본개로 고 시님, 실맹(신명)이 엔간헌디, 조라면 판수제 머시겄어?"

"헌데 사돈네들, 이거 죄송하외다. 결국 잡기는커녕 구경도 못했더란 말이오. 지기네들의 생활의 보는 모서리를 갉고들던, 저 보이지 않는 검은 힘은, 도대체 보이지가 않더란 말이라. 그러자니 맥이 풀려 쓴 담배나 태워대며, 어쨌든 부적이나 몇 장씩 더 사서, 허리에도 차고, 살러서 냉수에 섞어 삼키기도 하고, 심지어 불알에라도 동여매놓아야겠다고 그러고, 있는 판인데."

"고 시님이 음양 속도 제복 밝히고 드는디."

"그런데 말씀이오, 서녘산 서쪽켠으로부터 웬 늙은 중이 하나 올라오며 '웬 잔치가 벌어졌습네?' 하고 묻더라지. 그 중이야 보나마나 그 마을로 시주나 받으러 가는 길 아니었겄소? 그래 그네들 그 사실을 자상히 일러바쳤더니 그 스님 한참이나 껄껄대고 웃더랑마는 그리곤 이런 얘기를 하더라는 겁디다." 나는 이 대목에서 말을 좀 중단하고, 지는 해를 건너다보았다.

"아니, 요 시님이 이약을 허다 말고시나 워디 통세(변소)를 갔단댜 워쨌단댜?" 신소리 한마디 안 나올 수 없었겄었다.

"언덕을 내려가더라도 쉬엄쉬엄 가야 발목을 안 삐는 법이오. 하물며 지금 가파른 재를 올라가는 데 있어서야 더 말해 뭘 허겠수?"

"조 시님이 음양 이치 속끄장 쪼끔 아는 중 알았더니, 참말로는 고것이 아니구만 그랴. 가파른 재 올라가다가시나 말고 쉬었다 가는 똥궁뎅이서 불나기 똑 좋제. 워디 고것이 사나 구실이여?"
"헤헤 사돈, 그것도 아닐 것이구만. 산은 아직 시랑토 안하는데, 올라가는 나그네만 숨이 가빠서도 똥궁뎅이서 불나기 똑 좋을 일이겄구만 워디 고것이 사나 구실이여?"
"윗다나 작것, 나도 신소리깨나 헐 중 안다고 히어왔는디, 조 시님 당해서는 찬물에 당군 뭣 겉은디."
"허나 어쨌든 들어보시오. 이제부터 하는 얘긴, 그 스님이 하신 말씀이라오."
나는 밭은기침을 한번 했다. 보니 장로도, 어느덧 자리를 잡아 앉고 있었다.
"이 세상 가운데에 큰 나무가 하나 있는데, 그것이 하늘을 떠받치는 기둥이라고 한다오. 일러서 '세상나무'라고 한다지. 그래서 이 세상나무를 통해, 상제라던둥, 미륵이라던둥, 한울님이라던둥 하는 이들이, 이 세상을 다스리고, 또 원통한 일이 있는 사람들은 그 나무를 올라가 자기의 억울함을 고해바쳤다는 것이오. 나중엔 이런 일은 무당이나, 또는 그와 비슷한 일을 하는 사람들이 떠맡기는 했지만, 그러기 전의 세상은 참 살기 좋고, 평화스러웠다고 하오. 그 나무는 음양으로 치면 양이라고 하는 것인데, 거기 또한 음의 조화가 있어, 한 훼방꾼을 나타나게 해버린 것이오. 그것을 일러 세상고양이라고 하는 것이오. 물론 이 세상고양이는 이름도 많았겠소. 어디서는 악귀라고 악마라고도 하고, 어디서는 저승이라고도 하고, 어디서는 사람들을 꾀어들여 죽이는 온역이라고도 하지만, 까짓 이름이야 별로 대수로울 것 없소. 헌데 이 세상고양이가 나타나자마자, 전에는 안 죽던 목숨들이 죽어가고, 형이 아우를 돌로 치는가 하면, 이웃간에도 불화가 끊일 날이 없게 되었구료. 세상이 아주 어수선해졌더란 말이지. 이러다간 말세가 갑작스레 와버릴 것이라는 풍문은 그때부터도 있었다는구료. 그래 하늘에 있는, 상제라던둥, 미륵이라던둥, 한울님이라던둥 하는 양반들이 보니, 이거 저 고양이를 그냥 둬서는 안될 것 같았소. 그래 진기를 돋과 한 불칼 내휘둘러 저눔의 고양이를 죽여버렸구료. 그런 뒤, 사람들 눈에 안 보이게 하려고, 그 세상나무 뿌리 밑에 묻어비렸다는구료."

"고것 참, 잘한 짓이었구만, 잘혔어."

"야 고런 맛으로 갖다가시나 그랑개, 못 당할 일에 당허면 하눌님 찾제 워떤 시래비자석이 안 그러면 왜 찾었어?"

"헌데 그것으로 끝나고 만 게 아니었던 모양입디다. 그 고양이를 묻고 나니 변괴가 일어났는데, 글쎄 없던 그림자들이 느닷없이 생겨났더란 것이오. 그래 한판 수라장이 벌어졌는데, 글쎄 그놈의 그림자를 떼어내자고, 사람이며 짐승이며가 역마모양 날뛰어댔더라는 것이오."

"그라면 전에는, 그림자 없던 짐성도 있었다는 고 말배끼 더 되요이?"

"그 말씀이겠지요, 어쨌든 들어보시지요. 그래 그림자가 생겨서, 한쪽은 양지면 한쪽은 음지가 되고, 한쪽이 밝으면 다른 쪽은 어둡게 되어버린 것이지. 그건 곁에만 그런 것이 아니고, 속까지도 그렇게 되었더라는 것이오. 한편으로는 흥겹고 기쁘면서도, 어쩐지 한편엔 근심이 자리잡고 있어, 괜스레 불안하고 초조하여 잠을 들 수가 없고, 어떤 땐 선한 마음이 들다가도, 어떤 땐

'에이 고놈 쥑이뿌릴 놈이여' 하고 이가 갈려지기도 하더란 말입니다. 마음도 음양으로 나뉘어진 증거란 말이지. 그러나 무엇보다도 문제는 사람들이 갑자기 죽기를 무서워하기 시작했다는 것이오."

"그라먼 지금은, 미럭이며 상제며 모두 통세라도 가고 없단 요 말이요?"

"그 말씀 잘하셨소. 그래서 그렇지, 듣기로는 한 이천 년 흘렀다고 합니다. 헌데, 워떤 하나님 하나가, 그 고양이와 싸워 한번 더 죽이려고 그 나무를 타고 그 밑으로 내려갔다고 합니다마는, 그 얘기까지 하려면 너무 길고, 그러니 이렇게 얘기해도 되겠습죠. 결국 모두 속에다 고양이 한 마리씩은 넣어서 기르고 산다는 말이지요."

"그라먼 시님, 내 벵이 요것이 나만 아픈 벵이 아닌 것도 같은디요. 그라면 요 벵은 영 못 나수고 말끄라우?"

"그러니 이제 또 들어보시지요. 저 서녘산 올랐던 장정 중의 하나가, 사돈처럼 아팠던 모양이지, 그 사람이, 사돈 내게 묻는 것 모양, 그 스님께 물었던 모양이었소."

"그러니 워쨌답뎌?"

"대답은 이랬다고 하는데 즉슨, 당신이 만약에 장에 갈 일이 있거든, 그 장바닥 중에서도 그중 큰 어물전으로 찾아가, 그중에서도 그중 크고, 그중 성성한 것으로 생선을 한 마리 사고, 또 소지할 종이도 사서, 제사를 지내면 되는데, 어떻게 지내는가 하면, 그 물고기를 맛있게 양념해 굽든가 지지고, 흰밥과 함께 뼈까지 다 씹어 삼키며, 소지해 올리면서 이 주문을 세 번 읊으시오, 그러면 볼 내력이 있으리다."

"아니, 괭이님전에 제사헌담선, 그 괴기를 내가 묵어뻐려라우?"

"고양이가 사돈 머릿속에 있으니, 사돈이 먹어서 대접하는 수밖에 다른 도리가 있겠습니까?"

"히허, 고건 그려라우. 맞는 말씸인디. 지엔장마질 것, 여편네헌티 이약해서, 하루에도 똑 세 번썩만 고런 지사를 지냈으면 고것 아니 좋겠소이?"

"조런 엠뼁헐, 조놈의 사둔 조라다 인제 마내 속꼿끄장 다 팔라고?"

"허면이라우, 고 주문이란 것 좀 휘딱 좀 알아봤으면 싶으요이."

"이제 모두 알았다시피, 고양이는 음에 속한 족속이라, 생선 먹여 달랜 뒤, 양한 기를 불러내야 되는데, 그 양한 기라도 음을 잘 후려잡는 기라야 되는 것이오. 이천 년 전에 땅 속으로 간 불칼이 그런 것인데, 주문은 이렇소. 천상양기지신내조아(天上陽氣之神來助我) 옴급급여율령사바하."

"알던 못허었어도, 고것이 회험이 없던 안허겄는디, 히히, 나도 요거 참, 고 주문이 워떻다고라우?"

"사돈은 걱정 마시오. 잘 알도록 일러드릴 터이니. 뜻은 이렇소. 하늘에 계신 우리 아버지, 부디 속히 오셔서 나를 도와주십시오, 하는 것인데, 소지해 올리며, 천상양기지신내조아를 세번씩 먼저 읊고, 그 다음에 옴급급여율령사바하 하고 맺는 것이오."

"그것 그라고 봉개 쉽던 안허겄는디."

"사돈은 걱정 마시오. 여기 어디 어느 분이 공책이나 뭐 쓸 것을 갖고 있으시면, 좀 써서 드려도 좋겠소만."
 그러자 회계꾼이, 반으로 겹친 공책을 꺼내 반 장 뜯고, 중두막이 난 연필을 내밀어주는데, 그것은 짐수를 헤아리거나 할 때, 바를 정자를 그어가는 것임에 분명했다. 어쨌든 나는, 또록또록하게 그 주문을 써서 두통쟁이에게 건네주었다.
 "문제는 무엇이냐 하면 이제, 그런 제사를 올리고 주문을 읊으며, 고양이가 사돈 머리 속에서 캑 물림받고 쓰러져 눕는 것을 보아야 하는 것이오. 그럴려면, 소지하고 주문 읊으며, 눈을 내리감아, 고양이를 눈앞에 떠올려보는 것이오. 바로 저기 죽어져 있는 그런 고양이요. 그러니 저것을 예삿 고양이로만 보지 마시고, 지금 잘 살펴두어야 합니다. 그래서 그 고양이가, 좋은 생선을 먹는 것을 보아야 되고, 배가 불러 허리를 둥글게 하여 잠드는 것을 보아야 하고, 주문을 읊자, 창끝 같은 번갯불이 저 고양이의 정수리를 모질게 치는 것을 보아야 한단 말이오. 천상양기 지신은 그런 불칼로 나타나는 것입니다."
 "고런 일이사 벨랑 안 에럽제 싶소. 눈을 깜은개, 시님 말씸헌 대로 환하게 비어라우. 똑 조런 놈이 비어라우."
 "그러면 되었구료. 사돈은 내려가 제사나 지내시지요. 헌데 보태드릴 말씀이 있는데, 사돈이 이제 불칼을 불러내는 일이 늘 잘 되면, 그때는 뭐 고양이 공양하겠다고 생선 대접하지 않아도 될 것이지만, 제사한 음식은 가족과 나누어 먹는다면, 가족들도 건강할 것이오."
 "고건 무신 이미속이끄라우이?"
 "그러니까 일이라도 하시다가, 머리가 아프거든, 눈을 감고 고양이를 보는 것이오. 그래서는 주문 읊어, 그 고양이 머리를 치는 것이오."

"고 말씸도 뜻은 있는 것 맹이나, 괭이는 괭이니, 물괴깃대가리로서나 달개놓고 보는 것이 좋을상허요이. 아 안 그래라우? 히힛, 그란디 고 비린내 좀 맡을랑개 속이 울렁거리 못 살겄고만."

그는 그리고, 장로께 꾸벅 절하고, 언덕을 내려갔다.

"조 사둔 말여, 비린내 맡고, 밭뙈기 문서 잽히로 가는 것 아니까?"

"그런 식으로, 화로 가슴앓이를 하는 사람은 그 가슴을 놓고, 고양이를 보고 쫓아내는 것이라고 합니다. 여기서 저 늙은 스님의 말씀은 끝났다고 합지요."

"듣고 봉개, 뜻은 다 짚은 말씸인디." 십장이 어두운 얼굴로 나섰다. "워떤 사람은, 구렝이를 잘 위허면 부재가 된다고 험시나, 구렝이가 처매 끝에 기어갈작시면, 마내 젖끄장 짜서 대접험선, 업님 많이 잡쉐겨요, 하고 빈단디도, 나는 핑생에, 괭이니 구렝이니, 고런 건 생각해보덜 않고시나 살아왔소이." 헌데 그의 어투는 어딘가 신랄하고, 어딘가 서글픈 데가 있었다. "그라기로 말허면, 부잿집 용마리 높은 기와 지붕에는 구렝이가 득시글거리야 되는디, 사설 말이제, 고런 지붕에는 굼벵이 한 마리도 없네라우. 그라고 괭이귀신도 그렇제, 지사를 잘 받을라면 부잿집으로 가야 옳을상헌디도, 그랑개 내 말은 말여, 일년 다 가야 내 헹핀으로서 나는 꽁치대가리 하나 귀경험만도 못헌디, 워째서 하상이면 가난한 몸뚱이에 기를 쓰고 붙어 있어야 되끄냐 요 말이라고. 못 묵다 본개, 어지럼벵이 듦선, 머리가 아픈 때가 많더라고. 헌디 내 팔자로 말허면, 부잿집 괭이 팔자만도 못헌디, 고걸 목심이라고, 머슬 울키묵겄다고 고런 귀신이 붙겄냐 요 말이랑개. 고것이 목심이여?"
"하기는 십장 사둔 말씸이 옳긴 옳여, 우리 겉은 목심이 거 무신 목심이라고? 허기는 말여, 팔짜도 다 다르뎃기, 태나온 목심도 다 다를 겨. 나로 치면, 무신 소 목심 소 팔짜 우에다, 사람 껍데기만 입히놨는가도 모루겄다고. 기양 쎄가 빠지게 일만 히어도 말여, 무신 볼 내력이 있어야제."
"그래도 소는, 쥔이 있어서 배라도 안 불리주는갑네. 아무 근심 걱정 없이 일만 꿍꿍 허면 되는 것여."
"그런데 그 내용은 반드시 그렇지만은 않을지도 모르지요."
해는, 가난한 산(山) 목구멍 속으로 넘어가버리고, 그 하늘은 한으로 붉었다. 산다는 일의 고단스러움이 그때는, 내 목구멍으로부터도 붉게 넘어왔는데, 약간의 한숨은 아니었는지도 모른다.
"글쎄 반드시 그렇지만은 않을지도 모르지요." 나는 반복하고, 그리고 이었다. "소승이 어디서 이야기를 듣자니 말이오, 어떤 부잣집 탐욕스런 영감이, 자기가 부리는 착한 종을 데리고, 서낭당귀신에게 찾아간 이야기가 있더군요. 그래서 대체 누구의 목숨 무게가 더 무거운지, 그 무게를 한번 달아보아 달랬다는구먼요. 글쎄 그 노인 생각에, 자기는 부자라 잘사는 판이니, 자기 목숨이 훨씬 무거울 것이라고 은근히 교만해했던 것입니다."
"그것도 있을상헌 말씸이오만, 허지만 저 종놈의 목심이자 거머 목심이랄 것이나 되었으끄라우? 그랑개 종이고 상전인디."
"헌데 그 귀신 달아보고 했던 말인즉슨, 두 무게가 아주 꼭 같아서, 저울 눈이 아무 쪽으로도 기울지가 않는다고 하드란 것이었소. 그러자 이 노인 고개를 갸웃거리며, 만약에 목숨 무게가 같기로 한다면, 어째서 자기는 잘살며 상전이 되고, 어째서 저 종놈은 못살며 종놈 노릇을 못 면하느냐고 물었다는구료. 그러자 저 서낭귀신 대답이, '만약에 노인장께서, 재물로 하여 목숨을 살 수 있다면, 한 여남은 근쯤 더 사다 이 저울대 위에 올려놓아보시오, 그러면 노인장 목숨이 여남은 근쯤 더 무겁지 않겠소' 하더라는 것이지. 그러자 이 노인, 그것 참 좋은 의견이라고 기뻐하며, 목숨 무게야 까짓것, 상전 것이나 하인 것이나, 부자 것이나 빈자 것이나 같다고 하니 따질 것 없으니, 그럼 어디 혼 무게를 좀 달아줄 수 없겠느냐고 물었다는구료. 글쎄 자기에게는 그만큼의 재물이 있으니, 장차 자기가 죽을 일이 있으면, 저 충직한 종으로 대신하여 죽게 하여, 그 혼을 자기 혼 대신으로 저승엘 보낼 심산이었던 것이죠."

"헤헤, 고것이사 일러 머슬 더 말하겠소? 종놈 혼이란 건 개 돼지나 머."

"헌데 말이시다, 그 귀신 했다는 대답이 '목숨이나 혼 무게는 누구의 것이나 같은즉, 그럴 것이 아니라, 누구의 선업(善業)의 무게가 무거운지, 그것이나 달아보면 어떻겠소' 하며, 달아본즉, 그 착한 종의 무게가 글쎄, 저 탐욕스러운 장자의 무게보다 삼백 배 사백 배도 더 무거워설랑 저 장자의 선업의 무게를 가랑잎 한 닢처럼 띄워버리더라지요. 그래 노인 심히 의아해하면서도, '장차 내가 죽어야 될 때, 저 종놈의 혼을 내 것 대신으로 보내도 되겠소?' 하니, 그 귀신 대답이, '이제 선업의 무게로 대강 사셨겠소만, 저승에서는, 노인장께서 저 종자의 종이나 되겠소. 글쎄 저승엔, 무겁지만 혼 위에 업(業)을 업고 오는 것인데 그 무게가 노인장 것과 꼭 같은 것이 있다면, 대신 보내도 될랑가 모르겠소만, 내가 알기로, 이 세상엔 같은 업 무게는 하나도 없는 걸로 알아왔소' 이러더라지요. 그에 이르러선 장자 슬피 울며, '한번 죽으면 가져오지도 못할 저 재물 때문에, 내 얼마나 평생에 못할 일을 많이 하였던고!' 하고, '이제 내가 돌아가면, 그 재물로 하여 원한들이나 씻어주어야겠소' 하고 발길을 돌리려 하는데, 서낭귀신이 불러세워 하는 말이, '노인장은 어디를 가시려오? 일직사자 월직사자 저 문전에 당도해 있으니, 저승 갈 채비나 하시오' 그러더란 것이었소."

그런데 여름날 석양이 어쩐지 소조했다. 그러고 보니 읍은, 어느덧 저녁 연기에 덮여 있는데, 바람은 한 끝도 없는 날이어서, 흩어지지도 못한 연기들이, 용머리와 용머리 가운데 개까집들처럼 엉겨 있고, 여름날 석양이 어쩐지 소조했다.

"고것 다 참말이제 뜻이 짚은 말씸이시오." 십장이 일어서려며 잠시, 엉겼던 침묵을 깼다. "히어도 말이제라우, 만약에 저싱이란 것이 없다고 헌다면, 선업이 암만 무겁단들 그것 머세다 쓰겄는그라우?"

거기에 대해 나로서는 대답할 말이 없었다. 나로서는 합장하여 목례나 해줄 수뿐이었다.

그제서야 드디어 장로가, "아까도 이 늙은네가 말씀드렸소마는, 상처나 아물 때까지, 이 늙은네 사랑에서 묵어가시면 어떠시겠소?" 하고 정 있게 물어왔다.

"아 시님, 그러시제라우. 그런다면 우리도 좀 덜 죄송시럽겄소." 십장이 권하며, 아까 갖다놓아두었던 송판을 둘로 겹쳐 부러지지 않게 하여, 나를 들어 그 위에 앉히는데, 그러고 나니 흡사 목마라도 타는 기분이었다.

해골을 챙겨드는 건 물론 잊지 않았다.
"우리가 요거, 진짜 시님을 모르고시나 고런 짓을 히었소이."
들것의 앞에 서서 가며 회계꾼이 말했고, "참말이제, 찌이게 생각치 마시겨요." 들것의 뒤에서 따르며 측량사도 말했고, "그랬었응께 우리가, 요런 시님 말씸도 들을 수 안 있었겄고이?" 하고 미장이도 말했는데, 목교를 건느고 있을 땐, 교대해서, 십장과 미장이가 앞뒤에서 들것을 들었다.
 우리는 아마, 읍의 변두리길로 나아가고 있는 듯했다. 냇둑을 따라시였는데, 서기는 가로등도 없었고, 또 별로 지나치는 사람도 없는 걸로 보아, 이것은 한참 저녁 식사 시간이었다.
 도중에서 촛불중은, 장로께 귓속말하더니, 내게 합장해 보이고 처졌고, 그런 뒤 별로 이야기들이 없어 묵묵히 걷고만 있었는데, 장로가 그저 한 마디 그들에게 들려준 것으로, 그들의 저녁은 충분히 흥겹게 편안한 것이 될 수 있었다. 만약에 그들의 사정만 허락된다면, 내일부터라도, 회당을 허는 공사를 시작해도 좋다는 허락이었다. 내 짐작엔, 장로와 그들 사이에 공사비가 문제로 되어왔던 듯했다.
 장로네에 닿았을 땐, 그 댁의 뒷의 머슴들이 나와서 거들었고, 나는 뭣보다도, 우선 목욕을 좀 했으면 좋겠다고 장로께 귓속말했더니, 먼저 목욕탕에 옮겨졌고, 그런 뒤 어떤 나만한 크기의 머슴의 것이라도 되는 듯한, 빨래된 옷이 주어져 내가 그것을 입었더니, 머슴들에 의해 나는, 대단히 큰 사랑방으로 옮겨졌다. 그것은 안채를 향해 북향하고 있었는데, 삼사십 명 식객이 머물러도 족할 듯했다. 한 폭의 산수도, 한 폭의 화조도, 당시(唐詩)로 메꿔진 열두 폭 병풍 외에, 조금 어울리지 않지만, 흑판 하나가 안쪽에 매달려 있고, 그 아래엔 책상으로 써도 좋을 다탁자 하나, 탁자 위에는 성경(聖經) 한 권, 종이와 철필, 대체로 그런 것들뿐이어서 나는 그 방이, 무슨 문객들이 모여 시를 읊는 곳이거나, 무슨 강석을 베푸는 장소인 것으로 알았다.

마당 가운데 연못을 내려다보며 조금 앉았자니, 중년 아주머니에 의해 저녁상이 나오고, 내가 먹는 동안만 장로는 내 곁에 있었으나 내가 마쳤을 땐, 푹 쉬라고 나가버렸고, 그런 뒤, 아마 침모인 듯한 할머니가 한 병의 무슨 기름과 솜뭉치와, 한 켤레의 무명 양말을 가져와선, "발에 이 기름을 좀 발라두시와요" 하고 큰누님처럼 내게 대하며, 벽장을 열더니 이부자리를 꺼내 펴주고 나간다. 그러는 동안에도, 어디로부터인지, 뜻없이 한번씩 퉁기는 듯한 가야금 소리가 울려와, 어쩐지 나를 고달프게 하고, 피로로 휩쌌다.

4

나중에 듣자니, 그날 밤으로, 저 회당 안의 뼈는 한 보자기 싸여져 자기네만 알고 나는 모르는, 어느 언덕에 묻혔다고 한다. 만장도 조곡도 상두꾼도 없이, 장로네 머슴들이 땅 파고, 흙 아래에다 장로가, 그 보자기를 던져넣어주었다는 것이다. 성경도 함께해서 묻어주었다는 것이다.

제 16 일

1

　나는 아주 오래오래 자고 났다. 도대체 기억나는 꿈이라고는 없으니 나는 꿈 한 가지도 안 꾸고 그런 것이다. 나는 참으로 오랜만에, 오래오래 자고 났다. 신선주 잘못 얻어마시고 잠든 나무꾼만큼이나 오래 잤을지도 모른다. 내 몸 위에, 몇백 년 세월의 낙엽이 덮여 썩고 있었던 것은 물론 아니라도, 이 긴 잠에서 내가 깨이고 느낀, 이 좀 어릿두군하면서도 청량스러움은, 아마도 그 나무꾼의 것과 흡사할 것이었다. 아니면, 봄날 햇볕에 눈뜨고 흙 밑에서 나온, 구렁이나 두꺼비의 것일 것이다. 저 별로 잘 먹지도 못하고, 내리 시달리기만 했던 유리의 피로가 그래서 드디어 회복된 듯했다. 어쩌면 해가 또 기울고 있는지, 내가 앉은 방에서, 마당을 건너 내어다보이는 연못의 몇 송이 연꽃 붉은 얼굴 위로 붉은 비가 내린다. 연못 주변으로는 학처럼 목을 꺾어 물을 마시려는 듯한 소나무며, 조화를 위해서 개성이 상처당한 꽃진 철쭉의 둥그스럼한 기복이며, 원래 거악스러웠어야 될 것들이 이민(移民)와, 그곳의 풍속에 깎이고 늙어버린 왜소한 바위며, 이끼낀 석등이며, 잔디며 세련된 고요함이며, 죽평상 하나며, 그런 한가운데로 연못에 그늘을 빠추고, 뗏장을 입힌 목교가 우아스러이 건너갔는데, 그 떼에선 산풀이 돋아 푸르렀다. 이 댁 정원사는, 한꺼번에 일을 많이 추어내지는 못할지 모르지만, 찬찬

하고 잔잔한 늙은이로, 신선 거의 다 돼가고 있는 늙은이일 것으로 여겨진다.

그 다리를 건넌 곳에 죽림이 있고, 그 죽림 사이로 짧은 오솔길이 보이는데, 그 죽림 너머에 무엇이 있는지는 알 수가 없었다. 그러나 거기에 본채가 있으리라고는 생각되지 않았는데, 왜냐하면, 다리 위의 뗏장에서 돋은 풀이 별로 상처당하고 있지 않은 것이었다. 그래서 눈을 돌려 살펴보니, 저 못을 왼편으로 돌아간 곳에, 높은 용머리가 우람히 치솟아 저녁빛 속에 꿈틀거리는데, 휘어져 내려온 추녀 끝은, 밤나무며 감나무며, 배나무들의 푸른 잎 속에 잠겨 있었다. 그 뒤쪽 어디서 연기가 피어올라와, 녹음 사이에 거미줄처럼 걸리자, 모든 것이 갑자기 내게는 비현실적으로 보이기 시작했다. 서른세 해 전부를 걸쳐, 나는 한 번도 장판 깐 방에 몸을 뒹굴려본 적도 없이 살아왔던, 그런 사내였던 것이다. 그래서 난 좀 망연히 있다가, 마당이라도 좀 어슬렁거려보고 싶어져 일어서려다 잊었던 일을 모두 기억해냈다. 글쎄 나는 좀 태워졌던 것이며, 장로네로 옮겨져왔고, 그리고 아직도 쾌쾌히 걸을 수 있는 정도가 아니었다. 그래 걷기는 단념하고, 방안이나 휘둘러보다, 한 돌중에게 베풀어준, 주인의 자상스런 성품에 접하고 감사했다.—'듣자니 읍내 장로네는 객승에 대한 대접이 나쁘잖더라더구나. 한번쯤 그 댁에 들러보아도 좋겠지'— 내가 잠에서 깨었을 때를 위해서, 그렇게 준비해둔 것이 분명했는데, 정결한 상 위엔, 잘 익은 한 접시의 과일과 찻주전자가 있고, 그 상 아래엔, 두 대야의 물과, 붕산수와 기름병, 그리고 세수 도구와 타구, 물잠뱅이와 새 양말이 가지런히 놓여져 있었다. 그래 나는, 아주 오랜만에 양치질도 하고, 비누 세수도

해서 얼굴에 꼈던 기름때도 좀 씻어냈으며, 그런 뒤 다른 대야에 붕산수 좀 부어넣고, 발을 잠그고 보니, 그 또한 청량스러이 쓰리면서도 상쾌했다. 발바닥은 발의 가운데 굴곡진 부분과, 발가락 새의 비교적 피부가 연한 곳만을 화염이 핥았는지, 수포가 돋아났거나, 붉은 속살을 아주 조금씩만 내보이고 진물을 흘려내고 있었으나, 맨발로 사느라 꾸둥살로 다져진 뒤꿈치며 앞꿈치는 성했다. 수포 맺힌 것을 터뜨리고, 한 이틀 정도만 쓰지 않고 두어둔다면, 대개 딱지가 앉았다 나을 것도 같았다.

그리하여 내가 비로소, 한 잔의 차를 따라 들며, 다시 연못을 건너 내려다보고 있자니, 유리에 남았던 한 계집이, 한 연처럼 못 위에 피어올라와 보이는 것이었다. 안개비와 황량한 들과 연 같은 계집이 그래서는, 한 방울의 눈물처럼 찝찔하게 내 목구멍으로 넘어가고 있었다. 나는 결국 차를 마시지는 못했다. 나는 그리고, 지금부터 내가 무엇을 할 것인지도 결정하지 못했다.

그저 망연히 연못이나 내어다보고 있을 수뿐이었는데, 그 잔잔한 수면에 두 개의 그림자가 어리어드는 것이었다. 그 그림자는 떼 입힌 다리 위에서 잠겨든 것이었고, 그 다리 위에는 뜻밖에도, 촛불중과 또 대단히 품위있어 보이는 한 흰옷 입은 젊은 여자가 나란히 서서 걸어오고 있어, 그 다리를 오작교처럼 보이게 했다. 그들은 내게로 다가오고 있었다.

"스님입지, 이 숙녀님께 인사하십지. 우리 고을이 존경하옵는 읍장 어른의 손녀이십고, 판관님의 따님이십지."

나는 그래 합장만 해보였더니, 그녀도 목례로서 받는데, 일순 나의 시선은 항거할 수 없이 그녀의 시선에 엉겼다가 몹시 흔들려져 풀려났다. 그녀의 얼굴엔, 빈곤과 고통의 흔적이 없어 맑았고, 또 고왔다. 그 이상의 표현이 내 비록 돌중이지만, 중에게도 허락되어지는지는 모른다.
"그래서입습지, 발은 좀 어떤신지입지?"
"뭐 별로 대단치는 않았지만, 대개 아물고 있는 듯합니다."
"할아버님께서 공사 현장엘 나가셨는데요." 장로의 손녀딸이 말하고 있었다.
"저녁 진지까지는 돌아오시겠다고 하셨답니다."
"헌데 이거 정말 염치도 없이, 한 돌팔이 중놈이, 너무 자버린 느낌이기도 합니다."
내게도 그렇게 들렸지만, 촛불중께도 내 말이 추악하게 들렸던지 고개를 돌리더니, 마루 끝에 어중간히 걸터앉는다.
"그래서입지, 스님께서는 피로를 좀 푸셨는가 말입습지?"
"대개 그렇게 믿어집니다. 허나 뜻밖에 이런 데서 만나뵈니 반갑쇠다."
"할아버님이 읍청에서 돌아오셨을 때도 주무시더라고 하니까, 꼬박 하룻밤, 한 나절하고, 한 나절의 반을 더 주무신 거예요."
"후후, 아 그렇게나 되었군입쇼, 그랬으니 이거 참, 장로님께서는, 아 이 웬 잠퉁이 중놈이 다 있는고 안하셨을 도리가 없었겠습니다. 헤 이거." 내가 들어보아도 나는 추악하게 지껄이고 있었다. "거 그러니, 이놈의 몸뚱이가 이거 내 것이라고 해도, 장차 안 썩어질 도리가 없겠지요, 아, 안 그래요?"
"유리에서입지, 산다는 일은 피곤합지. 때로 피로를 푸는 게 좋겠습지. 헌데입습지, 고기 낚기는 말입지, 어떻게 잘되셨나입습지."
"촛불 스님께서 오늘 저녁 유리로 돌아가시게 되셔서요, 할아버님께서 두 분 스님을 저녁 진지에 초대하셨습니다. 그러니 잊지 마셔요." 그리고 그녀는 되돌아 들어가려 한다. "그러시면 두 분 스님께서 그때까지 말씀이나 나누셔요."

"그, 그보다도 말입습죠, 소승이입지요." 촛불중이 그녀를 바쁘게 따라가며 섬기는 말이다. "숙녀님과 한둬 가지 의논할 게 있는데 말씀입죠."

그래서 그들은, 이번엔 다리를 건너서가 아니라, 정원을 왼쪽으로 돌아 안채 쪽으로 걸어갔다.

2

저녁 식탁엔, 장로와 그의 손녀와, 촛불중과, 그리고 나 넷이서 앉아 그래서 식사를 시작했다. 장로는, 공사장을 둘러보고 온 애기로부터 식탁의 분위기를 누그럽게 했고, 촛불중은, 적당히 맞장구쳐 들으면서도 대개의 주의를 장로의 손주딸께 기울이고 있었다. 나는 그저 경청하며, 더 청해서 먹고 마셨다. 원래 내가 그렇게 대식가였는지 어떤지는 나도 모르지만 그러나 나는 오랫동안 계속 주려왔던 것이다.

"유리에 관해서 뭐든 좀 재미있는 말씀을 들려주셔요." 장로의 손녀딸이, 그들의 이야기가 뜸해진 틈을 타, 내게 물어오는 것이었다.

"아 좋습죠. 허지만 소승보다는 저 스님께서 더 오래 거기에 사셨으니, 저 스님께서라면 더 좋은 말씀을 하실 수 있으리라고 생각하는걸입쇼."

"유리에 관해서입습죠?" 촛불중이 이런 문제 역시 자기의 차례라는 투로 나섰다. "그렇다면입습죠, 참 여러 것을, 말씀드릴 수가 있는뎁지요."

"저도 언제든 한번 가보았으면 하고 늘 생각했었답니다." 장로의 손녀딸이 그렇게 말하고 들어, 어쩌면 촛불중이 했을지도 모를 긴 이야기를 중단시켜버렸다. "헌데 할아버님이 허락을 안하신답니다."

"아니 이보게." 장로가 손녀딸에게 친구처럼 말하고 나선다. "자네가 스님이라면, 내가 반대할 턱이 없지."

그는 우리를 웃게 했다. 어쩌면 그는, 해학에도 묘를 터득해 놓고 있는지도 몰랐다.

때에 처마에 남포등이 걸리고, 사랑채가 있는 바깥뜰에서는, 사내들의 웅성거리는 소리가 나고 있었다.

"어제 본 그 인부들이라오." 장로가 설명한다. "글쎄 대사와 얘기나 좀 나누고 그러자고, 모두 저녁들 먹고 온 모양이오. 저 사람들, 대사께 대단히 감동한 눈치들이라니까. 헛헛헛." 늙은네는 나를 두고 그렇게 말하고 있었다. "그리고 아가, 만약 원한다면, 자네도 마당 한 귀퉁이 차지해도 좋을 게지." 손녀딸에게도 그렇게 말한다. 그러자 그녀는 기뻐하며, 할아버지 이마 위의 백발을 쓸어올려준다. "탐욕스런 늙은 장자와, 착한 종자의 이야길 들었다면, 자네도 가히 감동치 않을 수 없었을걸."

"할아버님께서 제게 들려주셨잖아요?"

"아 그랬던가? 그랬었지 아마. 헌대 대사," 그는 나를 불렀다. "이것이 이 누추한 늙은이 집에 머무시는 어떤 스님이든 싫더라도 떠맡아야 되는 한 큰 짐인데, 한번쯤 집회에 설법을 해주시는 일이지요. 헌데 내일이 집회일이라 해서, 한 이삼십 명 신자들이 모이기로 되었거든. 그러니 허락하시지요." 그는 다짜고짜 그렇게 말했다.

"장로님께서는, 학승 하나로 하여금, 저 존엄스런 집회를 어지러뜨리려 하십니까?" 의외의 청에 나는 당황했다.

"겸양의 말씀을. 어제 회당 뜰에서 하신 말씀을 되풀어서 들려주셔도, 우리들의 마음은 기쁨에 넘칠 것."

"그러하오나, 자기도 깨달음이 없이 어찌 남을 깨우친다 하겠습니까?"

"바로 그런 말씀이라도 우리의 귀는 목말라 있으니, 자 그러면 한설법 해주실 것으로 이 늙은네 믿고 있겠소이다. 그러면 우리, 이제쯤 뜰로 나가보아도 좋지 않겠나요?"

3

"아이고라우, 시님 본개 반갑구만이라우. 헌데 시님 발은 좀 워떻단대라우? 요 쇠인놈 머릿병이 깨끗하게 나솨뻐릿소이. 헌디 몰루고 우악부린 것 용서허시겨라우."

두통장이였던 사내가, 반겨서 내 손을 우악스럽게 잡으며 말한다. 장로네 머슴 둘이서, 나를 번쩍 들어다 마당 가운데 멍석에다 앉혀준 것이다.

"헌데 사돈, 사돈한테서는 웬 비린내가 이렇게 독하다우? 말 소리 속에서도 생선 비린내가 나는구료."

"헷헷헤, 그러께라우? 글씨, 굴비로 갖다가시나, 어제부텀 한

댓 마리나 꾸어묵고 난개 그런 모냥잉만이요. 허힛힛."
"워떠, 마내랑 이좋게 갈라묵었대여?" 십장이 웃고 묻는다.
"십장 사둔은 가끔 가다가시나는 거 못헐 소리를 뜽금없이 잘 헌다고이. 옛적부텀 니리오는 말이란 것이 다 틀리덜 안허는 뱁인디, 약이란 건 갈라묵을시락 회렉이 없단 것이라고. 약 치고 또 묵기 좋은 것이 워딨었어? 고것 꾸어묵는다고, 내가 기양 생 칠을 냈는디 그랴."
　장로와 그의 손녀딸, 그리고 촛불중은, 죽편상에 앉아 듣고 웃고 있었는데, 때에, 제육에 빛깔 좋은 청주가 동이에 넘실거리게 나와, 한 잔치가 남폿불에 홍그렁히 익었다.
"글씨 말이겨라우." 어린 머슴이 돌린 잔 뒤 번 받아 목 축이고, 십장이 내게 향했다. "시님헌티 우리가 워떻기 고마와해얄 중을 모루겠는디요, 판관 나으리께서도 요번만은, 너그럽게 우리를 한번 더 용서히어준 것도 시님이 우리헌티 악심으로 대허지 않은 고 탓이고라우. 그라고 장로 어르신 편으로서나는, 머 고렇게 괴회당 헐 일이 바쁜 일은 아님선도, 우리가 바란 대로, 고것도 고렇게 끔짝시리 허락허신 것도, 거그 시님의 덕이 있는 것 겉은디, 요런 덕있는 시님을 갖다가시나, 우리 사람 볼 중 모루는 우악한 사람들이."
"십장 사둔은 지금, 사돈이 말씀하시는 말씀의 내용을 잘 모르시는 듯합니다. 그럴 것이, 소승이 들어서는 여러분께 일시적으로나마 염려를 드린 것뿐이고, 판관 어른이 한번 용서하시고 안 하시고는 그분의 도량이시며, 교회를 헐게 하신 일은 장로님의 후덕스런 배려에서 나온 일인데 어찌 소승께 그 덕을 돌리십니까? 당초에 그런 말씀은 하실 것이 못 되는 것 같습니다."

"아 그야, 판관 어르신의 도량이시고요, 장로 어르신의 후덕이시지만 말이라우." 회계꾼이 말을 받는다. "그래도 우리가시나 시님께 품고 있는 고마움은 또 고마움이라고라우. 그랑개 그렇게 아씨요이? 그라고 나는 말이라우, 오늘 일을 혐선도 말이라우, 워짜다 보면 넘우 정신이 반은 든 듯히었는디 말이제요, 글씨, 업 무게를 놓고 허신 고 말씸 때미 그랬구만이라우이? 달아보면, 나 겉은 놈도 무게를 쪼꿈이라도 각고 있으까 몰라라우. 고것이 이심스럽더랑개요이."

"시님 이야대로 히자민, 저 종놈은 맘이 착했기 땀세, 죽으면 잘살 것이라고 헌 것 겉였는디요." 이번엔 측량사가 나섰다. "그란디 나는, 머시 착한 일인지 고것을 암만 생각히어봐도 몰루겄더라고요."

"아, 고것 듣고 봉개 이미속이 짚은 말 겉고만, 나도 살다가시나 얼풋얼풋 고런 생각도 히어봤다고. 그라다가는 부끄럽어 걷어치우고 말기는 히었어도."

"글씨 시님, 이렇소이, 이우제(이웃의) 배고픈 사람 보고도 어만 데로 눈을 돌릴배끼 없는 것이, 글매 맘이 없어서는 아닌디도, 갈라묵고 나면 당장에 내 새끼 배가 고파 울더란 요 말이요이."

"고것뿐인개비네? 워짜다 이우제 과택 아짐씨네 손이 모지래, 한 나절만침이나 도와줄라다 보면, 내 식구 배가 고 한 나절보담 서너 배는 더 고프더랑개. 그라장개 눈깜고 산다고. 살다 봉개 잊어뻐리고, 잊어뻐렸응개 조렇게나 좋은 날도, 씨렛씨렛 돌아댕기거나, 그늘 밑에서 낮잠이나 자고 말여, 아놈들 말 듣고 쫓아가, 무고헌 시님 발바닥이나 꿉고 말여, 차꼬 악해져간다고.

그래도 원지 뒤돌아본 적도 없었드라고. 개가 아를 물어도 위선은 웃고 본다고. 고렇게나 워느 톰박에 벤해진 걸, 글씨 엊저녁부텀 오널끄장 알았다고."
　아무도 얼른 다음 말을 잇지를 않았는데, 모깃불 연기의 싸아한 냄새가, 이 저녁을 취하게 했다. 모두 한 순배씩 더 돌리고 있었다.
"히어도 워떤 사람은 왕후장상으로 나고, 워떤 사람은 부재로 태어나는디, 워떤 사람은 그저 천허디천허고 또 가난시럽게 태어나야 되는 디는 전시상(전세상)에 무신 죄가 있었겄다. 나는 고렇게끄장도 맘묵어봤었구만. 아 안 그라고서야 워떤 목심은 장자네 점지를 받고 워떤 목심은 날 겉은 걸 애비라고 불르겄냔요 말여."
"들고 보먼 고것도 그랴 그렇기는. 허드란대도 이왕지사 태어나뻐린 것, 인제 와서나 전시상 생각혀서 머세 쓰겄어? 뒷시상이라는 것이 있는지 없는지는 몰루겄어도, 거그서나 잘살아봤이먼 싶다고. 요 시상살이는 별 장래성이 없어빈개 말이라. 시님은 그래 웃고 듣고만 있단다요? 우리가 요거, 하매 뒤십 해도 더 잊어뻐리고 안허던 소리덜을 하고 있구만이오이."
"나는 반대시 고렇게만 생각헐라고 인제는 안헝만. 아 모도 둘러배겨. 하상이면 부재나 왕후장상헌티다 자기를 비긴개 그렇제, 짐승끄장은 구만두잔대도 말이라, 요것 못헐 소린 것맹이라도 아 버버리며, 난쟁이며, 앉은뱅이며, 눈먼 봉새며, 꼽새등이며, 또 끕째기 문뎅이 된 사람이며, 머 고런 사람덜도 좀 생각히어보라고. 아죽끄장은 그래도 우리는 실허잖냐고. 또 여자로도 아니고 남자로 태난 건 고것이 또 워딘디?"

"고참, 듣고 본개, 사둔 말 한마디 잘히었다 싶응만. 글매 그랑 개사 생각이 나는디, 조쪽 황토고개네 아짐씨 청상 과택으로시 나 외아덜 워처키 키운 건 알겨. 헌디 인제는 요 읍내 큰 점방 허면, 그 아짐씨네 껏이 첫찔걸. 내 말은 그라장개, 머 팔짜만 따질 것도 못 된단 요 말이고, 항차 여자 혼차서도 고렇게 일어스는디, 남자 치고 팔짜 타령만 해싼다는 것도, 그라장개 부끄럽운 일이구만."

"히어도 고 아들내미는 에미 속 몰룬 듯히었니. 지끔이사 어엿허니 큰형장(形場) 나으리지만, 공부도 끝을 못 냈다고 허제 아매?"

"넘우 말 헐 것 없겠고만. 워쨌던동, 그라고 보면, 재물이던 베실이던, 고것이 반대시 팔짜 소관허고도 달른 것도 같다고. 생각히어보면, 날 겉은 건 기양 펜허게 살라고만 히었던겨. 아 다른 사람덜 밤에도 펜히 못 잠선, 머시던지 궁리를 히어서는, 요것도 히어보고 조것도 히어볼 때 나는 기양 하루 벌면 고것만 좋와각고시나, 고날 햇딱 써뻐리고, 밤에는 잘 자고, 머 요라다 본개 늦은 것이제. 아 지내간 말로, 나도 낫쌀이나 젊었일 적에, 허다못해 부석칼(부엌칼)이라도 갈아주로 댕깄어보게, 고것이 무신 기술이 필요한 일이여 머여? 조 큰 철물점 쥔이 젊어서 멋히었는디? 지끔이사 한다하는 유지 아닌개벼? 다 늦게 깨달은 것이제 만 말여, 머시든 지가 지 일을 히어야 되는겨. 꾀만 많아도 망치는 수가 있니. 차라루 소맹이 우직히어야 되어. 넘 숭내낼 일은 아니겄던디. 넘이사 머시라던, 고런 디에 귀가 애리면 안 되았더라고."

"그래도 야 사람아, 될래야 되제 안 될라면 안 되더라고. 옹기

짐을 지고 자빠졌으면 그뿐일 틴디, 끈트럭에 모가지끄장 찔릴 수가 있당개. 머시 씌어서 도와줘야 되니."
"그랴 허기는. 안 될라면 안 돼야."
"그나저나 인제 늦었인개, 뒷시상이나 한번 잘살아봤이면 싶기도 허제."
"헛헛헛, 이 사람아, 뒷시상을 잘 갈라면, 술 처묵고 와달이나 씨지 마라."
"아니, 조 사람, 내가 원지 자네헌티 와달이를 썼단겨? 고 못헐 소리를 허능만."
"윗따나 사람, 나헌티 와달이 쓴 것만 와달이랑가? 자네네 장독 깬 건 와달이가 아니고?"
"아니 조 사둔네 배겨. 그래서 우리집사람이 자네네로 된장이라도 얻으러 간 일이 있던가?"
"내가 고렇게 말했으면 자네 지끔 우리 집 장독 깨러 올 판이란가?"
"그라면, 워짠다고 넘우 집 지사에 왜 사둔이 나서서 감 놔라 배 놔라여 시방?"
"아니, 조 사램이 지끔 생사람 잡는디. 아니 모도덜 좀 배겨, 내가 원지 조 친구네 지사에 감 놔라 배 놔라 히었단 것이제 잉? 내 말은 그라면 못씬단 것이제."
"자네헌티 안 그랬으면 됐제, 자네는 그라면 왜 백찌 찌럭대기를 쓴단겨 쓰기를?"
"아니 자네가 시방, 고렇게 나올랑 것여? 내가 그래서 시방, 요것이 자네헌티 찌럭대긴가, 찌럭대기여? 아니 친구네 좋은 권고는 워처키 생각을 허고설랑은, 날더러 자네는 시방 찌럭대기란

댜? 헥. 거 상종 못할 친구네 곁으니."

"글씨 그랑개, 내가 내 장똑을 깨던, 내 쎄바닥을 짱글라 개헌티 주던, 고것이 자네하고 워처키 된디야, 되기를?"

"핫따나, 고만들 해둬겨. 벨것도 아님선 언성을 높일 건 없잖여? 자네가 참소."

"아니 십장 사둔은 그라면, 요것이 벨것이 아니다 요 말이여, 지끔 헌 말이? 글씨, 조 친구 말여, 넘우 일에 지가 머슬 잘났다고 택 불거져 감 놔라 배 놔라 허는 요것이, 그래 벨것이 아니다요 말이냐고, 말이?"

"조, 조 말허는 꼴을 보게. 좋은 청주 묵고 탁한 와달이가 또 발동허는겨."

"머시여 이눔아? 머시여? 네 요놈, 머시여? 요 쥑이뿌릴 개자석놈."

"글매 구만들 둬! 구만들 두라고! 별볼일 없는 걸 가지고, 요것이 무신 짓들이여, 짓들이?"

"아니, 그렇잖냐 말이여?"

"머시 그렇잖애? 싸울라면 나가서 하소. 아 장로 어르신이며, 장로 어르신 손녀분이며, 시님딜 앞에서, 아니 요것이 무신 부끄럽운 짓들여 글씨? 오널은 시님허고 말씸도 좀 허고, 우리가 큰시님을 몰라서 행악헌 걸 뉘우칠라고 와서나, 고런 이약들은 안 험선, 서로 좋은 친구간에 백찌 말다툼이나 하면 씨겠냔개? 좋은 음석에 아까운 술끄장 대접을 받고시나, 고것에 대해 감사는 못헐망정, 그래 자네들이 요래서 씨겠네, 씨겠어? 자, 사와를 하소. 첫째는 머시냐면, 아무가 들어도 고것 머 웃고 받아넘길 말이기는 헌디도, 고것 듣는 사람 기분에 딸린 것인개, 자네가 와달이 씬단 말을 헌 디서부터 일이 요렇게 되었응개, 자네가 먼첨 고 말을 취소허소. 그라고 자네도 그렇제, 시님 일러준 주문각고 머릿병도 나쐈겄다. 머 속에 찌일 일 없응개, 나 곁으면 덩실덩실 춤을 추겄는디도, 좋은 친구가 웃자고 한 마디 헌 걸 각고 고깝게 들어서, 요놈 조놈 험선 내달을 건 또 머시드냐고?"

"……십장 사돈 말이 맞겄고만. 아 요것 참, 장로 어르신, 죄송시러 얼굴도 못 들겄는디도. 못 배왔다 봉개 요러는디라우, 용서허셔라우. 그라고 조 시님딜, 또 아씨 어른, 내가 요거 못 배와 이렁만이요이. 그라고 자네도, 내가 친허다 봉개, 농담 한마디 헌 걸 각고, 요놈 조놈 쥑일 놈 허고 나실 것끄장 있었겄냐고이? 자, 내 술 한잔 받세."

"글매 나도 말여, 허히, 사둔헌티 그랄라고 헌 것은 아니었는디 말여, 술 한잔 묵고 봉개, 글씨 고얀이 와달이가 났던개비네. 내 술도 한잔 받아보더라고. 허고 좌중 어르신네, 요것 참 미안시럽고 부끄럽어 똑 죽겄구만이라우이."

"아 그럴 수 있지. 거 모두 사이가 허물없이 되면 그렇게도 되는 게야 그렇게 풀어버리면 그뿐이지. 그럼 모두 고단할 테고, 또 내일 일도 일찍부터 해야 될 터이니, 이런 정도에서 모두 자리에 들어야 안 될까?"

4

그리하여, 종내 나와 촛불중만이 남게 되었다. 그들이 떠나며, 나를 사랑방에다 옮겨주어서, 나는 방에 앉아 있게 되었고, 촛불중은 마루끝에 앉았는데, 그는 버릇이 된 그 눈으로, 정원에 켜진 석등을 바라보고 있었다. 부나비들은 그 석등으로도 달려들고, 연못으로부터 엷은 안개가 피어올라와, 학 모가지의 소나무에 엉겼다가, 마당으로 잠푹이 가라앉는다. 안채 뒤뜰 숲에선가 어디선, 밤새가 휘파람 소리로 울고 있는데, 낮에는 못 보았던 살진 개 두 마리가, 어디로부턴지 느스렁느스렁 다가와, 뜰 가운데서 서로 냄새를 맡는다. 밤에만 풀어놓는 것인지도 몰랐다.

그와 나는, 당분간 말없이 그냥 있었다. 유리에서 만났을 때보다, 이런 곳에서 우리는 더욱너 할 이야기가 없는 듯했다. 그는 낮에는 들고 있지 않던, 유리에서 보았던 예의 그 우산을 들고 있었으며, 유리에서 보았을 때 산뜻했던 그 장옷은, 어느 녘에 꾀죄죄해져 있었다. 어쩐지 그가 꾀죄죄하고, 초조스러워 보였다. 어쨌든 우리는, 이 읍의 질서 아래에서, 체면만을 내보이고, 모든 것을 그 체면 아래 은닉해둔 채, 이렇게 가깝게 앉아 있는 것이다.

"스님께서는입지, 유리로 돌아가시지 않을 작정이신지입지."
그가 그렇게 말하며, 무심한 척, 장옷 주머니 속에서 뭘 꺼내 주무르는데, 보니, 예의 그 백팔염주였다. 나는 그의 저의를 알 수가 없고 있으나, 어쨌든 난 아직, 어떤 대답도 만들 만한 처지에 있는 것이 아니다. 왜냐하면 나는, 읍내에 닿았을 뿐으로, 읍내를 아직도 둘러보고 있지 않은 것이었다. 그것이 내게 무슨 의미가 있는지는 모르되, 그러나 어쨌든 나 외톨각설이, 한바퀴 둘러보고, 그 읍의 길 끝에 서기 전에는, 아무것도 결정할 수 없는 것이다. 다시 도보 고행자이다. 가려는 길의 끝까지 이르지 않고서는, 아무런 대답도 할 수 없는 각설이.

"허지만입지, 아마도 말입지, 스님은 유리를 벗어날 수는 없으리라고 말입지, 소승은 믿고 있습지. 일단 말입지, 늪에입지, 낚싯대를 들고 앉은 그 순간부터 말입습지, 아무도입지, 그 늪으로부터 떠나지 못했었다는 것만 말입지, 한번 더 강조해두는 바입지." 그는 그리고 떠날 듯이 일어서더니 계속했다. "유리에는 유리의 율법이 있겠습지." 그리고 그는 침묵하며 한참 동안이나 정원의 석등을 바라보았다. "아시겠지만입지 소승은, 오늘 밤 중으로 말입지, 안개비와 수도부들의 고장으로 떠나게 되었습지. 읍엘 오면 말입지, 언제나 돌아가기가 싫습지. 스님도 마찬가지겠습지. 그러나 돌아갈 곳이란 거기밖에는 없으니 말입지, 소승은 늘 돌아가곤 했습지. 이번 길엔, 짐수레편이나 동행인이 있는 것도 아닙지. 그리고 이렇게 말하는 것이 말입지, 이상하게 들릴지도 모르지만 말입습지, 소승 자유 의사로 돌아가는 길도 아닙지. 어떤 종류로든, 스님도 머지 않아, 혹간 스님 자신도 모를, 어떤 타의로부터 말입지, 벗어날 수 없다는 것을 아실 때가 올지도 모릅지. 소승에게는 말입지, 이 세상 산다는 일이 말입지, 누군가가 배후에서 철삿줄을 놀리고 있는 그런 말입지, 무대에 선 한 꼭두각시 같은 것이라는 생각을 하곤 하는데 말입지, 그 철삿줄을 끊고 말입지, 그 꼭두각시가 무대 아래로 내려서려고 한다면입지, 그건 꼭두각시의 죽음과 연결되는 것입지. 꼭두각시의 자유와 초월은 말입지, 철삿줄에 계속 붙들려매어져 있을 때라야만 말입지, 가능한 것일지도 모릅지. 거역이나 반항도 그렇습지. 철삿줄을 쥐고 있는 누군가가 말입지, 왼손을 쳐들라고 하는데입지, 꼭두각시 당자가 왼발을 쳐들 수 있는, 그런 말입지, 거역과 자유도 말입지, 그 철삿줄과의 연결 아래서 가능된다는 말입습지. 그러나 말입지, 소승은입지, 누가 소승의 철삿줄을 쥐고 있는가 말입지, 그것을 현실적으로 알고 있으니입지, 차라리 정신적인 자유는 말입지, 분리해내는 것이 말입지, 가능되는 수가 있습지. 그러나 말입지, 그가 누구인가를 모른다면 말입지, 일견 자기는 무애한 듯도 싶겠으나 말입지, 종내는 혼과 몸이 묶여들어 시달리지 않을는지 그것은 의문입지. 이것이입지, 나 하찮은 중이 말입지, 대사께 연민의 정을 느끼게 하는 것입지. 나 비록 하찮은 중이지만 말입지, 대사는 가히 탁월하다는 것쯤은 알고 있는데 말입지, 대사가 처한 곳은 거기가 어디든 말입지, 이상스런 혼돈이 야기된다는 그 한 가지 사실만으로도 그렇습지. 나 같은 작은 빛들은 스러져 없어져버립지. 그러나 말입지, 스님이 유리로 돌아가고 안 가고는 말입지, 스님의 자유 의사로 결정될 문제겠습지. 유리를 떠나서도입지, 유리의 잔령(殘靈)들을 극복할 수만 있을 것이라면 말입지. 소승도 어쩌면, 스님께서 유리로부터 바랄지도 모릅지, 도피하기를 말입지."

그는 그리고, 작별 인사로 내게 합장해 보이고도, 한두 마디 더 잇다가 안채 쪽으로 걸어들어갔다. "그러나 이것은 소승의 우정으로 드리는 말씀은 결코 아닙지. 소승은, 그것이 비록 무의미하다 해도 말입지, 떠나간 스님의 뒤쪽에서입지, 한번 웃고 싶어 그럴 뿐입지. 아직도 소승은, 유리에 비가 내리고 있으면 하고 말입지, 바라고 있습지. 평강하십지."

그가 떠나고 난 뒤, 그러나 난 자다가 놀래고 깬 듯해, 어리떨떨하며 무엇인지 종잡을 수가 없었는데, 그것은 차차로 외로움으로 바뀌었다. 나는 모른다, 그러나 뭔지 모르는 곳에서 뭔지가 형성되어왔었는데, 나는 모른다, 그러나 나는 그것을 달콤하게 내려다보며, 나는 모른다. 나는 그 위에 내 흰 그림자를 아름답게 드리우고 선회해 왔을지도 모른다. 그러나 나는 모른다. 그것이 나의 비상과 나의 휴식을 싸안아줄 그런 바다 같은 것이었는지 어쨌는지, 그러나 나는 모른다. 그러나 그것은 나의 비상과 휴식의 바다는 아니었고, 그만큼 넓고, 그만큼 깊은 불구덩이어서, 내 날개가 지치기를 바라고, 음험히 입 벌리고 있는 그런 어떤 것이었던지도, 글쎄 나는 모른다. 그러나 어쨌든 촛불중은, 나로 하여금, 내일의 집회에 참석하여, 뭔가를 지껄이도록 충동질하고 있음엔 틀림없었다. 나도 그러기로 결정했다. 그러기 위해 그리하여 나는 가부좌를 꾸미고 앉아, 다탁자 위에 놓여진 그네들의 경전(經典) 위에서 명상하고, 필요한 구절을 적어가며, 밤을 새워나가기 시작했다. 무슨 이야기를 할 수 있는지는, 나로서는 아직은 모른다. 그렇더라도 내가 이만큼 살아오며, 뭔가를 생각해왔고, 또 무엇보다도 '살아 왔다는 것'을, 한 울음에 담아, 끼욱거리기라도 해보기는 해보아야 되는 것이다. 그러는 중에 날개가 지쳐, 내려앉은 곳이 불구덩이라고 하더라도, 어쨌든 한 번은 산 목청으로 울었다는 것을, 자신의 귀에라도 들려주어야 하는 것이다. 끼욱. 다만 한 번 끼욱. 끼욱. 〔하권에 계속〕